데뷔 못 하면 죽는 병 걸림

데뷔 못 하면 죽는 병 걸림 8

1판 1쇄 발행 | 2024년 12월 08일

펴낸이 | 권태완 우천제
펴낸곳 | (주)케이더블유북스
편집자 | 한준만, 이다혜, 박원호, 이고은

출판등록 | 2015-5-4 제25100-2015-43호
KFN | 제3-30호

주소 | 서울시 구로구 디지털로31길 62 에이스아티스포럼 201호, KW북스
E-mail | paperbook@kwbooks.co.kr

ISBN 979-11-415-1204-0 04810
       979-11-415-1202-6 (set)

데뷔 못 하면 죽는 병 걸림

8

백덕수

안녕하세요. 백덕수압니다.

퇴고를 하며 문대와 친구들을 다시 만나 무척 즐거웠습니다.
이 친구는 어떤 마음으로 이런 이야기를 했는지, 이런 행동을 했는지
다시 한번 걸어가는 기분이라고 할까요.

단행본을 통해 처음으로 이 이야기를 만나시는 분들도, 다시 만나시는 분들도
문대와 친구들과 함께 즐거운 경험을 하셨으면 좋겠습니다.

신나고 만족스러운 탐독이길 바랍니다!

CONTENTS

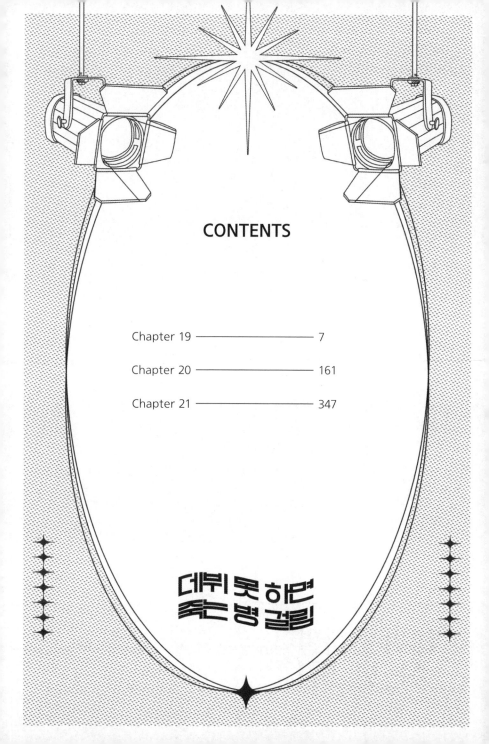

데뷔 못 하면
죽는 병 걸림

CHAPTER
13

차유진은 바닷바람을 맞으며 모래사장을 발끝으로 툭 쳤다. 모처럼의 휴일, 날 밝은 아침에 외출하는 것은 꽤 한가로운 일이었다.

'날씨 좋네.'

그러나 썩 기분이 상쾌하진 않았다. 그는 울적함을 떨치기 위해 두 팔로 목뒤를 괴었다. '머리를 식히라'고 해서 기분 전환을 위해 나왔으나, 이렇든 저렇든 그가 썩 잘못한 것인지는 모르겠다… 는 게 결론이었다.

'음, 사과는 안 해.'

대신 왜 그가 카메라 든 멍청이들에게 사과하지 않을 것인지 팀원들에게 잘 이야기해 봐야겠다고, 그는 결론 내렸다. 다만 좀 떨떠름하긴 했다.

'아무도 내 상태는 신경도 안 쓰잖아.'

아무리 그래도 이 상황에 밤새 문자 한 통 안 넣는 게 말이 되냐며 그는 투덜거렸다. 그의 생각을 이해하고 인정할 사람은 정말로 없는 것일….

"차유진."

"…!"

익숙하지만 예상치 못한 목소리에, 차유진은 의자에서 거의 뛰어오를 뻔했다.

"형??"

"그래. 나다."

박문대였다.

'맙소사.'

그의 팀원은 바닷가 모래사장을 한바탕 달려서 그에게 뛰어왔다. 썩 반가운 모습이었으나, 놀라운 일이기도 했다. 대체 무슨 마술을 부린 거지?

"어떻게 나 찾았어요? 나 찾은 거예요?"

"그게 중요하냐?"

박문대는 가벼운 차림이었고 제법 열심히 자신을 찾아다닌 듯 분홍 머리가 바닷바람에 뻗쳤다. 그러나 화를 내는 대신 피식 웃으며 종이봉투를 내밀었다. 안에는 주변 가게에서 파는 아이스크림이 들어 있었다.

"너 갈 곳이야 뻔하지. 단 거 팔면서 바닷가 근처인 곳 검색하니까 이 카페 길이 호텔에서 가깝던데."

"⋯⋯."

"넌 분명 이 근처에 있을 줄 알았다."

정확한 추리였다. 차유진은 떨떠름함이나 소름에 앞서서 좀 감탄해 버렸다.

"형 대단해요."

"어. 아니까 일단 아이스크림이나 먹어라. 여기 외부 음식 반입되지?"

"팁이 충분하면요. 여기가 ×즈니랜드도 아니잖아요?"

썩 괜찮은 농담이었지만, 박문대는 그다지 이해한 것 같진 않았다. 이런 상황에 익숙한 차유진은 그냥 넘어갔다. 애초에 문화로만 따지자면 그 또래의 남자가 휘황찬란하게 염색하고 앉아 있는 꼴 자체가 썩 미국적이진 않았으니까.

하지만 박문대의 본론은 차유진이 아이스크림을 반 이상 먹었을 때 시작되었다.

"그럼 먹으면서 말해봐라. 대체 왜 제작진한테 그랬는지."

"꼭 심문같이 들리는데요?"

"추궁 아니고, 이유가 있어서 그랬을 테니까 물어보는 거야."

박문대가 팔짱을 꼈다.

"너 똑똑한 놈이잖아."

차유진은 답지 않게 약간 감동했다. 그래서 어깨를 으쓱한 뒤, 바로 입을 열었다.

그는 모국어가 아닌 말로 대화하는 것에 익숙했다. 하지만 그것이 완벽하게 풍부한 표현력을 보증하는 것은 아니었다. 그리고 언제나 약간의 오해가 생겼다.

그래서 차유진이 선택하는 단어는 언제나 직설적이었다.

"그 사람들 나쁜 것만 물어봐요."

"다큐멘터리 제작진들이?"

"맞아요!"

차유진은 고개를 끄덕이며 아이스크림을 입에 넣었다. 그리고 빠른 영어로 투덜거리기 시작했다.

"교통사고가 어떤 흔적을 남겼는가, 콘서트 준비는 얼마나 힘든가, 부상이나 안전 문제는 없는가! 결국 이 일에 회의감을 느낀 적은 없나! 무슨 간수랑 인터뷰하는 것 같던데요?"

박문대는 손가락을 까닥이며 대답했다.

"불행한지 계속 물어본 거네."

"네!"

그의 말을 이해한 것이다. 그래서 이 사람과의 대화가 좋았다!

"왜 그래야 해요? 그러니까, 우리는 멋진 모습, 가장 좋은 모습을 보여줄 시간도 부족하잖아요. 그리고 난 행복한데요!"

그는 즐거움을 주고 싶은 것이지, 고통이나 부정적 에너지를 보여주고 싶지 않았다. 차유진에겐 자신의 직업에 대한 철학이 있었다. 그는 자신의 개인사를 명성을 위해 팔아먹는 몇몇 셀럽처럼 살 마음이 없었다.

그래서 그는 팔짱을 꼈다. 공교롭게도 맞은편의 사람과 똑같은 자세였다.

"그러니까, 저는 사과 안 해요."

회심의 발언이었으나, 맞은편의 분홍 머리는 피식 웃었다.

"…이세진이 말한 게 많이 서운했나 보지?"

정곡이었다.

"당연하죠!"

"이세진은 널 위해 한 말이야. 혹시라도 네가 카메라 때린 것만 나가면 무조건 네 손해잖아. 사람들이 오해할 텐데."

"괜찮아요. 저는 신경 안 써요."

"그러면 팀을 신경 써. 우리는 신경 쓰이니까."

"……"

박문대는 팀에 오는 피해와 차유진에 대한 걱정을 둘 다 의미하는 중의적 표현을 썼다. 하지만 차유진은 후자만을 이해했고 순순히 고개를 끄덕였다.

'나를 걱정하는구나.'

언어적 오해의 순기능이었다.

"그리고 그 제작진은… 우리가 불행하고 힘든 일도 감당한다는 걸 보여주고 싶던 거겠지. 잘나가고, 멋진 건 이미 많이 보여주니까."

박문대는 천천히 말의 경로를 틀었다.

"사람은 누구나 고통이 있고, 그걸 직접 보면 더 사람 같이 느껴지지. 진실하게 보이고."

차유진은 이 영리한 팀원을 존중해 그 말을 다 경청했다. 그리고 박문대는 천천히 차유진을 존중했다.

"하지만 고통을 보여주라고 강요할 수는 없어."

그게 정답이었다.

"네."

차유진은 으르렁거렸다.

"그리고 그놈들은 다 망할 거짓말쟁이들이니까."

"거짓말?"

"처음에 인터뷰할 때 내가 굉장히 분명하게 말했어요. 부상, 고통, 개인사에 대해서는 질문하지 않았으면 한다고요. 그런 건 내 회사랑 이야기하라고 했죠!"

"…! 음."

"그 사람들은 고개를 끄덕이고 주의하겠다고 말했는데요. 하지만, 형도 봤잖아요??"

"그래, 봤지."

차유진은 콘서트 내내 어떻게든 그의 아픈 모습을 찍으려 애쓰고, 자신의 '불편한' 심정을 확인하려던 카메라를 떠올렸다.

그리고 끝도 없는 사고 이야기까지!

―저 그런 거 안 할래요.

―아, 죄송해요. 조심하겠습니다.

대답은 순순했다. 그러나 계속, 틈이 생길 때마다 비슷한 질문을 시도하는 것이다. 그건 이미 존중할 만한 모습이 아니었다.

"엄청 많이 그랬어요! 열 번 넘었어요!"

"……."

게다가 결정적으로, 자신이 한 번 크게 화를 내니 표적을 바꾸는 것이 비열했다.

―유진 씨가 굉장히 평정심을 빨리 찾으시는데… 혹시 예전 사고에서,

그건 분명 박문대에게, 본인이 혼수상태였던 때를 물어보려던 의도였다!

'콘서트 중인 사람에게, 의식불명이던 시절을 양해도 없이?'

감히 그런 걸 물어보다니!

"그건 너무 무례해요. 잘못한 거예요. 저는 그거 막았어요."

차유진은 더 강하게 주장하고자 다시 한국어를 사용했다. 그리고 박문대는 생각에 잠기는 것 같았다.

"……."

하지만 오래 가지 않아 대답이 나왔다. 기다렸던 답이었다.

"네 말이 맞아."

"…!"

그렇지!

"좋아. 이해했다."

박문대가 간단명료히 정리했다.

"가서 사과받자. 그놈들이 잘못했네."

"좋아요!"

차유진은 주먹을 부딪치고 악수를 하기 위해 손을 들었다. 박문대는 '굳이?'라는 생각을 했으나, 내색하지 않고 호응해 주었다.

'이게 바로 팀의 기쁨이지!'

차유진은 손을 털며 시원하게 웃었다. 물론 앞서서 끝낼 일이 있었다.

"저 이거 다 먹고요."

"그래. 많이 먹어라."

차유진은 박문대와 바닷가에서 긴장을 푸는 오전을 보냈다. 꽤 기분 좋은 휴일이었다.

"피자 사요! 여기 피자 맛있어요!"

"그래."

해가 중천에 뜨는 동안 차유진은 완전히 회복했다. 그리고 호텔에 복귀하는 내내 피자를 불러서 사 가는 중이다.

'됐다.'

오늘 하루는 이놈이 무슨 떼를 쓰든 얼추 들어줄 생각이었다. 감량이 필요한 놈도 아니니까 피자 정도야 뭐.

"89달러입니다."

"여기요."

나는 피자를 결제하며 머릿속으로 사태를 정리했다. 예상대로 인근 바닷가에 있던 차유진에게 단 걸 좀 먹이니 술술 전후 상황이 튀어나왔다.

'차유진이 빡칠 만했군.'

이야기를 들어보니 나한테 했던 것보다도 과했다. 다큐멘터리 제작진이 차유진을 찍어놓고 살살 더 긁은 모양이었다. 이유는 바로 짐작했다.

'차유진이 제일 덜 정제된 느낌이라 그랬겠지.'

우리 중에 제일 꾸밈없고 솔직해 보이니, 더 날것을 뽑아내기 좋아 보였을 것이다. 그리고 일단 다큐멘터리에 쓸 만한 그림을 뽑기 위해 '들이댄' 것이다.

'거참⋯.'

대학 다닐 때 사진학 교양 강의에서 강사에게 들은 소리가 생각난다. 인물 사진은 양해를 구하고 찍는 것 보다 일단 찍고 협상하는 게 낫다고 했던가. 허락받는 사이에 포토 찬스가 다 사라진다는 것이다. 이 발언하고 난 뒤 학교 커뮤니티에서 논란이 돼서 그런지 기억이 났다.

어쨌든 그게 이 업계의 일부에서 만연한 정서라면 이번 테스타의 다큐멘터리는 제작진 뽑기 운이 나빴던 거겠지. 정도를 모르니까.

'한번 경고할 때도 됐어.'

마침 차유진이 피자를 들고 신나게 걷다가 물었다.

"형! 저 질문 가지고 있어요. 그 사람들 어떻게 이야기해요?"

"우리가 이야기할 필요 없어."

나는 느긋하게 말했다.

"회사가 알아서 할 거야. 사과만 받아라."

네가 이야기한 것 중에 이 구도를 역전할 만한 정황이 많아서 말이다.

"먼저 올라가서 먹고 있어. 나 통화 좀 할게."

"Got it!"

나는 호텔로 복귀하자마자 회사에 연락했다. 최근의 딜 이후 매니지먼트 쪽도 싹 갈아치워지며 좀 빠릿해졌으니, 이런 걸 우리가 직접 나서서 손쓰며 이미지 걱정할 필요는 없다.

"안녕하세요. …예. 제가 유진이 만난 건 전달된 상황이 맞죠."

—네네! 저희가 문대 씨와 유진 씨 소재지 들었습니다.

"네. 그럼 제가 유진이한테 들은 이야기가 좀 있어서… 그것도 지금 전달 드리겠습니다."

나는 바닷가에서 들은 차유진의 말을 잘 엮어서, 명제 하나를 살렸다.

"…라는 건데, 이건 제작진이 하면 안 되는 게 맞죠?"

—아~

매니저의 목소리가 약간 바뀌었다.

—무슨 말씀인지 알겠습니다.

묘한 자신감이 느껴지는 투였다. 알아들었다는 뜻이다.

'이제야 좀 회사가 있는 것 같군.'

지금까진 류청우가 월급도 받아야 하는 게 아닌가 생각했는데 환영할 만한 일이었다. 나는 통화를 마치고 호텔 방으로 올라갔다. 그리고 상태 확인 겸, 피자를 받기 위해 차유진의 방을 방문한 순간.

"문대 형!"

"문대 웰컴~"

여기저기서 피자 든 놈들이 손을 흔든다. 아무래도 차유진 귀가에 맞춰서 방에서 기다리고 있던 모양이었다.

"형 와요!"

차유진은 기분 째진다는 얼굴로 가운데 앉아 있다. 이미 말 좀 하고 다 풀린 분위기였다. 통역은 선아현이 있으니 얼추 가능했겠지.

"여, 여기 문대 건 따로 뒀어…!"

"어, 고맙다."

나는 손 흔드는 놈들 사이에 끼어 앉았다.

"이야기는 잘됐냐."

"당연하지~ 아이고, 우리 유진이 형이 무슨 일인지도 안 물어보고 사과하래서 서운했어요?"

"네!!"

"사과 안 하면 큰일 날까 봐 그랬던 거야. 나도 당연히 유진이 편이지!"

"괜찮아요! 저도 상의 안 했어요. 많이 죄송해요."

"그래그래, 우리 더 잘하자!"

발 빠른 놈들답게 화해도 빨랐다. 배세진은 '이게 이렇게 빨리 퉁칠 일인가' 고뇌하는 것 같았으나, 곧 포기하고 피자나 먹는 것 같았다.

그리고 김래빈은 아직까지 홀로 진지했다.

"차유진, 앞으로는 반드시 연락 후에 자리를 비우도록 해. 아무리 휴일이라도 우리는 공식 스케줄 중이니까 거동을 조심하는 거야."

"음, 알았어!"

"…! 어."

김래빈은 잠시 당황했으나, 곧 뿌듯해했다. 잘 노는군. 다만 류청우
는 이 광경을 보며 무언가를 유심히 생각하는 것 같긴 했다.

'흠.'

표정이 편한 걸 보니 별일은 아니겠지. 그리고 진정한 별일은 잠시 뒤
에 제작진에게 쏟아질 예정이다.

'기대되는데.'

나는 피자를 먹으며, 그 광경을 예상했다.

그리고 저녁. 멤버들의 단체 인터뷰가 들어가기 전, 옆방에서 회사
와 제작진이 대화하는 소리가 들렸다.

"저희가 확인하기로는 완전히 계약 위반 사항인데요."

"아니, 그게 오해가 있으세요."

"오해라고 하기에는 너무 확실한 위반 사항이어서요. 저희 처음에 말
씀드릴 때 다 이야기된 건인데."

"후, 촬영하는 걸로 그렇게까지 빡빡하게 들어가시면…."

"아니죠. 아티스트가 회사에 이야기해 보라고 이미 수차례 말씀드렸
다면서요. 다 레코딩도 됐다던데, 확인 좀 해볼게요."

"…!"

그래. 이 부분이 문제다. '회사' 이야기를 차유진이 이미 꺼냈던 것이
다. 그것도 여러 번이나 말이다. 당사자가 특정 사항에 대해 발언을 거
부하고 '회사'랑 이야기해 보라고 했는데 무시하고 계속 달라붙었다?

계약 위반이다. 이 조항이 계약서에 들어 있기 때문이다.

[갑의 민감한 개인정보에 관련된 촬영 중 갑의 요청이 있을 시, 을은 해당 정보의 적시를 새롭게 합의한다.]

그리고 조항 위반 시엔 손해배상 조항까지 딸려 있다. T1이 이 소속사의 뒷배로 있다 보니 방송사도 아닌 스튜디오 제작진으로선 회사가 강경하면 '설마' 할 수밖에 없을 것이다.

같이 방에서 나는 소리를 엿듣던 놈이 어깨를 툭 쳤다.

"이야, 문대 머리 좋네."

"뭐."

나는 어깨를 으쓱했다. 이제 이걸 빌미로 다큐멘터리 계약이 파기될 수도 있다는 겁을 줘서 데이터를 없애면 끝이다.

"네. 그렇게 부탁드립니다."

그리고 그 딜이 제대로 먹힌 것 같았다. 결국 촬영에 들어가기 전, 제작진은 차유진에게 변명에 더 가까운 사과까지 했기 때문이다.

"불쾌하셨다면 정말 죄송해요."

'악성 편집을 하려던 것은 아니었으며, 단지 더 진솔하고 좋은 컨텐츠를 만들려는 욕심이었다.'라는.

"…Okay~ 하지만 제 컨텐츠니까 제 의견 들어줘요."

차유진이 쿨하게 넘어가며 일은 더 커지지 않았지만, 제작진들의 행동은 조심스러워졌다. 멤버 모두에게 이득이었다.

'됐네.'

나는 차유진이 내 쪽으로 슬쩍 엄지를 치켜드는 것을 제지했다. 그렇게 남은 다큐멘터리 촬영은 테스타의 전문성에 좀 더 초점을 둔 채로 진행되었다.

그리고 인터뷰가 끝난 뒤 밤.

테스타는 각자의 독방을 떠나 거대한 호텔 방에 모이게 되었다.

"굉장히 넓습니다!"

"오~ 시설 좋네요. 청우 형이 쏘시는 거예요?"

"음, 오늘만."

이 일을 추진한 장본인인 류청우가 문을 닫으며 대답했다.

"앞으로는 회사가 비용 처리할 것 같거든."

"앞으로… 요."

앞으로가 있다고?

"응. 투어 다니면서 일주일에 하루 정도는 이렇게 같이 지내는 게 어떨까 하는데, 다들 어떻게 생각해?"

류청우는 제법 진지한 얼굴이었다.

"생각해 봤는데, 이번 투어에선 독방을 쓰고 스케줄이 거의 없다 보니까 우리가 서로 대화할 일이 적더라."

"그건… 그렇죠."

지난 몇 주간 적당히 혼자 살았던 놈들은 멀뚱히 류청우를 쳐다보았다.

"이번 유진이 일도 그래서 더 복잡해졌던 거라고 생각해. 서로의 생각을 알 시간이 없었잖아."

류청우는 미소 지은 채로 말을 마무리했다.

"우리가 대화를 나누고, 서로의 상태를 챙길 시간이 있었으면 좋겠다. 그게 내 의견이야."

진심이 느껴졌다. 그리고 순식간에 감화된 놈들이 튀어나왔다.

"형······."

"흑흑, 너무 감동적인데요!"

"저, 저는 좋아요…!"

"나쁘진… 않지. 하루면."

배세진까지 동의했다. 독방에 환호를 내지르던 놈까지 이러니, 결국 만장일치나 다름없었다.

"문대는?"

"…좋죠."

괜찮은 판단이었다. 돌발 행동을 예방할 수 있을 테니까. 나는 선선히 고개를 끄덕였지만, 갑자기 현실을 깨달았다.

'잠깐, 좋게 말했지만… 결국 주에 한 번 워크숍 아닌가.'

결국 이놈들 모아놓고 헛생각 없는지 점검하면서 앨범, 활동, 콘서트 이야기할… 아니다. 벌써 바닥에 퍼졌군.

"우리 완전 Teamwork 최고예요. 저 감동했어요."

"다음 모임에서 빔프로젝터를 챙겨 와도 좋을 것 같습니다."

"우리 룸서비스 시킬까요?? 먹으면서 카드 좀 하죠?"

"······."

그래, 이런 걸 그냥 직장동료 취급하기엔 멀리 왔다. 일은 무슨, 동아리방이 따로 없었다. 나는 소파에 드러누워서 인정했다. 이젠 워크숍을 들먹이기엔 이놈들이 불편하지가 않았다.

'…아니, 그 이상이다.'

부정하지 않겠다. 이 많은 인원 사이에 끼어 있는데도… 썩 편안했다.

나는 힘을 빼며 생각했다.

'한동안은 이대로 투어만 신경 쓰면 되겠지.'

…다만, 나는 하나 간과하고 있었다.

차유진의 민감한 촬영분은 회사의 강력한 조치로 빠졌으나, 내 촬영분은 별다른 항의가 없어 그대로 나갔다는 것을 말이다. '후유증을 이겨내며 최선을 다하는 완벽주의자 아이돌' 파장은… 코앞에 다가와 있었다.

겨울이 지날 때 즈음, 테스타는 미국에 이어 예정된 일본의 돔 투어를 시작했다. 그리고 일본에서의 공연이 늘 그렇듯 직캠 공급이 뚝 떨어졌다. 덕분에 컨텐츠가 메마른 팬들은 적당한 때에 등장한 다큐멘터리를 환영했다.

공백기를 메우는 동시에 이름값 높이기. 여기까진 계산대로였다. 팬들은 제법 설레했다.

-테스타도 찍을 때 됐지

-꿀노잼일 것 같지만 희대의 웃음벨 아이돌 테스타를 믿으십쇼

-예고 봤다 감동+영상미 위주인듯 이런 컨텐츠 별로 없었는데 궁금(턱 괴는 이모티콘)

그러니까… 첫 공개가 끝나기 전까지는 말이다.

테스타의 다큐멘터리 초반 화가 공개된 직후, 반응은 이렇게 바뀌었다.

-아 시발

-ㅠㅠㅠㅠㅠㅠㅠㅠ

-얘들아…

플랫폼의 특성상 한꺼번에 여러 화가 공개되었기에 팬들은 세 화를 한 번에 보며 기승전결을 파악했다. 나도 이때 처음 편집 완성본을 보았는데… 음, 이렇게 설명할 수 있겠다.

[스탭 : 좀 앉으시는 게….]

[박문대 : …(기침), 아뇨. 괜찮습니다.]

[류청우 : 할 수 있을 때 최선을 다하고 싶은 건… (편집), 네 모두가 그렇죠. 누구도 포기하지 않을 겁니다.]

다큐멘터리는 계속 테스타가 콘서트와 활동 내내 얼마나 진지한지, 고통 앞에서도 무대를 완성하고 싶어 하는지에 초점을 맞췄다.

-원래도 알았지만 애들이 이 일을 얼마나 사랑하는지 피부로 느껴진다 마음이 먹먹함

-애들 진짜 고생했다...

-볼수록 쌓이는 테스타에 대한 사랑 그리고 티원에 대한 증오..

다만 과했다. 팬들이 동요해서 우울해할 정도로.

'...질문할 때부터 알아는 봤다만.'

그래도 차유진 사태로 계약 위반 덜하면서 자제할 줄 알았는데, 도리어 차유진의 '그런 쪽' 분량이 사라지며 다른 멤버들 분량에서 이 바이브를 더 뽑아냈다. 특히 나 말이다.

[댄스 트레이너 : 문대 씨 체력이 전 같지 않기는 해요. 어쩔 수 없죠.]

[매니저 : (사고 이후) 아티스트가 이동 중간중간 충분히 휴식하실 수 있도록 더 신경 쓰는 상황입니다.]

저건 또 언제 인터뷰를 딴 거지. 전담팀 스탭들도 나오는데, 편집을 기가 막히게 해놔서 진짜 내가 부상 투혼이라도 하는 것처럼 만들어뒀다.

'인터뷰를 너무 순순히 해줬나.'

내 대답은 적당했는데, 주변인 인터뷰와 시너지로 '담담한 척'하는 것처럼 보이게 생겼다. 덕분에 물밑으로 들어가면 팬들이 더 직설적으로 불편해하는 것도 보였다.

-편집 의도가 뭐임 이걸로 영업하라고? 이런 걸 왜 공식에서 나서서 해 아 진짜ㅋㅋㅋ 감 없네

-겨우 벗어난 PTSD 다시 쑤셔넣어주기

-보는데 솔직히 마음 불편했어 문대가 그걸 정말 보여주고 싶어 했을까? 그

렇게 이 악물고 하는 애가 자기가 아프고 힘든 건 보여주고 싶지 않았을 것 같은데 그냥 기분 착잡함

하지만 큰 반향은 아니었다. 기껏해야 내가 '불우한 가정사'로 《아주 사》 1위 할 당시의 분위기가 더 심화되어 돌아온 정도니까.
'호불호가 갈린다… 정도로 정리할 수 있나.'
그 말뜻은 일반 대중 반응은 좋았다는 것이다. 이 신파 같은 감성 코드는 다큐멘터리가 지루하지 않도록, 내용을 관통하는 큰 스토리와 감정선을 만들어줬기 때문이다.

[테스타 다큐멘터리에서 박문대 후유증 이야기.jpg]
(사진) 멤버들 인터뷰 보면 생각보다 체력 손실이 심각한 듯
(사진) 무대에서 내려오면서 선아현 부축받는 장면

-무대에선 날아다니던데 쓰러지는 거 보고 놀랐어ㅠㅠ (👍 9028 / 💬 62)
-검정고시도 팬들한테 부끄럽고 싶지 않아서 본 거라던데 진짜 아이돌로서 진국이긴 함 (👍 7241 / 💬 417)
-다큐 볼만했음 여러 생각이 들더라 추천 (👍 3173 / 💬 42)

…덕분에 '아이돌에 지나치게 진심인 박문대' 이미지가 강화되었다. '한국에서 많이 보는 컨텐츠' 순위에 오르며 제작진의 제작 의도는 성

공했다고 볼 수 있겠다만, 상당히 민망했다는 것만 말해두겠다.

"오~ 진국 문대 씨~"

"그만해라."

킬킬 웃은 큰세진이 어깨를 툭 치고 소파에 앉았다. 놈의 손에도 스마트폰이 들려 있었다. 인하트와 위튜브 위주로 모니터링 중인 것 같았다.

큰세진은 어깨를 으쓱했다.

"다들 칭찬만 해. 그리고 8부작짜리 우리 다큐 이야기가 얼마나 가겠어? 이미지 걱정 마~"

"…그렇지."

맞는 말이다. 〈아주사〉 때의 '불행한 가정사를 견딘 박문대' 이미지도 데뷔 이후 활동하며 흐려졌듯이, 이것도 시간이 흐르면 지워지기 마련이었다. 무슨 대국민 예능에 출연한 것도 아니고 고작해야 OTT 서비스 전용 다큐멘터리 아닌가.

'늦어도 다음 컴백쯤에는 사라지겠지.'

일단 이놈이 이렇게 실없이 반응하는 것 자체가 별일 아니라는 뜻이기도 했다.

"문대문대, 우리 웃긴 사진이나 좀 골라봐. 하나 올릴까?"

"그러든가."

나는 분위기 중화를 위해 개그를 타며, 다큐멘터리는 완성도 괜찮게 나온 것에 의의를 두기로 결심했다.

'망하지 않았으면 됐다.'

그러나 섣부른 판단이었다.

어떤 화제는, 시간이 지난다고 자연스럽게 재평가되지 않는다. 시들지 않는다. …그래서 더 주의해 왔던 건데.

일이 터진 것은 2주 뒤, 다큐멘터리가 한창 방영 중인 때였다.

팬 외의 대중들은 대부분 떨어졌지만, 최소한 '테스타의 다큐멘터리가 나왔다'는 것을 아는 사람은 많은 상태. 남은 다큐멘터리 촬영진들도 추가 촬영을 정리한 뒤 다 떠난 그 타이밍.

대여한 작업실에서 목뒤를 잡혔다.

"박문대!! 이거 봤어??"

"왜 그러시는…."

나는 시허옇게 질린 배세진의 상태를 보고, 시선을 돌렸다.

스마트폰.

게시판에 뜬 인기 글.

1위 [차유진 카메라맨 폭행 (692)]

이게 왜… 여기 있어.

"……."

나는 당장 글을 클릭했다. 글에는 소리 없는 짧은 동영상이 첨부되어 있었다. 그리고 '인성ㅠ'라는 짧은 단어가 내용의 전부였다.

그러나 반응은 어느 때보다 뜨거웠다.

그럴 만했다. 인상 쓴 차유진이 손으로 해당 화면을 거칠게 때리듯 누르는 것이 클로즈업 정면으로 찍혀 있었으니까.

-????
-이거 뭐임 어디서 나온 거야??
-다른 사람 아닐까
 └의상이 똑같은데 무슨ㅋㅋ (캡처)
-헉

댓글에선 이미 초기에 테스타의 다큐멘터리에 등장한 차유진의 외양과 매칭해서, 이것이 콘서트 백스테이지라는 것까지 알아냈다. 그리고 상황 파악이 끝났다고 생각한 후부터는 일방적이었다.

-입모양 '그만해'네와 진짜 인성ㅋㅋㅋㅋㅋㅋㅋ
-누가 보면 카메라가 들이댄 줄 자기가 걸어와서 카메라 때리면서 그만하래
-역시 연차 차면 변하는 건 순식간이구나 와.....
 └연차 찬 돌들 머리채 그만 잡자 차갑질이 인성 터진 건데 물타기 오져
 └차갑질ㅋㅋㅋㅋㅋㅋㅋㅋㅋ
-너무 충격이라 말이 안 나옴 진짜 차유진이 이럴 줄은 상상도 못 함
-인싸인 줄 알았는데 분조장 찌질이었던 것

순식간에 멸칭에 조롱에 낙인까지 끝났다.
카메라에 손 쓰는 게 너무 깨끗하게 찍혀서 사람들이 이 건은 더 시비를 가릴 것도 없다고 판단한 것이다. 차유진의 기존 이미지가 워낙

밝고 친화력 좋았기 때문에 파장은 더 컸다.

"회사는요."

"…알 거야. 스탭들 이야기하는 걸 들은 거니까."

"잠깐."

나는 당장 나가서 최신 글들을 살펴보기 시작했다. 분위기를 보고 해명문을 조절해야 한다. 그리고 지금 판도는….

[같은 멤버가 무대에 진심인 동안 폭력적으로 진상 부리는 아이돌.jpg]

[어쩐지 다큐에 차유진만 진지한 모습이 없더만 이렇게 이유를 알 줄이야ㅋ
ㅋㅋㅋ]

[박문대 보기 부끄럽지도 않나]

X발, 나랑 비교하기 시작했다. 그뿐만이 아니었다.

[류청우도 그러더니 존나 손부터 나오는 놈들만 모아둔 듯]

[리더한테 물든 거 아니야?ㅋㅋㅋ]

류청우와는 엮기 시작했다. 비슷한 논란이 있었으니까.

다만 류청우는 안전을 보호한다는 명목이 확실했고 다른 각도 영상에서 해명이 됐다. 그러니 류청우 개인 팬들은 진절머리를 내며 액션을 취했다.

[류청우 좀 그만 놔줘 매번 이러네]

[차유진 = 때림, 류청우 = 막음]
[대체 언제까지 저 쪽한테 피해 봐야 해?]

차유진 쪽을 손절한 것이다.
그리고 이건… 차유진 팬덤이 쌓아온 사건 사고와 이미지 때문이다. 유독 '차유진만' 좋아하는 개인 팬의 목소리가 강한 초기 시절의 임팩트가 컸기 때문이다.
이젠 그렇지 않다고 해도, 전혀 다른 개인들이 팬덤의 대다수라고 해도 이미지는 계승된다. 증거가 너무 또렷한 나머지 우호적인 사람들도 입을 다물었고 남은 건 쌓인 게 많은 사람들의 목소리뿐이었다.

-그래 차유진 탈퇴하고 솔로를 해… 지친다
-병크 멤버 취급 안 합니다

《아주사》로 시작되어 데뷔와 각종 갈등을 거치며 묵은 폐단이 가장 안 좋은 타이밍을 맞아 마침내 터진 것이다. 다큐멘터리를 거치며 내 이미지가 워낙 좋았기 때문에, 더… 쉬웠다.
개인 팬들의 분위기는 이미 박살 났다. 물론 그룹 팬들 분위기도 초상집이 따로 없고.
"……."
"…너 괜찮아?"
"괜찮…."
나는 말을 하다 말았다. 괜찮지 않았으니까. X 같았다.

"미팅부터 하죠."

회사는 당연히 뒤집혔다. 그리고 다큐멘터리 제작진과 연락하며 대체 어떻게 된 일인지 알아내기 위해 기를 쓴 것 같았다. 그래서 결론은….

"…그러니까 다큐멘터리 제작진 누군가가 컴퓨터가 고장 나서 수리를 맡겼는데, 거기서 유출됐다는 거네요."

"예. 주인이 방송국 관계자 같으니까 이미 삭제한 용량도 복구한 모양이에요."

직원이 '이걸 말해도 되는지 모르겠다'는 표정으로, 멤버들의 설득에 못 이겨 꺼낸 설명이었다.

"이런 식으로 개인정보 유출되기도 한다는 소리를 듣긴 했는데, 솔직히 범죄에 당한 거라 관리 소홀 책임을 묻기도 어렵고…."

그래, 그 이후로는 알겠다.

연예인에 관련된 뭐라도 건져보려던 범죄자가 월척을 낚았지만, 차유진의 동영상은 본인이 관심 있는 분야가 아니었던 모양이다. 그래서 관심을 끌고 과시하려는 목적으로 질 나쁜 딥 웹(Deep Web) 중 하나에 글과 동영상을 올린다. 그리고 그 사이트 이용자 중 누군가가 이 동영상을 흥미 위주로 일반 웹사이트에 다시 유출했다.

그렇게 순식간에 SNS와 커뮤니티로 퍼진 것이다.

"……."

근데 X발 원리를 알면 뭐 하나, 답이 안 보이는데.

이건 정상 해명이 통하는 상황이 아니었다.

'다큐멘터리 제작진이 무리한 요구를 해서 그랬다?'

안 통한다. '불만 있으면 손부터 나가는구나'로 받아친다.

'때리는 게 아니라 누른 것이며, 다큐멘터리 촬영으로 무례한 요청을 받는 멤버를 보호하기 위해…'

누가 믿겠는가? 증거가 없지 않은가. 이미 데이터를 다 폐기했는데 그냥 변명일 뿐이다. 그 와중에 '대기업 아이돌이 영세 스튜디오 제작진한테 갑질한다' 프레임까지 쓰면… 정말 답이 없다. 공식 입장을 어떻게 내든 꼬투리가 잡힌다.

조용히 고개를 끄덕이던 차유진이 옆에서 손을 들었다.

"저 사과해요?"

"잠깐, 잠깐만. 유진아!"

"기다려 보자."

멤버들이 다짜고짜 뜯어말리기 시작했다. 나는 나도 모르게 말했다.

"사과하면 인정하는 거지. 일단 하지 마."

이게 X발 맞는 소린지 모르겠다. 차라리 사과하는 게 낫나? 근데 저 놈이 뭘 잘못했다고 사과해야 하지?

다른 답도 안 보였다. 차유진의 동영상은 너무 강하다. 그렇다면 이걸 반전시키기 위해선 이보다 강한 진실이 필요했다. 그리고 당연하지만, 원래 진실이란 건 그렇게 인상적이지 않다. 가공해야 하는데.

'언플…'

안 돼. 안 먹힐 것이다. 회사에서 별것 아닌 것으로 축소하든, 사과하든, 상황을 아무리 상세히 설명하든 안 먹힌다. 지루하고 변명처럼 들린다. 충격적이고 직관적인, 한 번에 딱 이해가 가능한 증거가 필요하지만….

없잖아.

"일단 상황이 좀 가라앉는지 지켜보면서 기다릴게요."

"예. 여러분 너무 걱정하지 마시고 다음 주 공연도 있는데 컨디션 관리를…."

회의는 그렇게 흐지부지 끝났다. 하지만 회사는 아마 밤샘 모니터링을 하며 끝없는 회의를 하겠지. 나도 스마트폰을 끼고 간만의 모니터링에 거의 밤을 새웠다.

-계정 닫습니다 더는 못 하겠음
-바람 잘 날이 없네.. 나 좋다고 하는 덕질 피곤하게 하지 말아야지 날 더 아껴줘야지. 전 이제 안 들어옵니다 그동안 감사했어요
-ㅌㅅㅌ가 이렇게 락세 맞게 될 줄은 몰랐다...

잠이 안 왔으니까.

그리고 다음 날. 나와 비슷한 짓을 했는지 다른 놈들도 얼굴이 볼 만했다. 한 놈을 제외하고.

"너 괜히 인터넷 보지 마라."

차유진 말이다. 놀랍게도 이놈이 그나마 안색이 나았다.

"네!"

차유진은 고개를 끄덕였다. 그리고 말을 덧붙였다.

"형, 너무 절 걱정하지 마요. 언제나 진실은 결국 일하니까요."

머리에 피가 솟는다. 이 새긴 뭘 믿고 이렇게 태평해. 네가 무슨 욕을 먹는 줄 알고.

"그러니까! 안 통할……"

나는 입을 악물었다.

…미쳤나? 방금 아무 쓸모도 없이 사기만 낮추는 말이 튀어나올 뻔하지 않았나. 내 일도 아니고, 남의 일에.

'…아니, 한배를 탄 거니까.'

그룹 팬들 나가떨어지는 것도 간밤에 충분히 봤다. 그러나… 나도 안다. 이건 결국 차유진이 거의 혼자 감당할 문제가 될 것이다. 이 화제가 지나가면 그룹은 회복하지만, 차유진에겐 다시 누군가 사건을 말할 때마다 뒤집히지 않을 꼬리표로 남을 테니까.

그런데도 차유진은 놀라울 만큼 담담했다.

"형, 저는 정말 괜찮아요. 저 그런 거 신경 안 써요. 무대 못 하는 거 아니니까요."

"……"

"또 저는 괜찮아도, 팀원들은 괜찮지 않다고 할 예정이에요?"

"…그건."

"절 위해 그만 신경 써줘요!"

차유진은 웃었으나, 결국 마지막엔 풀이 죽은 얼굴로 고개를 푹 숙였다.

"그리고 죄송해요. 팀에 피해를 준 건 사실이니까. 꼭 말씀드리고 싶었어요. 죄송합니다…"

"그럴 필요 없어."

나는 침착하게 대답했다.

"내가 그놈들이 잘못한 게 맞다고 동의했지. 그걸로 끝난 일이다."

"우… That's sweet. 고맙습니다!"

마음고생을 안 한 건 아닌지, 차유진은 제법 감동 받은 기색이었다. 나는 한숨을 참았다.

'앞으로도 마음고생을 하게 될 텐데 말이지.'

그런데도 여전히 정답은 없었다. 때로는 풀 수 없는 오해도 생기는 것을… 인정해야 하나.

나는 본인 방으로 들어가는 차유진을 등지고 소파에 앉았다.

"……."

저놈 잘못은 아니다. 그리고 할 수 있는 조치를 다 했으니, 누구의 잘못도 아니다. 그래.

'그냥… 상황이 X 같이 나쁜 쪽으로 맞아떨어진 거지.'

…정말인가? 나는 소파에서 몸을 일으켰다. 위화감이 들었다.

어딘가 인위적이었다.

'정말 그게 답인가?'

하필 차유진 동영상이, 하필 운 나쁘게 컴퓨터에서 유출된 게 전부라고? ……기본 전제로 돌아가 보자.

'애초에 저 동영상이 대체 왜 그 컴퓨터에 남아 있었지?'

우리가 조치에 들어가며 차유진 저 촬영분은 다 파기하지 않았나. 수리 샵에서 복구를 했다고 해도 저렇게 깔끔하게 결정적인 부분만 살았다고? 그 긴 촬영분 중에?

"……아."

나는 그제야 상황을 제대로 파악했다.

"잘라났네."

이 새끼들, 나중에 협상이든 뭐든 써먹을 데가 있을까 봐 차유진 필름을 일부만 잘라서 개인 컴퓨터에 보관해 놓은 것이다. 앞뒤 정황이 나오면 본인들만 불리해지니 차유진이 행동을 취하는 부분만 딱 잘라서.

'개X끼들이.'

유출은 의도적이지 않은 것이라고 하더라도 어쨌든 이 새끼들이 원인이었다. 다큐 찍는다는 새끼들이 사명감 대신 해먹을 생각만 가득해서.

"하하."

갑자기 머리가 핑핑 돌아갔다.

나는 빠르게 놈들의 스튜디오 정보와 명단을 확인했다. 차유진 이미지가 완전한 회복이 불가능하다면, 이 새끼들도 뭔가는 회복이 안 되게 해줘야 하지 않겠는가.

'약점.'

정보가 필요했다. 나는 우선 내가 받아서 찍어둔 다큐멘터리 계약서의 이미지 파일들을 다 확인했다.

대표, 담당 프로듀서, 작가…. 그리고 담당자 메일 주소.

[문석춘
/ slowchoon2@myfilmj.com]

회사 메일이지만 상관없다. 중요한 건 메일 주소 앞 아이디니까.

'아이디는 잘 안 바꾸지.'

이 스튜디오 홈페이지에서 연혁을 확인한 뒤, 설립 이전으로 검색 조건을 줄인다. 그런 뒤 아이디를 흔한 검색엔진 주소와 엮어, 이름들과 함께 몇 번 조합을 바꾸어 검색하면… 몇 년이나 된 예전 기사들이 몇 가지 뜬다. 어떤 프로그램 런칭 이야기다.

그리고 내용 하단에 뜬 '새롭게 합류하는' 스튜디오 제작진의 주소와 이름이 있다. 일치한다.

'그렇지.'

한두 개 정도는 이런 것까지 기재하는 기사가 있을 법하지.

"찾았다."

-스튜디오 이오제의 문석춘 프로듀서(slowchoon2@ioujay.com)….

그리고 이 기사의 제목은?

[<아이돌 주식회사> 시즌2 제작 확정]

그렇다.

이 새끼들, 혼성 기획했다가 패망한 〈아이돌 주식회사 2〉 제작진들이었다. 프로그램을 말아먹고 예능국에서 나오며 교양국 쪽 스튜디오로 넘어온 것이다.

"재밌네."

나는 이빨이 보이게 웃었다.

명제를 만들어보자.

이번 테스타 다큐멘터리 제작진은 〈아이돌 주식회사 2〉가 망한 뒤 스튜디오를 세탁하고 나온 놈들이다. 그리고 계약 위반 동영상을 유리한 지점만 자른 후, 빼돌리려다 유출까지 시켰다.

"……."

이 X발 새… 진정하자. 정리하니 더 어처구니가 없군.

'피드백할 놈이 필요해.'

머리에 열이 올라서 추리가 비약될 수 있으니, 사고의 밸런스를 유지해야겠다. 나는 지금 가장 차갑게 사고할 수 있는 놈에게 해당 사실을 알려줘 보았다.

"…어쩐지."

추리를 들은 큰세진의 얼굴에서 유들유들한 기색이 싹 지워졌다. 이제야 납득이 간다는 표정이다.

"교양치고는 스토리 빼려던 게 과하더라."

"그래."

진짜 교양 인력과 섞여서 다큐멘터리적 광기로 오인했다. 그건 예능용이 맞았다. 덕분에 테스타 다큐멘터리가 재미는 있었다만, 일을 이렇게 진창에 처박았으니 그것도 본인들이 감당해야지.

'밥그릇을 박살 내줘야 하는데.'

다신 예능이든 예능탈 쓴 연예인 교양이든 이 새끼들이 하는 꼴을 볼 생각은 없다.

뭘 하면 좋을까. 우선 가장 편하고 간단한 방법이 있다.

"T1에 알리는 게 어때."

"음, 아주사2 제작진인 건 회사도 진작 알고 있지 않았겠어? 이제 보니까 본인들 라인이라 우리 다큐멘터리도 맡긴 것 같네."

나는 고개를 저었다.

"그걸 말하려는 게 아니야."

"그럼?"

"정황에 의혹을 심어주려는 거지."

이 사건의 시각을 약간만 바꾸면 회사가 민감해할 문장이 되니까.

'소속 가수 민감한 영상을 일부러 따로 떠서 타사에 팔거나 딜 보려던 것 같아요.'

치명적인 배신에 대한 의심이다. 그것도 실수가 아니라 다분히 고의적으로 이득을 보려는 시도로.

골드 1의 소속사 산업스파이 때도 증명되었듯이, 대기업일수록 본인들이 호구 잡혔다는 생각이 들면 격분하는 경향이 있다.

'그럼 그렇게 호구 잡힌 기분이 들게 해주면 그만이야.'

나는 빠르게 해당 사항을 설명한 뒤, 뒷말을 붙였다.

"키워줬더니 뒤통수 맞았다고 생각해서 더 화낼 것 같단 말이지."

〈아주사 2〉로 박살 난 놈들 구제해 줬더니 은혜도 모르고 눈이 뒤집혔다고 생각하도록 살살 부추기자.

'뭐, 틀린 말도 아니지 않나.'

그럼 본사가 알아서 이 제작진 새끼들이 다신 메이저 업계에 발 못 붙이게 손절할 것이다. 그리고 만일 아니라도 상관없다고 생각하겠지. 의구심만으로도 꺼림칙하고 찜찜하니까. 영세한 스튜디오 하나 없어지는 건 흔한 일이니까.

깔끔하고 강력한 사회적 절망이다.

"……."

큰세진은 턱을 문지르는 것 같더니, 곧 쓴웃음을 지었다.

"솔직히… 통할 것 같긴 하다? 문대가 워낙 말을 잘하잖아."

"그런데."

"그렇지. '그런데'…, 그게 우리 상황에 득 될 건 없지 않나? 그냥 복수니까."

"……."

큰세진이 어깨를 으쓱했다.

"뭐, 배세진 형님 같은 분은 그럭저럭 좋아하실 것 같긴 한데… 이렇게 하면 우리가 아니라 회사 손에 넘어가고 끝이야."

"…그렇지."

배세진이 좋아할지는 썩 모르겠다만, 어쨌든 후반부는 맞다. 이 방법을 쓰면 부작용이 있다.

'이걸로 끝내야 해.'

차유진의 공개적인 해명에 이놈들을 또 직접 거론하긴 힘들다. T1의 압력은 당연히 대중에게 부당한 갑질로 보일 테니까. 그리고 그건 차유진의 논란과 색이 겹친다.

　-차유진 갑질한 걸 가지고 엉뚱한 다큐 제작진에게 또 갑질ㅋㅋㅋ

-그 회사에 그 아이돌 와우네

이런 소리가 나오며 역효과가 나겠지. 물밑으로 조용히 처리해야만 이놈들의 커리어를 아무 옹호 없이 순조롭게 끝장낼 수 있다.

그리고 그게 지혜로운 방법일 것이다.

"⋯⋯."

근데 X발 왜 이렇게 이 안이 마음에 안 드냐.

큰세진 말대로다. 나는 소파 팔걸이를 후려쳤다.

"그 점이 마음에 안 드는데."

"그래, 너 그럴 줄 알았다."

이 제작진 새끼들이 부당한 압력에 판 접었다고 정신 승리할 그림이 보이니까 짜증 나는데. 게다가 이건 내가 굳이 안 꺼내도 이미 T1에서도 비슷한 생각을 하고 있을 것 같단 말이다. 거기도 머리가 있으면 유사한 추리를 하지 않았겠는가.

'그 판에 그냥 바람 좀 불어넣는 거지, 뭐 대단찮은 발상은 아니야.'

그리고⋯ 이 지랄을 해도 차유진에게 실질적으로 득 될 게 없는 것도, 맞다.

'망할.'

나는 소파 머리에 대가리를 박았다. 더 X 되게 만들어야 하는데.

"워워, 문대야 얼음물 가져다줄까?"

"아니."

생각하자. 이 새끼들도 충분히 조지면서 차유진에게도 득이 되는 길은 없나?

그리고 무심코 말했다.

"…덮어씌울 수 없나."

차유진 대신 이 새끼들을 인터넷 희생양으로 던져줄 방법은 없냐고.

큰세진의 목소리가 오묘해졌다.

"어휴, 그럼 최고긴 한데… 음."

비현실적인 개소리란 뜻이군. 맞다. 〈아주사2〉 출신이란 정도는 '어쩌라고'로 끝난다. 여론몰이하느라 애쓴다고 하겠지.

머리가 차가워진다. 그래. 쓸데없는 망상은 그만하고 현실적인 판단을 하자. 제작진 X 되게 만드는 건 언제든 할 수 있다. 그 가능성을 검증하긴 했으니 일단 킵한다.

'그리고 그나마 차유진에게 득이 되는 길은….'

…여러 번 생각했지만, 지금 당장은 없다.

그러니까 좀 더 멀리 보고서라도 생각하자. 사람들이 차유진 갑질 이야기가 식상하고 지겨워질 때쯤, 차유진 팬들이 위안이라도 받고 남아 있을 만한 이야기를 풀어야 한다.

'차유진 평소 행실에 대해 떠들어줄 사람.'

필요한 건… 목격자다.

"증언을 모으자고 해야겠어."

"증언? 아, 유진이 착한 애다~ 이런?"

"어. 나중에라도 먹히게."

"…그래. 지금으로선 그게 제일 좋은 것 같다."

뻔하지만, 지금 타이밍 잘 잡아서 빠르게 터뜨리면 시간이 좀 지나고 그나마 먹힐 가능성이 있는 방법이다. 큰세진이 쓴웃음을 지었다.

착잡하다는 뜻인가.

'정신 승리는 내가 하고 있는 것 같군….'

나는 혀를 차며 소파 위로 스마트폰을 던졌다. 큰세진이 등을 두드린다.

"문대문대, 고생했어. 너무 고민하지 말고."

"그래."

…맥주가 당겼다.

그렇게 나흘이 지났다.

그리고 예상대로 시간이 흘렀다고 여론이 반전되는 일은 없었다. 다른 건수가 안 나오니 첫날보다야 잠잠했으나, 지금도 심심하면 차유진의 과거 영상을 꺼내와서 '이제 보니 싸하다' 같은 소리를 지껄이는 놈들은 깔렸다.

계획대로 테스타가 자주 가는 샵이나 같이 일했던 관계자들에게서 주어 없는, 혹은 의미심장한 차유진의 옹호 글들이 올라오긴 했다. 하지만 '회사가 애쓴다'는 비웃음으로 대부분 밀렸다.

'이대로 차유진이 콘서트에 나오면….'

모르겠다. 차유진이 멀쩡해 보여도 욕먹고 멘탈이 나가 보여도 구설수가 될 것이다.

"후."

나는 스마트폰을 내렸다. 머리가 지근거렸다. 그때였다.

"문대 씨, 죄송한데 전화 좀."

"…? 예."

작업실 구석에 앉아 있던 매니저가 본인의 스마트폰을 가져와서 넘 겼다.

'이렇게 연락할 만한 사람은 없는데.'

피로 속에서도 의아해할 무렵, 매니저가 작게 말했다.

"그… 미리내 멤버분이던데요."

"…!"

순간, 연락의 이유에 대한 몇 가지 추리가 머리를 스쳤다.

설마. 나는 스마트폰을 귀에 가져다 댔다.

"전화 바꿨습니다. 안녕하세요."

–안녕하십니까, 선배님!

지난번에 대화했던 목소리다.

'아주사 2위로 데뷔한 후배였나.'

간만이다만 안부 인사로 시간을 소모하기엔 상황이 급했다. 나는 바 로 본론으로 들어갔다.

"용건이 있어서 전화 주신 것 같은데, 맞을까요."

–네? 예!! 그… 사실 부탁을 받아서요.

추리가 현실에 가까워진다. 나는 참지 못하고 말했다.

"미리내 콘서트 스탭분이 부탁하신 겁니까?"

–…!! 예, 예? 아니, 그….

그리고 결국 내가 원하던 답이 나왔다.

–넵. 정확한 판단이십니다…!

"……."

미리내의 콘서트 스탭.

테스타는 미국에서 같이 일했던 스탭들을 일본에 다 데려오진 않았다. 일본 공연은 현지 스탭의 비중이 큰 경향이 있으니까. 대신 그 스탭들은 본부장이 추진하는 미리내의 소규모 미국 투어에 붙었다.

그러니까, 지금 후배가 말하는 저 스탭은….

'우리가 다큐멘터리 찍을 때는 테스타와 일했을 확률이, 높다.'

후배는 약간 떨리는 목소리로, 꿋꿋하게 말을 이었다.

-그… 저희 근육 봐주시는 언니가, 선배님들 콘서트 때도 근무하셨다고 하는데요. 어, 관계자 증언 구하신다는 말을 들었다고….

그래.

-이건 정말, 그 신변 보장을 꼭! 꼭 조건으로 드리고 싶다는 말씀인데….

"당연히 그래야죠."

-네네…!

후배가 침을 삼키는 소리 다음에, 본론이 나왔다.

-그 언니가… 녹음을 하셨다고 해서요.

X발. 나는 스마트폰을 있는 힘껏 쥐었다.

'안마사면… 다큐멘터리 제작진이 차유진 긁을 때 옆에 있던 스탭이다!'

됐다. 됐다! 이걸 증거로 들이밀면 옹호 여론이 절반은 될….

-선배님?

…아니, 진정하자. 확인이 먼저다. 나는 평정을 되찾았다.

"어떤 녹음인가요."

다큐멘터리 제작진이 지랄하는 내용이 녹음됐다고 말해라.

—어… 그러니까…….

후배는 긴가민가하다는 목소리로 대답했다. 예상도 못 한 내용을.

—그, 차유진 선배님이 언니를 보호해 주셨다는데요.

…뭐??

녹음을 제보한 스탭의 이야기는 이러했다. 다큐멘터리 제작진은 그
림을 뽑기 위해 테스타뿐만 아니라 다양한 관계자들에게서도 인터뷰
를 따려고 했다. 그리고 그중엔 이 스탭도 있었다.

*—근데 언니는 신체 상태 같은 건 민감한 문제니까 안 되겠다고 거절
했나 봐요.*

'인터뷰해도 괜찮다'는 허락을 본인에게 받아오라고 했는데 다큐멘터
리 제작진은 차유진 태도상 그게 불가능한 것을 알았을 것이다. 그래
서 스탭에게 집요하게 반복적으로 재요청하거나 실수로 말을 흘리는
상황을 종용한 것이다.

상당히 스트레스였지만 도움을 요청할 만한 분위기가 아니라 일단
참았다고 한다.

-그런데 그것도 안 통하니까⋯ 몇몇 사람이 막 비아냥거리면서 위협적으로 굴었나 봐요.

그걸 차유진이 목격했는데, 바로 와서 도와줬다는 것이다.

-굉장히 단호하셨대요.

그리고 평소 직업 특성상 헛짓해 보려는 새끼들이 많아서 상시 녹음을 했는데, 그것도 녹음이 됐다고 한다.

-정말 고마웠던 거라 많이 고민하다가 말씀하신다고⋯ 합니다.

'⋯동시에, 녹취에 민감한 업계니 밝히는 것까지 고민이 많았던 거고.'
　그래도 차유진의 행동력에 감동했고, 현 상황을 두고 볼 수 없어서 결국 제보하게 된 것이라고 한다. 나는 팔짱을 꼈다.
　"⋯라고 하시는데."
　"오, 기억나요!"
　차유진은 해맑게 대답했다.
　"기억이 난다고."
　"네! 큰 카메라 사람이 스탭 겁줬어요. 싫다고 하는데 말 안 들었어요! 저 그래서 그만! 하고 말했⋯ 으악! 김래빈 미쳤어??"
　"그런 일이 있었으면 진작 이야기를 했어야지!"
　아무도 차유진을 때리는 김래빈을 말리지 않았다. 그러자 차유진은 억울하다는 뜻이 외치기 시작했다.

"잠깐, 잠깐만요! 그걸 말한다고 사람들이 다 저를 믿는 거예요? 이건 제가 카메라 막은 거랑은 다른 화제잖아요!"

순진한 새끼.

"같은 화제로 만들면 그만이야."

"What??"

"보기나 해라."

나는 멤버들을 대동하고 회사에 전화를 걸었다. 스탭의 녹음본은 이미 확보된 상태였다.

차유진 동영상 유출 후 닷새.

인터넷에서 차유진은 이미 너덜너덜하게 뜯기고 추락한 상태였다. 그리고 충분히 씹어 단물이 빠진 논란을 두고 사람들은 추가적인 즐거움을 찾았다.

바로 이 동영상의 출처였다.

-빼박 스탭 유출임ㅋㅋㅋㅋ
 └나도 이렇게 생각함 차유진 지랄 맞음에 이 갈다가 폭로한 듯
-야 얼마나 갑질이 심했으면 고소를 무릅쓰고 유출을 했을까 불쌍함
-여기서 소속사가 고소공지 딱 때리면 그린 것처럼 전형적인 갑질 논란이네 차유진이 이렇게 갈 줄이야ㅉㅉ

게다가 소속사는 아직도 대응이 없었기 때문에, 사람들은 이 침묵을 사실상 시인으로 보았다.

-할 말이 없으니까 입 다물고 있네ㅋㅋㅋ
-이건 부정을 못 해서 대응을 못 하는 거임
-차라리 합성이라고 해보지ㅉㅉ

관계자들이 올리는 애매한 옹호 글들은 짧고 강렬한 그 동영상보다 너무나 임팩트가 약했다. 더는 논할 가치도 없이, 차유진의 논란이 그대로 이미지로 고착화하려던 순간.

-이거 차유진 이야기 같은데 (링크)

그제야 기사가 떴다.
그러나 초점은 차유진이 아니었다.

[테스타 다큐멘터리 촬영 논란... 콘서트 스탭 녹취록 공개]
[또 방송 甲질? 테스타 다큐멘터리 제작진 녹취록 재구성]

바로 테스타 다큐멘터리 제작진에 대한 고발기사였다. 연예인들의 사생활 침해로 유명하지만, 그렇기에 자료는 더 사실적이라고 인식이 은연중에 퍼진 언론사였다.

[(단독) 테스타 콘서트 스탭이 녹음본을 제보한 이유... "방송국이 만든 괴물"]
202×년 1월. 테스타가 월드 투어를 시작했다. 그리고 투어의 비하인드를 보여주는 다큐멘터리를 촬영했다. (사진)
다큐멘터리 속 테스타 멤버들은 간절하고 진솔했다.
그러나 이 다큐멘터리의 촬영 과정은 진솔했을까?
얼마 전, 메일을 통해 한 스탭의 녹음본이 제보되었다.
....

기사는 그들이 다큐멘터리를 촬영하기 위해 얼마나 강압적으로 나왔는지, 더욱이 눈치 볼 것 없는 스탭들에겐 얼마나 경우 없이 굴었는지 적나라하게 보여주었다.

제작진 : 말을 잘 못 알아들으시나? 왜 이렇게 대답을 못 하세요?
스탭A : ....
제작진 : 좋다, 나쁘다 한마디도 안 해. 진짜 비협조적이네. 그림 잘 안 나오면 OO 씨 잘못도 있는 거예요. 알죠?

그리고 후반에 본색을 드러냈다. 바로 차유진의 동영상과 해당 녹취

록을 엮은 것이다. 본래 여기에서 파생된 동영상이 아니었지만, 마치
그렇게 보이도록 묘사를 곁들여서.

제작진 : 말 안 들리냐고요. 이게….
차유진 : (달려와 카메라를 누르며) 그만해요!

편집의 마법이었다.

그러나 설령 제작진이라 하더라도 이것이 짜깁기라는 걸 증명할 수
없었다. 녹음본은 원본이 있고, 촬영 데이터는 원본은 없으니까. 게다
가 기사는 차유진을 더 언급하는 대신, 철저히 '얼마나 갑질이 심했으
면, 아티스트가 달려와서 막았겠는가'의 논조를 유지했다.

옹호가 아닌 고발을 위한 기사로 보일 수 있도록.

기자는 자체 조사 결과, 해당 제작진이 본래 다큐멘터리 제작팀이 아닌 예
능 제작팀이던 것을 확인했다.

바로 <아이돌 주식회사 2>의…….

그리고 마무리로 그들이 과한 자극성과 무리수로 망한 〈아이돌 주
식회사 2〉 출신이라는 것을 밝히며 메시지를 확실히 했다. 이놈들은

충분히 그림 뽑겠다고 사람 괴롭힐 놈들이라는 것을 말이다.

'이 제작진은 욕할 명분이 충분하다.'

저격이나 다름없었다. 차유진이 맞은 폭탄을 만든 놈에게 다시 돌려주겠다는, 누군가의 강력한 의지였다.

-미친 아주사2 제작진;;;
-소름 돋네 ㅅㅂ

그리고 그 의지는 통했다.
논란을 비난하는 재미도 새로운 창작이 없다면, 시간이 흐를수록 식상하고 질리기 마련이었다. 특히 이미 닷새간 차유진 논란에서 실컷 단물을 빨아먹고 지겨워지던 사람들은 새롭게 등장한 반전 요소와 사건에 흥분했다.
욕할 대상을 뺏는 것이 아니라, 새 대상을 공급하는 행위였기 때문이다.

-제작진 갑질 미쳤나 봐
-이런 인간들은 대체 어디서 찍어내는 거지 매번 튀어나오네 지들이 뭐라고 스탭한테 지랄이야
-망주사 임팩트ㅅㅂㅋㅋㅋㅋㅋㅋㅋ
-아니 무슨 마피아 게임도 아니고 반전 뭐냐고
-스탭분 진짜 무서웠겠다 녹음해서 다행이야ㅠㅠ

이 제작진이 차유진 같은 유명인이 아니더라도 화제성은 여전했다. 〈아이돌 주식회사〉는 워낙 유명한 시리즈고, 특히 시즌 2가 워낙 획기적으로 망했었기 때문이다. 사람들은 제작진의 이력이 드러난 것을 마치 비밀이 들통난 것처럼 흥미로워했다.

그리고 새 대상을 더 편하게 비난하기 위해 차유진을 피해자 포지션으로 돌려주었다. 차유진을 욕할 때 박문대에게 그랬듯이.

-이 미친 새끼들 때문에 차유진 괜히 욕 먹은 거 어떡함 나 같으면 정신병 걸렸음

-ㅊㅇㅈ 불쌍해서 말이 안 나오네 진짜

-동영상도 제작진이 유출한 건 아닌지 의심 듬 차유진이 저래서 밉보인 거 아님?

└와 ㅅㅂ

└이거면 진짜 소름...

제작진은 순조롭게 직전 차유진보다 더 끔찍한 인성의 소유자로 여론이 탈바꿈되고 있었다. 그리고 순식간에 반전의 기미를 보이는 여론에 제법 많은 팬과 사람들은 진한 탈력감을 느꼈다.

-일단 욕부터 박더니ㅋㅋㅋㅋ 인류애 박살

-그렇게 중립기어 박자고 해도 영상이 가장 확실한 증거라며? 아니잖아 조금만 기다려주지.. 조금만

└그땐 솔직히 너무 정황 확실하지 않았나 욕한 사람들 탓할 순 없지

└팬인 것 같은데 그냥 지금이라도 다행이라고 생각해 그게 마음 편할 듯 이 새끼들 안 변함..

상황을 납득할 수 없어도 별수 없었다. 지금 겨우 차유진이 승기를 잡은 이 여론에 찬물을 끼얹는 것은 너무 위험한 일이었다. 차유진을 욕했던 것을 어떻게든 합리화하고 싶은 사람들은 많았으니까. 그래서 이런 팬들도 입을 다물고, 사람들이 제작진을 비난하며 차유진의 이미지를 회복시켜 주는 것을 받아들였다.

그리고 차유진의 회복은 이 반동을 받아 쭉 기세를 타고 퍼졌다. 이 기색은 소속사가 슬그머니 입장문을 내며 더욱 심화했다.

["제3자에게 피해가 갈까 봐"...T1 스타즈, 테스타 차유진 입장 밝혀]

-녹음 없는 줄 알고 그냥 입장 내면 스탭이 오해받아서 피해볼까봐 함부로 당장 말 못했던 거래

└ㅠㅠㅠㅠㅠ아진짜 눈물 나네

-유진아 더 잘 되자 넌 너무 대단하고 멋진 앤데 왜 이렇게 억울할 일이 많은지 모르겠어 앞으론 행복한 일만 가득했으면..

-진짜 대단하다 나 같으면 저렇게 못 기다려줬을 듯

-스탭분이 제보해줘서 다행이다 역시 주변인한테 잘해야

물론 행간에서 위화감을 눈치챈 사람도 있었다. 그것이 여론이 회복

하는 상황에 대한 반발심이라고 할지라도 말이다.

-근데 차유진 왜 카메라를 눌러? 제작진이 굳이 카메라를 들고 스탭한테 저랬다고..? 흠

    └다큐멘터리 촬영 중에 한 거겠지 어차피 본인들이 편집하니까 상관없었을 듯

    └와 진짜 어떻게든 까려고 하네 녹취록 나와도 안 믿냐?

    └망주사 스튜디오에서 알바 풀었나ㅋ

-녹취록이 있는데 5일 동안 뭐한 거지 그동안 녹취록 만들어서 언론에 넘긴 거 아닌가

    └이분 티원 스타즈에게 고소장 받을 예정이라고 하심

물론 이쪽은 기운을 차리고 펄펄 날아다니기 시작한 차유진의 팬들에게 사정없이 깨졌다. 차유진 팬들은 지난 닷새간의 패배감을 해소라도 하는 것처럼 사방에 소식을 퍼뜨리고 프레임을 바꾸기 위해 전력을 쏟았다.

-아주사2 제작진들... 사람 인생 망치는 버릇을 못 버린 듯

-차유진은 갑질을 막아준 건데 졸지에 본인이 뒤집어쓴 거였네ㅉㅉ

-어쩐지 아무도 해명이 없더라니 해명하면 티원 식구인 아주사 출신 스튜디오가 좆 되니까 그런 거야?ㅋㅋㅋ 환멸 오지고~

원래도 이런 일에 강한 구성원이 많았던 팬덤이 적극적으로 가세하

자 여론은 급속히 돌아섰다. 그리고 그 급한 속도에 반발이 나올 즈음
마다 기사와 정황이 하나씩 튀어나왔다.

[아주사2 제작진들 입장문 냈다]
[암튼 스탭 착각임.jpg (feat. 입장문)]
[T1 드디어 갑질 스튜디오 손절한 듯]

그 작업이 서너 번 반복될 즈음엔, 이 논란도 천천히 식어서 저편으
로 사라지게 되었다.
그렇게 차유진은 꼬리표를 뗐다.

나는 최신 기사를 확인했다.
다큐멘터리 논란과 관련된 새 기사에 달린 댓글들.

["갑질 스튜디오" 문 닫나... 필름J 홈페이지 폐쇄 (21)]

몇십 개 수준으로 규모가 줄어든 데다 별거 없는 짧은 감정표출들
이 대부분이다.
"음."
나는 화면에서 시선을 떼고 고개를 들었다.
"끝났어. 넘어간 것 같다."

"후!"

"으아아아…."

"다행이다 유진아…."

여기저기서 죽는소리를 내며 멤버들이 엎어졌다. 일이 무사히 정리되길 기다리며, 공연 컨디션을 위해 지금까지 인터넷 모니터링을 거의 안 했기 때문이었다. 늘 하던 그 분위기다.

'당사자 아닌 놈들이 더 난리군.'

나는 자기 혼자 소파에 멀쩡히 앉아서 맥주를 까는 놈을 쳐다보았다. 탁. 차유진은 캔을 내려놓으며 진지하게 입을 열었다.

"형은 천재예요."

말은 잘하는군. 아무래도 이번 증거 조작이 상당히 인상적이었나 보다.

"안마사분한테 감사해라. 난 그분 녹음 회사에 넘긴 것밖에 한 거 없다."

"당연히 감사하죠! 선물이라도 드리고 싶은데…."

"절대 안 돼. 감사만 해."

선물 준 걸 들켰다간 또 소설 쓰는 새끼들 튀어나온다. 그 스탭은 T1에서 알아서 이득 보게 챙길 테니, 마음만 보내는 게 서로에게 좋다.

"Umm, Okay."

차유진은 고개를 끄덕였다. 그리고 상당히 공손히 내게 본인이 딴 맥주를 내밀었다.

"…?"

"알코올 없어요! 형 많이 마셔요! 많이 감사합니다."

"…그래."

다시 보니 정말 '0.00%'가 붙어 있다. 이젠 이놈까지 내 무알코올을 챙기는군. 나는 약간 떨떠름한 기분으로 맥주 캔을 들었다.

"문대문대! 짠부터!"

"자, 잠시만…! 나 아직 안 열어서…."

"……."

거참.

나는 잠시 기다린 뒤, 기어코 캔을 내미는 놈들에게 내 맥주를 맞부딪쳐 줬다. 그제야 정신 차린 놈들이 신나게 건배하며 싱글벙글 웃는다.

"좋네~ 마음 편하니까 음식이 맛있다. 그렇지?"

"예! 이 호텔은 룸서비스 음식들이 참 맛깔스러운 것 같습니다."

그래. 지금 우리는 다 같이 호텔 방에 있다. 오늘이 주에 한 번씩 멤버가 같은 방에서 합숙하는 날이니까. 류청우가 제안했던 그거 말이다.

일본 투어가 마무리됐으니 뒤풀이 겸, 차유진 회생 기념 겸 오늘은 약간 분위기를 살렸다. 나는 널린 음식과 음료를 보며 어깨를 으쓱했다.

'사실 원래는 투어를 추가로 더 잡을 예정이었던 것 같은데.'

회사는 도쿄 돔에서 한 번 더 앵콜을 하는 걸 계획했던 것 같다만, 차유진 논란과 겹치면서 몸 사리느라 없어졌다. 그래서 내일이면 귀국이다. 물론 쉬는 건 아니다.

"한국에서 앵콜 콘서트도 잘 마무리하자."

"좋죠~"

앵콜 콘서트를 한국에서 곧 하게 될 것이다. 몇 주간 피로했을 국내 팬들에게는 좋은 일이었다.

'그렇게 생각하면… 돔 투어랑 논란 시기가 겹친 게 그나마 악운이

강한 거였나.'

일본 공연은 자료가 거의 안 나돌고, 기껏해야 감상문과 흐릿한 사진만 돌아서 차유진도 좀 더 편하게 공연했을 것이다. 기사가 새 공연 전에 터져서 다행일 뿐이었다.

나는 지난 투어의 공연들을 한번 점검했다.

'음, 투어 자체는 이번에도 괜찮았지.'

본진의 맛이 특수한 건 사실이나, 국외는 또 국외 나름의 맛이 있었다. 현지 언어로 번역하거나 그 동네 유명 곡을 부르는 게 꼭 하나씩 끼어 있어서 신선했단 말이지.

나는 오랜만에 편하게 공연에만 신경을 쏟으며, 맥주를 즐겼다. …무알코올이지만. 그리고 다른 놈들이 떠드는 소리를 들었다.

"유진이 그동안 힘들 텐데 공연도 다 소화하고, 수고 많았어. 관객분들이 다 즐기셨을 거야."

"…고생했다."

배세진까지 어색하게 차유진의 등을 두드리고 있었다. 알코올의 힘인가. 나는 아무 생각 없이 그것을 보다가, 눈이 마주친 놈들에게 뜬금없는 소리를 들었다.

"문대도 고생 많았지."

"…맞아. 너도 그… 대단했어."

"…??"

옆에서 큰세진은 또 뜬금없이 폭소했다.

"야, 네가 제일 난리 쳐놓고는 표정이 왜 그래~"

"난리?"

"그래! 너 막 스마트폰 보다가 던지고, 소파 때리고 아주 화려했어~ 기억나지?"

"……"

나는 잠시 내 전적을 회상했다.

'맞네.'

그리고 신음했다.

"…짜증 나서 그런 거지."

"왜 짜증이 났겠어? 어? 우리 멤버 유진이가 너무~ 걱정되니까 그런 거 아니겠어?"

아니다. 이번엔 정말 무슨 짓을 해도 답이 안 보이는 상황이라 열 받아서 그런 건데. 그러나 차유진과 어깨동무를 한 큰세진은 입이 찢어질 듯이 웃고 있다.

"아~ 우리 팀 진짜 분위기 좋아~"

"……"

뭐, 그래.

그렇게 생각하자면… 맞는 말일 수도 있겠다. 이 정도로 이 그룹에 소속감을 느끼게 될 것이라곤 전혀 예상하지 않았으니까. 그리고 감정은 언제나 영향력이 있는 법이다.

나는 결국 웃고 입을 열었다.

"그래. 걱정했지. 안 할 수 없잖아."

"…!"

그리고 차유진을 보며 말했다.

"잘 버텼어. 고생했다."

이놈이 탈주했으면 일이 배로 힘들었을 텐데, 의연한 놈이라 수습이 가능했으니까.

"……."

차유진은 입을 꾹 다문 채로 대답이 없었다.

'그러고 보니 아까 전에 다른 놈들 말에도 대답이 없었던 것 같…'

그 생각이 끝나기도 전에, 차유진이 훌쩍거리기 시작했다.

"…!"

"유, 유진아?"

차유진은 또 대답하는 대신 이번엔 옆 사람의 머리통을 부여잡았다. 졸지에 습격받은 김래빈이 샴페인을 놓치고 기겁했다.

"야, 차유진!"

"으허헝!!"

그러나 선아현마저도 놈을 말리지 않았다. …차유진이 이 일로 우는 것은 처음이었으니까.

"……흠."

김래빈도 결국 차유진의 상황을 보고 납득했다.

"형…."

그렇게 차유진은 친구의 머리통을 부여잡은 채로 꽤 오랫동안 신나게 울어재꼈다.

속 시원한 밤이었다.

다음 날 귀국길. 김래빈은 상황의 특수성을 고려해 본인의 친구를 너그럽게 용서해 주겠다고 말했다.

"차유진이 자칫하면 그룹 활동을 못 하게 될 수도 있는 상황이었으니, 불안과 염려를 저도 이해합니다."

맞는 말이다. 그러니 T1도 깔끔히 스튜디오 쪽을 버린 것이겠지. 그룹에 타격이 심할 수도 있는 문제니까. 별 성과 없는 스튜디오 하나보다야 수익이 천문학적이며 영향력 있는 아이돌 그룹 하나 잘 보존하는 게 이득이었다는 뜻이다.

물론 이렇게까지 한다고 해도, 시간이 좀 지나면 차유진에게 다시 어느 정도 화살이 돌아오게 되겠지만 말이다.

-그래도 손부터 나간 건 싸하다
-차유진도 잘했다고 보긴 힘들지않나 충동적인 성격으로 보임

아마도… 이런 발언이 나올 것이다. 이런 논란은 한번 생긴 이상 깨끗이 사라지진 않는다. 앞으로 차유진은 비슷한 논란을 만들지 않기 위해 몇 배로 신경을 기울여야 한다는 뜻이다.

'불편한 일이지.'

게다가 제일 큰 문제는… 팬덤 내부 결속이 작살났다는 점이다.

그룹 자체를 좋아하는 팬 중 차유진을 욕했던 사람 대부분은 미안해하며 안도하거나, 조심스러워하고 있다. 좋은 컨텐츠 하나로 봉합될 정도의 긴장감이라는 뜻이다.

문제는 개인 팬덤 쪽이다.

'이건… 자연 회복이 힘들 것 같은데.'

일단 차유진 팬들 쪽이 엄청난 충격을 받은 것 같다. 다른 멤버의 개인 팬들에게서 사건 터지자마자 차유진을 탈퇴시켜야 한다는 의견이 꽤 나왔기 때문이다.

-몇 년이나 우리 애 성격 행동 다 봐놓고도 일 터지자마자 손절하는 거 보고 치가 떨림 입장문 나올 때까지 기다리는 게 그렇게 힘들었나?

-차유진 솔로하라고? 이 더러운 판에 있으니 차라리 솔로가 나을지도

-그냥 너무 착잡해.. 편들어 달라는 게 아니잖아 나서서 욕한 사람들은 너무 했던 게 맞잖아

-육진이가 그동안 사고친 적이 없는 놈인데 얼마나 견제했으면 일 터졌다 싶으니까 바로 욕을 박냐ㅋㅋ

솔직히 여러 가지 악재가 빌드업되며 발생한 일이라 어느 한쪽만을 탓할 수는 없을 것 같다만, 같은 이유로 다들 골이 깊어진 것이다.

'이건… 따로 작업해야겠는데.'

…아무래도 이번 한국 앵콜 콘서트를 빌드업해서 잘 써먹어야 할 것 같다. 여러 의미로.

솔직히 말하자면 여기서 아름다운 해결책이 마법처럼 통하진 않을 것이다. 혹시 '멤버들이 사이가 좋으니 팬끼리도 연대감을 가지고 잘 지내자'는 발상이 먹힐 것을 기대하는가? 헛된 희망이다. 같은 대상을 좋아하는 게 괜찮은 시작은 될 수 있겠다만, 중요한 건 결국 직접적인 경험이 아니겠는가.

그런 의미에서 이번 차유진 논란 사건은 《아주사》가 끝난 뒤 겨우 쌓아가던 서로 간의 암묵적 신뢰가 개박살 나는 걸 직접 경험한 것이나 다름없었다.

'그렇다고 보상해 주겠답시고 차유진을 노골적으로 띄워줄 수도 없고,'

이러면 차유진 개인 팬들은 좀 기분이 나아지겠다만, 초반에 차유진의 악성 개인 팬들에게 당했던 쪽이 폭발할 것이다.

-솔직히 차유진이 잘한 건 없는데 왜 악개들 거들먹거리게 먹이를 주지?
-피곤하다.. 진짜 피곤해서 돌아버리겠음

이런 말이 쏟아지겠지. 결국, 어느 한쪽이 다른 쪽에게 '승리했다'는 뉘앙스를 주어선 안 되는 것이다.

"…어려운데."

몇 가지 방법이 떠올랐으나 균형 있게 기준을 세우기 어려우니 추리기 까다롭다. 사례를 좀 더 수집해 볼까 싶어서 인터넷을 열려다가, 멈췄다.

'…당사자들에게 묻는 게 나으려나.'

어차피 방법을 생각해 낸다고 해도 써먹으려면 그룹의 동의가 필요하다. 그쪽 생각을 참고하는 게 진행이 편하겠지.

나는 멤버들에게 해당 상황에 관해 물어보기로 결정했다. 상황을 구체적으로 설명하면 '우리 팬들은 결국 사이가 좋아질 거야!' 같은 왜곡된 희망이 들어갈 수도 있으니, 적당히 다른 비유를 들어서.

"그러니까, 서로 아주 극한까지 감정 상한 그룹 멤버들이 잘 지낼 방법?"

"그래."

큰세진은 어깨를 으쓱했다.

"그냥 같이 일하는 사람이다~ 생각하고 가는 게 최고 아니야? 일할 때만 좋아 보이면 되는 거지 뭐."

정설이다. X 같지만 그냥 목적만 보고 가자는 답인데, 문제는 팬덤은 직업이 아니라 강제성이 약해서 효과가 덜하단 것인가. 지금 우리 팬덤 분위기가 딱 그러니⋯ 곧 탈주 각 보는 사람들이 나올 거란 뜻이기도 하다.

'현상 유지로는 힘들겠다는 답이 나오는군.'

"근데 문대문대가 갑자기 이런 건 왜? 어디 사이 나빠졌다는 그룹 있어?"

"아니, 그냥."

어차피 이놈한테 구체적으로 설명해도 스트레스만 받을 것 같으니 정리한 뒤에 이야기하자. 나는 다른 놈에게 같은 질문을 했다.

그리고 연패했다.

"자, 잘 모르겠습니다. 어⋯ 서로의 말을 경청하며 존중하는 자세로 나아가는 건⋯."

"⋯⋯."

김래빈 패스.

"⋯사이가 좋아지는 법?"

"예."

배세진이 의심스러운 눈으로 되물었다.

"…그, 나한테 묻는 거 맞아?"

"……."

본인의 사교성에 자신이 없다는 뜻이군. 이쪽도 넘어가자.

마침 옆에 앉아 있던 류청우는 고민할 것도 없다는 듯이 대답했다.

"다 같이 고생하면 금방 친해지지."

"……음."

그것도 좀.

'이미 충분히 고통받은 사람들한테 무슨 짓이냐.'

물론 류청우는 주어가 무엇인지 모르는 상태에서 답변한 것이다. 그리고 본인도 약간 머쓱한 얼굴로 알아서 설명을 덧붙인다.

"아, 무조건 고생하라는 게 아니라… 보상이 있고, 다 같이 같은 장애물을 넘다 보면 친해지게 되거든. 그걸 말한 거였어."

"아."

본인의 운동선수 시절 경험인 것 같았다.

'맞는 말이긴 한데.'

보상과 장애물이라. 나는 일단 이 건을 기억하고 넘어가기로 했다.

그리고 다음으로는 류청우와 비슷하지만, 더 괜찮게 들리는 말이 나왔다.

"저! 저 알아요! 같이 재밌는 거 해요! Like, Sports!"

"스포츠."

"네! 같이 뛰고 놀아요. 그리고 함께 이기면, 친해져요!"

쓸 만한 발상이다.

'확실히… 팬 활동도 일종의 스포츠랑 비슷하지 않나.'

룰이 있으며 승패가 갈리고 감정적 성취감이 있다는 점에서 말이다. 차이가 있다면 직접 스포츠를 하는 것보다 몰입감이 떨어진다는 점이 겠지. 그러나 썩 괜찮은 관점인 것 같아서 나는 한 번 더 물었다.

"같이 뛰는데 손발이 안 맞아서 더 싸우게 된다면? 본인이 득점하려고 이기적으로 굴거나 상대가 공을 안 넘겨주면?"

"음… 그 사람들은 독려할 사람이 필요하겠죠!"

차유진은 거침없이 대답했다.

"왜 알잖아요, 자신이 한 행동을 부끄럽게 여기도록 만들어주는 거죠. 그런 뒤에 게임에 더 집중해서 이기게 된다면, 반성하고 친해질 수밖에 없다니까요!"

"음. 그래."

결국 그 뜻이다. 자기들끼리 풀 수 없다면 권위 있는 제3자가 개입해야 한다는 것.

하지만 테스타가 그걸 할 수는 없다.

'우리가 팬을 가르칠 수는 없어.'

회사가 고객을 가르치려 드는 것 같은 이상한 구도가 될 것이다. 어처구니없어하겠지. 역풍으로 얻어맞는 게 벌써 눈에 보인다.

그럼 남은 건… 호소인가.

마음이 약해져서 우리 말을 들어주겠다는 생각이 들어야 하나. 나는 그나마 추려진 해결책에 인상을 찌푸렸다. …좀 개운하지가 않은데.

너무 단편적이다.

"무, 문대야?"

"아."

고개를 돌리니, 선아현이 주방에 들어오지 못하고 머뭇거리고 있었다. 내가 길을 막고 있던 탓인 것 같다. 마침 잘됐다.

"뭐 하나 물어봐도 괜찮을까."

"그, 그럼!"

나는 길을 비켜주며, 같은 질문은 선아현에게 한 번 더 해봤다.

"서로 더럽게 감정 나빠진 멤버들끼리 그룹을 잘하려면 어떻게 해야 한다고 생각하냐."

"으응??"

선아현은 당황한 것 같다. 차유진이 흥미로운 눈으로 놈을 쳐다봤다.

"으음…."

그리고 선아현은 꽤 깊게 고민하는 것 같더니, 의외의 대답을 내놓았다.

"내, 내 생각에는… 힘들지 않을까?"

"…!"

바로 '불가능'이었다.

"왜냐하면, 이미 사이가 너무 나쁜 건… 이유가 있을 거라고 생각해. 그러니까 갑자기 사이가 좋아지긴… 히, 힘들 것 같아서."

가장 현실적이고 가장 냉철한 답변이었다.

"무, 물론 다른 사람들은 좋은 방법을 생각해 낼 수도 있겠지만…. 나는 그런 것 같아."

"…그래."

나는 고개를 끄덕였다.

선아현은 어색하게 웃었고, 차유진은 꿋꿋이 손을 들었다.

"하지만 제 방법 좋아요!"

"아, 어, 어떤 방법이야…?"

나는 두 놈이 대화하게 놔두고, 생각에 잠겼다.

'한 바퀴 의견 수집은 끝났고, 따지자면….'

결론이 나왔다.

'우리 힘으론 당장 완전한 감정 해소는 불가능하다.'

선아현이 맞았다. 이건 당장 테스타가 뭘 한다고 해서 즉시 마음으로 해결될 일이 아니다. 그러니 화해와 관계 회복 같은 애매한 소리는 집어치우고, 정석으로 돌아가자.

사람은 무엇으로 움직이나?

'이득이다.'

승리, 보상, 달성. 기쁨, 결국 그것들이 주어질 때 과정도 합리화되는 것이다. 나는 류청우의 말을 떠올렸다.

─보상이 있고, 다 같이 같은 장애물을 넘다 보면 친해지게 되거든.

이것도 결국, 결과의 기쁨이 과정에 존재하는 '팀원'을 긍정하게 만드는 것이다. 그러니 우리도 같은 원리로 움직인다.

'각 멤버들이 테스타로 있을 때 이득을 잘 보여줘야 해.'

이 일곱이 같이 있을 때 제일 그림 좋고, 잘나가며 1군 같다는 걸 단번에 느끼도록. 그래서 이 그룹을 유지하는 게 개개인에게도 가장 이득인 것을 본능적 수준에서 알 수 있도록.

꼴 보기 싫은 다른 개인 팬덤으로부터 받는 스트레스보다 이 테스타란 그룹이 유지될 때 얻는 재미가 더 큰 것이 피부로 다가와야 한다.

'그리고 변명을 만들어준다.'

감성적 파트는 이 과정이 더 부드럽게 이루어질 수 있도록 도울 때만 들어간다.

'애들이 서로 친하고, 다 같이 굉장히 열심히 하고… 테스타라는 그룹이 소중해 보이니까.'

팬들이 노골적으로 이해득실을 따졌다는 사실 대신 감성적, 인간적 이유를 들 수 있도록 도와주는 것이다. 못 이기는 척, 훈훈하고 열정적인 분위기에 감동해서 팬덤 분위기가 진정된 것처럼 보일 수 있도록.

―[그 사람들은 독려할 사람이 필요하겠죠!]

어떤 의미에선 차유진의 이 말대로군. 다만 우리가 팬들에게 훈계할 순 없으니, 다른 방향으로 가야 한다.

'그러니까 할 일은….'

테스타가 아이돌 활동을 열심히 하는 걸 넘어서 이 그룹 자체를 몹시 소중히 여기며 큰 의미를 부여하고 있다는 걸 보여줘야 한다. 그리고 생각해 보니 호소처럼 직접적이면 도리어 식을 것 같군.

'언급은 하지 않지만 깊게 체감이 되도록 만든다.'

그렇게 밑밥을 깔아준 뒤, 테스타로 뽕이 차게 만들어주는 그림인가.

"음."

"···그렇게 팀전을 한번 하고 나면 시원하게 해결된다니까요? 왜 그렇게 많은 스포츠 영화가 있겠어요?"

"그, 그럴 수도 있을 것 같아···!"

나는 아직도 열변을 토하는 차유진과 설득당하는 선아현을 보다가, 한번 웃고 주방을 나왔다.

"형 어디 가요!?"

"씻으러."

정리 좀 하자. 컨텐츠 잡으려면 이것저것 상의할 게 많겠다만, 그중에서도 우선순위가 있었다.

'W라이브에 연락하자고 해야겠다.'

일단 앵콜 콘서트 형식부터 다시 잡아야 한다.

테스타가 성공적인 일본 돔 투어를 마치고 앵콜 콘서트를 한국에서 진행한다! 당연하지만 다들 좋아할 소식이었다.

-드디어 살맛 난다

-제발 이번엔 내 자리좀

-이렇게 바로 한국으로 돌아온다고? 티원이 웬일로 일할 줄 아냐

그리고 이번에는 그다음 좋은 소식도 기다리고 있었다. 티케팅이 끝나는 순간 W라이브 측에서 공지를 띄운 것이다.

[테스타 콘서트 티케팅을 실패했다고? 걱정하지 마! W라이브에서 실시간 중계 OPEN♡]

바로 콘서트 인터넷 생중계다. 최대한 많은 인원을 현장에 끌어들이려는 속셈이었으나, 어쨌든 티케팅을 실패한 사람들은 안도했다.

-헐 기부 콘 때 반응 좋았어서 투입했나봐 나 너무 좋알ㅋㅋㅋ
-휴 광탈했는데 그나마 위안이 됨..ㅠㅠ

"흥."
김래빈의 팬은 글을 보고 코웃음을 쳤다.
'중계 안 해도 됐는데 말이야!'
이럴 수 있는 이유가 있었다. 그녀는 이번 콘서트 스탠딩석 예매에 당당히 성공했기 때문이다! 그래서 지금 콘서트 현장에 나와서 여유롭게 예전 글이나 훑을 수 있는 것이다.
'음, 분위기 좋고.'
그녀는 스마트폰을 내리고 힐끗 주변을 살폈다.
한동안 개인 팬들 분위기가 살얼음판 같았는데, 역시 오프라인으로 나오니 다 화목하고 좋기만 했다.

'역시 온라인은 그들이 사는 세상일 뿐인가??'

기대감에 차 있는 사람들 사이에서 그녀는 혀를 찼지만, 곧 SNS에 뜨는 콘서트 현장 글을 보고 고개를 끄덕였다.

-방금 늑청우 쿠키 줬는데 무시당했거든? 보니까 그 팬임 아 어이가 없네ㅋ ㅋㅋㅋ

무시무시하게 공유를 타고 있었다.

'그냥 티를 안 내는 거구만.'

개판이었다. 김래빈의 팬은 SNS를 끄고 콘서트나 보기로 했다. 안 그러면 끼어들어서 자기도 한마디 할 것 같았기 때문이다.

'김래빈이랑 박문대나 잘 보고 가자.'

보는 게 남는 것이다. 그녀는 지난번의 경험을 바탕으로 신중히 고른 왼쪽 블록에서 콘서트 관람을 기다렸다. 어쨌든 저쨌든, 오랜만에 보는 내 아이돌의 실물에 가슴이 두근거렸다.

그리고 잠시 후.

[Hello Seoul~!]

와아아아!!

무대는 폭발적인 기세와 함께 시작했다. 가장 최신곡인 〈Drill〉로 막을 연 공연은 지난번 서울 콘서트가 오버랩되며 순식간에 관객을 빨아들였다.

'다음 곡 행차!!'

앵콜 콘서트이기 때문에 지난번 서울 콘서트와 구성의 변화는 거의 없었으나, 세트 리스트를 다 알고 있는 것도 장점으로 작용했다. 기대 감이 충족되는 맛이 있으니까.

무엇보다 테스타의 콘서트에는 현장에서만 느낄 수 있는 박력이 있 었기에, 화면에서와 같은 맛이라도 그 농도가 달랐다.

−따가운 널
마음껏 삼켜!

타이틀곡과 서브곡들, 그리고 솔로 퍼포먼스들.

"와아아아악!!!"

목소리가 쉴 때까지 소리를 지르게 만들었다.

그렇게 능숙하게 완급을 조절하며 몰아친 콘서트는 순식간에 흘러 갔고, 이윽고 엔딩까지 왔다.

[Bye bye~]

무대의 조명이 옅어지며, 기본 상태로 돌아온다.

"후!"

물론 진짜 엔딩은 아니었다. 앵콜로 서너 곡은 더 할 걸 이미 알고 있으니까.

김래빈의 팬은 이마를 닦아냈다. 잘생겼다는 말을 너무 해서 이제 게슈탈트 붕괴가 올 것 같았다! 그래서 침착하게 다음 곡이나 생각했다.

'앵콜 첫 곡이 메들리였나?'

투어 중에는 현지 곡을 하나 넣는 파트가 이쯤이었으나, 본래는 〈아주사〉 당시의 곡들 메들리를 짧게 편곡해서 해줬었다.

'그대로 가겠지, 뭐.'

김래빈의 팬은 그렇게 짐작하며 팬송을 부르는 주변 사람들을 둘러보았다. 요새 분위기상 〈아주사〉 곡이 나오면 추억이 새록새록 도는 게 아니라 도리어 그때의 살벌한 팬덤 관계를 떠올릴 것 같긴 했다.

'모르겠다. 그냥 서로 쌍욕하고 지내지 뭐.'

이러니저러니 해도 성적만 잘 나오면 되는 거 아니냐며, 그녀는 투덜거리며 생각을 지웠다.

"오늘은 기분이 좋아 마치~ 좋은 일이 일어날 것 같지~"

그 와중에 사람들은 앵콜을 기다리며 첫 번째 팬송을 부르고 있었다. 국룰이긴 했으나, 아까 SNS 꼴을 보니 이 중 1/4은 서로를 증오할 것 같아서 그녀는 묘한 기분이 들었다. 다들 즐거워 보이는 것은 거짓이 아니었기 때문이다.

'콘서트 뽕이 있긴 하네.'

자신만 해도 지금 따라 부르면서 살짝, 그룹 올팬의 기분을 간접 체험 중이니까.

'나와라, 애들아!'

그 순간, 무대로 음향과 조명이 돌아왔다.

아아아아아아!

사람들이 환호 속에서, 앵콜 전에 나오던 투어 홍보용 VCR이….
"어?"
아니었다.

거대한 전광판에서 들리는 것은 웅장한 인트로가 아니라, 가늘고 따듯한 어쿠스틱 기타 소리였다. 방금까지 사람들이 부르던 팬송, 〈마법은 너〉의 멜로디. 그리고 화면에서 그 멜로디를 기타로 치고 있던 것은… 김래빈이다.
"와아악…?"
그러나 김래빈의 차림이 희한했다.

수면 바지와 티셔츠. 누가 봐도 아주 편한 잠옷에, 꽁지머리까지 묶고 있다.
"엥."
그리고 다시 보니, 영상도 각 잡고 찍은 전문적인 느낌이 아니라 그냥 필터 넣은 폰 카메라 같다. 아주 사적인 영상처럼 느껴졌다.

[음, 으음음~]

김래빈의 옆에는 누워서 허밍을 넣고 있는 차유진과 소파에 걸터앉아서 심각한 표정으로 음식을 고르는 배세진이 있다. 그 뒤에서 음료를 가져오는 박문대와 씻고 나오며 수건을 찾다가 카메라를 보고 손을 흔든 이세진까지.

[안녕~ 저희 뭐 찍어요?]
[그냥 기념이야.]

류청우의 웃음소리가 들렸다. 그리고 카메라를 기록하듯 주변으로 한 바퀴 돌린 뒤, 껐다.
"어."
그리고 검은 화면 상단에 자막이 떴다.

[테스타 다큐멘터리]
[제작: 류청우, 배세진, 선아현, 이세진, 박문대, 차유진, 김래빈]
[후원: 류청우! ←중요]

망한 다큐멘터리 대신, 테스타가 콘서트를 준비하며 찍었던 사진과 영상을 엮어서 만든 그들의 투어 비하인드였다.
직접 다큐멘터리를 만들어?
'헐.'
하도 지랄이 났던 탓에 이제 다큐멘터리란 글자만 봐도 속이 뒤틀릴 것 같던 김래빈의 팬은 순간 싸한 기분을 느꼈다.
'야, 좀…'
괜히 긁어 부스럼 아니냐?
하지만 이 생각은 오래가지 않아 수면 밑으로 사라졌다. 다시 나타난 화면 속 테스타가 워낙 친근해 보였기 때문이다.

아침인지, 바닥에 널브러져 있던 멤버들을 흔들리는 손으로 찍던 촬영자가 툭툭 그들을 건드린다.

[밥 먹자.]
[와…. 졸려요.]
[…고기 먹고 싶다.]

"…??"

그러니까, 서로 친밀해 보였다는 것보다도… 그냥 그들의 행동이 담백하며 목적이나 과장 없이 실제 같았다.

제작자들의 기획과 편집을 거쳐서 잘 가공된 테스타의 영상들은 많았다. 거기서도 테스타는 개성적이며 자신의 성격을 드러냈지만, 이렇게 대중을 의식하지 않는 느낌을 대놓고 마주하는 것은 처음이었다.

디리리링–

느리게 반주로 깔리는 것은… 직전에 나왔던, 김래빈의 〈마법은 너〉 어쿠스틱 기타다. 믹싱 작업을 거의 거치지 않은 날것의 라이브 소리가 현장에 울렸다.

[음.]
[잘 모르겠지?]
[좀.]

콘서트 안무를 연습하는 컷 사이, 뭉쳐서 모니터링을 하는 모습. 호텔 방에서 아이스크림을 먹으며 멍하니 외국 방송을 보는 모습. 또 다른 나라의 호텔에선 보드게임을 하다가 서로 카드를 던지기도 한다.

[하하!]

기타 위로 촬영자의 웃음소리가 울린다. 화면이 흔들린다.
그렇게 짧은 영상들이 이어졌다.

"……."
김래빈의 팬은 어느새 다른 생각 없이 영상을 보고 있었다. 그리고 본인이 그렇다는 것도 인지하지 못했다. 춤을 추고, 물건을 던졌다 받고, 염색을 확인하고, 무대에서 내려오더니 웃으며 뛰는 멤버들을 따라 화면이 뛴다.
그리고 반주가 브릿지를 지나 클라이맥스로 들어갈 때.
화아아….
직접 찍은 콘서트 준비와 뒤풀이 사진들이 파노라마처럼 영상 속에서 지나갔다. 바닷가에서 다 같이 폭죽을 든 사진, 뒤풀이에서 고기를 굽는 박문대와 음료를 흔드는 이세진. 리허설 무대 장치에 올라타며 웃는 차유진….
언제 어떻게 찍었는지도 모를, 테스타의 수많은 시간이었다. 활동 외에도 이들이 많은 시간을 자체적으로 공유한다는 것이, 하나의 화면으로, 하나의 연결로 마치 거대한 유성우처럼 쏟아졌다….

"……."

객석은 간간이 들리던 비명도 사라진 채로 먹먹히 고요해졌다.

그리고, 그때야 김래빈의 팬은 내적 비명을 지를 수 있었다.

'이… 이 치사한 놈들아!!'

이미 회장은 멜랑꼴리함으로 푹 절어 있었다. 차유진을 살리기 위해 다큐멘터리 정도는 아낌없이 손절해 버렸던 그룹 팬들은 아마 중계를 보면서도 눈물을 줄줄 흘리고 있을 것이다.

그리고 그녀도 어쩐지 코가 시큰해지는 것을 느꼈다. 회장의 분위기가 이렇게 달아올랐는데 안 그러는 것도 이상했다.

"하……."

그녀는 감성 충만해진 자신을 낯설어하며 인정했다.

'그래, 일단 통하긴 하겠다….'

오래가진 않겠지만, 콘서트의 마법에 이런 양념까지 치니 당연히 효과가 있을 수밖에 없었다.

'콘 끝나면 잠깐 분위기 좋아지겠네….'

그러나 멤버들이 준비한 것은 여기서 끝이 아니었다.

[앵콜 준비]

영상에 뜬 자막 아래, 멤버들이 작업실에서 치킨을 시켜 먹으며 이야기하는 소리 없는 장면이 지나갔다. 그리고 편한 차림으로 녹음 부스에 들어가는 모습까지.

[다른 나라에서는 그 나라에서 유명한 곡을 불렀다. 그러니까··· 한국에서도 그러면 좋을 것 같아서.]

손 글씨로 적은 짧은 메모를 찍은 화면은, 다시 까맣게 변했다. 부드럽게 울리던 기타 소리는 클라이맥스를 찍고 은은히 줄어들었다.
그리고 자막.

[테스타 탄생 기념]
[200×]
[테스타가 모두 한국에 있던 해, 가장 많은 사람이 듣던 곡]

무대가 열리고 드라이아이스가 부드럽게 밀려 나오며 무대의 냄새를 깨운다. 그리고 〈아이돌 주식회사〉의 메들리 대신, 멜로디가 풍부한 서정적인 반주가 흐르기 시작했다.
"···!"
친숙하고 좋은 멜로디.
차유진과 김래빈, 그러니까 테스타의 가장 어린 멤버들이 태어났던 해 연말에 발표된 캐럴 샘플링 곡.

[나아지는 중]

한국풍 발라드로 편곡된 캐럴은 아름답게 공연장을 울렸다. 그리고 열리는 무대 바닥에서 드라이아이스 아래로부터 리프트가 천천히 올라왔다. 단정한 겨울 평상복을 입은 멤버들은 그 위에 서 있었다.
코트를 입은 배세진이 먼저 마이크를 들었다.

　-별것 아닌 실수가 상처가 될 때
　작은 상처에 무너질 것 같을 때

기교가 과하지 않은 목소리가 어쩐지 진실히 들렸다.

　-나는 그냥 창가에 가만히 앉아
　다음 해의 내 모습을 생각해

선아현이 맑은 저음을 올렸다. 그리고 이세진이 화음을 더해서 다음 소절을 부른다.

　-같은 계절 같은 날에
　문득 생각이 나 돌이켜 보면

오케스트라가 울렸다. 콘서트 내내 강렬한 소리를 내던 라이브 밴드는 전자악기를 멈추고 부드러운 현악기와 건반악기로 음을 쌓았다.
그 위로 맑고 강한 목소리가 고조되었다.

　-우울한 오늘이

내 마음에 거름이 되어
뾰족한 아픔들이
내 견고한 나사가 되어

박문대의 목소리였다. 회색 무스탕을 입은 분홍색 머리 안에서 단단한 소리가 나온다. 그 위아래로 듣기 좋은 화음이 연결되었다. 류청우의 중저음이 중심을 잡았다.

−저 밑으로 내려가 결국
내가 되어 있을 그 날에

차유진이 미소 지은 얼굴로 마지막 구절을 불렀다.

−난 아무렇지도 않을 거야

어딘지 후련하게 들리는 소리였다.
"……아."
가사와 노래의 분위기, 사전의 영상. 모든 것이 어우러지며 미친 것 같은 시너지를 냈다.
'이 자식들… 진짜 애썼네.'
관객석 여기저기서 울컥하는 것을 참는 묘한 소리가 음향 아래로 간헐적으로 들린다.
너무 노골적이지 않냐며, 김래빈의 팬은 애써 차가운 이성을 유지한 것처럼 생각하려 했다. 감동 받지 않은 척 울음을 참는 인터넷 밈과 똑같은 꼴일 것이라며 스스로 자학하면서.

-넌 아무렇지도 않을 거야

곡은 지나친 꾸밈없이 진실하게, 다정하게 전개되었다.
사방에서 응원봉을 느리게 흔드는 팬들의 움직임과 결을 따라 반짝이는 불빛들. 샘플링한 캐롤의 멜로디가 허밍을 타고 퍼졌다.

-Du- durururudu-

따스한 바다 깊은 곳에 잠긴 것처럼, 음과 불빛의 하모니 사이에서 관객들은 공연에 잠겼다.

-Happy new year to you
I know you'll be okay.

온건한 저음으로, 노래는 마무리되었다.
"……."
'사기다.'
김래빈의 팬은 마이크를 내린 멤버들의 웃는 모습 클로즈업이 전광판에 뜨는 것을 보며 중얼거렸다.
'그냥… 아주 콘서트를 골수까지 빨아먹네….'

자신도 개인 팬이라 그런지, 어쩐지 당했다는 생각이 들었다. 온몸에서 감성을 쭉 빨린 기분이었다.

'그렇게 테스타가 좋냐 이놈들아…. 래빈아….'

귀여운 흰 패딩을 입은 김래빈이 멤버들과 손을 잡고 인사하는 것을 보며 그녀는 복잡한 패배감을 느꼈다…. 이전과 달리 자기 아이돌 이기는 팬이 수두룩하다지만, 적어도 지금 이 순간은 아니었다.

그러나 김래빈의 팬은 다시 한번 마음을 다잡았다.

'그래도 한순간이지! 이러고 또 다음 주만 되면 뽕 다 빠지고….'

[들어주셔서 감사합니다.]
[저희가 준비한 곡은 어떠셨나요?]

"완전 좋았어!!"
"와아아아!!"

어쩔 수 없다. 관객의 반사작용이었다.

멤버들은 어쩐지 기대가 만만한 얼굴로 웃더니, 리프트에서 내려와서 대형을 갖추고 뒤돌아섰다.

[바로 다음 앵콜곡 갑니다.]

'그 옷으로??'

생각이 멈추고 의문이 튀어나온 김래빈 팬의 눈앞으로, 겨울 외투를 집어 던지는 멤버들의 모습이 보였다. 그 안은 가죽바지에 흰 리넨 셔츠를 입은 전형적인 무대 의상이었다.

"어어억!!"

역시 전형적이지만 잘 먹히는 연출이었다. 장갑과 모자까지 벗어서 멀리 던진 녀석들에게 비명이 쏟아지는 가운데, 조명 불이 뚝 꺼졌다.

그리고 울리는 달콤한 인트로. 〈Wheel (낮)〉이다.

−휠을 돌려줘

저 멀리 날아가도록

선율이 울려 아름다워

마음에 닿아 Let it pop

'엥.'

저 곡은… 아까 했었다. 뭐, (누가 만든 곡이라 그런지) 여러 번 봐도 좋은 무대긴 했다만, 다소 의아한 건 사실이었다.

−휠을 돌려줘

네 꿈에 찾아가도록

오늘도 머물러 이대로

끝나지 않아 Let me in

그리고 의상이 〈Wheel〉 용이라고 하기엔 어딘가 좀 톡 쏘는 맛이 있었다. 언밸런스했다.

'으음.'

급하게 준비하느라 재탕했냐.

김래빈의 팬이 약간 식으려던 순간이었다.

─날아가는 지금

휘─휘휘 휘─익!

"…!!"

갑자기, 낯익은 휘파람이 툭 곡에 끼어 들어갔다.

그리고 자연스럽게 곡에 강한 베이스와 비트가 치고 들어오더니……
거짓말처럼 드랍되었다.

─Jump off

낙하산은 필요 없어

그냥 뛰어

'드릴이잖아!!'

그렇다. 그들의 더블 타이들인 〈Drill (밤)〉의 후렴이 순식간에 곡을
잡아먹었다.

그사이, 멤버들이 서 있던 무대는 휠의 아련하고 청량한 느낌 대신
강렬한 핀 포인트 조명으로 바뀌었다. 그들이 입은 가죽바지에서 검은
색에 묻혀 보이지 않던 야광도료가 조명에 번뜩였다.

그리고 사정없이 들어가는 〈Drill〉의 포인트 안무.

"뭐야!!"
그리고 그제야 다들 상황을 파악했다.

―들어간다 Come in
(Let me in)

이놈들, 두 타이틀을 한 곡으로 합쳐서 리믹스해 버렸다!!
그리고 중계로 이 광경을 보고 있던 사람들에게는 자막이 떴다.

테스타 ― 〈Daybreak〉 (Wheel + Drill)

신곡의 제목이었다.

-ㅅㅂ챌린지가 신곡 예고였을 줄은
-천재 아이돌 돌아버려
-미친 거 아니야 미친 거 아니야 미친 거 아니야?
-곡 개좋아; 무슨일

중계를 보는 사람들이 떠드는 동안에도 곡은 미친 듯이 질주했다.
그리고 후렴은 두 곡을 아예 믹스해 새 라인을 만들어 버렸다.

―Like a drill
파고들어 널 잡아

그래 아름다워
마음에 닿아 Let it pop

무슨 짓을 해놓은 것인진 모르겠지만, 둘의 분위기가 모두 죽지 않
는 상태에서 기가 막히게 믹싱되었다. 듣기 좋았으나 다소 심심했던
〈Wheel〉과 강렬했으나 다소 과했던 〈Drill〉의 구조는 퍼즐처럼 딱 맞
아떨어졌다.
　게다가 그 미묘한 균형을 멤버들은 말도 안 되게 유지했다. 무대는
강렬하면서도 어딘가 청량한 탄산감이 있었으나, 동시에 익살스러운
맛을 터뜨렸다.

　－Turn my ferris wheel around
　별처럼 터지는 불빛

　두 안무에서 반응이 좋았던 장면들만 쏙쏙 뽑아 엮어둔 것은 '가장
좋은 것'을 걸러서 보는 쾌감이 있었다.
　"으아아악!!"
　김래빈의 팬은 비명을 질렀으나 썩 들리진 않았다. 이미 주변도 비명
으로 차 있었기 때문이다. 기분 좋은 의외감과 충족감에서 터지는 아
드레날린, 직전 무대와 대비되며 극대화된 텐션이 관객을 조였다.

　－순간을 즐겨
　That's my thrill, ha!

칼처럼 맞는 단체 안무 대형 속, 차유진의 만족스러운 추임새와 덤 블링이 시원하게 공연장에 꽂혔다.

아아아악!

"어ㅇㅇㅇㅇ…".
김래빈의 팬은 죽을 것 같은 침음을 뱉다가, 결국 인정했다. 콘서트 뽕이 빠지는 것은 아주 먼 미래일 것 같다.

테스타 서울 앵콜 콘서트 첫째 날 종료.
그 후 한 시간 반 뒤 인터넷 상황은 이렇다.

-역시 뭐든 본업이 중요하네ㅋㅋㅋㅋㅋㅋㅋㅋㅋㅋㅋ
-테스타 이게 얼마나 말도 안 되는 일이냐면 보통 두 곡을 합치면 위화감 조진단 말임 이렇게 다른 곡 잘 맞기 쉽지 않음
　└맞아 그리고 '좋은 거+좋은 거=더 좋은 거' <- 이 공식 곡에서는 흐름 문제로 안 맞는 경우가 수두룩한데 대체 어케 해낸 거임;;
-무대 존나 잘하네 ㅅㅂ 챌린지 한 사람들 수치사할 듯

'좋네.'

원하던 효과는 다 뽑은 것 같다. 이제 무대 퀄리티를 보고 만족한 사람들이 우리가 찍은 어설픈 다큐멘터리를 이유로 들며 휴전 무드를 유지만 해주면 된다.

그리고 그건 이미 착실히 실현 중인 것 같았다.

-테스타는... 가족이다..

-가족 영업하는 놈들 총살할 거라던 새끼 어디갔냐구요? 총살당했습니다 제 안에 없음

-어떡게 이 일곱명이 모일 수 잇어 나 진짜 감격해서 눈물이 나 테스타 포에버..☆

그룹 팬들의 목소리가 커졌다.

'원래 사람은 만족하면 여유로워지니까.'

나는 어깨를 으쓱하며 휴대폰을 내렸다.

"원하던 대로 되셨습니까~"

"어."

"얼른 앉아서 고기 먹어 박문대!"

나는 취해서 용감해진 배세진의 말대로 자리에 앉아서 늦은 저녁을 먹었다. 그리고 이 콘서트 뽕이 끝나기 전에 와줄 구원 타자를 생각했다.

'우리가 할 건 다 했지.'

피로감을 줄이고 명분과 만족감을 줬다. 그럼 다음 단계는 무엇인가? 적과의 전투다.

그리고 마침 아주 적당한 놈들이 온다. 팬들에게 '우리가 그래도 쟤

네보단 낫다', '다시 보니 선녀' 같은 발언을 하게 해줄 비교 대상. 그리고 동시에… 외부의 적.

나는 직전에 확인한 기사를 떠올렸다.

[<재상장! 아이돌 주식회사> 시즌 3 첫 무대 공개]

바로 〈아이돌 주식회사〉의 새 시즌이다. 여자 아이돌이 아니라, 남자 아이돌의 시즌. 테스타의 직속 후배.

'팬덤 유출만 방지할 수 있다면 이만한 외부의 적도 드물지.'

나는 어깨를 으쓱했다. 어떻게 될지 두고 보자고.

우리는 콘서트에서 발표한 새 리믹스곡으로 짧게 활동까지 했다. 워낙 반응이 좋아서 물 들어올 때 노 젓자고 합의가 되었기 때문이다.

-미친 음원 나옴ㅠㅠ

-콘서트 공개까지 대체 테스타 이걸 어떻게 참았냐 설마 못 참은 게 챌린지였냐

-제발 더 줘 여기서 끝낼 순 없어

아무래도 콘서트 공개다 보니 팬들 사이에서 명곡으로 회자되는 수준으로 끝날 줄 알았는데, 다른 반응도 꽤 오더라고.

-와우 이거 설마 처음부터 기획한 걸까요?

└급하게 냈어도 놀라울 것 같습니다 어느 쪽이든 센스 장난 없네요ㅋ

-요새 아이돌 기획사들은 퀄리티가 상당하군요 국위선양 좋아요

지난 앨범부터 쌓은 밑밥이 있는 데다가 그 활동에서 영린과 동발해 이겼기 때문에 두 곡 인지도가 모두 좋은 덕인 것 같았다. 덕분에 김래 빈은 들뜬 모양이다.

저는 김래빈입니다. 타이틀도 아닌 콘서트용 리믹스였건만 해당 곡에 과분 한 관심 가져주신 여러분께 정말 감사드립니다. 이번 작업의 시작은 베이스를 연결하는 것부터⋯⋯.

⋯이렇게 시작하는 작곡 관련 단문을 9장이나 테스타의 공용 SNS에 등록했더라. 참고로 첫 번째 글에 달리던 공유와 하트도 8번째쯤 가니 1/5 토막이 났다. 무슨 소린지 못 알아먹겠다는 암묵적 표시다.

"래빈아, 방금 올린 글⋯."

"다들 궁금한 점이 많으신 것 같아 제 나름대로 편곡 과정을 정리해 올려보았습니다만 어떠십니까??"

"으응, 참 좋다."

행복해 보여 누구 하나 더 말을 얹지 않고 넘어갔다. 흑역사는 본인 못

이다. 어쨌든 투어하면서 리믹스까지 만든 이놈이 대단한 것도 사실이고.

　ー…이런 건 대체 어떻게 만드는 거야? 아니, 언제?
　ー투어 중 무료한 시간마다 취미생활 겸 저희 챌린지에서 사용한 편곡 음원을 좀 다듬어 봤습니다.
　ー그게… 취미라고?
　ー예!

나는 배세진과 김래빈의 대화를 짧게 떠올렸다. 그리고 새삼 생각했다.
'의견을 여럿 받은 게… 도움이 되는군.'
차유진의 챌린지 의견이 없었다면 이 발상은 나오지 않았을 것이다.
이 브레인스토밍 방식이 시간 효율은 부족해도 결과물은 썩 괜찮다는 것을 나는 인정했다.

아무튼, 그런 이유로 현재 우리는 활동기다.
"저희 슬슬 이동해야 합니다."
"예~"
계획에 없이 짧게 들어간 이 활동은 정식 앨범 수준의 강도도 아니었다. 주로 위튜브 무대 영상 채널에 출연하거나 자체 영상 업로드 등으로 구성했다. 아니면 수익용 광고 정도.
즉, 팬서비스용 컨텐츠 공급에 가까웠다는 뜻이다. 차유진 논란도 있었으니, 한동안 과한 대중 노출을 줄이고 팬 활동 위주로 이미지가 안정화될 때까지 기다릴 생각이었다.

'다음 컴백 때 이 리믹스를 서브곡으로 넣을 생각이기도 하니까.'

그래도 몇 달 만의 활동은 꽤 재미있었다. 정식 활동기 때처럼 미친 듯이 바쁘지도 않았고.

"내일은 뭐더라… 무슨 위튜브 채널 인터뷰였죠?"

"맞아. 아이들 만나서 우리 곡 들려주는 채널이라던데."

"오 좋은데요? 그런 거 해보고 싶었는데~"

스케일 큰 활동도 아니고 뭘 증명해야 하는 활동도 아니었기 때문에 마음은 편하고 재밌는 활동이었다. 팬들도 그랬던 것 같고.

-아기들 꿀 떨어지는 눈으로 보는 청우 진짜 유죄야..

-우리 햄찌 본인이 제일 잘생겼다는 얘기 말에 최선을 다해 웃음 참는 중 (동 영상) 그냥 웃어도 돼 세진아.. (웃으며 우는 이모티콘)

-무대 스튜디오 컷 버전 떴다 의상 제일 마음에 들어 레이싱수트 최고ㅠ

└이세진 평생 붙는 거 입는 거다 약속이다

이 활동 덕에 콘서트의 여운이 약간 연장되는 효과도 썩 마음에 들었다. 덕분에 개인 팬들의 갈등이 한동안 팬덤 분위기의 주류로 올라오지 못하고 물밑 싸움으로 가라앉아 있었거든.

그리고 〈재상장! 아이돌 주식회사 3〉에 대한 소식이 슬금슬금 나온 것도 그쯤이었다. 우리는 마침 Tnet 건물에서 이동하던 중, 1층 로비 한편에 마련된 거대한 전광판에서 나오는 광고 영상을 보았다.

[주주님들! 당신의 아이돌 주식을 기억하십니까?]
[올 4월, 당신을 위해 상장하겠습니다!]

색 한번 휘황찬란하군.

"오… 또 하시네."

"그러게요."

분명 저 말 앞에 '굳이'가 생략되었을 것이다. 영상은 지난 시즌 하이라이트를 쭉쭉 보여주더니, 결국 거대한 로마자 Ⅲ가 포함된 〈아주사〉 로고로 변했다.

"그런데 Season 5 아니에요? 왜 3이에요?"

"우리가 출연한 시즌이 리뉴얼판이니까 그걸 첫 번째로 삼으면 세 번째, 아니면 다섯 번째인 거지요~"

"오우! 이해했어요!"

그래. 지난 시즌까지는 부득불 전체 시즌을 다 적던 언론들도 이제 테스타를 배출한 시즌을 기준으로 세워주고 있다. 재상장 타이틀을 기를 쓰고 유지하는 Tnet에 기세가 밀린 것도 있을 거고… 테스타가 워낙 뜬 탓도 있을 것이다. 일종의 상징성이 돼버린 거지.

그 덕에 이 가학적인 오디션을 계속해 먹을 수 있단 건 좀 입이 쓴 일이었다.

게다가 우리 이름값에 얹어서 나오는 언론 플레이도 많았다. 예를 들면 이런 식이다.

[<재상장! 아이돌 주식회사>가 보여주는 아이돌의 신세대, 제2의 테스타

등장?]

["테스타를 이을 새로운 글로벌 남성 아이돌이 온다"... <아이돌 주식회사> 새 시즌]

뭐, 이런 건 우리가 말리거나 거부한다고 Tnet엔 씨알도 먹히지 않을 테니 적당히 포기했다. 데뷔한 지 만 3년도 안 됐는데 벌써 이런 걸 보는 게 좀 웃기긴 하다만. 누가 보면 VTIC 연차의 재계약 시즌 아이돌인 줄 알겠군.

그리고 인터넷 반응은… 뭐 뻔하지 않은가.

-또주사 그만
-넷플에서 불닭맛 케이팝 캠프나 또 하지 왜 아주사야
-사골도 이쯤 되면 국물도 안 나옴 미친놈들아 제발 스탑ㅠ

이런 것 말이다.
다만 좀 더 날카로워지긴 했다. 특히 테스타의 팬들이.

-ㅋㅋㅋㅋ굳이? 테스타 건재한데 헛발질 한다 안 통함
-기사에 테스타 언급만 몇 번이냐 환승 유도 조지게 하겠네 벌써 빡침
-망주사 밀어준다고 테스타에 끼워팔면 진짜 죽일 거야 있는 1군이나 잘 지켜 씨발 새끼들아 마음에 드는 게 없네

지난 시즌 남자 아이돌인 테스타가 고공행진 중인 판에 직속 후배가

나온다는 것이니까.

지난 시즌 여자 아이돌 '미리내' 때와는 다르다. 타깃층이 정확히 겹치기 때문이다. 심지어 세대교체가 될 시점도 아니고, 테스타의 5년 계약이 끝나서 마음 정리할 때도 아니다. 팬들이 멍청한 짓이라며 짜증 날 만도 하다.

게다가 테스타 입장에선 다른 거북한 점도 있다.

"…우리 팬분들도 이거 많이 보실까."

"음, 그런 분도 계시겠지."

"……."

바로 포지셔닝의 유사점이다. 같은 오디션 서사라면 신선한 맛에 끌리게 되는 사람도 분명 있으니까. 그리고 오래된 쪽을 식상하게 느끼게 될 수도 있다. 〈아주사〉 새 시즌이 다른 그룹보다 더 위협적인 부분은 그런 점이다.

그러나 너무 걱정할 건 없었다.

"No, No. 우리 팀 잘해요! 저 완전 걱정 안 해요. 팬들 이거 봐도 괜찮아요! 우리 더 좋아해요. 멋진 거 많이 했어요!"

"오랜만에 차유진이 올바른 말을 하는군요. 저도 그렇게 생각합니다."

제일 나이 어린 이 두 놈의 말대로다.

'테스타가 결정되고 벌써 몇 년째인데.'

무작정 '오디션 프로그램 출신 이미지가 겹친다'고 하기엔 테스타가 이미 쌓아둔 세계관과 앨범 이미지가 견고했다. 그걸 의식했는지, 멤버들은 금방 머쓱하게 웃거나 어깨를 으쓱했다.

"그래, 그 말이 맞네. 우리 열심히 하자."

"히히."

"물론입니다!"

참고로 나는 이 점을 반대로 생각했다. 이건 우리가 극복할 문제라기보단….

'이득이 될 것 같은데.'

서사가 겹치는 점은 도리어 좋거든.

약간의 유출 피해를 상쇄할 정도로 팬덤 분위기에 이득이 있다. 원래 사람은 대놓고 비교할 대상이 있으면 좀 더 차갑게 이성적으로 이해득실을 따져주니까. 저쪽보다 우리 쪽이 질이 더 좋다는 객관적 판단의 만족감 말이다.

그리고 팬덤도 마찬가지다. 이 프로그램 특성상 새 시즌의 팬덤 분위기는… 뭐, 알지 않은가.

'언제나 개판이었지.'

방영 내내, 그리고 방영 이후 데뷔 초까지 사건 사고와 피바람의 반년일 것이다. 절대 비교급으로 질 수가 없는 조건이다. 무조건 상대우위를 점할 수 있다.

'좋아.'

여기까지 어렴풋이 생각하고 잡아두긴 했지만, 생각보다 〈아주사〉 새 시즌이 정확한 타이밍에 나와줘서 마음에 들었다.

'이 상태로 고정해 버릴 수 있겠어.'

콘서트에서 충분히 피로도 낮춰두었으니 진절머리 내며 팬 활동을 쉬는 분위기도 아닐 것이다. 충분히 즐기면서 분노만 외부로 돌릴 수 있겠지.

'분노를 밖으로. 만족은 안으로.'

어차피 이번 시즌이 무슨 짓을 해도 우리가 했던 재상장 시즌의 아성을 넘을 확률은 극히 희박했다. 오만이 아니라 객관적 사실이다.

'그냥 우리 시즌이 말도 안 될 정도로 시기가 맞고 인재풀이 좋았던 거라서 말이지.'

그런 행운이 연속으로 계속 오긴 힘들다.

"어쨌든… 옛날 생각나네."

"형, 그거 완전 저희 그 호떡 파는 예능 할 때 했던 대사 아니에요?"

"아, 그런가? 하하!"

선아현이 조심스럽게 말을 보탰다.

"다, 다들 상처받지 않고… 잘했으면 좋겠어요."

"맞아요! Cheer up guys~"

"과연, 몇 년 전 시즌의 선배로서 여러 가지 감정이 듭니다."

참 좋은 말이다만, 그럴 순 없을 것이다. 나는 시즌 3의 로고를 보고 턱을 만졌다.

'이놈들은… 전방위로 깨지겠군.'

슬슬 패턴상 시즌이 무너질 때도 됐다. 근데 이상적인 아이돌 오디션 결과물이 전성기라 비교까지 되니까 말이다. 어느 정도는 떠야 우리 쪽 약발이 오래 갈 텐데… 비교가 안 될 수준으로 이번 시즌이 성적을 못 내면, 내가 원하는 만큼은 효과가 안 날 것이다.

그러니 나는 내심 이번 시즌이 평타 정도는 쳐주길 바랐다.

"여러분, 저희 이동 좀…."

"헛 넵!"

"죄송합니다, 매니저님~"

우리는 화면에서 눈을 떼고 다시 이동을 시작했다.

이 새 시즌의 소식을 다시 확인하게 된 건 얼마 후였다.

테스타는 Tnet에서 진행하는 릴레이댄스 컨텐츠를 촬영 중이었다.

"저, 죄송한데 잠시만 시간 되시면 촬영 가능하실까요? 짧게만요!"

"아, 네넵."

거기서 마침 자투리 시간에 스포츠 응원 영상을 찍게 되었는데, 뜻밖의 얼굴을 만난 것이다.

"헙! 안녕하십니까, 선배님!"

"예, 안녕하세요~"

미국 투어를 딱 끝내고 입국한 미리내였다.

'예능이라도 찍나 본데.'

특별히 긴말할 것도 없어서, 우리는 인사를 끝낸 후 당장 각자의 응원 촬영에 돌입했다.

"빠르게 한 분씩 딸게요!"

"넵."

나는 제일 먼저 내 분량을 마치고 방송국 복도 의자에 앉아서 스마트폰으로 로직이나 하게 되었다. 그때, 미리내의 한 멤버가 고개를 꾸벅 숙이며 말을 걸었다. 얼굴을 보니… 아, 1위 출신이군.

"안녕하세요, 문대 선배님!"

"예. 안녕하…."

그리고 1위는 털썩 내 옆에 앉았다.

"……?"

굳이?

그러나 특별히 가깝게 앉은 것도 아니었고 별생각 없어 보여서 나도 다른 반응은 하지 않았다. 대신 시선을 돌리다가 복도에 붙은 포스터를 보았다. 〈아주사〉새 시즌 포스터였다.

'이건 온갖 곳에 다 깔아뒀군.'

우려먹긴 하지만 제법 내부에서 밀어주긴 하는 것 같다고 생각하는데, 불쑥 옆에서 또 말을 붙였다.

"선배님 이번 시즌 보세요?"

"예? 아뇨, 그냥 시선이 가서."

"그래요? 저희 이번에 여기 촬영 갔다 왔어요!"

그렇군. 우리도 미리내 시즌에 동원되었으니 어색한 일은 아니었다. 아마 격려 좀 해주고 왔겠지. 나는 고개를 끄덕였고, 1위는… 불만스러운 표정이다?

"그런데 이번 시즌은 너무한 것 같아요! 심하다니까요? 참가자들 울면서 뛰쳐나와도 저 안 놀랐을 거예요."

"……."

"거기에 못된 참가자들도 보여서 착한 참가자들이 진짜 고생할 것 같았어요. 에이, 우리 땐 안 그랬는데!"

우리가… 이런 대화를 할 사이었나.

'일대일 대화도 지금이 처음 같은데.'

뭐, 어차피 1분 안으로 끝날 대화였다. 나는 또 고개를 끄덕였다.

"그래요."

"네! 아, 플래티넘 등급한테 첫 무대에 오를 자격 없는 참가자를 하나씩 고르라고 하는데 완전 정신 나가는 줄 알았다니까요? 그리고 심지어 진짜 뺐어요!"

"오."

충격적이긴 했다. 진짜 개판 났겠군.

'화제성은 확실하겠는데.'

애들한테 몹쓸 짓 해서 배 채우는 솜씨는 어디 안 갔다. 나는 감탄했고, 1위는 고개를 크게 끄덕였다.

"선배님도 너무하다고 생각하실 줄 알았어요!"

"……예. 음."

여러 의미로 튀는 녀석이었다.

'케어하는 사람이 고생 좀 하겠군.'

아니나 다를까 잠시 후, 2위가 촬영을 마치더니 이쪽을 보고는 안색이 변해 부리나케 달려왔다. 그리고 다른 멤버 케어를 위해 뛰어다니는 매니저를 대신해 이 상황 수습에 최선을 다하기 시작했다.

1위의 입을 틀어막았다는 뜻이다.

"선배님! 사실 저희 인하트 개설을 못 하는… 업!"

"사심이, 사심이나 나쁜 마음이 있으신 건 아니고… 닙. 원래 율기 언니가 모두에게 붙임성이 좋으신… 예…."

나는 조용히 대답했다.

"잘 알겠으니까 걱정 말고 가보세요. 촬영 고생하셨습니다."

"…네!! 감사합니다!"

2위는 나와 눈이 마주친 후 진심이라는 것을 깨달았는지, 화색이 되어서 1위를 끌고 사라졌다. 1위는 당황하면서도 제법 깍듯이 인사하며 질질 복도 끝으로 사라졌다.

큰세진이 감탄했다.

"와~ 저기도 성격 확실하네."

"어."

오디션 그룹 특징일지도 모르겠다.

나는 그날, 차에서 이동하면서 〈아이돌 주식회사〉의 새 시즌을 다시 살펴보았다. 원래도 모니터링할 생각이긴 했지만, 한 4화까진 쌓아둔 다음에 볼 생각이었는데.

'1차 팀전쯤에서 보통 프로그램 흥망이 결정 나는 것 같더라고.'

하지만 이야기 들은 김에 지금 한번 체크해 봐도 괜찮겠지. 나는 1화를 빠르게 넘겨 가며 확인했다.

[저 정말 너무 놀라서….]

[제가 밀어낼 등수의 참가자는 (삐이이이) 참가자입니다.]

[허어어어억!]

음, 뻔한 편집에 감동과 잔인함, 참가자들 캐릭터 잡아주는 것까지 똑같다. 좀 더 잔인해졌을 뿐이다.

'기 빨리네.'

하지만 재미는 있었다. 그리고 인터넷에서도 어느 정도 화제성이 있다. 혹평이 난무하긴 했지만 그건 원래 〈아주사〉 특징이고.

진부함은 어쩔 수 없지만 이번 프로그램이 망할 것 같진 않았다. 아니, 몸 안 사리는 몇몇 참가자 덕분에 도리어 지난 미리내 시즌보다 버즈량은 더 좋은 것 같기도 하고.

"……음."

내 예상보다 너무 뜨는 것도 안 좋은데. 확인 좀 더 해볼까.

나는 1화 마지막에 뜨는 순위를 확인했다. 그리고 이름을 넣어 검색을 돌렸다. 그리고 웬만하면 데뷔할 것 같은 놈들을 몇 명 추렸다.

'골드 2가 다시 나오네.'

사전 인지도가 극도로 좋은 참가자, 잘생긴 참가자, 메인 보컬 포지션 참가자, 끼가 좋은 참가자…. 그리고 이 중 두세 가지를 충족하는 놈.

[1위 채서담]

'이놈 반응이 제일 커.'

나이는 24세. 박문대와 동갑이니 아이돌 오디션에선 연장자일 것이다. 다만 동안이라 어느 정도 커버되는 것 같고.

무엇보다 첫 무대에서 센터였다. 플래티넘 등급이란 뜻이지.

-채서담 발레 영상 찾아왔어 돌았다 천사 아니냐고ㅠㅠ (동영상)

그리고 발레 전공자… 라.

'흠.'

선아현이 생각나는 조건이다. 마침 옆자리의 선아현이 슬쩍 옆으로 고개를 숙였다. 나는 재생되는 흐릿한 발레 퍼포먼스를 보는 중이었다.

"무, 문대야. 뭐 보는……."

"……."

숨을 들이켜는 소리가 들렸다.

뭐지? 나는 고개를 돌려 선아현을 확인했다.

"…!"

선아현은 빳빳하게 굳어 있었다. 화면을 본 채로.

"선아현?"

'으…' 같은 느낌의 희미한 소리만 들린다.

나는 당장 화면을 다시 쳐다보았다. 어느새 자동재생으로 넘어간 동영상에선, 이번 시즌 첫 무대의 센터가 환하게 웃는 모습이 클로즈업되어 있었다. 선아현이 이걸 보고 지금….

'잠깐.'

이 새끼… 박문대랑 동갑이라는 건, 선아현과도 동갑이란 뜻이지.

"……."

'X발, 설마.'

나는 그렇게 발견하게 되었다. 이번 시즌이 뜨고 말고의 문제가 아니라, 전혀 다른 위기를.

정리하자.

〈아이돌 주식회사〉 새 시즌의 현재 1위 영상을 보고 선아현이 상당히 좋지 않은 반응을 보였다.

식은땀을 흘리며 굳었으니까.

−너 괜찮아?
−괘, 괜찮아….

이건 거의 내 말을 반복한 거나 다름없었고.

"……."

'속이 안 좋아서' 같은 변명을 이후에 듣긴 했지만, 당연히 믿을 순 없다. 멀쩡하던 놈이 갑자기 발레 영상 보고 상태가 나빠질 리가 있나. 다만 그 자리에서 이유를 캐묻진 않았다. 이미 짐작 가는 이유가 있었으니까.

그리고 선아현의 이상을 눈치챈 건 나뿐만은 아니었다.

"박문대, 아까 뭐 봤어?"

"뭐?"

"아까 차에서."

"……."

그날 스케줄을 끝내고 숙소로 돌아온 뒤, 큰세진은 곧바로 사정을 물었다.

'그러고 보니 선아현 바로 뒤에 앉았지.'

아마 대화가 들렸던 모양이다. 나는 주인이 거의 안 쓰는 배세진의 침대에 걸터앉으며 말했다.

"이번 시즌 〈아주사〉 1위 영상."

"아, 그 참가자…."

큰세진은 이미 이번 시즌을 모니터링했는지 아는 척을 하다가 곧 얼굴이 굳었다. 아마 나랑 비슷한 추측을 한 모양이다.

"…발레 했었댔지?"

"그래."

이번 시즌 1위와 선아현의 백그라운드가 상당히 유사하다는 것을. 그리고 사실 나는 이미 거의 추측을 확정한 상태다.

-서담이 발레하면서 예중 다녔대ㅜㅜ 발레리노 돌았나

-채서담 세화예중이라고? ㅅㅇㅎ하고 친분 있을 듯 거기 인원도 적던데

이미 인터넷에서 알음알음 말이 나오고 있었으니까.

둘은 같은 예중 출신이다. 그리고 선아현의 반응을 봤을 때… 이 새끼가 선아현이 가진 트라우마에 상당히 일조한 것 같다.

"아… 젠장."

큰세진은 벌써 자체적으로 검색을 하다가 안색이 변했다.

"아니… 이 새끼 미친 거 아니야? 무슨 배짱으로 오디션에 나왔지?"

"사고방식이 좀 남다른가 보지."

혹은… 머리가 잘 돌아가든가. 나는 깍지를 꼈다.

"아마 증거가 없을 거야."

"증언이 있잖아."

큰세진이 바로 논리를 세웠다.

"난 합성까지 나왔었는데, 이놈이라고 없겠어? 심지어 1원데."

"……."

"여기저기서 뜰걸."

아니다.

"그럼 지금쯤 떴어야 해."

나는 조사한 내용을 뱉었다.

"이 새끼가 반응이 온 건 주제곡 첫 무대부터였어. 거의 센터 포지션에, 현재 1위지. 게다가 방송에서도 분량을 잘 받았고."

"…터뜨릴 게 있었으면 벌써 말이 나왔을 것이다?"

"그래."

나는 스마트폰을 침대에 던졌다.

"근데 없어. 소문도 안 돌아."

익명 사이트부터 비공개 계정까지 싹 훑었지만, 그쪽으론 루머 하나 없이 깨끗했다. 선아현 외의 다른 적을 만들지 않았다는 뜻이다.

"하……."

큰세진이 한숨을 쉬었다.

그리고 잠시 침묵한 뒤, 어렵게 말을 꺼냈다.

"…힘들겠네."

"그래."

뭘 해보려면 최소한 첫 방송 전에 했어야 했다. 지금은 이미 이 새끼에게 상당히 큰 팬덤이 붙었다. 그것도 오디션 프로그램 특유의 공격적인 팬덤이.

만약에 이 상황에서 선아현에 대한 학교 폭력이 폭로되며 이놈이 하차한다면? 이놈 팬 중 상당수의 분노가 선아현에게 쏟아지게 된다. 벌써 단어 선택이 눈에 보이는 것 같군.

-말더듬이 찐따새끼 때문에 잘나가는 내 새끼가 좆됐네 진짜 딥빡ㅋㅋㅋ 이래서 피해망상 오지는 유리멘탈은 상대하지 말아야

이런 거.

그리고 의심하거나 탐탁지 않아 하는 놈들도 분명 나온다. 현 상황에서 대중이 보기엔 1군 아이돌인 선아현이 강자니까. '불운한 학창 시절에 대한 화풀이' 같은 걸로 말이다.

-솔직히 채서담이 진짜 학폭했으면 선아현이랑 똑같은 오디션에 나왔겠음?

-다른 애들은 다 채서담 미담뿐인데 혼자 갑자기 학폭 주장; 쎄한 건 나뿐이냐

-다 떠나서 자기 팬 개 많아서 채서담 인생 좆될 걸 아니까 저러는 게 그렇네 증거도 없고... 음

그리고 실제로 이런 대인관계에서의 논란은 시시비비를 가리기가 몹시 까다롭고 정황 하나에 여론이 흔들린다. 나는 결국 달갑지 않은 결론을 내리게 되었다.

"지금 터뜨리면 선아현도 무조건 손해야."

"……."

큰세진은 뭐라 말을 하려고 입을 열다가, 그냥 다물었다. 그리고 쓴

웃음을 지었다.

"그런데 그냥 두면 아현이가 많이 힘들어할 것 같지?"

"……."

"너 그거 걱정하는 거잖아, 박문대."

맞는 말이다. 이대로 가다간 누군가가 한 번쯤은 선아현에게 스케줄 도중 물어볼 것 같다. '두 분 혹시 친분이 있냐'고.

'…안 좋아.'

정말 안 좋다. 그 새끼가 잘 되고 말고의 문제가 아니라, 선아현이 그걸 눈 하나 깜짝 안 하고 견딜 수 있냐의 문제다. 음악 방송에서, 예능에서, 연말 프로그램에서 인사하고 말을 붙이고 하하호호 웃으며 활동할 수 있을까. 활동 적신호나 다름없었다.

나는 관자놀이를 눌렀다.

"어렵군."

그때였다.

달칵.

"…너희 뭐 해?"

"아."

배세진이 짐을 싸 들고 조심스럽게 들어오다가, 방 안 분위기를 보고 주춤했다.

"아뇨. 잠깐 논의할 게 있어서."

"예예. 별거 아니에요, 형님~"

"…그렇다면야."

배세진은 의심스러운 눈이었지만 다른 말 없이 그냥 책과 이불만 바꿔서 스스슥 방을 나갔다.

"음."

직접 알아차린 건 어쩔 수 없다만, 본인이 말하기 전에 다른 놈들에게 떠드는 건 선아현 멘탈만 더 부수는 짓이다. 큰세진은 손을 털고 일어났다.

"문대문대, 이건 좀 더 생각해 보자."

"그래."

우리는 암묵적으로 합의했다.

그러나 그다지 비밀이고 뭐고 신경 쓸 것도 없었다. 얼마 안 가서 다 눈치챘거든.

"얘들아, 혹시 이번 〈아주사〉 관련해서… 아현이가 따로 너희에겐 뭐라도 말한 적 있을까?"

"예?"

"TV 보는데 너무 떠는 것 같아서."

〈아주사〉 새 시즌을 T1에서 자신들이 투자하는 온갖 방송에 광고했기 때문이다. 류청우를 시작으로, 막내 둘은 침체된 선아현의 옆에서 동공을 떨며 앉아 있다 기겁했다.

"형 표정 너무 나빠요! 아픈 것 같아요!"

"이건 분명 오디션 프로그램에 참가하셨던 당시의 고통이 자극적인 이번 시즌을 보며 되살아나신…. 그렇지! 방통위에 이번 시즌을 신고할까요?"

"그거 아니니까 진정해라."

"그래 바보야! 방송 아니고 사람이야!"

"사람?"

"Yes!"

마지막으로 배세진이.

"너희 지난번에 이야기하던 거, 〈아주사〉 맞지? 그 사람! 발레 했다는데 설마 선아현…"

"예. 아마도 그럴 겁니다."

"…그, 그래."

그렇게 선아현 제외 6인은 똑같은 추론에 도달해 이 사태 해결법을 고민하게 됐다는 것이다.

그리고 선아현이 개인 화보 스케줄로 외출한 날, 거실에 모여 토론을 시작했다.

"……"

"일단, 무기명으로 신고를… 아니, 안 되겠구나. 지금은 상대와 같이 지내는 게 아니니까."

말 꺼낸 류청우는 고개를 끄덕였고 나머지 놈들도 심각한 얼굴로 고개를 따라 끄덕였다.

하지만 다른 의견은 쉽게 나오지 않았다. 그럴 만했다.

'비슷한 경험이 있는 놈이 없잖아.'

학교 폭력과는 연이 없던 놈들이 대부분이라 뭐 답이 안 나온다. 그나마 덜 사교적인 배세진도 본인이 학급을 따돌리는 삶을 산 것 같더라고.

"으음, 그럼 우선 소문부터 퍼뜨릴까요?"

"도리어 그쪽 팬들이 결집할 것 같은데. 혹시라도 나중에 정식 고발 글이 나와도 반박할 수 있게 꼬투리 주는 거 아닌가."

"와~ 설득력 있네."

큰세진은 원망하는 것처럼 말하더니 고개를 뒤로 젖혔다. 배세진이 그 사이에서 긴장한 얼굴로 입을 열었다.

"…SNS 기록 같은 건 없어?"

"아, 그 사람의 개인적인 SNS를 말씀하시는 겁니까?"

"그래. 그런 놈들은 꼭 관심받고 싶어서 SNS에 떠들어대니까."

괜찮은 접근이었다만… 나는 고개를 저었다.

"SNS를 전부 밀었던데요."

"저, 전부?"

"예."

계정 하나 안 남기고 전부 닫았다. 그것도 반년 전에.

'《아주사》 새 시즌 오디션 공고 뜨자마자 싹 정리한 거야.'

최소한의 지능은 있는 놈이다.

"그럼… 우리가 이 상태로 할 수 있는 건 거의 없네. 단서도 없고."

"그렇죠."

살짝 분위기가 가라앉았을 때, 차유진이 손을 번쩍 들었다.

"아현 형 의견 들어요!"

"…아현이한테?"

"예! 하고 싶은 일 있는지 물어봐요. 자기 생각이 제일 중요해요!"

"으음."

부담스러워할 것 같아서 피하긴 했으나, 사실 그게 정설이었다. 이미 다른 멤버들이 다 눈치챈 시점에서 군이 말하지 않는 것도 유별난 짓이다.

'그리고 뭐든 하려면 당장 하는 게 맞다.'

시간 끌수록 이 새끼가 유명해지니까.

이 와중에도 〈아주사〉 새 시즌이 논란과 화제성을 등에 업고 쑥쑥 자라고 있기 때문이다. 인재풀은 예상대로 전 시즌들보다 좋지 못했으나, 버릴 패와 살릴 패를 잘 구분해 써먹으면서 서사를 잘 엮었더라고.

'류서린.'

그 작가가 능력은 확실히 있는 모양이다. 〈K-NOW〉를 거치면서 더 센스가 좋아졌다. 프로그램의 인기만큼은 전 시즌인 '미리내' 때보다도 좋았다.

'뭘 하긴 해야겠는데.'

그것도 빨리해야 했다. 다음 순위발표식까지 진행되면 걷잡을 수 없다.

'…결국 본인에게 직접 물어보는 방법뿐인가.'

나는 고개를 끄덕였다.

"제가 살짝 물어볼게요. 룸메이트니까."

"음, 그래."

"그리고 문대만 있으면 아현이가 무서울 수도 있으니까, 저도 가 있을게요~"

"……."

뭐?

그러나 놀랍게도 큰세진의 말은 아무런 반발 없이 통과되었다. 이놈들 사이에서 내 이미지가 어떤지 궁금해지는군.

어쨌든 나는 그날 밤. 촬영 마치고 돌아온 선아현이 자러 들어오자마자 행동을 개시했다.

"어, 어? 세진이?"

"응~ 아현아 와서 앉아봐!"

선아현은 의아한 얼굴이었으나, 의심 없이 다가와서 본인 침대에 앉았다.

"화보는 잘 찍었어?"

"으응. 괜찮았던 것 같아…!"

그리고 분위기를 누그러뜨리기 위한 서론을 지나, 마침내 본론이 시작되었다.

"아현아. 혹시 〈아주사〉 지금 1위랑 아는 사이야?"

"……티, 티가 나?"

"조금."

사실 대놓고 났다만 적당히 완화해서 말해줬다. 굳은 선아현은 어쩔 줄 모르는 것 같더니, 천천히 고개를 끄덕였다.

"으응, 가, 같은 중학교였어."

나는 직구를 던졌다.

"너 다쳤을 때 좋아했다는 게 그놈이지."

"…!"

선아현은 침을 삼키더니, 인정했다.

"마, 맞아."

역시.

"그런데… 모르겠어."

뭐?

"어, 어쩌면… 내가 마음이 약해서 그런 걸지도 몰라. 워, 원래 살다 보면 나를 싫어하는 사람도 있는, 거잖아. 그런데 내, 내가 그런 걸 잘 못 견뎌서…."

"잠깐만."

나는 놈의 말을 끊었다.

"싫으면 상종을 안 하면 되는 거지, 괴롭히는 놈이 이상한 게 아닌가."

"괴, 괴롭힌 건지도… 모, 모르겠어. 때리거나, 그런 건 아니라…."

"어떤 식이었는데."

"우, 웃으면서 대해주는데… 진심이 아닌 것 같고, 자, 자주 이상한 일도 있고…."

"……예시를 들자면?"

"슈, 슈즈가 없어져서, 곤란했는데…. 며칠 후에, 빌려줘서 고마웠다고 돌려줬어…. 그, 그런데 난 빌려준 기억이 없었는데, 웃으면서 말하니까."

"그래."

"내, 내가 기술을 실패하면 웃었는데, 들어보니까 그냥 대화하다가 웃은 거고, 내가 민감했던 것 같기도 하고…."

오.

진짜 세상에는 별 새끼가 다 있군.

'선아현만 찍어놓고 괴롭혔네.'

이렇게까지 교묘하게 다른 놈을 싫어할 필요가 있나? 차라리 일반적인 또라이 새끼들처럼 때리고 얼차려를 준 게 잡긴 편했을 것이다.

옆에서 오묘한 얼굴로 조용히 듣던 큰세진이 슬쩍 물었다.

"아현~ 혹시 네가 수석이고 그 사람이 차석이었어?"

"으응? 꼬, 꼭 그랬던 건 아니지만… 몇 번은?"

"으음. 그 사람이 수석한 적도 있지?"

"아, 아마도?"

큰세진은 씩 웃었다.

"오케이~ 아이고, 너 괴롭힌 거 맞아. 아현아. 뭐 그런 거 걱정하고 그래~ 그놈이 잘못했네! 너 부러워서 그런 거네!"

"으응, 무, 문대도 그렇게, 말해줬었어."

선아현은 제법 침착하게 고개를 끄덕였다.

"그리고 사, 상담 선생님도, 혹시 괴롭힘이, 아니더라도 내가 상처받은 건 이상한 게 아니라고 해주셔서…."

거참 상담료의 가치를 실현하는 사람이군.

"지, 지금은 많이 괜찮아졌어! 그냥. 이렇게 볼 줄은 몰라서 좀 놀라서 그랬던 것 같아…!"

"그랬구나! 당연히 그럴 수 있지."

선아현은 말하면서 점점 스스로 다짐을 하며 회복을 하는지, 안색이 편안해졌다. 그러나 남은 둘은 썩 기분이 좋진 않았다.

"아, 그럼 난 자러 가볼게~ 아현이 그런 못된 놈 때문에 걱정하지 말고!"

"으응!"

"나 물 좀."

나는 방으로 나가는 놈을 따라 나왔다.

탁. 큰세진은 거실에 나오자, 툭 던지듯 말했다.

"이거 증거 없을 거야."

"……."

"좀 민망한데… 내가 누굴 미치게 싫어했다면 저랬을 것 같거든? 다른 애들한테는 잘해줬을 거야. 무조건이야."

"일단 들어가서 자라. 생각해 볼 테니까."

"…그래. 너도 얼른 자."

나는 큰세진의 어깨를 치고, 거실에 앉았다.

"음."

감정을 가라앉히고 다시 생각해 보자.

채서담. 상당히 잔꾀를 잘 부리는 놈이다. 대인관계에 능숙하고 또래 조종할 줄 아는 새끼. 동시에 선아현을 대상으로 찍었다는 점에서 알 수 있는 건….

'굉장히 경쟁적이고, 성공에 대한 욕심이 있고… 열등감이 강한 스타일.'

그렇다면 분명 자아가 비대하고 자존심이 강하다는 건데… 그런 인간이라면 이런 상황이라면.

'SNS는 애진작에 싹 밀고, 동창생 증언도 없다.'

자신이 미래에 방해가 될 만한 후환을 전부 없앴다는 자만심도 있을 것이다. 노릴 만한 점은 여기서 생긴다.

'자만하면 보통 실수가 나오지.'

"……."

지금이 밤 11시. 보통은 늦은 시간인데, 활동기인 아이돌들은 보통 깨어 있는 시간이지.

나는 전화를 한 통 걸었다. 신호음은 짧게 가다가, 바로 걸렸다.

"안녕하세요."

-예? 어, 문대 씨?

바로 미리내의 매니저 직통 번호다. 그리고 내가 통화하려는 상대는… 미리내의 1위 출신, 이름이 뭐더라.

"괜찮으시면 옆에 음… 정율기 씨 좀 바꿔주실 수 있을까요."

-네??

나는 경악하는 매니저에게 '이것이 절대 쓸데없는 친목 다지기 전화가 아니며 업무용이다'를 간신히 납득시킨 뒤, 본인과 통화할 수 있었다.

-안녕하세요, 선배님!

"네, 안녕하세요."

-반가워요! 근데 무슨 일이세요?

"혹시 며칠 전에 〈아주사〉 관련 대화했던 거 기억나시나요."

-아~ 예! 그럼요!

나는 전화기를 쥔 손에 힘을 주고, 더 낮은 목소리로 물었다.

"그때 못된 참가자들을 봤다고 하셨는데… 혹시 그중에 지금 인기 있는 참가자도 있었나요?"

-헐, 네!

좋아. 여기서 시작한다.

열등감과 경쟁심이 강한 놈이 서바이벌 오디션에 참가했다면, 초반에는 대처가 완벽하더라도 갈수록 본심이 새기 마련이다. 그런 심리를 일부러 부추기는 프로그램이니까.

특히 첫 팀전이 진행될 때 즈음이면 이미 참가자들에 대한 대중들의 첫 반응이 어떤지 확인하고 왔을 것이다. 정확한 순위는 몰라도, 조회수와 언급량으로 다들 안다.

'자신이 상위권인 건 알겠지. 그리고 포지션에 위협이 될 참가자도.'

원래 가능성이 잘 보이면 더 집착하게 되는 법이다. 미리내가 말한 '못된 참가자'에 채서담이 포함되어 있을 확률이 낮지 않았다.

나는 다시 입을 열었다.

"혹시 어떤 참가자였는지 물어봐도…"

—어, 근데 제가 편견이 있을 수도 있으니까! 구체적으로 누가 잘못했다고 말하기는 좀 그래요!

"그렇죠."

나는 단조롭게 대답했다.

"저도 누굴 비방하는 목적으로 쓰려는 건 아니에요. 그냥 좀 걱정되는 게 있어서요. 거기도 데뷔하면 저희랑 같은 회사 소속이 되니까."

—으~ 그건 좀 그렇긴 하죠!

"예."

여기서 한 박자 쉰 다음에 묻는다.

"그러니까… 보신 것 중에 가장 기억에 남는 못된 행동을 물어봐도 될까요."

수화기 너머에서 거침없는 목소리가 들렸다.

—아, 그거야 뭐! 괜찮겠죠?

됐다.

"그럼요."

—그렇죠! 제가 제일 신경 쓰인 건 일부러 말을 못 들은 척하는 거였어요!

"아, 무시했다는 건가요."

이건 좀 1차원적인데.

-아뇨, 아뇨! 그러니까…. 아, 이걸 어떻게 설명하면 좋죠?

나한테 물어봐도 알 리가 있나. 그때였다.

-으엥?

-언니!

전화기 너머가 달리는 소리, 비명 같은 감탄사와 함께 시끄러워졌다.

"…?"

그리고 전화기를 틀어막은 듯 잠깐 소리가 없더니, 곧 목소리가 바뀌었다.

-선배님 안녕하세요! 미리내의 박민하입니다!

2위였다.

"예…. 안녕하세요, 민하 씨."

-넵!!

급하게 바꿨는지 헉헉거린다. 이쪽도 연애 기류로 오해했나.

"〈아이돌 주식회사〉 새 시즌 관련해서 궁금한 점이 있어서 전화 드렸던 겁니다."

-아, 궁금한 점 말씀 주시면 제가 설명하겠습니다! 저도 갔으니까요!

급하군.

"그랬군요. 아직 촬영하신 화가 안 나와서 정율기 씨만 출연하셨나 해서요."

-아, 아하!

거짓말이다. 그냥 1위인 정율기 쪽이 대답 듣기가 편할 것 같아서였다.

–엡… 무슨 이야기가 궁금하십니까, 선배님!

나는 아까 내가 1위와 했던 대화를 적당히 줄여서 전달했다. 그러자 박민하가 숨을 들이켰다.

–아… 그거요.

"민하 씨도 보셨나 봐요."

–으음, 네.

후배는 내키지 않는다는 투로 주저하며 말했다.

–언니가 말한 건… 누명 이야기예요.

오.

"누명이요."

–예. 본인만 피해자처럼 보이게 하는 식이었거든요.

2위는 설명을 할수록 점점 침착해졌다.

–그러니까… 분명 카메라랑 마이크 없을 때 새로 바뀐 연습 시간을 전달받았는데, 카메라 앞에서는 '그런 건 들은 적 없다'는 식으로 허탈하게 말해서요.

"…!"

–저랑 언니가 뭐 좀 가지러 이동하다가 들었거든요. 저희 있는 줄 몰랐을 거예요.

참가자가 편집점을 알아서 창조하는 주체적인 광경이었겠군.

"그런 방식이면 당한 쪽이 반발이 심했을 것 같은데요. 거짓말이라고."

–예. 그러니까 그냥… 뒤에 '그래, 너는 말했는데 내가 기억 못 하는 수도 있겠다. 못 들어서 미안하다'라고 저자세로 말하더라고요.

"……."

-그래서 저희가 봤다고 말하기도 애매하게 돼서….

머리 좋군.

주장하는 상대방을 바보로 만드는 짓이었다. 편집 각을 충분히 고려한 행위다. 그렇다면….

"당한 쪽은 순위가 높지 않았죠. 친구가 많은 타입도 아니었겠고."

다음 순위 발표식에서 바로 판에서 차단당할 수 있도록 말이다. 트러블의 방지다.

-…예. 음.

"혹시 당한 분 포지션이?"

-댄스요.

나는 일부러 쉬지 않고 바로 다음 질문을 했다.

"그리고 그걸 한 사람은 분명 데뷔권일 것 같은데요."

-…! 그, 그럴, 음.

"아, 민감한 거라면 대답 안 하셔도 괜찮습니다."

방심했는지 반응이 정제되지 않았다. 미안하지만 그 반응만으로도 긍정이나 다름없었다. 어차피 방송 타면 무조건 나오겠지만.

'댄스 포지션에 현재 확실한 데뷔권.'

채서담을 포함해 두세 사람뿐이었다. 그리고 선아현한테 들은 사례와 상당히 유사하다는 것을 생각하자면… 사실상 채서담이라고 봐도 무방하겠군.

역시 머리가 제법 돌아가는 놈이었다. 팀 내에서 본인과 파트 경쟁이 될 만한 같은 포지션. 순위도 낮고 대인관계 능력도 협소해 만만한 참가자를 제물로 쓴 것이다. 그리고 제작진들의 편집 스타일을 고려해서는… 놈의 계획 그대로 당한 쪽의 열폭으로 처리될 것 같다.

'이러면 탈락한 후에 저격도 힘들어.'

'내가 기억 못 하는 걸 수도 있다'고 이미 그 자리에서 져주는 척 방어해 버렸지 않나. 이미지가 고정된 상태에서는 탈락자의 1위에 대한 열폭으로 보일 뿐이니까.

'…안됐군.'

당한 쪽은 구명 방법이 딱히 없다.

나는 혀를 찼으나, 사실 내게는 나쁜 상황은 아니었다. 본인 인성을 어김없이 여기서도 발휘해 주고 있다는 것 아닌가. 꼬리를 잡기 쉬울 것 같다. 실제로 미리내도 한번 잡았지 않은가.

'우리가 직접 하긴 어렵겠고….'

어쩔 수 없지만, 지금 이 통화를 이용해야겠군.

"…혹시, 이번 시즌 〈아주사〉 관련 스케줄이 더 있으신가요."

−예? 예. 저희가 곡을 드리는 거라서, 아마 한 번쯤 더 갈 것 같습니다! 그… 2차 팀 확정되고 중간 평가쯤에요.

"그럼 그때, 연습생들 분위기 좀 봐주실 수 있을까요."

꼴깍. 전화기 너머에서 침 삼키는 소리가 났다.

−이, 이유를 여쭤봐도 될까요!?

"방금 설명해 주신 걸 들으니까… 감이 워낙 안 좋아서요. 혹시 더 심한 짓을 한다면 차후 데뷔해서 같은 소속사가 되더라도 좀 거리를 둘까 합니다."

−아. 음, 알겠습니다!

2위는 한결 마음이 놓인 것 같았다.

그리고 '시도해 보겠지만 제게 너무 큰 기대는 제발 말아주시라'는 말을 몇 번이나 덧붙인 후에야 정중한 인사와 함께 전화를 끊었다. 슬슬 무작정 '열심히 하겠다'는 말 외에 자기 보신적 말을 덧붙이는 걸 보니, 이쪽도 신입 시절이 끝나가는군.

─안녕히 주무십시오 선배님!

"예, 민하 씨도요. 늦은 시간에 실례 많았습니다."

나는 전화를 끊었다.

"음."

상황은 괜찮았다. 이 새끼가 대가리는 돌아가는 것 같다만, 점차 놈이 신중하지 못한 짓을 저지를 게 눈에 보이거든.

'나라면 무조건 살렸을 텐데.'

1위라는 걸 모르던 시점이니 '굳히기'보단 '상승세를 이어가기'에 집착했다는 건 알겠다. 그리고 이제 1위를 했으니… 슬슬 방심하고 있으려나.

"……."

아무래도 재밌는 걸 잡을 수 있을지도 모르겠으니까 끈을 하나 더 만들어둬야겠군. 마침 지금은 첫 번째 순위발표식 전, 촬영을 쉬는 타임이다.

나는 잠시 고민한 후, 문자를 한 통 넣었다.

[방송 봤다. 좋은 결과 있길 바란다. 응원할게]

상대는 골드 2 권희승이다.

다음 날 아침에 확인해 보니, 골드 2가 바로 답장을 해놓았다.

[형ㄱㅠㅠ 응원 정말 감사합니다 혹시 부담되실까 봐 연락 못 했어요!]
[저 열심히 할게요 꼭 무대에서 뵙겠습니다! (하트 날리는 이모티콘)]

가끔 안부는 주고받은 덕에 '뜰 것 같으니 갑자기 연락했다'는 뉘앙
스로 느껴지진 않았나 보다. 그리고 그 망할 프로그램 다시 나온 것치
곤 꽤 희망차고 씩씩해 보였다. 이놈은 그럴 만했다.
'이번에 플래티넘 받았지.'
골드 2는 골드를 탈출했다. 게다가 편집점을 잘 받으며 승승장구 중
이다. 원래 서바이벌 두 번째 참가는 대박 아니면 쪽박인 경우가 많은
데, 대박을 낸 것이다.

-희승이 찐으로 정변의 아이콘이 따로 없음
-역시 나이가 깡패지 얘 아직도 어려 대박ㅋㅋㅋㅋㅋㅋ

그래서 받은 첫 순위가 3위다. 기존 팬층이 있다고 해도 선방이고,
거기에 방송이 시작된 후에도 식지 않았다는 점에서 데뷔 가능성은 상
당하다.
'그리고 골드 2의 포지션을 굳이 따지자면 댄스에 가까워.'

그게 무슨 뜻이냐면… '채서담'이 찍었을 확률이 높다는 뜻이다. 여차하면 견제해야 하는 대상으로 말이다.

"문대문대, 웬 문자?"

"골…, 권희승한테 하는 중."

"음."

"간밤에 재밌는 소리를 들어서."

나는 미리내와의 통화 내역을 말했다. 그리고 몇 가지 추리를 덧붙였다.

"아~ 알겠다. 오케이."

큰세진은 웃으며 고개를 끄덕였다. 그리고 자신의 스마트폰을 켰다.

[큰세진 : 다들 잘 살아계시나용 (눈 굴리는 이모티콘)]
[큰세진 : 이번 아주사 1차 팀전 하던데 그거 보니까 우리 팀 생각이 막 나지 않나요ㅋㅋ 크 제 안에선 완전… 전설의 레전드 무대!]

놈은 〈아주사〉 1차 팀전 당시 팀이었던 '악토버 31'의 단톡방을 잠깐 활성화했다. 그리고 며칠 공을 들여서 골드 2에게서 적극적인 답변과 참여를 끌어냈다.

[큰세진 : 희승 씨 어떤가요 다시 한번 전설의 레전드 무대 보여주고 계신가요 (초롱초롱한 이모티콘)]
[권희승 : ㅋㅋㅋ아 형 몰라여!! (부끄러워하는 이모티콘)]

배세진은 갑자기 울리는 단체 메시지방에 당황했다.

"쟤는 이걸… 왜?"

"〈아주사〉 이번 시즌 염탐이요."

"염탐? …아! 그놈. 알았어."

배세진은 급격히 협조적이 됐다. 그리고 본인도 뭐라도 써보려고 노력했던 것 같다.

[큰세진 : 오늘 저녁은 사과를 먹으며 〈아주사〉 본방 시청 예정입니다. 사과에서 매운맛 날 것 같지 않나요ㅋㅋㅋ]

[권희승 : ㅋㅋㅋㅋ백프롭니다]

[배세진 형 : 그래서 사과는 저녁보단 아침에 먹는 게 좋아]

갑자기 메시지가 끊긴 후, 2분 뒤에야 답장이 왔다.

[골든에이지 하일준 형 : ㅋㅋ세진이 여전하네!]

"……."

쿵. 배세진은 머리를 박은 뒤 소파에 처박혔다. 뭐, 다들 그러려니 하니 너무 수치스러워하진 않아도 괜찮을 것이다. 어쨌든 긴장감을 낮추고 편안히 만드는 덴 한몫했으니 자기 할 일은 제대로 한 것이나 다름없다.

그리고 몇 주 후에 때가 왔다.

[바뀐 연습 시간을 고지받지 못했다는 채서담 참가자]

[얼어붙은 팀 분위기]
[채서담 : …아니, 죄송해요. 제가 못 들었을 거예요. 죄송합니다.]
[이호윤 : 아니, 그게 아니라 (편집) 그러니까 제가 분명 말을 했어요!]
[채서담 : 네, 말씀하셨는데 제가 잘못 기억한 것 같습니다….]

'그 장면'이 드디어 방송을 탄 것이다.
"와, 대단하네."
"그러게."
멤버들은 선아현이 방에서 펀치니들을 하는 틈을 타서 거실에서 해당 화를 시청 중이다. 이미 관련 사정은 다 이야기해 뒀다.

[Q : 억울한 점은?]
[채서담 : 어쩔 수 없죠. 팀 분위기를 망칠 수는 없으니까… 괜찮아요.]

절묘한 위치에 나오는 채서담의 인터뷰까지 전형적인 〈아주사〉의 편집 맛이다.
"혹시 치명적인 기억력의 문제로 정말 기억을 못 하셨을 확률은…."
"아니야. 저건 그냥 못된 놈이야."
배세진이 표정을 굳히고 화면을 노려보았다. 느낌이 왔나 보군.
어쨌든, 방송은 그대로 쭉 진행되었다.

[우승팀은… '체인저!']
[우와아악!!]

[생존 추첨권을 받게 되십니다! 그리고… 부상으로 Tnet의 글로벌 음악 방송, 〈뮤직밤〉에 출연하실 수 있습니다!]

그리고 채서담이 소속된 팀이 우승하며 끝났다.
"이제는 아예 생존권도 랜덤으로 추첨해서 주는구나."
"그러게요."
사람 피 말리게 하는 놈들이다. 물론 이런 감상을 생각할 시간에 당장 해야 할 일이 있긴 하지만.
'미리내에게 들은 놈이 채서담인 게 확정됐으니까.'
나는 프로그램이 끝나며 자연스럽게 흩어지는 놈들을 따라, 큰세진과 함께 방으로 들어갔다. 논의한 건을 시행할 때였다.
"내가 한다?"
"그래."
이런 건 나보다 저놈이 낫겠지. 큰세진은 어깨를 으쓱한 다음 통화를 걸었다. 골드 2에게.
"녹음은?"
"못 할걸? 얘 사과폰 쓰거든."
좋아.
얼마 지나지 않아, 전화는 깔끔히 연결되었다.
"어, 희승아. 혹시 몰라서 통화하는데…. 사실 내가 이야기를 좀 들었거든."
−네?
큰세진은 미리내에게 들은 말을 잘 가공해서 설명했다. 물론 출처는 적당히 다른 스텝으로 바꿨다. 당연히 어투는 비방이 아니라 골드 2에 대한 걱정이다.

"…해서. 그런데 오늘 본방 보니까 그… 진짜 그 장면이 나와서 설마 싶더라고."

—…….

골드 2는 잠시 말이 없었다. 하지만 곧 전화기 너머에서 길고 긴 탄식 소리가 들렸다.

—아…. 아, 어쩐지 좀 이상하더라.

그렇지.

"마음에 걸리는 점 있었어?"

—네! 저희 단톡에서… 아, 암튼! 순위 나오고 난 뒤로 저한테 태도가 좀 이상해졌었거든요.

"설마 너 견제하나?"

—그러니까요! 이제 알겠네…. 근데 인성이 이럴 줄은! 아, 왜 저한텐 이런 상황이 계속 생길까요? 지난번에도 그러더니!

골드 2는 우는소리를 했다. 그리고 보니 골드 2는 지난 시즌에서 최원길에게 남다른 견제와 무시를 당했었다. 그래서 이게 더 와닿는 모양이다.

큰세진은 부드럽게 말을 틀었다.

"일단 저분도 데뷔하시면 너랑 같은 그룹이잖아. 그래서 혹시 모르니까 조심하라고 이야기하는 게 좋을 것 같아서 전화해 봤다!"

—으으…. 네, 형! 고마워요 진짜…. 어휴 내 인생 으휴.

골드 2는 투덜거리며 한숨을 푹푹 쉬더니 끊었다.

툭. 큰세진은 스마트폰을 내리며 웃었다.

"밑밥 괜찮지."

"좋아."

이 정도면 골드 2가 만일의 경우 조력자로 합류할 것이다. 나는 어깨를 으쓱한 뒤, 하이파이브를 요구하는 놈에게 한번 손바닥을 쳐주고 나왔다.

달칵.

그리고 내 방으로 들어갈 때였다. 자신의 책상에 앉아서 완성한 러그를 정리하던 선아현이, 조용히 물었다.

"저기⋯ 아, 아주사 본 거지?"

"⋯!"

소리가 들렸나?

나는 고개를 끄덕였다. 선아현은 차분히 이야기했다.

"괘, 괜찮아. 나도 다음에는⋯ 앉아서 같이 보고 싶어."

"⋯그래."

선아현은 약간 창백한 얼굴이었으나, 웃으며 정리를 마치고 자리에서 일어났다.

"계속, 이렇게 있을 순 없으니까⋯ 나아지고 싶어."

"알았어."

나는 놈의 등을 툭 쳤다.

'짧은 영상부터 보여주면 되겠지.'

그러나 생각보다 이 '도전'의 기회는 빨리 찾아왔다.

며칠 후.

"안녕하세요, 선배님!"

테스타는 카메라를 잔뜩 대동한 〈아이돌 주식회사〉 이번 시즌 참가자들과 방송국 복도에서 마주치게 되었으니까. 우승팀의 특권인 음악방송 출연이었다.

'X발.'

당연하지만 이 중에는 그놈도 있다.

"안녕하십니까."

채서담.

방송국 복도에서, 같은 프로그램에 출연하는 것도 아닌데 〈아주사〉 참가자를 굳이 마주쳤다? 뻔했다.

'일부러군.'

방송에 쓸 그림을 뽑기 위해 스탭들이 저놈들을 이쪽으로 유도한 것이다. 〈아이돌 주식회사〉라면 충분히 그럴 만했다. 테스타가 출연하지 않은 것을 이런 꼼수로 때워볼 수 있지.

그리고 여기서 인사할 때 찍지 말라고 단호하게 거절하면 꼴이 우스워진다. 그냥 자기들이 〈뮤직밤〉 출연 영상을 찍는 건데 우연히 마주친 우리를 모자이크해 달라고 하는 건 유난 같지 않은가.

결국 이 상황이 내포하는 문제점은 이거다.

'카메라.'

카메라가 쭉 깔렸다. 선아현은 하필 방송 송출을 조건으로 끼고 채서담을 만나게 된 것이다.

'망할.'

나는 다른 놈들에게 눈짓했다. 눈치껏 사교성 좋은 놈들이 치고 나와서 먼저 인사를 받아준다.

"오~ 안녕하세요!"

"응원합니다. 화이팅!"

이 정도면 됐다. 인원이 7명인데 선아현은 고개만 끄덕여도 될 것이다. 나는 우리 쪽으로 도는 두세 대의 카메라를 의식하며 허리를 숙여 참가자들에게 인사했다. 이쯤하고 끝낼 생각이었다.

그러나 저쪽은 그럴 생각이 없었나 보다.

"저 진짜 테스타 선배님 완전 팬이에요!"

"어떡해……. 와씨."

"선배님 정말 정말 죄송한데 사인 받을 수 있을까요……?"

테스타 이름값 덕인지 참가자 중 절반쯤이 슬금슬금 다가온 것이다. 특별히 제작진에게 언질을 받은 것 같지도 않고, 그냥 순수하게 잘나가는 아이돌을 봐서 신난 것 같다. 그리고 카메라도 따라서 전진한다.

"……."

길어지겠군. 좋지 않다.

나는 선아현의 얼굴을 체크했다. 다행히 동요가 드러나진 않았다. 평소처럼 크지 않게 웃는 얼굴인데, 좀 굳어 보이긴 했으나 눈에 띌 정도는 아니다.

아마 특별한 돌발 상황은 일어나지 않은 덕일 것이다. 맞은편의 채서담도 굳이 말을 얹지 않고 뒤에서 흐름에 묻혀 조용히 이동 중이니까.

'……예상대로 머리가 돌아가긴 하는군.'

여기서 선아현에게 굳이 아는 척해서 친분을 과시하는 짓은 별 이득이 없으며 위험만 증가한다는 것은 아는 모양이다. 〈아주사〉 출연 중에도 선아현에 대해서 한마디도 안 했지. 이 정도면 선아현을 자극하지 않는 것이며, 어차피 본인도 손해니 입 다물고 있을 것이라 생각했나 보다.

다만 그건 어디까지나 저놈 혼자만의 판단이다. 제작진은 다르겠지.

"그러고 보니 두 분 같은 학교 출신 아니세요?"

이렇게 된 이상, 방송국 놈들이 이 먹잇감을 안 놓칠 줄 알았다. 이름 있는 아이돌의 친분은 언제나 분량이 쏠쏠히 뽑히는 그림이니까.

"아."

채서담은 머리가 돌아가는 놈답게 먼저 선수 쳐서 얌전하고 적절한 대답을 내놓았다.

"예. 가끔 인사 정도는……. 오랜만에 뵙습니다, 선배님!"

뒤는 약간 머쓱한 듯이 '그럭저럭 안면 있는 상대'에게 말하는 것 같은 투다.

'이 새낀 어지간히 가증스럽네.'

선아현이 여기서 얼굴을 굳히면 '뜨니까 사람이 변했다' 프레임으로 갈 걸 짐작했나 보지? 그래서 어차피 이렇게 된 거, 선아현과 웃으며 인사하고 '그럭저럭 안면 있는 사이'라는 걸 증명하는 영상이라도 하나 남겨두려는 것 같은데 말이다.

안타깝게도 이 업계가 그렇게 공정히 돌아가지 않는다.

나는 유심히 놈을 쳐다보았다.

'여차하면 제작진한테 딜이라도 걸어서 데이터는 삭제할 수 있어.'

테스타는 《아주사》 참가자가 아니라 이미 회사와 계약한 아이돌이라서 말이다. 그것도 T1 산하다. 정 안 되면 차라리 방송에서 아예 이 그림을 못 쓰도록 대놓고 막말해도 그럭저럭 무마는 가능하다는 것이다.

-저기요. 얘 물건 훔쳤던 건 돌려주시면 좋겠는데. 한두 개가 아니라서요.

이런 식으로. 소문은 좀 나겠다만 한 건 정도야 뭐.

이 새끼가 이득 보고 선아현이 멘붕해서 상태이상 도지는 것보단 차라리 이편이 낫다.

'던질까.'

고민하는 순간이었다.

"……네. 안녕하세요."

"……!"

선아현이 차분히 응답했다.

채서담의 얼굴에 빠르게 승리감이 스쳤다. 그리고 제작진은 얼른 끼어들어서 새 방송 분량을 챙겼다.

"혹시 응원하는 말씀 하나 부탁드려도 되나요?"

"아, ……그건."

선아현은 살짝 심호흡하는 것 같았다. 채서담은 실실 웃으며 상황을 기다렸다.

"저거……."

"잠깐."

나는 뒤에서 욱하려는 배세진을 잡는 류청우의 작은 속삭임을 들었다. 그리고 선아현은 아무런 방해도 받지 않고, 천천히 채서담을 보며 말했다.

"어떤 일을 하든, 좀 더 자기 자신을 믿으면서……. 하길 바라요."

선아현은 희미하게 웃었다.

"여기까지…… 오니까, 그게 가장 중요하다는 생각이 들어요. 다른 사람을 신경 쓰는 대신, 자기 자신에게 집중하고…… 신뢰하는 거요."

"……"

채서담의 얼굴에 동요가 스쳤다.

선아현은 아예 앞으로 한 걸음 걸어 나왔다. 그리고 채서담과 대놓고 눈을 마주쳤다.

"우리가…… 그렇게 친하진 않았지만. 앞으로 남은 시간을, 좋은 마음으로 헤쳐 나가길 바라요."

"……"

"그러길 기도할게요."

덕담이었다.

다만 해석하기에 따라서 얼마든지 의미심장하게 들릴 수 있는 말이었다. 그리고 당사자인 본인에게는 또 다르게 들렸겠지.

음, 이런 느낌으로.

－열등감 때문에 남 공작질할 시간에 너 자신이나 신경 쓰면서 착하게 좀 살아라.

'굳었네.'

나는 놈의 눈깔에서 당혹과 긴장이 스치는 것을 보았다. 꽤 유쾌했다. 선아현은 주변을 돌아보며 약간 쑥스러운 것처럼 외쳤다.

"그, 다른 분들도요. 화이팅……!"

"네! 화이팅!"

자신의 말을 따라 하는 다른 참가자들을 보며, 선아현은 작게 손을 들어 화이팅 제스처를 만들었다. 편안해 보였다.

채서담은 겨우 따라 웃는 것 같았으나 썩 편해 보이진 않았다.

그래도 부득불 손을 내민다.

"……좋은 말 고마워."

"으응."

선아현은 악수를 마주 받았다. 그리고 아무렇지 않게 흔들었다.

"아, 저희도 뭔가 메시지를 남길까요? 이렇게 만난 것도 인연인데~"

"저희야 너무 감사하죠!"

빈틈이 생기자 얼른 끼어든 큰세진이 흐름을 틀었다. 그리고 참가자들과 제작진의 열렬한 성원과 함께 짧게 응원 촬영이 진행되었다. 그 틈을 타 선아현은 뒤로 빠졌다.

"괜찮아?"

"……응."

선아현은 작고 침착하게 대답했다. 어딘가 후련하게 들리는 목소리였다.

"저희가 이제 진짜 이동해야 한다고 매니저님이 그러셔서요."

"네넵, 감사했습니다."

"에이 뭘요. 그럼 저희 다음엔 무대에서 뵙겠습니다~"

다른 멤버들은 각자 참가자들을 응원하는 짧은 말을 찍고 나서야 다시 이동을 재개했다. 그리고 각자 복도에서 갈라지던 순간, 나는 채서담이 고개를 돌리는 것을 보았다.

"……!"

노려보려던 것인지, 나와 눈이 마주치자 움찔한다.

'충격이 컸나 보지.'

현 시즌에서 1위니 이 정도면 충분히 붙어볼 만한 체급이라고 자신했나 보다. 원래 참가할 땐 그 프로그램이 전부 같거든.

'선아현보다 프로그램에서의 성적이 좋다고 우월감이라도 가졌나.'

그래서 선아현이 또 밀리고 설설 길 줄 알았는데, 도리어 협박을 당했다고 생각하니 미치겠지.

나는 놈을 보며 웃었다. 그리고 입 모양으로 말했다.

'운 좋은 새끼.'

"……!"

적을 만들 필요는 없다만, 저놈 하는 꼴을 보니 생각보다 감정적이라 얼마 못 갈 것 같아서 말이다. 부담이 없어 좋군.

나는 목뒤를 주무르며 고개를 돌렸다. 저 새끼가 카메라 앞에서 언제까지 참을 수 있을까 궁금했다.

테스타는 얼마 지나지 않아 복도를 다 걸어 대기실에 도착했다.

"전 얼른 점심 좀 확인하고 오겠습니다."

"알겠습니다, 매니저님~"

달칵.

그렇게 문이 닫히고, 멤버만 남은 뒤.

"후……!"

긴장이 풀렸는지, 선아현이 숨을 뱉으며 소파에 주저앉았다. 그러자 시원한 반응이 쏟아졌다.

"이야 아현이~"

"WOW!!"

"침착하게 잘했어."

선아현은 당황한 것 같았지만 내심 뿌듯한지 얼굴이 좋다. 배세진까지 흥분한 얼굴로 말했다.

"……그놈한테 한마디 잘 해줬어."

"네? 그, 한마디 해주려던 건, 아니었는데……. 그, 그렇게 들렸을까요?"

선아현은 얼굴이 터질 것처럼 벌게져서 고개를 숙였다. 배세진은 약간 당황했다.

"어, 그래?"

"네……! 그냥, 솔직한 생각이었어요……. 그래도 제가…… 그런 말을 직접 할 줄은, 저도 몰랐어요……."

선아현은 긴장이 풀린 얼굴로 작게 한숨을 쉬었다.

"……신기해요. 무, 무서울 줄 알았는데."

나는 물었다.

"어땠는데."

"생각, 보다…… 괜찮았어. 응."

선아현은 자신의 두 손을 마주 잡더니, 작게 중얼거렸다.

"실제로 만나보니까, 정말 아무것도 아니구나, 그런 생각이…… 확실히 들어서.”

“…….”

내 우려와는 달리, 선아현에겐 이 만남이 일종의 각성이 된 것 같다. 더 이상 힘들지 않다는 걸 직접 체감한 것이다.

“나는…… 괜찮았어.”

선아현은 확신하는 것처럼 말을 끝마쳤다.

“……그래.”

“그러면 됐지~!”

큰세진이 놈의 어깨를 두드렸다. 다른 멤버들도 흐뭇한 얼굴로 선아현을 둘러싼다. 그때, 류청우가 미소와 함께 말했다.

“그러고 보니까 방금 아현이, 편하게 말하면서 거의 안 더듬지 않았어?”

“……!”

“그러게!”

트라우마가 가신 게 도움이 됐나? 선아현이 화색이 되었다.

“지, 진짜요? 그, 그랬던 것 같…… 아앗.”

……라고 생각하자마자 의식했는지 도로 더듬는다. 그러자 서로를 돌아보던 멤버들이 황급히 외치기 시작했다.

“아니, 뭐 어때 아현아~ 뭐 편하게 말하다 더듬을 수도 있지!”

“우리끼린데 그냥 편하게 하자.”

“정확한 말씀이십니다. 차유진은 그냥 대충 어휘를 고르면서도 잘 말하면서 삽니다.”

“저 완전 잘 말해요!”

“그래, 그래.”

중간에 이상하게 논점이 흐려지긴 했지만, 어쨌든 의도는 잘 전달되었는지 선아현은 고개를 푹 숙였다.

"……네."

목소리는 약간 먹먹하게 들렸다. 하지만 직후엔 고개를 들고 꿋꿋하게 말했다.

"그래도…… 더 연습해서! 펴, 편할 때도 더 잘 말할 수 있게, 할게요!"

"그래. 그건 응원할게."

대기실은 그렇게 훈훈할 수 없을 만큼 분위기가 좋아졌다.

'잘됐네.'

나는 선아현의 등을 두드렸다. 확실히 기특한 놈이었다.

"고, 고맙습니다, 고마워……!"

선아현은 한결 편한 얼굴로 웃었다.

재밌는 점은, 이후 정말로 선아현이 공식 석상에서 좀 더 편하게 더듬지 않고 말하게 되었다는 점이다. 압박감, 긴장감의 해소가 도움을 준 모양이다.

"서, 선생님께서도 계단식으로 나아질 거라고 하셨는데, 한 칸 올라간 느낌인 것 같아……!"

"그래, 축하한다."

그리고 이번 주 〈아주사〉는 적극적인 선아현을 포함해 다 함께 시청했다. 마침 순위 발표식이었다.

[1위는…… 채서담!]

"헐."
놀라긴. 그럴 줄 알았다. 나는 심드렁한 얼굴로 화면을 보았다.
지난 화에 '팀원 때문에 고통받는 채서담' 분량이 들어간 덕에 기세
가 더 붙었으면 붙었지, 떨어지진 않았을 테니까.

[채서담 : 정말…… 정말 감사합니다. 더 열심히 하겠습니다……!]

하지만 거실 분위기는 그렇게 나쁘지 않았다.
"머, 먹을래 문대야?"
"그래."
"땡큐 아현~"
건조 사과칩을 멤버들에게 나눠주는 선아현의 얼굴은 깨끗했다. 아
마 이대로 채서담이 1위를 해서 아이돌로 성공한다고 해도 크게 신경
쓰진 않을 것 같았다.
'뭐, 잘된 일이다만.'
나는 어깨를 으쓱했다. 이대로 넘어가긴 내가 찝찝하지.
그리고 미리 깔아둔 미끼들이 물고기를 가지고 온 것은 그날 밤이었다.

─안녕하세요, 선배님!
미리내 말이다. 나는 방으로 들어가며 빠르게 이야기를 본론으로

끌고 갔다.

"안녕하세요. 혹시 지난번에 말씀드린 건으로 전화 주신 건가요."

─옙! 그⋯⋯ 이번 팀전 촬영에 오늘 참여하고 지금 귀가했습니다!

순위 발표식이 당장 나오고 있으니 딱 지금 며칠이 촬영 기간일 것 같긴 했다. 그리고 전화가 왔다는 건⋯⋯ 마음에 걸리는 게 있다는 뜻이겠지. 그것도 이렇게 당일에 망설임 없이 전화할 정도의 건이라니.

"혹시 뭘 보셨나요."

전화 너머 미리내 2위⋯⋯ 그러니까, 박민하가 숨을 골랐다.

─이거⋯⋯ 후. 그게요.

"예. 말씀하세요."

─그, 저희 지난번에 말씀드렸던 그분이요. 자연스럽게 저희 번호를 알아내려고 했던 것 같아요.

"⋯⋯!"

잭팟 터지는 소리가 들렸다.

솔직히 말하자면, 이 안에서 연애야 쉬쉬할 뿐이지 할 사람들은 다 한다. 다만 이건 건수가 좀 다르다. 아직 오디션에서 데뷔도 못 한 새끼가 여자 아이돌 번호나 수집하려고 들다니.

'1위 두 번 한 맛이 기가 막혔나 보군.'

성적 뽕에 정신을 못 차리는 것 같은데, 일단 한번 정확한 확인을 거칠까.

"사심을 가지고 번호를 물어본 건가요."

─그게⋯⋯ 음, 저희 멤버들이 무대 피드백하면서 더 궁금한 점 있으면 물어보셔도 괜찮다고 했거든요.

전화기 너머 목소리는 떨떠름했다.

―그랬더니 '곡 해석에 관해서 한 번만 더 점검해 주실 수 있겠냐'고 하면서 인하트 계정 팔로우 요청하시더라고요.

나는 피식 웃었다. 대충 알겠다.

"그런데 저희는 회사 방침상 개인 계정이 없죠."

―네. 저희가 개인 계정이 없다 보니…… 그렇게 이야기가 전개되니 번호 교환까지 화제가 갔나 봐요.

솜씨 괜찮은데.

"그래서 번호 교환을?"

―아뇨! 제가 끼어들어서 매니저 언니 번호 드렸어요!

박민하의 목소리에서는 약간 뿌듯한 기색이 있었다. 나는 칭찬이라도 할까 좀 고민하다가 이상할 것 같아서 관두었다.

―그런데 생각해 보니까, 아무래도 인하트 계정을 못 만드는 걸 알고 일부러 이쪽으로 대화 유도한 것 같아서요.

"음. 그렇군요."

여기까지도 날카로운 판단이다.

'그래서 찜찜하니까 나한테 바로 보고해 준 거군.'

한참 상승세인데 데뷔도 못 한 상태로 껄떡대는 새끼와 엮이는 건 짜증 나는 일이니까. 다만 이건…… 내 생각엔 채서담이 특별히 미리내의 어떤 멤버에게 관심이 있었던 건 아닌 것 같다.

'누굴 찍어놓고 한 게 아니라 무작위로 아무 연락처나 하나 낚이라는 식이야.'

이건 진짜 연애를 하려는 게 아니라, 과시용이다. '나는 이 정도 급의 여돌과 엮일 수 있을 만큼 떴다'는 증명. 이 문장에서는 묘한 경시의 냄새가 났다.

아이돌이라는 직업군에 대한.

'이 직업에 별 뜻 없는 놈이었나.'

이런 연애용 관계를 과시 옵션에 넣어두다니. 연습생으로 몇 년 구른 놈들이면 떠올리다가도 접을 발상이었다. 근데 이놈은 '내가 이래도 된다'는 유의 생각을 한 것 같다.

'분명 현실적으로 계산할 줄 아는 놈인데 말이야.'

채서담은 반년도 더 전에 SNS를 밀었다. 그리고 하는 행동과 편집 고려해서 각을 잡는 걸 보면 분명 머리가 돌아가는 놈이다. 그럼에도 불구하고 이런 짓을 하는 것은…… 본인의 팬과 경쟁자가 될 아이돌들을 얕잡아 본다는 것과 다름없다.

'내가 이래도 먹힐 거라는 거야.'

그리고 그 경향이 최근 사건으로 심화된 것 같다.

'1위 하니까 다 자기 손에 있는 것 같았는데, 거기서 선아현이 초를 쳤지. 근데 거기서 또 1위를 하면…….'

초조함과 자만심이 멋진 콜라보를 이룬 모양이다.

'음.'

나는 몇 가지 그림을 생각하다가, 어깨를 으쓱하고 입을 열었다.

"그냥 두세요."

―예?

나는 웃었다.

"그냥 두시면 됩니다. 걱정 안 하셔도 괜찮을 것 같아서요."

인터넷 보니 다른 놈들도 무섭게 치고 올라오던데, 1위 두 번에 정신 팔린 놈이 과연 어떤 견제를 받을지 상당히 기대된다. 나는 선아현을 본받아, 이 새끼를 직접 건드리지 않고 넘어가기로 했다.

'혼자 어떻게 자빠지는지 볼까.'

그리고 며칠 뒤. 인터넷 게시판에 글이 하나 올라왔다.

[채서담 럽하트 비공개 계정 (713)]

그 글은 지난 늦가을에 사라진 채서담의 계정명과 유사한 어떤 비공개 계정을 캡처해 정성스럽게 정리해 둔 글이었다.

(캡처)
채서담의 이전 인하트 계정. 주로 근황 정리 용도였던 듯
계정 이름이 'ChatiD1130'
그리고 이거 봐
(캡처)
'ChatiU0417'
이 계정이 얼마 전에 생김
뒤에 붙은 숫자가 개설 날짜인 것도 비슷한 패턴
그리고 이 계정 팔로우 팔로워 전부 단 하나ㅋㅋㅋㅋ
이 모델 계정임

(캡처)

누가 봐도 연애용 럽하트ㅋ

_____

　바로 한창 잘나가는 모델의 계정과만 연결된 수상한 비공개 계정이 채서담의 것이란 글이었다.
　"찾아낸 건지, 만든 건지."
　설명에 따르면 최근 이 모델의 계정에서 슬쩍 〈아주사〉 참가자와 연애한다는 티를 내서 역으로 추적했다고 한다.

-또또 망상병 오졌지
-걍 자작 아님?
-ㅋㅋㅋㅋ채서담 빠들 현실 부정 봐 느그 오빠 연애한대~
-이런 게 무슨 증거가 된다고 난리... 하여간 아주사 과몰입 알아줘야 함

　인터넷이 시끄러워지긴 했다만 믿는 사람은 그리 많지 않았다.
　팬 대부분이 단속에 들어가 이 증거 없는 추측 글은 금방 공신력을 잃고 사라졌다. 그렇게 거칠게 논란이 잦아들려는 찰나, 짠 듯이 웬 추가 글이 올라왔다.

[아까 계정 채서담 맞네ㅋ (1415)]

　비공개 계정을 해킹한 놈이 나온 것이다.

그리고 그 계정 안에는 직접적인 얼굴 사진은 없었으나, 채서담으로 특정할 만한 손이나 그림자 사진이 제법 많았다. 모두 어떤 상대와 같이 나란히 서거나 손을 잡은 채였다.

"오."

오디션 프로그램 중간에 이런 비공개 계정을 개설하다니. 예상대로의 행동 방향이다.

"방심했군."

그리고 상대가 모델이라는 점에서 '과시용'이라는 내 추측이 맞았다는 걸 확인한 건 재밌었다. 다만 타이밍이 더 흥미롭다.

'작업 들어갔나.'

터지는 속도를 보니 어디서 작당하고 미리 여기까지 다 파둔 다음에 하나씩 프레임 짜서 터뜨리는 것 같다.

'음…… 골드 2 쪽일까.'

그놈은 직전 팀전에서 리더십으로 부각되어서 이미 최상위권인데도 더 치고 올라가는 중이다.

1위가 목전. 골드 2의 팬들이 기존 1위를 박살 낼 수 있는 기미가 보인다면 무슨 짓을 할지는 뻔했다는 뜻이다.

'뭐 누가 했든, 우연이든 간에…… 타이밍 죽이네.'

-헐

-ㅋㅋㅋㅋㅋㅋ연애 못 잃어서 비공개 계정까지 파시다니 진짜 진실은 추잡하구나

-그냥 갓반인으로 연애하면서 살아 힘들게 아이돌 하지 마시고ㅋ

-연애한 게 죄도 아니고 이렇게 욕하는 거 진짜 무섭다. 채서담이 기만을 한 것도 아니잖아
　└응 아이돌 오디션 나와서 숨기고 연애한 게 기만이야~

　댓글에선 해킹이라는 자극적인 요소와 사진들 때문에 연애설이 확정인 것처럼 다들 날뛰고 있었다. '기다려 보자'는 말은 언제나 그랬듯이 잘 먹히지 않았다. '연애가 무슨 기만이냐' 같은 소리도 마찬가지고.
　그리고 팬들은 말려들며 당혹스러워하는 분위기다. 안 봐도 내부적으로 개판이 됐을 것이다.
　'기운 빠지지.'
　돈 쓰고 시간 써서 주식을 끌어모아 줬더니 실시간 연애설이 터지니 말이다. 차라리 '경솔한 말과 행동' 유의 사건이면 결집이라도 되는데, 이건 분위기가 식는 거라서.

　-와
　-ㅋㅋㅋㅋㅋㅋㅋㅋㅋㅋㅋㅋㅋ

　마지막으로 이것만 남기고 사라지는 팬들이 벌써 눈에 보인다.
　'이 정도만으로도 이번 1위는 물 건너갔어.'
　'연애나 하니 그렇게 간절해 보이지 않아서' 마음이 식은 사람들이 무조건 나온다. 기세가 꺾였다는 뜻이다.
　나는 스마트폰 화면을 휙 내렸다. 채서담의 현 심정이 쉽게 짐작 간다.
　'날벼락 맞은 기분이겠군.'

베스트는 지금이라도 계정을 없애고 해킹이 조작이라고 발표하는 건데…… 과연 대가리에 바람 든 놈이 전처럼 그 차가운 결론에 빠르게 도달할 수 있을까?

'힘들걸.'

예상대로, 채서담 측은 하루쯤 지나고 나서야 '사실무근' 입장문을 발표했다. 그러나 사진에 대해선 구체적인 언급을 하지 못했다.

'상대를 제대로 설득 못 했나 보지.'

서로 오해와 조작이라고 해명하면 되돌릴 샷은 충분했는데, 초조한 나머지 타이밍을 놓친 모양이다.

"아이고, 그 친구 안됐네~"

큰세진이 실실 웃으며 내 스마트폰 화면을 보고 지나갔다. 말아먹었다는 뜻이다. 반등은 힘들겠군. 나는 어깨를 으쓱했다.

믿을 건 이제 후반 방송 분량에서 사람들 마음을 뒤흔들 컷을 받고 만회하는 정도인데…… 머리 돌아가는 걸 봐선 지금이라도 정신 차리고 해보려고 할 수도 있다.

그러나 여기서 끝이 아니었다. 며칠 뒤엔 기사가 터졌다.

[(단독) "저희는 희생양이었어요" 잔인한 오디션 프로그램 속 탈락자들의 절규]

바로 〈아이돌 주식회사〉 이번 시즌 탈락자들이 익명으로 진행한 인터뷰가 고발문 형식으로 터진 것이다. 주로 제작진의 잔인한 처우와 참가자들 간의 알력 갈등에 관한 이야기였는데, 이 중에는 '그 사건'도 있었다.

B : 순위가 높은 참가자가 일부러 다른 참가자를 모함해서 떨어뜨리는 일 같은 게······. (일어나기도 했어요.)

B : 포지션이 겹치니까, 자기가 발언권이 큰 걸 이용해서 거짓말로 사람 못된 사람 만들고. (울먹거림)

본래라면 팬들의 공세에 밀려 '유언비어'로 진압당했을 이 글이, 연애설로 이미 한 번 초토화된 판에 불길처럼 번졌다.

-이거 완전 퇴서담 아니냐 (캡처)
-ㅋㅋㅋㅋ여자 밝힐 때부터 알아봄 혐성까지 대단하다 망주사 1위!

이 추측이 익명 사이트를 돌다 양지로 나간 순간, 채서담은 엄청난 타격을 입었다.

그래도 전까지는 계정을 털린 채서담이 피해자라는 이성적인 사고를 하는 사람도 제법 있었다. 그러나 이건 분명한 가해자 저격이었고, 채서담을 견제하던 다른 팬덤들은 절대 이 기회를 놓치지 않았다.

-솔직히 의구심 드는 건 사실이야 너무 정황이 딱 맞으니까

-좀 침착하게 생각해 볼 필요 있는 것 같음. 탈락자들이 너무 억울할 것 같아서 무작정 쉴드 ㄴㄴ해

-아 어쩐지 싸하더니… ㅅㅂㅠㅠ

"흠."

역시 자기가 자기 무덤을 팠군.

곧 채서담 측에서 '금시초문'과 '고소'로 입장문을 내며 일단락되긴 했으나, 이제 데뷔는…… 흠, 노력해도 간당간당하지 않을까. 이렇게 열정과 인성 두 분야에서 논란이 터진 이상, 타격은 돌이킬 수 없을 것이다.

'끝이군.'

나는 어깨를 으쓱하며 스마트폰 화면을 끄려다가, 잠깐 멈칫했다.

'근데 잠깐, 이거……'

"아이고, 이번에도 안됐네, 안됐어~"

나는 다시 내 스마트폰을 보고 지나가려는 큰세진을 잡았다.

"야."

"응?"

"이거 너무 우리 예상대로 아닌가."

"……"

큰세진은 마주 보다가, 무슨 말인지 깨달았는지 표정을 바꿨다.

"설마."

큰세진은 골드 2에게 개인 메시지를 넣었다.

[희승아, 혹시?]

깔아놓은 밑밥을 확인한 것이다. 얼마 가지 않아 답장이 왔다.

[ㅋㅋㅋㅋㅋㅋㅋㅋ넹? 전 용기를 드린 것뿐]

"……."

이런 미친놈이랑 데뷔할 수 없다는 의지가 느껴지는군. 아마 경고했던 대로 이번 촬영을 하며 제대로 된 인성질이라도 느낀 모양이다.

"대박이네."

나와 큰세진은 헛웃음을 지었다. 아무래도 골드 2는 탈락자가 상담해 오는 등의 기회가 생기자마자 슬쩍 부추긴 것 같았다.

"와…… 쟤는 어쩌다 깔아놓은 대로 밑밥이 다 터졌냐."

"들뜨고 초조하고, 자만해서 그렇겠지."

"음, 정확한 판정이십니다~"

나는 큰세진과 기꺼이 하이파이브를 했다.

"오, 아현이도 여기!"

"얘, 얘들아?"

그리고 큰세진은 방문을 열고 걸어 나오다가 어리둥절해 하는 선아현과도 손바닥을 마주쳤다.

"아현아, 빅뉴스~ 그 나쁜 놈 1위 끝났다?"

"으응?"

선아현은 내가 내미는 화면의 글을 확인한 뒤, 얼떨떨한 얼굴로 고개를 끄덕였다.

"그, 그렇구나. 그래도, 신중한 성격이라고 생각했는데……."

"원래 자리가 사람을 만드니까."

"맞아. 그리고 보니까 진짜 아이돌에 뜻이 있었던 것 같지도 않다?"

"그, 그래……?"

선아현은 큰세진의 태평한 덧붙임에 약간 긴장하는 것 같더니, 곧 결심한 듯 침을 삼키며 말했다.

"그, 있지……."

"엉?"

"사, 사실, 나도…… 그랬어. 아이돌을 꼭, 하려던 거라기 보단…… 춤을 계속 추고 싶어서, 나왔어."

"……?"

갑자기 긴밀한 사정으로 대화가 튀었는데. 나는 일단 대답했다.

"아주사에?"

"으응."

"무용은 그전에도 하고 있었잖아."

선아현이 고개를 푹 숙였다.

"더는, 거기 못 있겠어서……."

"……."

"무, 무용을 계속하면, 무서웠던 사람들을 계속 만날까 봐…… 견딜 수가 없어서…… 그, 그만뒀었어."

그쪽이 생각보다 판이 좁은지, 비슷한 또래는 아마 커리어를 쌓다 보면 계속 부딪히게 되는 것 같다.

"그런데도, 춤은 너무 추고 싶어서……. 이, 이걸 마지막으로 한 번만, 도전해 보자고 생각하고, 나왔던 거야."

나는 문득, 데뷔 초, 〈아주사〉 참가 이유를 이야기할 당시 선아현의 답이 유독 애매했던 것을 떠올렸다. ……자신의 동기가 불순하다고 판단해서 말을 제대로 못 했던 거였나.

"다들, 진지하게 나온 건데, 나는 그러지 못한 것 같아서……. 그, 그래도 지금은…… 정말 소중하고 즐겁다는 걸, 꼭 말하고 싶었어."

"……."

나는 잠시 선아현을 쳐다보다가, 고개를 저었다.

"아니."

"……!"

"나도 그냥 캐스팅 당해서 나왔다가 재미 붙인 거라. 별로 그렇게 생각 안 해도 될 것 같은데."

애초에 뒤진다는 상태이상만 아니었어도 연이 없었을 분야다. 나는 목뒤를 주물렀다.

"너 정도면 충분히 진지했던 거지. 열심히 했잖아."

"……."

선아현이 머리를 숙인 채, 입을 꾹 다물고 고개를 끄덕였다. 큰세진이 씩 웃었다.

"맞아, 아현이처럼 열심히 하는 사람이 그러면 다른 직종에 있다 아이돌 하러 온 사람들은 다 그만둬야 하게?"

"……뭐?"

"아현이 이야기 중이에요~"

기가 막히게 본인이 해당 사항인 걸 들은 배세진이 거실 저편에서 불렀다. 큰세진은 천연덕스럽게 상황을 넘겼다. 그리고 선아현의 등을 쳤다.

"우리야 아현이가 용기 내서 참가해 준 덕에 더 멋진 그룹이 돼서 그냥 좋아. 문대도 그렇게 생각하지?"

"그래."

"……으응."

선아현은 연거푸 고개를 끄덕였다. 코를 몇 번 들이켜긴 했으나, 기어코 울진 않았다.

"고생했다."

그렇게 놈은 가질 필요도 없었던 마음의 짐을 완전히 덜게 되었다는 이야기다.

우리는 그다음 날 스케줄이 있음에도 밤까지 〈아주사〉 당시 이야기나 하며 가볍게 맥주를 마셨다. 그리고 그 후로 채서담이 어떻게 되든 관심을 끊기로 했다. 어차피 밑밥도 다 회수했고 볼 장은 다 봤으니까.

'더는 상관없겠지.'

선아현은 이제 놈에게 어떤 영향도 받지 않을 것이다.

한바탕 사건이 지나간 뒤, 제법 날씨가 더워지는 5월 초.

"휴우."

나는 사람과 햇빛을 피해 새벽에 아파트 단지 내 조성된 산책로에서 조깅을 하는 중이다. 안개가 좀 끼긴 했지만 움직이는 덴 문제없다. 아니, 오히려 다른 사람들의 시야를 막아줘서 좋다.

'멀리서 개 짖는 소리가 나는 걸 보니 산책하는 다른 사람이 있는 것 같고.'

본래는 기구를 이용한 실내 운동만 주로 했는데, 한 번쯤은 패턴을 바꿔볼까 해서 말이다.

'여유 있을 때 벌크업을 좀 해둬야지.'

왜냐하면 다음 앨범을 낼 때는…….

–와왕!

"……?"

갑자기 멀리서 들리던 개 짖는 소리가 확 가까워지더니, 내 발밑에 하네스를 찬 개가 안개를 뚫고 튀어나왔다.

"……!"

잠깐.

나는 이 개의 얼굴을 안다.

"콩아, 잠깐만."

청려가 키우는 놈이었다.

CHAPTER
20

지금은 새벽 4시, 난 아파트 산책로를 개를 옆에 끼고 달리는 중이다.

"헥헥!"

어쩌다 남의 개와 함께 조깅을 하게 되었는지 모르겠군. 그것도 거의 반년 만에 만났는데도 하나도 안 반가운 놈의 개를 말이다. 나는 한숨을 참으며 옆을 돌아보았다.

"콩이 잘 뛰네. 착하다."

당연한 소리를 칭찬하고 있는 놈은… 안개 속에서 튀어나온 청려다.

'망할.'

나는 일이 이 꼴이 된 경위를 회상했다.

나타난 놈은 가벼운 운동복 차림으로 개를 제어했다.

–매번 산책을 사람 없는 곳만 다녔더니, 인기척이 들리니까 좀 흥분했나 보네요. 놀랐다면 미안해요.

그리고 지나치게 태연했다. 그래서 물었다.

–나인 줄 안 것 같은데.

이 의구심에 대한 대답은 이렇다.

―이 새벽에 근처에서 산책하는 분홍 머리 남자면… 후보군이 상당히
좁혀지지 않나?
―…….
―안개 속에서도 색이 보이던데요.

딱히 반박할 구석이 없는 설명이지. 나는 적당히 모자만 걸친 내 머리
꼴을 보고 신음했다. 당연하지만, 새벽 4시니 아무도 없을 줄 알았다.
왜 뜬금없이 여기서 산책하는지에 대해서도 말은 술술 나왔다.

―투어 쉬는 중에 할 게 있어서 잠깐… 숙소 생활 중이거든요. 그리고
이쪽 동이 새벽에 사람이 더 없어서.

사실이었다.

―후배님도 같은 이유로 지금 여기 있는 것 같은데.
―…….

그래. 정리하자면, 나나 저놈이나 직업군과 상황이 유사한 탓에 나
온 우연이라는 거지.
'후.'
나는 상황을 인정하고 빠르게 자리를 뜨려 했었다.

―그래. 그럼….

―어차피 가는 길도 같은데 좀 걷는 게 어때요? 후배님이 뛰어가면 콩이가 짖을 것 같아서.

―…….

―이 새벽에 민폐잖아요. 안 그런가?

나는 놈의 팔 안에서 앞발을 허우적대며 나를 보는 노란 덩어리를 확인하고, 마지못해 방향을 돌리게 된 것이다….

"와왕!"

어쩌다… 저런 새끼 밑에서 저런 개가 나온 건진 모르겠다.

'CCTV 깔렸는데 헛짓하진 않겠지.'

나는 한숨을 참으며 기존 템포 그대로 산책로를 뛰기 시작했다. 옆에서 비슷한 속도로 뛰는 개와 개 주인도, 조깅하는 동안에는 별말 없었다. 그 이후가 문제였다.

"음료수라도?"

"됐다."

산책로가 끝나는 부근, 나는 준비한 수통의 물을 마셨다. 청려는 자신의 개에게 간식을 먹였다.

"다음부터는 차라리 비니를 써요. 그편이 머리색을 더 많이 가려주니까."

그냥 이 시간대에 여긴 다시 안 나올 생각이다.

"……."

나는 그렇게 대답하는 대신 그냥 고개를 까딱했다. 청려는 간식 먹는 개를 쓰다듬으며 어깨를 으쓱했다. 그리고 고개를 숙이는 놈의 후드 아래로 보인 건… 검은색이 아닌 머리다.

'잠깐.'

나는 무심코 입을 열었다.

"염색?"

"아, 그렇죠."

청려가 후드 아래 머리를 손으로 건드렸다 뗐다.

어두운 녹색 머리가 천 아래로 사라졌다. 아니, 회색인가? 안개 때문에 잘 보이진 않다만… 중요한 건 색이 아니다.

"너 데뷔 이후로 한 번도 염색은 안 하지 않았나."

적어도 내가 데이터팔이 할 동안 VTIC 청려가 염색한 꼴은 본 적이 없다. 뭔진 몰라도 컨셉상 대격변이 있나 본데, VTIC이 다음 리패키지 컴백에서 무슨 짓을 하려는 건지 힌트라도 얻어 가야겠군.

나는 올해 대상의 가장 큰 걸림돌을 쳐다보았다.

'인정하자.'

이놈들은 여전히 유지력이 말도 안 되는 수준이다. VTIC의 지난 2월 컴백 커리어가 여전했기 때문이다. 슬슬 정체 구간을 지나서 떨어질 때가 됐다고 생각했는데. 도저히 더는 상승세를 보일 수 없는 구간에서 VTIC은 전성기를 더없이 길게 끌고 있었다.

-VTIC 초동 마감 192만~~~~

┗미친 거 아니냐

┗ㅅㅂ 설마 군백기 때까지 폼 유지하는 거야?ㅋㅋㅋㅋㅋㅋㅋ 이 연차에 국
뽕 성적뽕 존맛

-브이틱 월드투어 리셀도 다 매진이랍신다 응 락세 안 와

-진짜 은퇴할 때까지 1군 해먹나 궁금하네

재계약을 거친 그룹의 폼이라곤 믿을 수 없는 수준이다. 이번 2월
컴백에선 50년대 브로드웨이 느낌을 아주 세련되고 어둡게 해석해 와
서 팬 만족도가 대단히 좋았다고 한다.

나도 확인했다. 그리고 술 깔 뻔했다.

'퀄리티가 계속 기대 이상이야.'

이건 어쩔 수 없었다. 올해 컴백은 이걸로 끝내줬으면 하는데, 누구
입대하기 전에 일이 년 바짝 해먹을 것 같아서 기대는 없다.

'머리까지 염색했으니 확정이군.'

뭘 준비하고 있긴 한 거다. 그것도 파격적인 변화와 공을 들여서.

"무슨 의외의 결과물을 보여줄 생각이길래 염색까지 했나 싶어서."

나는 놈의 대답을 기다리며, 수통을 닫고 팔짱을 꼈다.

놈은… 실실 웃었다.

"음, 분홍색보다야 덜 의외일 것 같은데요."

X발.

"팬분들이 좋아해."

"그래요? 축하해요."

한마디도 안 흘리고 슬쩍 화제를 전환한다. 나는 내심 고개를 끄

덕였다.

말을 안 하려고 의식하고 있다. 마찬가지로 테스타를 견제하는 것이다. 나는 가끔 VTIC 놈들이 보내던 문자와 연락을 떠올렸다. 무슨 모니터링 받는 줄 알았지.

[여러분 나온 〈꽃보다 춤〉 예능 봤어요. 저희도 이번에 거기 나갑니다. ㅎㅎ]

이건 테스타 1월 활동기 끝자락 때 받은 문자였던가.

[와 두 곡 합치는 거 너무 대단한데요?? 래빈 씨... 다른 그룹에 곡 줄 생각은 없으실까요?? (빵 터지는 이모티콘)]
[^^b]

이건 콘서트 때 왔던 메시지고.

[다큐멘터리 너무 감동적이에요ㅠㅠㅠ]

음, 이건… 차유진 일 터지고 탈룰라 했다.

어쨌든 저쪽도 꾸준히 올해의 테스타 컨텐츠를 확인할 만큼 의식하고 있다는 지점이기도 했다. 본인들은 응원을 위해서라고 생각하겠지만, 무의식중엔 분명 후발주자의 성장 확인과 상황 파악의 욕구가 있다.

'…이번 해가 정말 치열하겠군.'

나는 내심 고개를 끄덕였다.

그러나 청려가 다음으로 꺼낼 화제는 예상치 못한 것이었다.

"그래, 이번엔 내가 한 번도 염색을 안 했었지."

놈은 고개를 옆으로 기울였다.

"그런데… 그걸 후배님이 알 줄은 몰랐는데요."

"……"

"연구를 많이 했나? 혹시 원래 몸이었을 때 말랑달콤이 아니라 우리 팬이었어요? 아, 한 소속사를 묶어서 좋아하는 사람도 있죠. 남자는… 드물었던 것 같지만."

추측 한번 소름 돋는군.

'망할.'

나는 한숨을 참으며, 수통을 배낭에 넣었다. 그리고 짧게 계산을 끝냈다.

'좋아.'

상황이 되니 말해본다.

"누구의 팬도 아니었는데."

"그럼?"

나는 의도적으로 흘리듯 말했다. 달려오는 개한테 정신 팔려서, 긴장을 놓고 대충 대답하듯이…… 이렇게.

"사실 아이돌을 팠던 게 아니라, 대학 다닐 때 홈마들한테 아이돌 데이터를 팔았어. 그래서 돈 되는 애들을 자주 보다 보니 저절로 알게 된 거지."

"아."

'류건우'에 대한 정보를 흘린다. 내가 대학을 다녔던 시절에 데이터팔이었다는 사실을.

분명한 목적이 있는 행위다.

'추적해라.'

이곳 '류건우'의 정보를 말이다.

"그게 다야."

이놈은 분명 자기 입으로 말했었지. 나는 지난 연말, 영린의 깜짝 음원 발표 계획을 전해주던 놈을 떠올렸다.

─모르는구나. 정보원이 없어. 그렇죠? 후배님은 그게… 앞으로 가장 큰 문제겠네요.

이 말뜻은 본인은 정보원이 충분하단 뜻이다. 실제로 최측근만 알던 영린의 음원 소식을 알아낼 정도니, 스스로 증명한 것과 다름없다.

'분명 그걸 연예계 안으로 한정하진 않았을 거야.'

외부 요인까지 다 통제하려면 연예계 인사와 연결된 다른 사정까지 알아야 하니까. 그럼 내가 쓸 수 있는 패 중에서… 쓸데없이 '박문대가 민간인 불법 사찰한다'는 꼬리가 안 잡히면서 류건우의 행방을 추적할 수 있는 건 이놈이 최적이란 뜻이다.

'네 말대로 내가 정보원이 없으니, 있는 너라도 써먹어야겠다.'

류건우가 확실히 여기 존재했었다는 것은 류청우의 집에서 비디오로 확인했으니, 역으로 이놈을 이용해서 현재 생존 여부 정도는 확인할 수 있을지도 몰랐다.

'아예 찾아도 상관없어.'

어차피 이 새끼가 아는 건 몸이 바뀌었다는 걸 전제로 하는 말도 안 되는 헛소리니까 말이다. 그리고 현실적으로 '류건우'가 내 약점이 될 수가 없었다.

'뭐 가진 게 있어야 약점도 생기는 거지.'

대학 졸업할 때 즈음부터 내가 가진 건 3년 버틸 돈 외엔 없었다.

그러나 이놈은 그걸 모른다. 그럼 현재 폼을 유지하는 데에 가장 까다로운 적인 테스타를 견제하기 위해, 만일의 경우를 제어하기 위해 분명 '박문대 본래 몸' 뒤를 캔다. 그동안은 저놈이 가진 게 이름 석 자뿐이라 불가능했던 거겠지.

'단서가 이름과 연령대뿐이니까.'

그러니까, 어디 보자… '류건우' 특징에 '데이터팔이'를 추가했을 때 이놈에게서 반응이 오면 좋겠는데.

'여러 추론이 가능한 특징이니까.'

내 예상대로라면 이놈도 계산을 할 것이다. 나는 아무렇지 않게 말을 마무리했다.

"그래도 말랑달콤은… 팬까진 아니었지만, 호감 정도로 해둘까."

"……."

나는 개를 쓰다듬으며 피식 웃었다. 개와 연결된 줄을 잡고 있던 청려가 오묘한 얼굴로 이쪽을 쳐다보았다.

"생각보다… 전문적으로 업계 생활을 했던 게 맞았네."

아이돌 데이터 파는 놈한테 전문성 같은 이야기 하고 있네.

"그냥 용돈벌이나 했지."

"하하, 후배님 하는 걸 보면 그 정도가 아니었던 것 같은데요. 음, 그 경험으로 비싸질 재목을 잘 알아보게 됐나 봐요. 재밌네."

놈은 혼자 중얼거리며 개 줄을 들지 않은 손으로 턱을 짚었다. 안개가 껴서 표정이 또렷이 보이진 않았으나⋯ 생각에 잠긴 게 맞는 것 같다.

그래, 걸려라.

곧 부드러운 목소리가 들렸다.

"그래도 카메라 든 20대 남자면⋯ 제법 독특하잖아요. 한번 인상착의라도 설명해 보세요. VTIC도 찍었다고 했죠? 그럼 내가 기억할 것 같아서."

됐다. 역으로 정보를 캐내려고 하는군. 나는 몸을 뒤집은 개의 귀 뒤를 만지며 생각했다.

'여기서는⋯ 의도적으로 정보를 흘리는 느낌을 줘서는 안 된다.'

이 새끼 성격에 한계까지 딜을 요구하거나 뒤통수를 갈기려 들 테니까. 혹은 둘 다 할 수도 있고. 적극적으로 대답하는 것이 도리어 수상해 보일 테니, 나는 고개를 저었다.

"그냥 안경 쓰고 모자 쓰고 다녔어. 흔할 텐데 무슨."

"음."

이 정도면 적당히 사리는 느낌이 들겠지. 그러나 실질 정보는 충분하다.

-20대 초반 남성, 안경, 모자, 카메라.

분명 소속사 보관 중인 행사 영상들을 연도 맞춰서 돌려보면 '류건우' 후보군들의 얼굴은 저화질이나마 딸 수 있을 것이다. 보통 관객석 앞쪽에 눈에 띄는 카메라를 들고 있으니까.

데이터팔이를 돈 벌 수준으로 당기려면 당연히 위치상 대학은 서울 안이라고 생각할 테지. 메인 방송국과 공연 시설이 주로 서울에 몰려 있으니까 말이다. 그럼 연도와 서울 내 대학, 나이대, 이름, 얼굴을 맞춰서 탐색하면….

"음."

아주 솜씨 좋은 놈이라면 금방 '류건우'의 근황을 털 수 있을 것도 같군.

'됐다.'

나는 어깨를 으쓱하며 일어났다. 여기서 '쓸데없는 소리를 한 것 같다' 따위의 말을 할 필요는 없다. 그게 더 어색하다. 적당히 자리를 뜨는 게 가장 자연스럽겠지.

"왕!"

내 발치의 개가 아쉬운 것 같은 이상한 소리를 내더니 앞뒤로 발을 굴렀다.

"그만 들어간다."

"음, 그래요. 잘 가요."

청려는 자신의 개를 안아 들더니, 아무렇지 않게 말했다.

"보름 정도는 이 근방으로 산책 나올 예정이니까, 가끔 만나면 콩이 랑 인사라도 해요."

"……보고."

"하하."

나는 한숨을 참으며 놈을 뒤로하고 산책로의 안개를 빠져나왔다.

"……후."

잘 처리한 것 같은데, 어쩐지 저 새끼만 만나면 피곤했다.

몇 분 후. 나는 숙소 건물 안으로 들어오면서야 찜찜함을 버렸다.

'안개에 무슨 디버프라도 걸려 있나.'

뭐, 각설하고. 결과만 보자. 청려가 내게 딜을 걸기 위해선 '류건우'를 찾는 순간 나에게 최소한 '류건우의 현재 상태'에 관해서는 정보를 흘릴 수밖에 없다.

'좋아.'

깔끔하군. 나는 어깨를 으쓱하며 엘리베이터에 올라탔다. 머리가 다시 속도를 내서 굴러간다.

'어제 일찍 자둬서 그런가.'

오늘 오후에는 오랜만에 활동적인 스케줄이 있었기 때문에 잠을 좀 길게 잤으니까. 그 스케줄이 뭐냐면….

"자, 방 배정을 시작합니다~"

"와아아!"

바로 애매한 공백기를 때우기 위한, 룸메이트 배정 컨텐츠가 다시 돌아왔다.

테스타의 룸메이트 배정.

이제 4번째인가? 이 정도까지 오면 팬들도 나름대로 역사와 전통을 가진 컨텐츠로 인정해 준다.

'지금까지는 주로 보드게임을 통해서 진행했었지.'

그러니 이번에도 비슷한 유의 게임으로 방 배정을 진행하면 좀 식상할 것 같아서 분야를 좀 바꿔보았다.

"안녕하세요~ 테스타 선생님들."

"안녕하십니까!"

바로 전문가 섭외다.

지금 우리는 커뮤니케이션 전문가들이 운영하는 연구소의 사무실에 일곱 명이 빙 둘러앉아 있다. 왜 그… 정면만 비워둔 작위적인 일일 드라마 식탁 구도다. 정면에는 카메라와 제작진이 있으니까. 그래도 하도 이런 구도를 많이 해서 그런지 다들 자연스럽군.

나는 전문가를 기대감에 찬 얼굴로 쳐다보는 놈들을 확인했다. 전문가는 온화한 미소를 짓고 있었다.

"오늘 여러분은 룸메이트 배정을 위해 의뢰를 주신 걸로 알고 있는데요, 제가 말씀드린 게 맞을까요?"

"예!"

우렁차게 대답하는 배세진의 얼굴에 활기가 넘친다. 최근 한 달 중에 가장 기운찬 목소리인 것 같은데, 아마 독방에 대한 희망에 부풀어 있는 것 같다.

'거실 생활도 할 만하다더니.'

아무리 그래도 방에 들어가기 껄끄러워서 거실에 있는 것과 거실이 좋아서 거기 있는 건 다르겠지. 큰세진이 떨떠름한 눈으로 힐끗 배세진을 본 것 같았지만, 촬영 중답게 순식간에 기색은 사라졌다.

전문가의 뒤에서 걸어 나온 소장은 싱글벙글 웃고 있는 놈들을 둘러보며 다시 말했다.

"저희 소통관계연구소는 그룹 구성원들의 퍼스널리티와 성향, 생활습관을 기반으로 하는 알고리즘 분석으로⋯."

이 PPL 소개 파트 빼고 결론으로 넘어가자면 이거다.

"행동 분석과 면담을 통해, 여러분 간의 가장 적합한 룸메이트를 찾아 매칭할 예정입니다."

"와아아!"

일명 '룸메이트는 과학입니다'.

말은 그럴싸하지만. 솔직히 말하자면 기존 사업을 답습한 벤처 기업의 포장 같았다. 어쨌든 듣기로는 근사하긴 했다.

'팬들이 재밌어하겠어.'

여기서 내미는 분석을 기존 테스타의 생활과 버릇 컷과 함께 배치하면 캐릭터성을 부각하기 더 좋을 테니까. MBTI와 같은 원리다. 같은 특성에서 오는 동질감, 다른 특성에서 오는 이미지 강화.

큰세진이 분위기를 살리려는지 한 번 더 호들갑을 떤다.

"와 나 너무 설레는데?"

"⋯⋯."

알겠으니까 어깨 치지 말아라.

"그럼 그룹 활동부터 진행하겠습니다!"

"오오!"

곧 소장은 사라지고 전문가만 남아서 그룹 면담이 진행되었다. 개인 면담은 아까 오프닝 따기 전에 미리 진행했고 이게 메인이라는 건데… 음. 일단 첫 문제라고 뜬 것 좀 봐라.

[여기 오리와 소를 키우는 농부가 있습니다. 그런데 어느 겨울, 이 농부는 한 종류의 가축만을 기르기로 결심했습니다.]
[과연 어떤 가축일까요?]

"자유롭게 답변 말씀 주시면 됩니다."
"…?"
이거 IQ 테스트랍시고 인터넷에 떠도는 퀴즈 같은데. 아무리 좋게 봐줘도 기업 면접용 창의력 질의 아니냐고.
'전문성… 어디 갔냐.'
개인 면담은 그래도 전문적이었다만… 이건 아무래도 방송용 그림 때문에 하는 것 같았다.
'뭐, 상관없긴 하지.'
여기선 컨텐츠가 중요하니까. 나는 다른 놈들이 떠드는 것을 보며 참여할 타이밍이나 쟀다.
"제 생각에는 오리일 것 같은데요? 오리가 케어하기 더 편하지 않나? 겨울이라니까, 여차하면 실내에 들일 수도 있구요~"
"그러네. 그런데 머릿수가 많아지면 키우기 힘들지 않을까?"
"저 알아요! 소가 만드는 음식 더 많아요! 소예요. Go Cow!"
다들 적극적이군. 나는 손을 들고 전문가를 쳐다보았다.

"이 질문은 정답이 있을까요."

"아뇨. 자유롭게 선생님들의 상상력과 사고력을 발휘해 주시면 됩니다~"

"오~"

전문가의 말이 기폭제라도 된 것처럼 멤버들이 한마디씩 더 떠든다.

"으응, 겨울이니까…. 아! 오리털 이불 같은 걸 만드시려는 건, 아닐까…?"

"그렇지! 아~ 똑똑하십니다, 아현 님~"

"아현이 발상이 좋은데?"

…아니, 자세히 보니 진짜 신난 놈이 반, 컨텐츠를 살려보겠다는 놈이 반이군. 아무래도 이 형식의 허점을 발견한 놈들 같다.

'구성이 허무하다.'

모범 답안을 주는 것도 아니고, 그냥 우리끼리 무작정 브레인스토밍하라는 게 컨텐츠로 매력이 있나?

"나는 닭."

"엉??"

"오리랑 소 중에 고르라는 말은 없으니까 가장 경제성이 좋은 가축을 골라봤습니다."

"헐."

"이야 문대 머리 봐."

적절히 대답하면서도 어째 흐름이 썩 흥미롭다는 생각이 들지 않았다. 전문가가 이렇게 질문을 클로즈했거든.

"해주시는 말씀들 잘 들었습니다. 좋은 의견과 답변 감사해요."

"히히."

"아이고, 저희가 감사합니다~"

정리가 없다. 어차피 이 파트에선 전문성 대신 단편적인 질문만 던질 거라면, 차라리 접근법에 따라 유형이라도 나눠줬다면 보기 편했을 것이다. 뭐 요새 나도는 유형 테스트 많지 않은가. 드라마 캐릭터부터 나무까지 온갖 거에 다 비유하던데.

[당신은 '굳건한 소나무' 유형!]

이런 거 말이다.

'하다못해 시간제한이 있는 것도 아니고 말이지.'

느끼기 쉬운 자극이 없으니 심심한데. 나는 힐끔 제작진을 보았다. 외국에서 호떡 만드는 예능할 때 같이 일했던 인원도 좀 보인다.

'설마 슬슬 매너리즘에 빠졌나.'

이건 섭외 미스 같다 이놈들아.

"다음 질문드리겠습니다."

그나마 다행인 건 몇 번의 비슷한 질의응답이 반복된 끝에, 중간 브리핑에서 리뷰가 나오긴 했다는 것이다.

"자, 제가 선생님들의 답변 태도를 약간 살펴보았는데요."

전문가는 종이를 들고 능수능란하게 말하기 시작했다.

"우선 우리 선아현 선생님! 의사결정을 하실 때 신중하고 생각이 깊기 때문에, 답변 시간이 다른 그룹원들보다 약간 오래 걸리는 편이세요."

"네…."

"단점이 아니라, 주변 사람들을 많이 배려하시면서도 자기만의 주관을 찾아가시는 중이시라 그런 것 같아요. 앞으로 현명한 리더가 되시지 않을까요?"

"그, 네…! 감사합니다…."

"오오~"

선아현의 얼굴이 벌게지더니 고개를 푹 숙인다. 주변 놈들이 손바닥을 쳤다.

"그리고 배세진 선생님."

"…! 예!!"

선아현을 보고 슬쩍 웃던 배세진이 소스라치게 놀란다.

"의사가 분명하시고, 조금 낯설거나 불편한 환경에서도 최선을 다하고자 하는 선생님의 의지가 보이는데요."

"그…."

이번엔 배세진의 얼굴이 시뻘게진다.

"특히 '누가 열쇠를 가졌는가' 문제에서 굉장히 적극적이셨는데…."

이런 식으로 굉장히 긍정적인 일곱 명의 행동 리뷰가 한 바퀴를 돌았다. 막내 둘과 내 옆의 큰세진을 지나….

"우리 류청우 선생님은 좀 뒤로 물러나서 다른 사람의 의견을 백업해 주시는 타입이신데, 아마도 직책이 리더서서 그런 게 아닐까 해요."

"음. 그럴 수도 있겠어요."

류청우는 씩 웃으며 적당히 반응했다. 이런데 별 관심 있는 놈은 아니라 그럴 줄 알았다.

그리고 마지막은 나였다. 전문가는 나와 눈을 마주치고 말했다.

"박문대 선생님은 시야가 굉장히 넓은 분이세요. 사람들이 말버릇처럼 '큰 그림을 본다'고 말하기도 하죠?"

"하하하! 맞아요! 딱 그거네~"

"문대 형은 과연 그런 분이십니다!"

무슨 입 잘 터는 사기꾼에게 홀라당 낚인 것처럼 몇 놈이 열렬히 호응한다. 특히 한 놈은 진짜 이 전문가를 신뢰하게 된 것 같다.

'김래빈은… 사업하겠다면 말려야겠군.'

내 심정이야 어쨌든, 전문가는 또 좋게 좋게 말을 끝냈다.

"허를 찌르는 발상을 자주 생각해 내시는 모습이 그룹에 꼭 필요한 아이디어 뱅크 역할처럼 보여요."

"감사합니다."

꽤 말을 잘 엮는다. 그리고 쓸데없이 감정 건드리지 않고 온화하게 말해주는 게 괜찮았다. 아마 이것만 보고 말하는 게 아니라, 기존에 받아놓은 자료 기반으로 말을 맞춘 거겠지.

'그래도 싱겁군.'

전문 용어나 분석적인 설명 없이 이야기로 푸는 것만 들으니 말에 포인트가 없다. 아까는 반쯤 농담이었는데, 진짜 인터넷 유형 테스트로 나누는 게 더 재밌었을지도 모르겠군. 그건 명쾌한 병맛이라도 있지 않은가.

나는 좀 허망한 심정으로 전문가를 쳐다보았다.

"그럼 다음 질문으로… 아, 잠시 휴식하고 가겠습니다."

"넵~"

제작진의 신호를 받은 전문가가 적당히 컷을 끊었다.

사람들이 일제히 긴장을 푼다. 나도 마찬가지다.

"후."

'아쉬운데.'

약하다. 나는 이번 컨텐츠의 흥망을 예상해 보다가, 어깨를 으쓱했다. 뭐… 됐다. 이미 촬영에 들어갔겠다, 이제 와서 고민해도 별수 없다. 일단 촬영이나 열심히 하자고.

"신기한 경험이었습니다. 저 자신에 대하여 더 깊게 알게 된 것 같습니다!"

"저 이거 설명 필요해요! '심지가 굳건'? 무슨 뜻이에요?"

…저기 진짜로 신난 놈들도 있으니, 팬들이 훈훈하게라도 봐주긴 할 것이다. 팬 서비스 컨텐츠가 그 정도면 평타는 된 거지 뭐.

"잠시만요…."

그때, 제작진들이 쉬는 시간을 틈타 슬그머니 일어나서 카메라맨과 소수 인원만을 남기고 이동했다.

"엉?"

"소장님 만나러 가신대."

그렇군. 제작진과 가까이 앉아 있던 류청우가 깔끔히 상황을 정리했다. 아무래도 제작진 쪽도 촬영하면서 좀 별로라고 느꼈나 본지 관계자들끼리 급하게 회의라도 할 모양이었다.

그리고 우리 앞에 서 있던 전문가도 웃으며 일어나서 복도로 향했다.

"선생님들, 저 잠시 화장실 좀."

"네네!"

갑자기 인구밀도가 확 낮아지는군.

"예, 그럼…."

그 순간이었다.

"어억!"

뒷문을 열고 복도로 나가던 전문가는… 자신의 목뒤를 잡고 주춤주춤 뒷걸음질을 쳤다. 그리고 쓰러졌다.

쿵.

…끼익. 문 사이로 전문가의 흰 가운이 밀려와 반쯤 끼었다.

"…??"

"서, 선생님??"

"뭐야."

심정지? 나는 당장 달려가려는 놈들을 따라 이동하려 했다.

그러나… 갑자기, 그 뒷문의 바로 위에서 철문이 쾅 내려온다.

투퉁!

"헐?"

갑자기, 길이 막혔다.

'X발 뭐야.'

거기뿐만이 아니었다. 제작진이 나간 쪽 큰 문 위에서도 철문이 내려왔다.

쾅! 콰콰쾅!

"뭐야."

화재? 테러? 나는 바로 창문을 확인하려 했으나… 거기도 이미 철판이 내려왔다.

그리고 불이 바뀐다. 위잉-! 위이이잉-! 공간 모서리마다 있던 빨간색, 초록색 등이 미친 듯이 번쩍이고 사이렌이 울린다.

"얘들아, 이쪽으로!"

류청우의 목소리에 순식간에 멤버들이 벽에서 떨어져서 뭉친다.

'비상 상황?'

당장 스마트폰부터 확보해야….

"야! 저기!"

나는 배세진의 목소리를 듣고 시선을 돌렸다.

아까까지 질문이 뜨던 거대한 화면, 그게… 바뀌었다.

"미친."

[! AREA CLEAR !]

[봉쇄 완료]

시뻘건 글자 뒤로 CCTV 화면처럼 보이는 것들이 우수수 분할 화면으로 뜬다.

사람들이 쓰러지고, 문이 닫히는 영상. 그리고… 쓰러졌던 사람들이 비틀거리며 일어나는 것까지.

[연구소 내 좀비 바이러스 유출]

[시설 폭파까지 02:00:00]

"……."

뭐?

순간, 할 말을 잃은 놈들 사이로 침묵이 흘렀다.

길게 가진 못했다.

[01:59:57]

…카운트다운까지 시작해서 말이다.

"……."

순식간에 동공을 떠는 놈들이 당황스러운 시선을 주고받는다. 이렇게 외치는 것 같다.

'이거 뭐야!'

그리고 몇 초 후.

우리는 구석에 일부러 숨어 있던 몇 놈을 발견했다. …웃음을 참고 있는 제작진이다.

"저기요."

"설마."

"카메라 감독님 나와보세요. 이거 뭐예요."

그러나 두셋뿐인 제작진은 진술을 거부하며 구석에 완강히 앉아 있다. 하지만 여전히 만면에는 웃음이 가득하다.

"……."

그리고 그 꼴을 보고서야 제대로 사태를 깨닫는 놈들이 속출했다.

"으아아아!"

"또! 속았네!"

이거 다 연출된 상황이다.

"으ㅎㅎ흡."

그 와중에 제작진이 마이크에 자신의 웃음소리를 넣지 않겠다는 일념으로 이를 악문다. 배세진이 화면을 손가락으로 세차게 가리킨다.

"좀비라니!!"

'알겠다.'

나는 머리를 부여잡고 쓴웃음을 지었다. 여기는⋯ 돌발 상황 대처 능력으로 성향을 파악하나 보지.

'왜 연구소가 이렇게 거창한가 했다.'

그리고 거기에 '좀비' 같은 말도 안 되는 비현실적 요소를 섞어서 PTSD 등의 위험 요소를 건드는 상황을 교묘히 비껴간 거고, 동시에 재밌게도 만든 것이다.

'신박하네 X발.'

직전의 싱거운 그룹 면담은 이걸 터뜨리기 위한 빌드업이었단 말이다.

'진짜 상상도 못 했다.'

뻔하다고 했던 말은 취소하겠다. 아주⋯ 제작진이 왜 섭외한 건지 알겠다. 머리에 피가 도는 느낌이다.

"Wait, wait!! 여기 뒤에 문 있어요!"

"뭐??"

"문이야?"

마침 차유진이 뭔가 발견했는지 제작진 뒤를 가리키며 황급히 외친다.

"잠시만요~ 아, 솔직히 양심 있으면 살짝 비켜주세요, 누나!"

큰세진이 솜씨 좋게 작가가 비키도록 유도하고선, 한쪽 구석에 손을 댄다.

"으차~"

놈의 오른손이 사각 철판을 들어냈다. 그러자 붉게 빛나는 등 아래로 큼직한 환풍구가 모습을 드러낸다.

"헐."

"와, 전형적이야."

"여기로 이동하는 게 옳은 방법일까요?"

"아무래도 그런 것 같지."

벌써 몰입한 놈들이 빠르게 의견을 교환하기 시작했다.

'음.'

컨텐츠는 재밌게 뽑힐 것 같았다. 근데 지금 상황 보니까 제한 시간 아슬아슬하게 줬을 것 같단 말이지. '재난 상황' 대처 능력이니까.

[1:56:23]

벌써 4분 지났다. 하지만 여기서 테스타가 탈출을 못 하면 그림상 얼마나 김이 빠지는가.

'안 봐주고 깨끗한 상태에서 나가야 베스트다.'

여기까지 생각하자 문득, 방금 전문가가 했던 소리가 떠오른다.

─사람들이 말버릇처럼 '큰 그림을 본다'고 말하기도 하죠?

'그래 맞다. 내가 큰 그림에 집착을 좀 하지.'

나는 피식 웃으며 손을 털었다.

"가보죠."

잘 만들어보자.

이번 룸메이트 컨텐츠는 기념할 만한 놈이 될 것 같다.

심리 테스트하러 가서 좀비 탈출을 하게 된 지 5분 경과 시점.

"머리 조심."

"후."

우리는 환풍구 통로를 기어가는 중이다. 중간중간 미리 설치된 카메라가 있는 걸 봐서는 이 루트가 맞는 것 같다.

'동선 괜찮네.'

일부러 남아 있던 제작진이 환풍구를 가리게 해서 찾기 어려워 보이는 효과를 준다. 하지만 사실은 돌발 사태에 제작진을 찾는 건 자연스러운 흐름이니, 스토리 연결점이 좋단 말이지.

'분위기도 괜찮아.'

클리셰지만, 환풍구 안이 컴컴하고 분위기가 으스스해 집중하기 좋다.

끄으으으으-

끄르륵! 끼익!

벽 너머로 이런 소리도 들리고.

"헐."

"와, 소리."

"이거 좀비 확실해요!"

몰입 못 하는 놈은 없군. 나는 긴장한 놈들을 체크한 뒤 내심 고개를 끄덕이며 계속 기어갔다.

그리고 얼마 후, 코너를 돌고 나니 쌍갈랫길이 나타났다. 맨 앞에서 가던 류청우가 멈췄다.

"저희 찢어져야 할까…."

"쉿."

그리고 한쪽 통로의 모서리로 붙으며, 다른 놈들을 뒤로 붙게 만든다.

"협."

심상치 않은 제스처에 다른 놈들이 바짝 벽으로 붙었다. 그 순간.

"끼에에에엑!"

"으협."

김래빈이 황급히 큰세진의 입을 틀어막았다. 맞은편에 보이는 또 다른 환풍구에 좀비가 들러붙어서 괴성을 지르고 있었다. 양복이 피와 상처 분장으로 상당히 살벌하다.

'열연하시는군.'

제작진이 어느 정도 투자를 해서 연기자를 더 고용한 모양이다. 제법 실감이 난…… 잠깐.

불길한 소리가 들렸다.

투둑.

"…!"

그리고 좀비가 매달린 환풍구 팬이… 떨어져 나간다. 팅, 팅, 티디디
디딩… 부품이 튀어 발치에 닿기도 전.

"To the right! 옆! 옆!"

"우와악!"

차유진이 번개같이 다른 방향의 통로로 튀어 나갔다. 그리고 손과
머리로 멤버들을 잡아당기고 민다.

'양몰이 하냐?'

그러나 효과는 확실했다. 순식간에 옆 통로를 네발로 질주한 놈들
은 반대편 환풍구에 도달했다. 질주하는 내내 섬뜩하리만치 머리 바로
뒤에서 진동이 요란하게 통로를 울렸다. 뒤편의 좀비가 방해물을 박살
내고 튀어나오려는 소리다.

콰과과광!!

"으아아악!"

"이, 일단 열게요!"

비명을 지르는 김래빈의 옆에서 선아현이 손을 뻗어 환풍구 옆을 당
기자 커버는 쉽게 떨어져 나왔다.

"……!"

그리고 앞은 어둠이다. 조명이 켜지지 않은 공간으로 연결된 것이다.

나는 곧바로 입을 열었다.

"여기서 좀비 소리는 안 들립니다."

류청우가 바로 말을 받았다.

"들어가자. 앞사람부터 조심히!"

"네!"

한 명씩 환풍구를 빠져나간다. 나는 환풍구에서 나오는 희미한 불빛에 의지해서, 먼저 내려간 놈들이 다른 놈들을 부축하는 것을 확인한 뒤에 류청우와 거의 동시에 나왔다. 그리고 환풍구를 닫았다.

쾅!

그러나 밀려 나온다. 큰세진이 침착하게 외쳤다.

"이거 고정이 안 돼요! 고정할 만한 거 있는지 체크 좀!"

"잠깐, 잠깐! 이거 밀어놓으면….."

배세진이 자신이 선 곳 주변의 어두운 무언가를 가리켰다. 김래빈이 달려가서 외친다.

"캐비닛입니다!"

"옮겨!"

그리고 만일을 위해 환풍구를 잡고 있는 셋과 캐비닛을 옮기는 넷으로 바로 인원이 분산되었다.

하지만 여유 시간은 없었다.

쿵. ……환풍구를 잡은 손으로 진동이 전해진다.

"……."

"열었네."

좀비가 환풍구를 박살 내고 통로 안으로 들어온 것이다. 나는 코너를 돌아 모습을 드러낸 좀비를 확인했다.

"지금 저기."

"야, 온다!"

식은땀이 날 만큼 분위기가 조성된다.

'속도 조절해서 오고 있겠지?'

PPL까지 넣은 연구소에서 하는 짓인데 설마 해답 수행까지 최소한의 시간도 안 주진 않을 것 아닌가. 그러나 환풍구 통로 끝에서 드드득 거리며 온몸을 비틀고 오는 좀비는 상당히⋯ 아니, X나 빠르다.

'망할.'

벌써 코앞이잖아. 혹시 모르니 나는 환풍구 옆을 잡은 두 손에 체중을 실었다. 촬영 중이라고 열연해 주는 건 고마운데 좀 조절 좀⋯.

"비켜요!!"

나는 반사적으로 몸을 옆으로 틀었다. 류청우가 같은 방향으로 물러난 그 자리로 철제 가구가 차고 들어온다.

쾅!

캐비닛이다. 거대한 가구가 환풍구를 반 이상 가리고 눌렀다. 그리고 그 순간, 좀비가 환풍구에 몸을 박았다.

"캬아악!"

쿵!

성인 남성 넷이서야 옮긴 캐비닛엔 뭐가 제법 많이 차 있는지, 좀비는 뚫지 못했다.

"아으!"

그러나 제일 앞에 있던 차유진은 미는 힘 때문에 거의 환풍구의 좀비와 부딪힐 뻔했다.

"⋯!"

"캬악!"

나와 류청우가 반사적으로 차유진을 당겼다. 놈은 펄쩍 뛰며 뒤로 물러났다.

"괜찮아?"

"No problem. 피해요!"

차유진은 멀쩡한 얼굴로 웃었다. 특수분장용 피도 안 묻은 것 같다.

"후, 다행이다. 유진이 묶어놔야 하는 줄 알았네~"

"하하!"

큰세진의 농담에 몇 놈이 그제야 웃었다. 생각보다 살벌한 상황에 과몰입했던 게 좀 풀린 모양이다.

그리고 당연하지만, 정신 차리자마자 성토가 빗발쳤다. 여행시켜 준다고 해놓고 알바시킨 호떡 장사 이상의 낚시였으니 이해한다.

"와, 근데 진짜… 이런 상황이 될 줄이야! 제작진분들 진짜!"

"전 정말 예상도 못 했습니다….".

"…어쩐지 들어올 때 무슨 동의서를 작성하더라. 검사 때문에 그러는 줄 알았는데."

"쉿!"

그 사이로 차유진이 진지하게 입에 손가락을 댄다.

"밖에 또 좀비 있어요! 여기 보는 거 먼저 해요!"

신났구만. 눈이 번쩍거리는 게 재미 들린 것이 분명했다.

"그래, 유진이 말이 맞아. 여기가 어딘지 확인부터 하자. 어두우니까 2인 1조로 하고… 내가 혼자 다닐게."

"알겠습니다, 리더님~!"

촬영 중이라는 것을 다시금 깨달은 놈들은 빠르게 탐색을 재개했다. 어차피 편집 들어갈 테니 좀 더 이야기해도 재밌었을 것 같다만… 뭐 좋다. 나는 어깨를 으쓱한 뒤, 환풍구에서 좀비를 거쳐 나오는 희미한 불빛에 의존해 주변을 둘러보기 시작했다.

"형, 제가 밤눈이 어두워 시야가 좁지만 시키시는 대로 움직이는 일은 언제든 가능하니 말씀만 해주시면…."

"그래. 문제 생기면 말할 테니까 걱정 말고."

"예!"

이 난리를 부리는데 좀비 연기자가 안 오는 걸 보면 일단 여기가 밀폐된 공간은 맞는 것 같다. 나는 마침 근처에 있던 김래빈을 뒤에 달고 빠르게 벽으로 이동했다.

그리고 마침내 벽에 손이 닿은 순간.

"……!"

특유의 결이 느껴졌다.

…목재. 나는 손을 멈췄다.

'어둡고 밀폐된, 낯선 목재 공간….'

"……."

좀, 기분이 가라앉는데.

"형? 혹시 그쪽 벽에서 수상쩍은 액체라도…."

나는 손을 다시 움직였다.

"아니, 깨끗해. 조심하느라 느려졌다."

"그렇군요! 현명한 판단이십니다. 좀비가 어디서 나타날지 모릅니다!"

그래. 이건 과민한 반응이었다.

촬영일 뿐이다. 좀비 바이러스 같은 설정이 붙은 시점에서 이미 충분히 예능이다. 어차피 다 분장한 사람들인 건 뻔히 보이니 밀폐고 뭐고 상관없···.

"잠깐, 이거."

"예?"

기계적으로 벽을 더듬던 내 손이, 목재보다 더 차가운 무언가를 찾았다.

"벽에··· 금속 상자 같은 게 달려 있는데, 좀 커."

"···!"

수상쩍은 박스다.

"문대 뭐 찾았어?"

"어, 잠시만."

"제가 이쪽을 확인하겠습니다!"

옆으로 지나가 금속 상자의 다른 면을 확인한 김래빈이 외치는 소리가 들렸다.

"반대편에 잠금 같은 게 있습니다! 열까요?"

"어? 잠깐! 얘들아, 기다려 봐!"

얼마 지나지 않아 어디서 찾은 건지 손전등을 들고 큰세진과 선아현이 다가왔다.

"이러면 되겠지?"

"훌륭하십니다!"

그리고 손전등에 의존해서 금속 상자의 잠금을 푼 순간.

지이잉! 상자가 저절로 열린다. 그리고 파란 레이저가 상자에서 쏘아져 올라온다.

"어엉?"

"피해!"

창문 비슷한 것을 찾았다며 망을 보려던 배세진과 차유진까지 소리를 지른다.

"엎드려!"

나는 일단 옆의 놈을 잡고 고개를 숙였다.

하지만 직후.

달칵. 시야가 훤해진다.

"…??"

고개를 들자, 눈을 찌르는 빛이 느껴졌다. 방에 불이 들어온 것이다. 나 원 참.

"괜찮다."

"예, 예?"

나는 떨떠름히 옆 놈의 등을 두드려 일어나게 했다. 그리고 눈앞의 박스가 어디 달려 있던 건지를 확인했다. 거대한 고동색 장식장이었다. 그 너머로 깔끔히 페인트 마감된 벽이 보였다.

'가구였냐.'

내가 만진 것은 벽이 아니라 목재 가구였던 것이다. …여긴 목재 별장이 아니라, 그냥 사무실 공간이다.

"하."

헛웃음이 나온다. 그리고 옆에서는 다른 의미로 헛웃음을 터뜨리고 있었다.

"불이, 켜지는 거였구나…."

"우리 너무 웃겼겠는데?"

"구, 구성의 박진감이 대단합니다."

"…대체 무슨 원리지?"

배세진이 상자를 만졌다. 큰세진이 크게 웃으며 손을 비볐다.

"아, 전등을 레이저로 켤… 우아아악!"

"왜?"

큰세진이 보는 쪽으로 시선을 돌리자… 구석에 죽은 사람처럼 보이는 게 쓰러져 있다.

이런 X발!

"헐!"

"으어어!"

"얘들아, 마네킹이야."

…정정하겠다. 시체 역할로 보이는 마네킹 한 구였다.

"이게 뭐지?"

마네킹은 보안 인력으로 보이는 제복 차림이었는데, 손에는 총과 전기충격기를 합쳐놓은 것 같은 묘한 물건이 들려 있었다. 그리고 총구가 자신의 머리를 향하고 있다.

'마네킹이 시체 대타인 것처럼, 이게 권총 대타인가…'

나는 당장 그것을 비틀어서 조심스럽게 빼냈다. 그리고 살펴보았다.

'음.'

총구가 유리로 막혀 있다. 이건….

"레이저 건 같은데."

"예?"

나는 아까 파란 레이저가 튀어나왔던 금속 상자를 떠올렸다.

"아까 상자에서 본 것과 이 끝 쪽 형태가 유사하고 무늬도 비슷해."

"오, 문대 똑똑해~".

"잠시만요. 죄, 죄송합니다…."

"…아현이 용감해~"

그 와중에 선아현은 아예 마네킹을 뒤집더니 마네킹 품속에 있던 상자와 이용 설명서를 찾아냈다. 상자 속에 있던 것은 내가 든 것과 똑같은 총기 한 점, 그리고… 실탄이 들어 있을 것처럼 생긴 보라색 실린더 네 개다.

"아, 여기 이 마네킹분이 적은 것 같은 글도 추가되어 있네."

큰세진은 순식간에 이용 설명서를 읽고 요약을 도출했다.

이 연구소에 잘못 반입된 좀비 바이러스가 유출되고, 좀비에게 통하는 건 바이러스가 반입될 때 함께 들어온 이 무기뿐. 그리고 본인은 이미 바이러스에 감염되어 탈출이 불가능하니, 레이저 건을 쓴다… 는 내용은 이렇게 정리되었다.

"헐, 이걸로 좀비 잡을 수 있다는데요?"

"오."

큰세진이 보라색 실린더를 손으로 가리켰다.

"저기, 저게 충전 배터리인데… 한 번 충전에 3번 쓸 수 있다네요!"

"음. 그래?"

류청우는 레이저 건을 집어 들더니, 환풍구에 매달린 양복 좀비를 겨누었다. 정확히는… 캐비닛 옆으로 보이는 좀비의 한쪽 팔을.

그리고 빠르게 한 발.

지이잉!

"키얍!"

레이저를 쏘니 좀비의 한쪽 팔이 마비되는 것처럼 굳더니, 더는 움직이지 않았다.

"오오!"

"음, 좋아."

류청우가 어깨를 으쓱하더니 총을 털었다. 그리고 평온하게 말했다.

"미안한데 캐비닛 좀 약간만 당겨줄래? 머리를 쏠게."

"……예."

아무래도 이후부터는 좀비 탈출물이 아니라 좀비 슈팅물로 장르가 변경될 것 같다.

예측은 반만 맞았다.

지이잉– 탕!

나는 복도에서 질주해 오던 좀비가 레이저 건에 맞아 넘어지는 것을 보았다. 류청우의 솜씨다. 참고로 비슷한 장면을 일곱 번쯤 더 보았다.

"와."

"형 대박!"

"하하."

저 감탄도 여덟 번째군. 묶어서 편집된 컷이 나온다에 내 머리색을 걸 수 있다. 그러나 류청우는 실린더를 보더니 어깨를 으쓱했다.

"이제 딱 두 발만 남아서… 음, 곧 탈출이었으면 좋겠는데."

"으윽, 그러게요."

저것도 아낀 것이다. 놈은 놀랍도록 레이저 건을 원샷 원킬용으로만 썼다. 하지만 애초에 남은 게 10발뿐인 상황에서 펑펑 쓸 여력은 없었다.

'초반에 그 환풍구 놈을 쏘지 말걸 그랬나.'

그래도 이미 쓴 건 어쩔 수 없었다. 나는 이마를 눌렀다.

애초에 연구소에선 이 총을 그룹원 사이 갈등 요소로 넣은 것 같았다. 동선이 주로 협동을 통한 은밀한 이동이 주가 되었기 때문이다. 도리어 쏴 죽이는 시간이 더 걸릴 정도였으니, 두 발 남은 걸로 큰 문제는 없을 것이다.

'잘 만들었어.'

루트는 쫄깃했다. 좀비가 칸마다 갇혀 있는 화장실에서 개인 상담실로, BGM 소름 끼치는 놀이방에서 복도로… 꽤 잘 만든 코스긴 했으나, 문제가 있었다.

"휴!"

"와, 2시간 빡센데요??"

다 끝내고 보니 시간이 간당간당했다. 아까 데스크에서 입수한 지도에 따르면 뒷문은 이 복도 끝이었고, 느낌상 저게 끝일 것 같았다.

'그리고 거기도 분명 트릭이 있을 거란 말이지.'

그런데 배세진의 손목시계로 확인하니, 남은 시간은 10분도 안 된다.

'탈출해야 마지막 그림이 산다.'

아슬아슬하게 나와야 딱 좋은 마무리일 것이다.

"얼른 가죠."

"전방 잘 보면서 가자, 좀비 있으면 내 어깨를 치고."

"넵!"

우리는 조심스럽게 뒷문으로 향하는, 불이 깜박거리는 음침한 복도
를 지나갔으나… 이벤트는 일어나지 않았다.

"오오."

"이대로 끝인가 봅니다."

"좋아요! 우리 성공이에요!"

'이건 심심한데.'

나는 내심 혀를 찼으나 뒷문을 당기는 차유진을 말리지 않았다.

하지만… 문은 열리지 않는다. 대신 붉은 빛이 초인종 액정에 떴다.

삐-익.

[통행증을 대주세요.]

"……."

"헐."

마지막 트릭이 모습을 드러냈다.

"통행증?"

멤버들은 잠시 얼빠진 표정으로 뒷문을 보았으나, 곧바로 빠른 토의
가 오갔다.

"제작진분들은?"

"아니, 그런 거 받거나 제출하신 적 없어."

"와."

"데스크로 가봐야 하나?"

10분도 안 남은 상황에서 너무 막연한 트릭이 나오자, 멤버들이 머리를 싸매고 고민하기 시작한다. 초조할 만하다. 나는 입을 다물고 고개를 젖혔다.

'…분명 힌트가 있을 텐데.'

이게 마지막 탈출이니, 우리가 여기까지 오면서 경험한 것 중에 결정적 힌트가 나올 것이다. 그래야 구성이 깔끔하고 탈출했을 때 개운하니까.

'분명 아이디어가 필요한 걸로….'

―허를 찌르는 발상을 자주 생각해 내시는 모습이 그룹에 꼭 필요한 아이디어 뱅크 역할처럼 보여요.

"…!"

잠깐. 나는 고개를 원상 복구했다.

'…알았다.'

그리고 지금까지 전진해 온 복도를 역주행하기 시작했다.

"무, 문대야?"

"잠시만!"

설명할 시간이 없다.

'9분.'

빠듯하다. 나는 일단 달렸다. 그리고 머릿속으로 계산했다. 직선으로 생각하면 생각보다 경로가 짧다.

'그 방까지 루트에 좀비는 없으니까, 이대로 가면….'

탈출할 수 있다! 나는 복도를 더 빠르게 질주했다.

그때였다.

―우두둑.

달리던 복도 너머에서 이상한 소리가 났다.
무언가 무너지는 소리다.

―피이익.

그리고 벽 틈과 모서리부터 어두운 연기가 피어오르기 시작한다. 연
달아 그 연기를 보여주던 복도에서 깜박이던 불빛이 드문드문 꺼진다.
맞은편은 이제 캄캄하다.
'암전 상태…'
달려서 복도의 끝에 도달했다. 연기가 훅 끼쳐온다.
'타는 냄새…'

연기 나는 어두운 밀폐 공간에 혼자 서 있다.

"……"
나는 걸음을 멈추었다.
식은땀이 목을 타고 흘러내렸다.
'봉쇄된 시야와 후각 속에 혼자…'
머릿속에 앞뒤 없는 상념이 오간다.

'혼자.'

혼자 살아야만 한다는 건 모든 것을 알아서 책임져야 한다는 뜻이다.

계약, 신고, 납부, 연체까지 사회에서 요구하는 모든 행동과 실수에 대한 책임은 다 나에게 있다. 내 판단과 행동으로 생기는 위험과 고통은 전부 나의 것이다. 누구와도 분담할 수 없다. 나에겐 옵션이 없으니까.

'괜찮아.'

그러나 이런 건 몇 년 지나면 익숙해진다. 이렇게 사는 사람이 나만 있는 것도 아니지 않은가. X 같거나 버거운 일이 생겨도 그럭저럭 살 수 있다는 뜻이다.

'할 만했어.'

하지만 대처할 수 없는 상황은… 대처할 수 없는 상황도 살다 보면 오지 않나?

'영원히 안 온다고 장담할 수 없어.'

부모님한테 일어났던 것처럼… 갑작스러운 재난 상황이 일어났을 때, 그러니까….

화재가 일어난다면.

그때 하필 내가 자고 있거나, 다치거나 아픈 상태라면…, 아무것도 할 수 없는 무력한 상태라면?

'구멍이 너무 많아.'

내가 방심하면 죽는 것이다.

뚝.

식은땀이 발에 떨어졌… 아니, 신발 위에 떨어진 액체 한 방울을 이렇게 무겁게 느낄 수 있다는 게 이상했다.

'현실인가?'

냄새가 매캐하다. 그러나 확인하려고 해도, 보이는 게 없….

"박문대!"

갑자기, 정적을 가르고 목소리가 들렸다.

그리고 어깨에 무언가가 올라왔다.

…손인 것 같다. 내가 아닌 다른 사람의 손이다.

"괜찮아? 일단 멈춰봐."

내가 걷고 있었나?

"예."

반사적으로 답이 튀어나왔다. 나는 한 번 심호흡하며 발을 멈췄다.

그리고 묻지도 않은 소리를 했다.

"불이 난 것 같았는데…."

"그러게, 탈출 제한 시간이 가까워져서 효과가 생긴 것 같아."

효과.

'그렇지.'

마지막에 분위기를 살리기 위해서, 건물 붕괴 같은 효과를 낼 수 있지.

나는 고개를 들었다.

눈앞의 통로 모서리로부터 빛이 새어 나오고 있었다. 비상구의 푸른
빛이다.

"아."

나는 이미 가장 어두운 암전 구간을 걸어서 벗어난 상태였다.

그냥 모르고 있었을 뿐이다.

트인 귀에서 그제야 요란한 사이렌 소리와 멀리서 들리는 좀비 소리,

그리고 인위적인 붕괴음이 들린다.

"혼자 가다가 놀랐겠다. 따라오길 잘했네."

그리고 손의 주인은 머쓱하게 웃고 있는 류청우였다. 레이저 건을 들고 있는 놈은 순식간에 나를 쫓아온 것이다.

나는 피식 웃었다.

"네. 든든하네요."

쓸데없는 상념이 가신다.

'촬영 중에 이게 무슨 바보짓이냐.'

걱정할 일은 일어나지 않았다.

그리고 일어나더라도 대처할 수 있다. 여기선 머릿수가 나 하나가 아니니까.

"그래."

류청우는 내 얼굴을 확인하는 것 같더니, 곧 가볍게 내 등을 두드리고 고개를 끄덕였다.

"이동할 거라면 무기가 있는 편이 낫잖아. 같이 가자."

"그렇죠. 감사합니다."

더는 정말 시간이 없다.

나는 잠깐 내가 상념 따위에 속느라 낭비한 시간을 떠올리고 속으로 혀를 찼다. 그리고 다시 뛰기 시작했다. 류청우가 바로 따라붙었다.

"어디로 가게?"

"환풍구가 있던 방이요."

"아, 이 레이저 건 발견한 방. 거길 다시 찾아보게?"

"아니요."

나는 빠르게 대답했다.

"그걸로 처음 방으로 돌아가려고요."

"…거긴 왜?"

"시작 방에는 아무 트릭이 없었으니까, 다른 의미가 있을 것 같아서요."

환풍구를 찾아서 나가기만 하면 됐다. 그마저도 제작진이 가리는 식의 어설픈 구성. 그건 이 연구소에서 애초에 운영하던 커리큘럼도 아니다.

'그 공간에도 트릭이 있어야 구성이 맞아.'

나와 류청우는 좀비 시체를 열연 중인 연기자를 지나, 비상구를 통해 계단을 이동했다. 이 위가 바로 그 방이다. 나는 카메라를 의식하며, 빠르게 말을 이었다.

"처음에 뒷문에서 '통행증'이란 단어를 봤을 때, 신분증을 제일 먼저 떠올렸습니다."

"신분증?"

"예. 이런 연구소의 출입증은 ID 카드 같은 걸 떠올리기 쉬우니까요. 그런데 저희가 만난 분들은 다들 카드를 목에 안 걸고 있었죠."

나는 그룹 면담 당시를 떠올렸다. 면담을 진행하는 전문가의 목이든 가슴이든 끈은 없었다.

"그렇다면, 옷 주머니에 넣어 다니시지 않았을까요."

"…!"

그리고 우리는 진행 중에 하나의 옷을 아주 인상 깊게 보게 되었다.

나는 방문을 열고, 마네킹을 지나 환풍구에 올랐다. 미리 캐비닛을 치워둔 덕에 시체를 열연 중인 연기자만 조심히 넘으면 됐다.

그리고 떠올렸다. 이 컨텐츠가 심리 테스트에서 좀비 탈출로 장르가 바뀐, 제일 첫 번째 신호탄을.

-어억!

"그때 상담 진행하던 분이 복도로 넘어지면서, 흰 가운이 문에 걸렸죠."
그리고 당연히 우리는 그걸 대단히 충격적으로 집중한 채 목격할 수밖에 없었다.
"굳이 그 가운이 거기 걸린 걸 보여준 건… 거기에 가장 중요한 정답이 있기 때문 아닐까요."
나는 거의 확신을 가지고, 환풍구 끝에 도착해 발을 내렸다.
'보인다.'
바로 맞은편에, 제일 처음 내려간 철문의 아래에 깔린 가운이.
나는 바로 달려가서 자세를 낮추고 흰 가운을 뒤졌다. 앞 포켓의 천 위로 사각형의 플라스틱이 만져진다.
'그렇지.'
나는 웃었다.
"통행증은 계속 여기 있었어요."
그리고 포켓에서 당사자의 얼굴과 직위가 찍힌 ID 카드를 꺼냈다. 뒷면에 굳이 선명히, '통행증 겸용'이라는 작은 글씨까지 적어둔 것이 보인다.
"역시 문대가 머리가 좋네."
류청우가 감탄하는 소리가 들렸다. 나는 ID 카드를 주머니에 넣으며 고개를 돌렸다.
"별로 그런 건 아닌…."

철컥.

"……?"

눈앞에 레이저 건의 총구가 들이닥친다.

류청우가 들고 있던, 아니, 지금도 들고 있는 그 레이저 건.

'뭐야.'

나는 눈만 움직여서 류청우를 올려보았다. 놈은 약간 난감한 얼굴로 내게 말했다.

"ID 카드 나 줘야겠다. 문대야."

"……."

나는 잠깐 뜸을 들였다가, 논리를 정리하고 입을 열었다.

"저한테 있든, 형한테 있든, 어차피 뒷문에서 문을 여는 건 똑같을 텐데요."

"아니. 우리가 목적이 다르거든."

류청우가 친절히 설명을 덧붙였다.

"너희는 탈출. 나는 저지."

"…!!"

"음… 말하자면, 내가 악당이야. 그렇게 됐어."

아니 무슨 개소리야.

'지금까지 제일 탈출에 기여도가 컸던 놈이?'

저 사격 솜씨 덕분에 우리가 얻은 이득이… 잠깐.

순식간에 머릿속에서 류청우의 행적이 지나간다.

─미안한데 캐비닛 좀 약간만 당겨줄래? 머리를 쏠게.

저놈, 레이저 건의 배터리를 환풍구의 좀비에게 두 발 낭비했다.

본인이 직접 지원해서 아무 동의도 구하지 않고 다짜고짜 팔을 쐈었다. 그리고 쏠 필요 없는 구간에서도 사격 여부를 언제나 물어봤지.

'그래서 굳이 쏠 필요 없는 구간에서도 시간을 낭비…'

애초에 이 연구소의 탈출 루트는, 무기를 쓰지 않고 은밀 기동으로 이동이 가능하도록 만들어졌다……. 즉, 이 새끼가 총을 잡아서 좋았던 건 마음의 안정과 시간 낭비 외에는 없다.

'와…'

이거 완전히 낚였군.

나는 제작진에게 혀를 내두르며 류청우를 쳐다보았다.

왜 선정된 건지, 백그라운드 스토리는 어떤 건지 이야기 들어볼 시간은? 없다. 그건 인터뷰로 넣으라고 해.

나는 바로 본론으로 들어갔다.

"그거 좀비한테만 통하는 걸 텐데요."

류청우가 태연하게 대답했다.

"아니야. 이용 설명서에 겸용이라고 적혀 있었거든."

"아."

저게 진짜든 아니든 상관없다. 가능성만으로도 총의 위력은 충분했다. 맞으면 아웃이고, 그럼 이 이상 탈출 가능성이 없지. 이대로 류청우가 ID 카드를 가지고 잠적하면 그만이니까.

'빡세네.'

지금 몇 분 남았지?

마침 이곳에는 카운트다운 중인 대형 화면이 있다.

[00:05:19]

…엔딩에서 제일 몰입할 수 있는 멋진 동선 짜임이군.

'5분.'

아슬아슬하다. 나는 한숨을 내쉬며 손을 올렸다.

"……잠시만요. 카드 꺼내겠습니다."

"그래."

나는 손을 코트의 가장 큰 주머니 속에 넣었다.

그리고 물건을 잡자마자 순식간에 빼내서 류청우에게 겨누었다.

"…!"

"잘됐네요. 사람한테도 통한다니까."

바로 레이저 건이다. 내가 그 좀비로 생을 마감한 보안 담당자의 손에서 빼냈던, 맨 처음 발견한 레이저 건.

류청우는 놀라움과 의아함이 섞인 얼굴로 입을 열었다.

"배터리가…."

"있어요."

다들 류청우가 12발 여유 있는 레이저 건을 챙기니, 무의식중에 이쪽은 없다 생각하고 넘어가던데.

아니다. 나는 확인했거든.

"딱 한 발 남았더라구요."

눈금이 딱 한 번 쏠 만큼 남아 있었다.

사회복무긴 했다만, 그래도 훈련소라도 다녀온 놈이 나을 것 같아서 내가 챙기고 있었다. 이제 와서 쥐어보니 진짜와 그닥 안 비슷해서 큰 의미는 없을 것 같긴 하다만.

'진행하면서 총이 두 자루나 필요가 없었으니까.'

류청우만으로 충분하니, 관심이 옅어진 것이다.

"으음."

류청우는 골치 아프다는 듯 쓴웃음을 지었다. 말려들었다는 얼굴이다. 하지만 곧, 무언가 깨달은 듯 고개를 끄덕였다.

"문대야. 그런데 이렇게 대치만 하고 있어도 어차피 ID 카드는 못 쓰는 거 아니야? 뒷문에 못 가지고 가잖아."

"…!"

"그럼 이것도 별 의미 없는 것 같은데…."

맞는 말이다.

'꺼내자마자 쏴버렸어야 했구나.'

혹시 저 말이 거짓말이면 개싸움 돼서 아이돌 자체 컨텐츠답지 않아질까 봐 우려했던 건데, 류청우 성격에 그런 걸 거짓말할 놈이 아닌 걸 깜박했다.

'그럼 지금이라도 쏴?'

저 새끼보다 일찍 쏠 수 있을까 모르겠는데…. 그리고 저놈은 남은 게 두 발이라 말이다. 그렇게 고민할 순간이었다.

터더덩!

"문대 형! 청우 형!"

"…!"

맞은편 환풍구가 요란한 소리와 함께 황급히 열렸다. 그리고 쾌활한 목소리들이 들려왔다.

"제가 맞았어요! 여기 있어요!"

"오~ 진짜!"

"저, 저기, 저희 왔⋯⋯."

환풍구를 기어 나오며 해맑게 손을 흔들려던 놈들은 상황을 보고 얼어붙었다.

"어어어."

서로 레이저 건을 겨눈 멤버 둘.

"이게 무슨 일이야!"

나는 나도 모르게 입을 열었다.

"너희 여기까진 왜⋯"

문 앞에서 대기하고 있을 줄 알았는데?

"아니, 당연히 너 혼자 달려가는데 쫓아오게 되지!"

"맞아요!"

"으응, 걱정되니까⋯."

나는 어쩐지 한 대 맞은 기분으로 놈들을 쳐다보았다. 시간이 없어서 설명을 못 하니까 혼자 뛰었던 건데. ⋯⋯그때, 그냥 설명 없이 뛰라고 해도 따라올 거였나.

'그래. 그리고 그게 촬영 그림도 더 좋았을 거야.'

내면의 소리가 자기 멋대로 답변한다. 나는 나도 모르게 웃었다.

'버릇 고치려면 아직도 시간이 필요하겠군.'

다만 혼자 진지한 놈도 있다. 김래빈은 동공을 떨며 나와 류청우를 번갈아 보았다.

"탈출까지 운명 공동체로 가야 할 저희 팀에 내부 분열이….'"

"……."

오해부터 풀어줘야겠는데. 나는 당장 입을 열었다.

"방금 이 가운에서 통행증 찾았는데, 청우 형이 뺏으려고 하더라고. 사실 스파이였대."

그리고 내 주머니에서 ID 카드를 꺼내서 흔들었다.

"대박!"

"허어억! 청우 형께서!"

"역시! 가운에 있었… 아니, 그럼 지금 쟤를 제압해야 하는 거잖아!"

순식간에 또 분위기가 반전된다. 그리고 쪽수가 많아졌으니 이긴 거나 다름없다.

'남은 4분으로 탈출까지 충분해.'

하지만 그 순간, 나는 약간 싸한 생각이 들었다.

근데 이놈들이 내 말을 무조건 믿을 필요가 있나? 총을 든 둘이 서로 겨누고 있는 상황에? 심지어 그동안 나서지 않던 내가 총을 든 게 더 이상해 보이지 않는가.

'류청우가 반대로 내가 뒤통수를 갈기려고 했고 본인이 막는 중이라고 하면….'

"하하."

…라는 일은 일어나지 않을 듯하다. 류청우 표정을 보니 '들켰네'라고 적혀 있다. 하긴 그런 방식을 쓰느니 질 놈이긴 했다.

"으음. 이건 안 되겠네. 항복할게."

류청우는 약간 기특하다는 얼굴로 웃으며 레이저 건을 내려놓고 손을 들었다.

"우와아아!"

멤버들은 당장 달려와서 류청우의 레이저 건을 회수하며 감탄과 비명을 질렀다. 막판의 반전이 짜릿했던 모양이다.

"우리 탈출한다!"

"아니, 일단 달려야 하죠!"

"그렇습니다!"

류청우를 장난스럽게 협박하며 뒷문까지 달리기 시작했다. 그리고 문제의 ID 카드는….

−띠릭.

"열린다!"

"좋았어…!"

성공적으로 통했다. 나는 어깨동무를 하는 놈들과 함께 야외로 나왔다.

해가 지고 있었다. 바람이 훅 얼굴에 끼쳤다.

"29초 남기고 탈출 성공!"

"우리 미쳤다!"

나는 순순히 놈들의 세리머니에 어울렸다. 솔직히, 시원했다.

그렇게 한동안 비하인드와 겪은 일에 대해 떠들고 난 후.

"아~ 다들 고생 많으셨습니다!"

"으의! 정말!"

다시 만난 제작진들은 히죽히죽 웃고 있었다. 게다가 열 받은 우리까지 찍어 가려는지 카메라는 아직도 돌아가고 있다. 대단한 놈들이다.

"청우 형 배신하게 만든 건 누구세요? 우리 리더 형한테 너무한 거 아니에요~?"

"아니, 청우 씨도 재밌어했다니까요??"

"하하, 아닌데요."

"청우 씨 이렇게 배신을!"

몇 분간의 장난스럽고 웃긴 성토가 이어졌고, 본론도 나왔다.

"그래서 우리 룸메이트 누구예요??"

"음, 그러게요. 어떻게 결정되는 건지 궁금한데요?"

그래, 원래 이 난리의 목적이 그거였지. 우리는 적절한 대답을 기다리며 제작진을 쳐다보았다.

"그건…."

PD는 함박웃음을 지었다.

"1화 본방 시청하시면서 같이 확인해 주세요~"

"아 진짜!!"

그렇게 테스타는 마지막까지 제작진 손바닥에서 놀아났다.

…재밌었으니, 넘어가 주겠다.

테스타가 우여곡절 끝에 해당 촬영을 끝낸 며칠 후. 팬들은 위튜브에 다짜고짜 올라온 팬서비스용 영상을 확인했다.

다만 룸메이트 시리즈치고는 상당히 비범했다.

["심리 테스트라며! 상담이라며!" 미안하다, 페이크야! <테스타 룸메이트> 4탄은 좀비로 물든다…☆ Season 4 ep.1]

썸네일은 비명을 지르는 김래빈과 큰세진이다.

"…??"

알림을 보고 위튜브에 접속했던 대학원생은 잠깐 당황해서 그것을 보다가, 곧 폭소를 터뜨리며 제목을 클릭하게 되었다.

"하하!!"

기대감에 심장이 부풀었다!

테스타 룸메이트 컨텐츠는 주로 한두 편으로 끝나는 짧은 영상이었다. 그런데 거창하게 시즌에 번호까지 매긴 데다가, 좀비라니? 구체적인 이유를 구구절절 분석하지 못해도, 직관적으로 다가오는 것이다.

'이건… 재밌을 거야!'

이런 단순 리액션만 예상해도 재밌을 것 같은 컨텐츠는 기대치가 쭉 올라가기 마련이었다. 제대로 어그로를 끈 썸네일과 제목에는 '주말에 봐야겠다'고 생각하고 잊어버렸을 사람들까지 일단 영상을 클릭하게 되는 마력이 있었다.

대학원생도 마찬가지였다. 그녀는 집에 돌아가서 씻고 정리를 마친 후 경건한 마음으로 재생할 생각이었으나, 그냥 지하철에서 냅다 영상을 재생시켰다.

'고마워, 블루투스 이어폰!'

맨 처음 들린 것은 우아한 현악기 클래식이었다.

· 단다단단다라라~

[오늘 보실 이야기]]

[연구원 : 과학적 방법을 통해! 여러분 간의 가장 적합한 룸메이트를 찾아 매칭할 예정입니다.]

[테스타 : 우와! (반짝반짝)]

그러다가 어딘가 어설프게 해맑은 리코더 BGM과 함께, 눈을 초롱초롱 빛내며 손바닥을 치는 테스타가 나왔다.

[테스타의 호기심과 즐거움이…]

[김래빈 (귀염뽀짝 막내) : 신기한 경험이었습니다. 저 자신에 대하여 더 깊게 알게 될 것 같습니다!]

[선아현 (꽃사슴) : 이쪽이 더 따뜻하지 않을까…?]

그러나 검은 자막과 스산한 효과음이 들어가며 분위기는 일변한다.

[좀비로 승화한다!]

[김래빈 : 으아아악!]

[이세진(득음) : 흐아아악씨!]

환풍구에 껴서 비명을 지르는 김래빈, 레이저 총을 들고 미끄러지는 류청우, 어둠 속에서 가구에 매달리는 차유진이 쓱쓱 지나갔다.
마지막은 불이 깜박거리는 연기 찬 복도를 달리는 멤버들이다.

[테스타 : 으아악!!]
[↑제작진에게 또 속음]

"으흡."
대학원생은 황급히 입을 앙다물었다. 너무 웃긴데 소리를 낼 수 없어서 배가 터질 것 같았다.

[♡언제나 촬영의 보람을 줌♡]

'참아! 참아!'
지하철 미치광이가 되지 않기 위해, 그녀는 최선을 다해 심호흡했다. 그러면서도 영상에서 눈을 떼진 못했다. 벌써 재밌었으니까!
이제 영상은 유명한 모 SF 고전 영화의 오프닝을 패러디해, 웅장한 OST와 함께 자막을 뽑고 있었다.

[5월 ××일, 일산의 한 연구소]
[룸메이트 재배정 철이 된 테스타 멤버들은 지난 세 번의 룸메이트

배정을 떠올리며 다시 한자리에 모인다 (사실 언제나 모여 있음). 그러나 이 자리에는 사악한 관종 제작진의 음모가 도사리고 있는데…….]

검은 우주 배경에서 아련히 지난 룸메이트 영상들의 하이라이트가 지나간다. 사기당한 배세진, 1등 한 차유진, 카드를 던지고 이세진을 쫓아가는 박문대…….
그리고 멀쩡히 신난 얼굴로 하얀 실내 공간 안에 서 있는 테스타가 화면에 등장했다.

[이세진 : 여러분~ 오늘 저희가 진행할 컨텐츠가 뭘까요?]
[류청우 : 다 같이 말해봅시다.]
[테스타 : '룸메이트는 과학이다'!]

아이돌 컨텐츠답게, 1화의 앞은 충실히 심리 테스트 결과를 꾹꾹 채워주었다. 팬들이 궁금해할 만한 내용이었으니까 빼지 않은 것이다.

[친칠라 VS 토끼 누가 더 강한가.]
[배세진 : (동공지진) 토끼가 더 강하지 않을까요. 그, 이빨도 있고.]
[어딘가 이상한 문제의 연속에도 프로 의식을 잃지 않는 멤버들]

질문은 어딜 봐도 신빙성이라곤 없어 보였으나 이미 좀비로 박살 날 걸 알고 있다 보니 그 점마저 웃겼다. 그리고 대답하는 멤버들끼리 투닥거리거나 협력하는 모습은 언제나 보기 좋았다.

[차유진 : 친칠라도 이빨 있어요!]
[배세진 : (우주로 날아가는 효과)]

-귀여워♡♡
-애들 다 발상 한번 겁나 신박하넼ㅋㅋ
-막내즈 왜 저렇게 신났엌ㅋㅋ
-누가 팬싸 가시면 심테 좀 많이 물어봐주세요
-문대 너무 똑똑해 천재 아니야? 어떻게 거기서 다른 동물을 생각해 내ㅠㅠ

참고로 마지막은 대학생이 친 채팅이었다. 소리 지를 수 없는 것을 이렇게 해소해 본 것이다.

'으아아!'

그녀는 자신이 순조롭게 깊은 팬 생활로 빠져들고 있다고 생각했으나, 아직도 충분히 일반인다운 선택이었다.

그렇게 1화는 어느새 좀비를 잊어버릴 만큼, 훈훈하고 유머러스한 아이돌 컨텐츠의 맛을 충분히 깊게 보여주었으나…… 예고된 반전은 1화를 넘기지 않고 후반부에 착실히 튀어나와 주었다.

[연구원 : 어억!]
[쓰러진다…?]
[!!!!!]

철컥. 탕! 철문으로 사무실이 봉쇄되는 것이 스펙타클하게 편집되어 지나간다. 보는 사람도 긴장할 정도로 빠르고 박진감 넘치는 효과가, 갑자기 변할 상황을 다 아는 데도 집중하게 만들었다.

다만 일이 터지자마자 중앙에 얼른 모여 서로 붙은 테스타는 귀여웠다.

[테스타 : …?]
[갑자기 분위기 좀비]

얼어붙은 채로 이게 대체 무슨 상황인지 파악하려 애쓰다가 속았다는 것을 깨닫는 테스타로 상황은 코믹하게 마무리되었다.

[이세진 : 감독님!!]

실시간 채팅이 폭주했다.

-ㅋㅋㅋㅋㅋㅋㅋㅋㅋㅋ카메라 감독 나와보랰ㅋㅋ
-바로 제작진 찾네
-얼마나 속았으면ㅋㅠ
-배세한테 햅씨 뺏긴 햄스터 그만 합성해 너무 웃기잖아
-아 꿀잼

[예상치 못한 좀비 연구소 탈출!]
[테스타의 대처 방법은?]

그리고 여기서부터 들어가는 것이 바로 테스타의 개인 면담 자료다.

[김래빈 / 래퍼 / 만 20세 / 200×년 11월 11일생 토끼]
　[이 구역의 쫄보 토끼지만 시대의 일꾼]
　[상담사 : 점수 분포상 아주 성실하고 선량한데 자아가 뚜렷한 분이
세요. 좋은 피드백과 조언을 만났을 때의 시너지가 아주 좋을 겁니다.]

　화면에서는 앞으로 김래빈이 좀비 탈출에서 보여줄 활약상에 빗댄,
지난 테스타 예능에서의 김래빈 모습이 지나간다. 주로 한 손으로 완
벽한 호떡 반죽 무게를 떼어내는 기행이다.
　중세 토끼 대신 진짜 토끼를 달고 온 귀여운 설명에 팬들이 폭소했
지만, 영상은 멈추지 않았다.

[차유진 / 센터 / 만 21세 / 200×년 03월 06일생 호랑이(자칭)]
　[순발력과 야성의 감, 이 구역의 골목대장]

　그 소개 방식은 어쩐지 올스타가 모여 보석을 훔치는 등의 하이스트
영화식 멤버 소개와 유사해서 더 분위기를 띄웠다.
　그리고 마침내 대학원생의 최애가 나왔다.
　'문대!'

[박문대 / 메인보컬 / 만 22세 / 200×년 12월 15일생 강아지]

'강아지래!!'
대학원생은 아무것도 아닌 것에 감동했다.

[번뜩이는 아이디어와 판단력, 이 구역의 티벳여우]
[상담사 : 내향적 성향이 강하신데, 스스로 많은 외향적 요소를 계발하신 성숙한 인물상이죠. 그래서 판단하실 때 두 요소를 다 적절히 사용하시는 것 같아요.]
[상담사 : 다만, 좀 완벽주의자이십니다. (웃음)]

자료화면의 박문대가 지금까지 판매한 호떡과 음료의 가짓수를 심각하게 계산하는 얼굴이 스쳐 지나간다.
'아 진짜 너무 귀여워…'
대학원생은 실시간 채팅을 확인하며 행복해했다.

-박문대는 최고의 강아지며 반박은 안 받음
-문대 언제나 일에 진심이얔ㅋㅋ
-티벳여우파를 챙겨주다니 제작진 뭘 좀 아는걸

그렇게 생일을 역순으로 올라가는 소개의 마지막은 류청우였다.
'어? 세진이가 2월 7일이고… 청우가 10월 28일이면 세진이가 제일 맏형 아닌가?'
대학원생은 방금 지나간 화면을 떠올리며 순서를 의아해했으나, 류청우가 리더라 그러려니 하고 넘어갔다.

[든든한 리더, 눈부신 생존력]
[상담사 : 독립적이고 주체적인 성향이 강하신데, 포용력 있는 리더의 포지션에 계신 점이 인상적이고요.]
[상담사 : 굉장히 심리가 안정적이세요.]

자료화면에서는 온갖 공포 관련 컨텐츠마다 멀쩡한 얼굴로 멤버들을 챙기고 웃는 류청우가 지나갔다.
그리고 다시 돌아온 본편.

[차유진 : Wait, wait!! 여기 뒤에 문 있어요!]

제작진 뒤에서 기어코 환풍구를 발견한 멤버들이 그곳에 기어들어가는 것으로, 영상은 완전히 끝났다.

[테스타 드림팀!]
[과연 좀비로 가득 찬 연구소에서 탈출에 성공할 것인가!]

'아, 2화부터 본격적으로 좀비물 들어가는 거네!'
사실 1화부터 타이틀을 달아놓은 것 치고는 좀비 이야기가 별로 없었으나, 사건이 터지는 상황과 역할군 예고까지 알차게 깔아놓은 덕에 충족감과 기대감을 동시에 주었다. 덕분에 반응은 호의 일색이었다.

-와 스케일 작정했네

-제작진 대단하다 환풍구 가리고 있었냐곸ㅋㅋ

-아 당장 2화 줘ㅠㅠ 담주까지 어떻게 기다림

-무슨무슨 법으로 2화를 한꺼번에 줘야함 암튼 그래요 플리즈ㅠㅠ

-그래서 대체 이게 룸메이트와 무슨 연관이 있는 겨 완전 룸메이트는 이용
당한 거잖앜ㅋㅋ

대학원생은 자신의 SNS에서 팔로우해 둔 몇몇 사람의 글을 보며 여
운을 만끽했다.

'아, 연주도 봤겠지?'

그리고 자신의 홈마 친구에게도 연락해서 또 한 번 신나게 떠들다
가, 내적 비명을 지르게 된다.

'내릴 역을 지나쳤어!'

참고로 홈마의 반응은 '문대가 좀비도 무서워하는지 너무 궁금해 미
치겠어'였다.

그리고 딱 일주일 후, 테스타의 좀비 탈출기가 대공개 되었다.

[캬아아악!!]

[이세진 : 으어읍 (입 막힘)]

박진감 있는 추격과 전투 신, 서로를 챙기는 테스타의 모습까지 잘

조합된 편집은 일품이었다. 특히 환풍구에서 나와서 캐비닛으로 입구를 막는 파트는 정말 좀비 영화 같다는 호평을 받았다.

-상상 이상의 대존잼인데;
-류청우 미친 거 아니냐고 영화 주인공인 줄 좀비 쏘는 거 봐
-이거 그냥 애들 모르는 사람이 봐도 재밌을 것 같음 영업용 낙점
-빨리 3화 나와라ㅠㅠ

2화는 레이저 건을 찾은 멤버들이 상의를 통해 좀비를 해치우는 컷과, 도저히 감당이 안 되니 조심스럽게 이동하는 두 파트가 잘 어우러져 있었다.
그래서 시원함과 공포의 밸런스가 훌륭했다.

-화장실에서 진짜 비명 지를 뻔 막 문마다 쾅쾅 좀비가 두드리는 소리 개소름
　└거기서 래빈이 지나가다 기절하는 줄 알았어ㅋㅋㅋ
　└ㅋㅋㅋㅋㅋㅋㅋㅋㄹㅇ
-놀이방에서 아현이 인형 뒤지는 거 너무 대단해서 비명 나옴

특히 선아현이 구석에서 태연히 겁 없는 행동을 하는 것은 따로 편집으로 강조까지 되며 캐릭터성 강화에 톡톡히 기여했다.

-테스타도 아현이가 이렇게 많이 그런 거 몰랐나 봐 애들 SNS 올라왔
엌ㅋㅋ(링크)

-아현이 아직도 왜 사람들이 놀라는지 이해를 못 하고 있대 너무 귀여워ㅜㅜㅜ
-외유내강의 표본 나의 꽃사슴 엘크..

그리고 박문대의 팬들도 만족했다.
홈마는 자신의 친구에게 이런 메시지를 보냈다.

[연주 : 문대가 좀비는 반만 무서워한다는 귀중한 정보를 알려준 소중한 예능이야]

박문대가 안 보이는 좀비 인기척은 무서워하면서 막상 나타나면 티벳여우 표정이 됐기 때문이다. 팬들은 뒷문을 향해 질주하는 테스타로 끝난 2화를 되돌려 보며 수많은 GIF 파일을 배출했다.

-애들 다음 컨셉 이런 거여도 재밌을 것 같아 좀비 아포칼립스 생존하는 학생들... 이미 풀망상 중
-놀이방에서 공 던져서 좀비 이목 끄는 차유진 보실 분? (GIF 파일)
-좀비와 밀당하는 이세진의 놀라운 커뮤니케이션 솜씨ㅋㅋㅋㅋㅋ (캡처연결본)

전반적으로 아주 만족스러워한 팬들은 다들 평온한 즐거움에 빠져 있었다. 특별히 의문점이나 논란점은 없었다.

-아마 3화는 탈출 + 룸메이트 배정일 듯 좀비는 거의 끝난 것 같아ㅋㅋ

-2화 속도감 좋더라 3화는 좀 귀여운 기존 룸메이트 컨텐츠 느낌 예상해봄

이게 정설이었다.

그러나 대망의 3화가 공개된 날.

-헐

-미미미미치친

-청우야?

[류청우 : ID 카드 나 줘야겠다. 문대야.]

[박문대 : !!!!]

첫 번째 방으로 돌아가 멋진 추리를 선보이던 박문대에게 류청우가 레이저 건을 들이대는 장면이 나오자마자 반응이 폭발했다. 그리고 영화처럼 프리즈된 화면 속. 두 사람이 서로를 응시하고 있을 때, 화면이 리와인드되며 류청우의 개인 상담 컷으로 돌아왔다.

[◀◀◀]

영상에선 류청우와의 개인 면담을 해설하는 상담사의 인자한 얼굴이 리플레이된다.

[상담사 : 독립적이고 주체적인 성향이 강하신데, 포용력 있는 리더

의 포지션에 계신 점이 인상적이고요.]

　여기까진 아까와 똑같은 문구다. 다만, 그 뒤에 새로운 문구가 붙었다.

　[상담사 : 그럼 리더가 아닌 류청우 씨는 어떨까요?]
　[상담사 : 본인의 독립적 성향을 좀 더 펼칠 수 있는 상황에서 어떻게 행동하실까.]

　그리고 다시 바뀌는 화면.

　[개인 면담 후]
　[청우에게 갑자기 전달된 의문의 편지]
　[류청우 : 음? 뭔가요?]
　[류청우 : …?? 좀비?]

　류청우가 그룹 면담이 진행되기 이전부터 좀비 사태를 알고 있었다는 것이 밝혀지는 순간, 채팅창이 또 한 번 비명으로 가득 찼다.
　그가 맡은 역할은 좀비 바이러스를 이 연구소에 반입한 세력이었다. 목표는 전원 좀비화, 혹은 폭파!

　[상담사 : 그룹원들과 대치되는 포지션에 있을 때, 리더의 역할을 벗어났을 때 류청우 선생님은 평소와 얼마나 다르실지.]

상담사의 목소리를 BGM 삼아, 지금까지 드러나지 않았던 류청우의 행동이 보이기 시작했다.

환풍구에서 일부러 좀비와 멤버들이 대치하도록, 움직이지 않고 멤버들을 통로의 뒤로 물린 행동. 그리고 어두운 방 안으로 빠져나왔을 때 혼자 다니며 스파이에 대한 힌트를 제거하는 것까지.

[류청우 : (카메라에 손을 한 번 흔든다)]

시체용 마네킹에 먼저 접근해서 총 반대편 손에 있던 쪽지를 제거하는 류청우의 모습에 팬들이 울부짖었다. 쪽지의 내용은 '손님 중에 배신자가 있다'였다.

[류청우 : 잘할 수 있을지 걱정했는데, 의외로 재미가 있더라구요.]

레이저 건을 일부러 남용하는 류청우. 그리고 좀비를 쏠지 말지 토론을 유도한다. 시간을 낭비하게 만들기 위해서.

마지막은 무언가 눈치챈 것 같이 뛰쳐나가는 박문대를 보다가 멤버들에게 이렇게 말하는 류청우다.

[류청우 : 내가 문대 따라가 볼게. 총 있으니까.]
[김래빈 : 알겠습니다!]

류청우는 건물 붕괴 효과가 나는 복도를 뚫고, 바로 엄청난 속도로 뛰어서 박문대를 따라잡았다.

[류청우 : 박문대!]

그 모든 컷을 보여준 후, 장면은 다시 빨려 들 듯이 모여서 현재로 돌아온다.
총을 겨눈 류청우. 굳은 박문대.

-아아아아아아악
-이대로 류청우 대승리임??
-아 대박 상상도 못했네 청우 왜이렇게 잘핵ㅋㅋㅋ
-흐흐흐흑 빌런미 청우 최고..
-문대 어떡해

미친 듯이 소리를 지르는 사람들.
그리고 이 사람들은 잠시 후 장면에 다시 한번 소리를 지르게 된다.

[박문대 : 잘됐네요. 사람한테도 통한다니까.]

박문대가 똑같이 레이저 건을 꺼내 든 순간, 렉으로 채팅창이 멈췄다.
"와아씨!"
대학원생도 비명을 질렀다. 지난번과 마찬가지로 지하철에서 영상을 보던 중이었기에 사람들의 시선이 잠시 쏠렸으나, 그걸 신경 쓸 겨를도 없었다. 인터뷰 장면이 교차한다.

[박문대 : 처음 마네킹 손에 있던 걸 다시 보니까… 딱 한 발 남았더라구요.]
[박문대 : 일단 제가 챙겼어요. 만일의 경우에 청우 형을 줄 생각이 었는데… 어쨌든 청우 형한테 쓰게 되긴 하네요.]

'미친!'
가운 속 통행증도 추리하더니, 이런 것까지 챙겨놨다니!
'문대 이런 예능 더 많이 나와야 하는 거 아니야??'
실시간 채팅창은 입을 모아 비슷한 소리를 외마디 비명을 동원해 단어로 뱉고 있었다.
그리고 대치 중인 두 사람의 대화와 류청우의 상황 브리핑.

[류청우 : 문대야. 그런데 이렇게 대치만 하고 있어도 어차피 ID 카드는 못 쓰는 거 아니야?]

"흡!"
그렇게 박문대가 준비한 비장의 한 수에도 불구하고 이대로 류청우가 이길 것 같았지만, 곧 힘의 균형은 무너진다. 뒷문에 있어야 할 멤버들이 환풍구에서 우르르 쏟아졌기 때문이다.

-와 진짜

-개스펙타클해

-ㅋㅋㅋㅋ대유잼 그룹

-ㄹㅇ대본 아님?

[차유진 : 제가 맞았어요! 여기 있어요!]

뒷문에 멍하니 남아 있던 멤버들도 차유진의 보챔과 이세진의 동조, 배세진의 추리에 등이 밀려 바로 움직인 것이다. 만일을 위해 뒷문에 남아 있자고 홀로 외롭게 주장했던 김래빈만이 세상을 잃은 표정으로 상황을 쳐다볼 뿐이었다.

[김래빈 : 그런 사태가 일어날 줄은 감히 짐작도 못 했습니다……]

인터뷰에서 풀이 죽어 허망한 표정을 짓는 김래빈은 솔직히 웃기고 귀여웠다.
그리고 다시 돌아온 대치 장면. 류청우는 인원수가 밀리며 구도가 변하자 순순히 총을 내리고 항복했다.

[류청우 : 이건 안 되겠네. 항복할게.]
[차유진 : 와아아아우!]

제작진은 몇 번의 절묘한 타이밍으로 상황이 계속 뒤집히더니, 결국 좋게 풀리는 것을 쉴 틈 없이 편집해 놨다. 그래서 류청우의 시원한 항복은 아쉬움 대신 훈훈한 상쾌함을 폭발적으로 터뜨렸다.

-아 드디어 나간다1!!
-얘들아 진짜 대단하다ㅠㅠ
-내가 탈출하는 것 같음

[박문대 : 솔직히 청우 형이 더럽게 나오면 충분히 이길 수 있었을 텐데 인성 문제로 그렇게 못 하신 것 같습니다.]
[박문대 : 물론 좋은 쪽으로요.]

뒷문으로 달려가는 멤버들 사이, 박문대의 부드러운 멘트까지 훈훈하게 삽입되었다.

-레전드다
-아니 이게 자컨에서 나올 퀄리티인가
-스릴 반전 코믹 감동까지 잡아? 대체 뭐야?
-그냥 정식 예능으로 해도 되겠어
-테스타 서로를 향한 믿음과 신뢰... 빌런은 제작진뿐이야.

[이세진 : 어허! 스파이는 빠릿빠릿하게 걸으시지요!]
[류청우 : 하하, 알겠습니다.]

멤버들과 함께 가는 류청우는 실없이 웃는 얼굴이었다.

그리고 전문가의 분석 코멘트가 시작된 것은 이 탈출 직전의 질주 때였다.

[과연, 재난 탈출 과정에서 관찰된 테스타의 유형은?]

연구소에서 자체 개발했다는 '롤플레잉 분류법'에 대한 설명이 잠시 지나간 후, 각 멤버들에 대한 평가가 나온다.
먼저 이번 화의 반전인 류청우.

[상담사 : 예상대로 단독 행동에서도 불안함 없이 침착하면서 도전적인 행동을 보여주시는데요. 이 모습이 참 자연스러운 것 같아요.]
[상담사 : 하지만 류청우 선생님은 윤리와 도덕 기준이 굉장히 높고 잔꾀를 선호하지 않으시네요.]

뛰는 류청우의 얼굴 클로즈업 뒤로 그의 인터뷰와 회상이 깔린다.
박문대를 쫓아간 장면이다.
여기 작은 반전이 또 있었다.

[류청우 : 거기서 문대를 쫓아간 건 특별히… 저지하고 그럴 생각이 었던 건 아니고요.]
[류청우 : 혼자 가면 위험할 것 같아서 붙었어요. 벽에서 막 연기도 나고 해서.]

류청우의 마지막 행동은 그냥 선행이었던 것이다.

물론 박문대의 이상 반응을 본 탓도 있었으나 제작진은 이미 그 분량은 깔끔히 들어낸 상태였다. 촬영이 끝나자마자 박문대가 정중히 '자신은 화재 상황에 오감이 제대로 기능하지 못하는 걸 상당히 불편해한다'라고 전달했기 때문이다. 제작진은 기겁하며 사과 후 편집본에서 더 주의하겠다고 따로 연락까지 했다.

그러나 이런 사실을 떼어놔도 이 진실은 충분히 가슴 따듯해지는 편집이었다.

[류청우 / 인도적 탐험가]
[미래를 개척하는 기개를 갖춘 주체적, 인간 친화적 유형]

류청우의 유형이 그의 얼굴 옆에 검증 마크처럼 딱 떠올랐다. 박문대가 그렇게 바랐던, 보기 편한 유형 분류였다.

이어서 멤버들도 각자의 평가가 붙었다.

[김래빈 / 윤리적 치료사]
[차유진 / 파괴적 탐험가]
[배세진 / 윤리적 투사]
[이세진 / 합리적 전략가]
[선아현 / 인도적 투사]

누구 하나 유형이 겹치지 않았다. 우연인지 아니면 연구소에서 좀 더

극적인 느낌을 위해 살짝 데이터를 편한 대로 해석한 건지는 알 수 없지만, 인상적으로 보이긴 했다.

'음, 4X4로 16가지 유형이구나.'

대학원생은 고개를 끄덕이며 꽤 흥미롭게 해당 이야기를 보았다. 이론이 그렇게 탄탄한지는 잘 모르겠으나, 각 멤버의 행적에 맞춰서 딱딱 설명하는 게 꽤 재밌었다. 랩실 동료 중에는 게거품 물고 화내는 사람도 있을 것 같지만.

그리고 그녀가 기다리던 박문대는 활약상 덕인지 맨 마지막이었다.

[상담사 : 이번 탈출을 살펴보니, 박문대 선생님은 완벽주의자 성향도 있지만 동시에 위험을 무릅쓰고 도전하고 싶은 욕구도 크네요?]

총을 챙기는 동작, 화장실에서 제일 먼저 튀어 나가서 좀비가 튀쳐 나오는지 확인하는 모습, 그리고 마지막에 전력으로 역주행하는 박문대의 모습이 짧게 지나갔다.

[상담사 : 무리하지 않게 스스로를 제어하는 훈련을 조금 하는 것도 좋을 것 같지만, 참 명철하고 자신감 있는 분입니다.]

뒷문에 도착해 ID 카드를 꺼내 드는 박문대의 웃는 얼굴 옆으로 유형이 찍힌다.

[박문대 / 파괴적 전략가]

[효율과 전력 질주의 화신, 나무보다 숲을 보는 두뇌 유형]

'멋있어!'
분홍 머리로 귀여움도 잡았으면서 이렇게 멋짐이 철철 흐르는 게 바로 자신의 최애였다!
'피로가 싹 가시네….'
그녀는 눈을 반짝이며 화면을 응시했다.

[우와아!]

잠깐 유형이 표기되며 멈추었던 화면은 다시 흘러 마침내 뒷문이 개방되고 테스타가 쏟아져 나오는 것을 보여준다. 해가 진 저녁, 보기만 해도 상쾌한 얼굴인 테스타가 나와서 '성공'과 '대박'을 부르짖는다.

[배세진 : 잊지 못할 것 같습니다.]
[차유진 : 최고! 우리 또 해요!]
[이세진 : 재밌었습니다~]

'나도 재밌었어!'
대학원생은 웃으며 흐뭇하게 그것을 쳐다보았다. 멋진 엔딩이었다!
그리고 영상이 마무리되나 싶은 순간.

[테스타 : 오오오~]

화면이 변했다. 야외 대신 안락한 실내에서 테이블에 앉은 멤버들이 튀어나와 열심히 박수를 보낸다.

"…??"

[이세진 : 영상을 재밌게 보셨나요, 시청자님!]
[선아현 : 저희도, 방금 1화를 다 보았습니다…!]
[류청우 : 그리고 본론을 듣기 위해 이 자리에 앉아 있습니다.]

류청우가 씩 웃었다. 차유진이 끼어들었다.

[차유진 : 룸메이트요!]

"아 맞다, 룸메이트!"
어느새 슬그머니 잊고 있었다. 아무래도 이걸 설명해 주는 추가 촬영분인 것 같았다! 대학원생은 다시 화면에 집중했다.

[박문대 : 지금 저희의 방을 발표해 주신다고 합니다.]
[PD : 예 여러분~]

순식간에 튀어나온 PD의 목소리에 여기저기서 스탭과 멤버들의 웃음소리가 울렸다.

[PD : 여러분이 받으신 유형 기억하시나요?]
[테스타 : 예!]

테스타는 지금 전달받았는지, 손에 든 쪽지를 들며 자신의 유형과 설명을 카메라에 한 번 보여주었다.

[PD : 우리 소통관계연구소에서 그 유형에 맞춰서 딱! 서로 보완이 되는 분들끼리 룸메이트를 짝지어주셨어요!]
[PPL 주신 광고주님은 우리가 되는 마법]

"오~"
대학원생은 두근거리며 영상을 보았다. 이렇게 하려고 그 유형을 나눈 거였구나!
'그래서 대체 누군데?'

[이세진 : 아, 전 누구랑 쓰든 좋은데! 빨리 알려주셨으면 좋겠다!]
[PD : 자, 공개합니다!]

독방을 기원하는 배세진과 태평한 이세진이 교차하는 가운데 PD가 화이트보드를 공개했다.

[배세진, 차유진]
[류청우, 박문대]

[선아현, 김래빈]
[이세진]

깔끔한 공개였다.
"…??"
그리고 화면 밖과 안은 모두 의문으로 가득 찼다.

[김래빈 : 방 배정엔 아무런 불만도 없습니다만, 비슷한 유형끼리 배정해 주시는 게 아니었습니까?]
[배세진 : 그러게!]

유형이 하나도 안 맞았던 것이다! 그러나 PD는 천연덕스럽게 말했다.

[PD: 에이, 비슷한 게 아니라, '보완이 되는' 성격이요!]
[!!!!]
[PD: 생각해 보세요, 다른 성격이어야 보완이 되는 거지!]
[류청우 : 맙소사.]

그리고 본인들이 또 낚였다는 걸 깨달은 멤버들 사이에서 잠시 소란이 있었으나, 곧 현실을 받아들이고 새 룸메이트와 인사를 나누었다. 웃음을 애써 참는 모습이 예능다웠다.
한 사람을 제외하고.

[이세진 : PD님? 저는요??]

[PD : 이세진 씨는… 단독 행동을 한 번쯤 경험해 보라는 의미로 독방 추천!]

[이세진 : 으아아!]

인싸 이세진의 엄살 가득한 고통이 큰 웃음을 주었다. 그리고 대학원생은 그 모습에 웃으면서도 어쩔 수 없이 다른 곳에 관심을 쏟았다.

'오, 좋다. 리더와 같은 방이네!'

바로 박문대의 룸메이트다.

[류청우, 박문대]

'괜찮은데?'

대학원생은 둘 다 잘 지낼 것 같다며 편하게 생각을 끝냈다. 물론 모두가 그랬던 것은 아니다.

-아ㅋㅋㅋ분위기 끝내주겠네

-집 들어가자마자 자기들끼리 바꿀 듯

이 새 룸메이트 배정 때문에 물밑에서는 몇 마디 말이 나오고 있었지만, 그건 어디까지나 물밑이었다. 〈아주사〉 새 시즌을 적으로 삼아 뭉친 팬덤은 아직 콩가루로 전락하지 않았으니까. 전반적인 반응은 대학원생처럼 매우 좋았다.

[반전 오졌던 테스타 좀비 탈출 (스포 포함)]

테스타의 공백기는 그렇게 하락세 없이 폼을 유지하고 있었다. 그리고 좋든 싫든, 물밑의 예측과 달리 이미 그들은 방을 바꿨다.

[큰세진 : 문대문대 나 심심해 독방 너무 슬프다 정말ㅠ]
'웃기는 놈.'
독방 걸리고 캐릭터 잘 뽑혔다며 은근히 좋아하던 놈이 혓바닥은 길어가지고.
[그럼 거실로 나와]
나는 빠르게 답장을 하고 화면을 끄려 했으나 놈이 먼저였다.
드르륵.
[큰세진 : ㄴㄴ 박문대가 놀러 와야 함ㅎ 정답 정해짐]
"……."
바쁘다 새끼야.
[운동 감]
나는 어깨를 으쓱하고 스마트폰 화면을 껐다. 거짓말은 아니었다. 진짜 나갈 생각이니까.
'몸을 더 만들어야 해.'
이번 공백기 자체 예능도 분위기 좋으니, 컴백까지 바짝 준비를 당겨야 했다.

'걱정되는 부분은… 없고.'

PPL을 줬던 연구소의 유형이 무슨 작은 저작권 논란에 휩싸이긴 했으나 우리랑 엮이진 않았으니 상관없다. 무슨 보드게임의 인성 분류법과 비슷하다던데, 이건 됐고. 오히려 신경 쓰이는 건 다른 부분이다.

"운동하러 가?"

이놈이랑 룸메이트라는 게 말이지.

"음, 예."

나는 류청우를 보고 고개를 끄덕였다. 전처럼 꺼려지진 않았으나, 아예 편하냐고 물어보면….

'좀 그렇지.'

사실 룸메이트 예능은 예능으로 두고 싹 바꿔 쓰자는 의견도 나오긴 했으나, 금방 스스로 철회했다. 위험 부담이 크니까. 들켜서 불화설 나오는 것보다야 좀 신경 쓰는 게 낫지 않은가. 그리고 이젠 불편한 건 아니니 지내다 보면 익숙해질 것이다.

나는 룸메이트에게 좀 더 협조적으로 대답하기로 마음먹었다. 평소엔 안 하던 별 의미 없는 설명을 덧붙여 볼까.

"그런데 갈 만한 곳이 드물어서 잠깐 고민 중입니다."

산책로를 가기엔 사람이 많고, 운동 시설을 가기에도 사람이 많을 것 같아서 말이다. 그냥 회사나 가야 하나 다시 고민에 빠지려던 순간이었다.

"아, 그럼 같이 가자. 마침 나도 운동 가려고 했는데."

"…?"

류청우가 빙긋 웃으며 책상에서 몸을 일으켰다.

"내가 자주 가는 곳이 있어."

…음, 갑자기 불길한 예감이 든다.

상황은 예상대로 흘러갔다. 다만 생각했던 것보다는 쾌적했다. 전직 국가대표가 자주 가는 곳이라고 하길래 지옥의 바위 타기 같은 걸 하게 될 줄 알았는데 말이다.

"여기 괜찮지?"

"예."

나는 발을 옮기며, 주변을 살폈다.

여긴 차로 한 시간 좀 안 되게 달려서 도착한 경기도 외곽의 등산로였다. 특별히 잘 정비되어 있는 느낌은 아니었으나, 경사가 가파르지 않고 걸을 만했다.

'…봐주는 건가.'

지난번 무인도 등산 때 이놈이 했던 말이 떠오른다.

—넌… 이미 후유증으로 체력이 떨어진 상태야. 예전이었으면 이 정도 등산은 그렇게 숨이 차지도 않았을걸.

여러 부분에 오류가 있는 추측이다만, 나는 굳이 반발하지 않고 이 상황을 받아들이기로 결론 내렸다.

'자존심보단 워라밸이지.'

다만 의아한 점이 있다.

"그런데 정말 사람이 별로 없네요."

지금 시야에 장년층 몇 명을 제외하고는 사람이 없다는 점이다. 아무리 평일 낮이라도 이 정도면 등산하는 사람이 제법 보일 만도 한데 말이다.

"아, 이 옆이 공사를 했었거든. 보여?"

류청우가 손으로 왼쪽의 작은 하천을 가리켰다. 그물과 공사 자재가 길을 따라 드문드문 놓여 있다.

"그래서 대부분 반대 방향으로 가시나 봐. 거기가 길도 더 잘 닦여 있다고 해."

"아."

"음, 애초에 동네 산이라 그렇게 사람이 많이 오는 것도 아니라더라. 약수터나 바위도 없어서."

"잘 아시네요."

"여기가 어릴 때 살던 곳이거든."

류청우가 멋쩍게 웃었다.

"다니던 양궁장이 이 근처라 이사 간 뒤에도 계속 왔었어."

"……"

후유증으로 제대로 쏘지도 못하는 놈이 굳이 단골 양궁장 근처를 왔던 건… 됐다. 저놈이 지금 동정받을 처지도 아니고. 나는 그냥 적당히 고개를 끄덕였다.

"시설이 괜찮은 곳이었나 봅니다."

"그것보단 뭐, 추억이지."

류청우는 잠깐 입을 다물었다가, 한 박자 늦게 다시 말을 이었다.

"다음에 애들이랑 와봐도 괜찮을 것 같아. 사장님이 친절하시거든."

이걸 딱 잘라 거절하면 사회성을 불구덩이에 처넣은 놈일 것이다.

"그러죠, 뭐."

"좋아."

류청우는 빙긋 웃었다.

"투어가 끝나니까 우리가 따로 나가서 놀 일이 없었는데, 잘됐다. 너희가 며칠 전에 나갈 때도 나는 스케줄이 있었고."

아. 그거 말이군. 나는 선아현의 생일 날짜에 맞춰 멤버 몇 명이 나갔던 것을 떠올렸다. 그때 류청우와 몇 명은 따로 스케줄이 있어서 못 갔던가.

"별거 안 했습니다. 사람이 많아서."

"하하, 그런 것치고는 인증 샷까지 남겼던데?"

"……."

나는 큰세진이 방탈출 후 남겼던 폴라로이드를 떠올리며 눈썹을 꿈틀거렸다.

–테스타 우정 포에버☆ 5/7
아현아 생일 축하한다!

그게 그렇게 바로 인터넷에 글이 올라올 줄… 몰랐다고 하면 거짓말이겠다만, 어쨌든 팬들은 좋아했으니 됐나.

"그거 남기고 바로 숙소 복귀했습니다. 사람이 몰려서요."

"그랬구나. 확실히 이 직업이 보람은 있는데, 그런 점이 힘든 것 같아. 외출이 곤란해진다는 거."

"그렇죠."

나는 길을 따라 가볍게 뛰다가 어깨를 으쓱했다.

"그런데 이거 안 했어도 형은 마찬가지였을 것 같은데요. 양궁 국대면 뭐."

"뭐? 하하!"

류청우는 제법 시간이 지난 후에야 웃음을 멈췄다.

"맞아. 그런 게 별로 적성에 맞진 않는데 말이야. 예체능은 어쩔 수 없나 봐."

류청우의 말투는 한탄이나 투덜거림이 아니라 시원하게 들렸다. 뭐, 성공의 증거기도 하니까.

'승자만 할 수 있는 고민이라 이거지.'

나와 류청우는 승자의 부작용 때문에 찾은 외곽의 등산로를 계속 달렸다.

그리고 잠시 후에야 뭔가 이상하다는 걸 알았다.

"후우."

올라갈수록 경사는 가팔라졌기 때문이다. 나는 몇 번 심호흡하다가, 꽤 키워둔 내 체력 바가 절반 이상 닳았다는 것을 깨달았다. 나 정도면 무조건 성인 남성 평균 이상일 텐데. 게다가 주변을 보니 아무래도 여기까지 올라가는 사람은 썩 없는 것 같다. …더군다나, 달려서 올라가는 건 우리뿐이다.

그리고 나는 그제야 깨달았다.

'속았다.'

평탄한 산책로부터 교묘히 각도가 가팔라져서 끓는 물에 잠긴 개구리처럼 계속 등산하게 만드는 거였군…. 평탄한 등산로는 배려가 아니라 미끼던 것이다. 나는 신음을 참았다.

하기야 류청우가 바보도 아니고, 내가 그렇게 운동하는 걸 봤는데 당연히 체력이 늘었다는 걸 알겠지.

'제대로 놀아났군….'

정상까진 안 봐도 꽤 시간이 걸릴 것 같았다. 그러나 군소리해도 사회적 지위만 상하고 하산은 못 할 것 같았기 때문에, 그냥 입 닥치고 발이나 옮기기로 했다. 못 할 정도는 아니니까.

'운동 한번 거하게 한다.'

나는 묵묵히 위를 쳐다보며 이동했다.

그렇게 얼마쯤 지났을까. 어깨를 툭툭 치는 손이 느껴졌다.

"문대야, 저기."

"후우, 뭘……."

아직 도착하려면 멀었는데.

나는 고개를 들어서 놈의 손을 따라 시선을 돌렸다.

"……."

시야에는 한낮의 도시가 펼쳐져 있었다. 구불거리는 산과 산성, 그리고 그 아래로 내려가는 하천과 빼곡한 건물 단지. 알록달록한 봄의 도시였다.

획. 바람이 불었다. 산 공기가 코를 휘몰고 간다.

보기 좋았다.

"괜찮지?"

류청우가 느긋하게 말했다.

"더 올라갈 건 없어. 여기까지가 제일 잘 보이더라. …양궁 그만두고 이쪽 일 준비하면서 매일 올랐는데, 그때 알았어."

"……."

나는 풍경을 보면서, 난간에 걸쳐 섰다.

'정상에 갈 생각이 아니었단 말이지.'

이거 참.

"어때? 좀 동기부여도 되고… 좋지 않아? 그냥 운동보다는. 나는 그랬거든."

"네. 됩니다."

나는 확답했다. 확보된 루트, 예상한 고난, 확실한 보상.

내 취향은 아니다만, 등산도 나쁘지 않은 취미일지도 모르겠다.

"음, 다행이네."

나는 놈과 그렇게 난간에 기대어서 산 아래를 천천히 내려다보았다. 그리고 충분히 시간이 지난 뒤에야 류청우는 입을 열었다.

"슬슬 내려갈까?"

"그러죠."

기분이 썩 상쾌했다. 나는 스트레칭을 하려다가, 결국 등산로를 봤을 때부터 떠오르던 말을 내놓았다.

"형."

"응?"

"다 좋은데, 저는 무산소 근육운동을 해야 했는데요."

"아."

등산로 보자마자 거절하면 안 믿고 분위기 X 될 것 같아서 말을 안 했을 뿐이다. 류청우는 멋쩍은 얼굴로 대답했다.

"오르막이니까… 근력을 쓰긴 했을 거야."

"……."

합리화 한번 전문적이군. 알겠다.

나는 하산하며 특별한 불만을 가지진 않았다. 그리고 류청우의 '가끔 뛰러 오자'는 말에 동의했다. 운동 강도도 적절하고, 룸메이트 된 김에 좀 해보는 것도 좋겠지.

그렇게 방 바꾸기 2주 후. 우리뿐만 아니라 새로 바뀐 방 주인들은 다 자신의 상황에 나름대로 적응했다.

"드실래요?"

"어, 그래."

가령 배세진은 의외로 거실에 침거하는 일이 줄어들었다. 이제 낮에만 차유진을 피해 나오는 정도다.

"밤에 좀 시끄럽긴 한데, 귀마개만 있으면 아무 문제없어!"

배세진이 화색이 되어서 말한 적이 있다. 의외로 차유진은 룸메이트의 개인주의적 성향을 잘 존중한다고.

'미국인이라 그런가.'

물론 그것도 한계가 있다.

"가끔 게임이나 뭐 동영상만 같이 봐주면 잘 때는 조용히…."

나는 담담히 현실을 알려주었다.

"그거 오래 못 가요."

"뭐?"

"말 거는 게 안 통하면 곧 어깨를 흔들 겁니다."

"……."

"야행성이 되신 걸 축하드립니다."

배세진은 멍한 얼굴로 자신의 방을 보았다.

그리고 나 홀로 독방이 걸린 놈은… 이 방 저 방 다니면서 잘살고 있다.

"이야, 문대 청우 형이랑 절친 다 됐네~ 내일도 운동 가는 거지?"

오늘은 이 방인가. 나는 류청우의 침대 위에서 스마트폰을 하는 큰세진에게 떨떠름하게 대답했다.

"뭐… 룸메이트니까 겸사겸사. 가고 싶으면 너도 가든가."

"에이~ 내가 그 정도로 눈치가 없진 않지! 운동 잘하셔요~"

"……."

큰세진은 굳이 다른 말을 더 붙이진 않았으나, 무슨 뜻인진 모를 수가 없었다.

'이 기회에 분위기를 아예 바꿔놓으라는 거지.'

그놈의 썸머 패키지 촬영 때 류청우에 대한 내 태도가 X 같았던 걸 아직도 되새김질하는 놈들이 있어서 말이다. 이번 룸메이트 배정 두고도 괜히 긁는 말 하는 것 같던데, 간신히 뭉쳐놓은 팬덤에 이런 불씨를 남겨둘 필요는 없다.

'그냥 봐도 편해 보여야 해.'

어차피 잘 지내야겠다고 생각한 마당에 동기부여까지 해주는 놈들이다. 나는 큰세진에게 손을 흔들고 씻으러 들어갔다.

그리고 그다음 날 등산로.

"오늘은 정상까지 오를래? 그냥 시험 삼아서."

류청우는 새로운 제안을 했다. 올라오는 동안 말이 없더니, 저걸 생각한 모양이지.

'하긴, 한 번쯤은 올라봐도 괜찮겠지.'

느긋하게 야외로 운동 올 수 있는 기간도 슬슬 끝을 보이고 있었다. 이젠 정말 컴백 준비에 다시 매진해야 할 구간이다. 나는 남은 체력을 계산해 본 뒤, 바로 고개를 끄덕였다.

"그러죠."

"좋아."

그리고 우리는 오후 4시. 어정쩡한 시간에 정상을 향해 걷기 시작했다. 경사가 더 가팔라져서 굳이 뛰진 않았기에 할 만했다.

그렇게 사십 분쯤 더 올랐을 때, 정상이 보였다.

"후."

그 위에는 아무도 없었다. 나와 류청우는 약간 더 속도를 내서 정상 표지까지 한 템포로 이동했다.

"후, 오랜만이네."

류청우는 표지 옆의 나무 울타리를 잡고 섰고, 나도 그 옆에서 서서

밑을 내려다보았다. 그리고 등산 첫날 류청우가 했던 말이 맞았다는 것을 확인했다.

"확실히, 거기가 더 잘 보이는 것 같긴, 합니다."

정상에서 보는 풍경은 중턱에서 봤던 것만큼 근사하진 않았다. 물론 높은 만큼 압도감은 있다만.

"그래."

류청우는 풍경을 보며 고개를 끄덕였다. 그리고 자신의 배낭에서 물을 꺼내서 마셨다. 나도 마찬가지로 내 것을 꺼내서 마시며 잠시 평화로운 침묵이 흘렀다.

음, 확실히 전보다 편해졌는데.

"……"

"문대야."

"예."

"뭐 좀 물어봐도 괜찮을까."

"예, 뭐. 하시죠."

나는 별 고민 없이 대답했다. 류청우는 풍경 쪽에 시선을 고정한 채로, 천천히 입을 열었다.

"사실… 네가 작년 추석 때 가족 비디오 보고 말했던 그 사람, 문중에 몇 번 더 물어봤었어."

"…!"

"그, '류건우' 씨."

물 마시다 사레들릴 뻔했다. 나는 얼른 물통을 내리고 가설을 세웠다. 설마 위치를 알았나?

"혹시 행방이…?"

"음, 아니. 미안하지만 그건 아니었어. 그냥… 그분의 과거사를 좀 듣게 됐을 뿐이야."

"……."

"본인을 제외한 모든 가족이 친가 쪽 여행에서 사고를 당하셨는데, 교통사고에 화재까지 겹쳤었나 봐."

류청우는 한 번 쉬더니, 인위적일 만큼 담담히 말을 이었다.

"그리고 그 전자가… 내가 후유증이 생기게 된 그 교통사고 같아."

X발. 나는 별로 달갑지 않은 화제에 다시 물이나 들이켰다. 문중 놈들은 행방을 모르겠으면 그냥 모르겠다고 하고 끝낼 것이지, 이런 걸 대체 왜… 돌겠네.

하지만 류청우의 말은 끝나지 않았다.

"그리고 문대야, 그거 알아?"

뭘.

"…너희 부모님, 교통사고가 아니야. 비행기 사고셨어."

"……."

뭐라고?

"사실 작년에 기사가 나가려다가 회사에서 막았어. 너한테 충격일 수 있으니까 나와만 잠깐 상의했고. 네가 퇴원한 지 얼마 안 됐을 때였거든."

나는 고개를 들었다.

"그런데 넌… 교통사고와 화재 상황에 트라우마가 있지. 비행기가 아니라."

류청우는 어느새 풍경에서 시선을 떼고 나를 쳐다보고 있었다.

"그건 네가 찾던 류건우의 이야기야."

"……"

"문대야. 넌 대체 누굴 찾는 거야?"

식은땀이 흘러내렸다.

아니, 등산하느라 흘린 땀인데 상황 때문에 서늘하게 느껴진 걸지도 모르겠다. 완전히 X 됐으니까.

'비행기 사고라고?'

처음 듣는 이야기다.

'정리… 정리부터.'

내가 박문대의 부모님이 돌아가신 사유에 대해서는 정확히 알아볼 방법이 전무했다. …이미 박문대는 원룸을 다 빼고 소지품까지 정리한 상태였으니까.

부모님 성함과 연령만 확인이 가능했는데, 혹시 몰라 거주 지역과 이름, 성으로 기사도 몇 번 검색을 돌려봤으나 아무 사고도 나오지 않았다.

'그렇다면 큰 화제가 되지는 않을 만한 흔한 사건….'

교통사고가 자연스럽게 연상되지 않나. 그러니 나도 누군가 그렇게 오해하는 것을 내버려 두었다.

가령 류청우.

─내가 교통사고 후유증 이야기 꺼낸 게… 배부른 소리 같았겠구나.

확률적으로 가능성이 크고 아니라고 해도 증명할 놈은 없을 거라 생각했으니까. 그러나 그 확률을 뚫고 완전히 새로운 사고가 원인으로 등장한 것이다.

그리고 나는… X발, 비행기 멀쩡하게 잘만 타고 다니고 스카이다이빙까지 했지.

"……."

망할.

나는 아직도 입에 물이 있다는 것을 깨닫고, 물을 삼켰다. 수통의 물은 거의 비었다. 손목에 찬 전자시계에서 소리가 들리는 것 같다.

내가 대답까지 지체 중인 시간이.

─똑딱.

'변명이… 합리적으로 쓸 만한 게, 없다.'

사실상 진퇴양난이다. 교통사고와 화재, 류청우 사고에 대한 과민반응까지 모든 게 너무 '류건우'의 스토리와 절묘하게 맞아떨어지니까. 그리고 어느 쪽이든 이미 사실로 확인한 내용을 아니라고 해봤자 안 통한다.

'지금 이놈도 거의 확신했어.'

저건 내 말과 행동, 박문대의 과거까지 앞뒤가 하나도 안 맞는다는 것을 다 파악하고 몇 번 되새김질해 본 뒤에 꺼낸 이야기다. 나는 천천히 수통을 닫으며 빠르게 머리를 굴렸다.

류건우와 박문대.

─똑딱.

"……."

그래. 최대한 현실적으로 가설을 세우면, 하나 끌어낼 게 있긴 한가.

'기억상실증에다 정신과 질병 하나 더 더하면 돼.'

바로 박문대가 류건우의 상황을 자신의 것으로 착각했다는 정신병리학적 설명. '류건우'에게 매우 큰 도움을 받아 감정적 교류가 많았기에, 기억을 되찾는 과정에서 혼동했다는 것이다.

'그런데… 이걸로 변명하는 순간 그대로 병원행 아니냐.'

활동 중단급이다. 이건… X발, 차라리 상태창 이야기를 하는 게 나을 수준이다.

'아니, 남한테 안 보이는 상태창 같은 게 있다는 설명을 하자고? 무슨 개소리야.'

이건 망상증 정도로만 오해받으면 다행일 거다.

'어느 쪽이든 정신과 엔딩만 보이는군.'

다 기각.

─똑딱.

이 와중에도 시간은 가고 있다.

류청우는 안 봐도 아직도 이쪽을 쳐다보고 있다. 시선이 느껴지는 게 무슨 카운트다운이 따로 없다.

'이 새끼 일부러 정상까지 데리고 왔구나.'

체력도 바닥났고, 다른 놈들도 없고, 상황을 무마할 다른 요소가 없는 데까지 몰아온 것이다. 그리고 지금 시간을 끄는 것도 한계가 있는데, 머릿속에 딱히 기가 막힌 대책은 안 떠오른다.

'X발, 떠오를 리가 있나.'

다 막혔구만.

―똑딱.

안 되겠다. 일단 지른다.

나는 '비행기 사고는 기억 안 났고, 그냥 폭발로 인한 불과 이동 중 사고라는 어렴풋한 이미지만 남아 오해를…'로 시작하는 얼토당토않은 개소리라도 해보려 입을 열려 했다.

그러나 다른 놈이 먼저 선수를 쳤다. ……당사자다.

"말하기 곤란하면 어쩔 수 없지."

"……!"

"내키면 말해줘."

류청우가 평온한 말투로 이렇게 말하더니, 자신의 수통을 가방에 넣은 것이다. 그리고 가볍게 등을 돌렸다.

"그럼 내려갈까?"

"……."

그걸로 끝이었다. 류청우는 천천히 걸음을 옮겼다.

나는 입을 닥치고 놈을 따라 산 아래로 걸어갔다.

그러나 긴장감은 여전했다. 답변이 딜레이됐을 뿐이라는 걸 알았으니까. 게다가 이제 바로 대답하지 못한 이유까지 생각해 내야 한다.

'미치겠네.'

그렇게 X나게 불편한 숙소 방 생활이 시작되었다.

그리고 며칠 후.

"너… 뭐 해?"

새벽 2시. 물을 마시러 나온 배세진이 거실 소파에 앉아 있는 나를 보고 넘어질 뻔한 뒤 꺼낸 소리다.

"잠이 안 와서요."

"그럼… 들어가서 누워 있으면 되잖아."

"별로 안 내킵니다."

배세진은 입을 떡 벌리고 나를 보았고, 나는 놈의 시선을 외면했다. 꼭 내가 자기랑 바통 터치한 꼴이니 기가 막히게 웃기긴 하겠군. 그러나 이 상황에 방에 들어가서 속 편하게 동시 취침할 만큼 신경 줄 굵은 놈이 있을지 궁금하다.

룸메이트에게 인생의 모순점을 오목조목 지적당한 뒤 답변까지 시간 말미를 받은 상황이라니. 그리고 며칠 동안 해당 화제를 언급도 안 하는 불길한 평온함이라니.

'무슨 태풍의 눈도 아니고.'

차라리 저 미친놈이 입만 열면 거짓말이라며 깽판 치는 쪽이 낫겠다. 대체 무슨 생각 중이지?

'망할.'

나는 한숨을 참으며 소파에 등을 기댔다. 그래도 거실에서 아예 자버리면 너무 티가 나니, 머리가 좀 더 식어서 둔해지면 들어갈 생각이었다.

'머리만 대면 잘 수준으로 시간 끄는 게 통하더라고.'

하지만 배세진은 좀 다른 생각을 한 것 같다. 놈이 오묘한 표정으로 내 꼴을 보더니, 뭔가 깨달은 얼굴로 바뀐 것이다. 그리고 약간 기대에 찬 얼굴로 물었다.

"박문대, 너 나랑 그… 방 바꿀래?"

야.

"아니, 내 방을 쓰기 싫다는 건 아니고 너 상태가 안 좋아 보이니까!"

"……."

속 보이는군.

나는 좀 고민하다가, 한숨을 참았다. 그리고 고개를 저었다.

"바꿀 생각은 없는데요."

"…그래?"

"예. 뭐, 있다 보면 괜찮아지겠죠."

괜찮아져야만 한다.

이 상태 그대로 서먹해진 다음에 컴백하고 컨텐츠 촬영하면 또 박살이다. 썸머 패키지의 악몽이 이렇게 빌드업되는 꼴일 뿐이지. 그러니까 해결을 보긴 해야 하는데…….

방법이 없다. 류청우가 납득할 만한 설명이.

나는 머리를 소파 위로 받쳤다. 입맛이 썼다. 배세진이 나온 목적대로 물을 한 잔 마시더니 슬그머니 옆으로 왔다.

"큼, 류청우… 괜찮은 애잖아."

"……예. 저도 알죠."

"어, 그렇지. 너도! 괜찮은 애고!"

"……."

누구 하나 깨겠다, 이놈아.

배세진은 귀가 벌게진 채로 볼륨을 낮추더니, 헛기침을 몇 번 한 후에야 좀 더 작은 목소리로 말했다.

"원래 서로 안 맞는 사람도 있지만… 너희는 별로 그런 건 아닌 것 같아서 하는 말이야."

"……."

"그냥 걔한테 불편한 점이 있으면 솔직하게 말해. 거실에 나와 있지 말고."

나는 약간 뜸을 들인 다음, 피식 웃었다.

"경험에서 나온 조언 같은데요."

"그래."

화들짝 놀랄 줄 알았는데, 배세진은 의외로 진중하게 고개를 끄덕였다.

"난 거실이 더 편해서 그런 건데, 넌 별로 거실이 편한 것 같지도 않아서."

"……."

"청우랑 잘 지내고 싶은 거잖아. 그러면 걔는… 좀 무던한 애니까, 그냥 말하면 들어."

미안하지만 반대 상황이다. 그놈이 나를 불편해하겠지.

나는 고개를 저었다. 이런 걸 말해봤자 이놈한테 이해하기 난감한 상황만 들이미는 꼴이다. 그냥 잘 말해서 돌려보내자.

"시도는 해보겠습니다. 도움 주서서 감사해요."

"흠, 뭐, 그랬다면 다행이지. 잘 자라."

"예. 형도 잘 주무세요."

배세진은 어깨를 쫙 편 채 방으로 걸어 들어갔다. 한 건 해결했다고 생각했나 보다.

'형 노릇 했다 이건가.'

그걸 보고 있으니 희한하게 마음이 좀 가벼워졌다. 나는 웃다가, 문 득 배세진이 말한 내용을 다시 떠올렸다.

'류청우는 그냥 말하면 듣는다… 라.'

"……."

나는 거실에 누워서 생각을 복기했다.

이번에는 '내가 해도 이상하지 않을 해명'을 찾는 데에 중점을 두지 않았다. 대신 초점을 맞춘 것은 '류청우가 무엇을 들으려 했던 건지'다. 놈이 이 질문을 하기까지 겪은 일련의 일들을 시간순으로 정렬해서, 틀을 맞춰본다.

"……."

그리고 몇 시간 뒤.

"후."

결론이 나왔다.

좀 웃기다만, 배세진의 형 노릇은 정말 통했다.

나는 그날 녹음 스케줄을 끝내고 돌아오는 차 안에서 류청우에게 제안을 하나 했다.

내가 한 제안은 간단했다.

—목요일 아침에 운동 어떠세요.
—아침에?
—예. 저희 그때만 시간이 되던데요.

이제 시간을 컴백 준비하는 것에 다 쓰느라 몸 관리는 주로 식단과
빠르고 격렬한 칼로리 소모성 루틴으로 돌아간다. 예상대로 느긋하게
운동할 시간은 없다는 뜻인데, 이 제안은 내가 일주일에 얼마 없는 식
사 겸 쉬는 시간을 운동에 써버리겠다는 의미지.
류청우는 좀 의아하다는 눈치였으나 곧 고개를 끄덕였다.

—그래, 괜찮지.

그리고 약속 시간이 되어 운동을 나온 지금, 놈은 약간 놀란 것 같
았다.
"여기로 괜찮겠어?"
"그럼요."
바로 지난 몇 주간 지겹게 왔던 그 등산로였기 때문이다.

"가시죠."

더 말할 시간 여유는 없었기에, 나는 곧바로 가볍게 뛰기 시작했다.

"훅."

이제 초여름에 가까워서 산은 더 더워졌다. 아침에 등산하는 사람은 있을 법했는데 날씨 덕에 인원이 빠지며 여전히 한산했다. 그래서 오히려 좋았다.

'엿들을 놈이 없을 테니까.'

내가 발을 멈춘 것은 사람이 거의 없어진 산 중턱이었다. 물론 발을 멈춘 게 인적이 없어졌기 때문만은 아니다.

"음?"

"말씀대로 정상까지 갈 필요는 없는 것 같아서요. 여기서 보는 게 가장 좋던데요."

"아, 그래?"

류청우는 좀 멋쩍어 보였으나, 곧 고개를 끄덕였다. 그리고 풍경으로 시선을 돌렸다.

"더 울창해졌네."

"그러게요."

나는 잠시 장단을 맞춰 절경에 시선을 준 다음, 숨을 골랐다.

그리고 시간을 쟀다.

'이쯤 왔으면 짐작했겠지.'

본인이 내게 질문했던 바로 그 루트로 오면서 마음의 준비를 할 시간을 줬으니까. 아니, 애초에 갑자기 내가 운동을 제안한 시점에서부터 짐작했을 것이다.

'본인이 지적한 모순점에 대한 해답.'

아니나 다를까, 류청우가 천천히 입을 열었다.

"···음, 하고 싶은 말이 생겼어?"

나는 고개를 저었다. 상황을 반전시킬 수 있을 만큼 정황에 딱 떨어지는 변명이 떠올라서 하고 싶은 말이 생긴 게 아니다. 내가 지난밤에 배세진의 말을 듣고 떠올린 건 다른 것이었다.

"하고 싶은 말은 없고··· 해야 할 말은 있습니다."

바로 당위성이다. 류청우에겐 이 의문에 대해 답변을 받을 만한 당위성이 있었다.

'이놈은 내가 부모님 사고가 생각나는 것 때문에 자기한테 지랄하는 거라 납득하고 넘어갔었어.'

이후로도 갑자기 기억이 났다며 '류건우'를 찾는 내 행동에 반발 없이 협조했다. 단순히 본인이 친척이라 알 수도 있다는 이유로 말이다. 그런데 내가 거기까지 오는 동안 했던 이유와 설명이 다 안 맞는 상황인 것이다.

'안 빡친 게 용할 지경이야.'

이놈은 뭘 캐낸 게 아니었다. 휘말리다 보니 기만적으로 보이는 모순점을 눈치챈 것뿐이지.

'솔직히, 여기서 적당한 변명 찾았어도 또 모순점이 나오는 순간 끝이고···.'

그쯤 되면 그룹이고 나발이고 눈이 뒤집어져서 날 손절해도 이상할 건 없다는 뜻이다.

심지어 이놈은··· 상황을 다 파악하고도 꽤 오랫동안 타이밍 잡을 때까지 입 다물고 기다렸다. 아마 내가 체력과 멘탈을 회복할 시기까지.

'굳이 정상에서 말했던 것도, 그냥 운동 좀 하며 리프레시한 뒤에 조용히 말해보자 이거였겠지….'

이건 악의도 참견도 아니었다. 그러니 최소한, 리셋이니 상태창이니 하는 비현실성을 제거한 진심만이라도 알려줘야겠다는… 결론이 나왔다는 것이다.

'그게 납득이 되냐는 별개겠다만.'

어차피 이래도 저래도 납득될 만한 설명은 없다. 그러니 사람이 X발 양심 있다면 이 정도는 해야겠지. 나는 한숨을 쉰 다음, 천천히 말했다.

"형."

"응."

"지금… 말과 상황이 안 맞아 보일 수 있다는 건 아는데요."

나는 반사적으로 주머니에 손을 넣었다가, 내가 더는 담배를 피우지 않는다는 것을 깨닫고 뺐다. 그리고 천천히 말했다.

"제가 거짓말을 한 적은 없습니다."

"……."

"뭘… 설명을 하려고 해도, 저도 별로 이해가 가는 상황이 아니라… 아, 정신적 문제 아닙니다. 절 다른 사람으로 착각했거나 동일시하는 건 아니고."

이 새끼는 까딱하면 가장 선량한 의도로 날 정신병원에 보내 버릴 새끼다. 나는 한숨을 참으며 목뒤를 쓸었다.

"그냥… 저는 저 그대로 행동한 겁니다."

류청우는 반박하지 않았다. 나는 말을 계속했다.

"저는 부모님의 사고 때문에 교통사고와 화재가 불편한 게 맞습니다. 물론 형은 썸머 패키지 때 제가 사실도 아닌 이유를 대고 지랄했다고 생각할 수도 있겠지만…."

"잠깐."

류청우가 좀 당황한 기색으로 말을 끊었다. 그리고 쓴웃음을 지었다.

"문대야. 좀 오해가 있는 것 같은데… 난 널 못 믿겠다거나 추궁하려는 게 아니야."

뭐?

"썸머 패키지 때? 누구든 그때 널 보면 절대 그 고통이 꾸며낸 거라고 할 순 없을 거야. 네가 거짓말을 했다고는 생각 안 해."

나는 멍하니 놈이 하는 소리를 들었다.

"그리고… 넌 네가 죽을 뻔하면서 내 목숨을 구해줬잖아. 그건 절대 변하지 않는 사실이야. 그렇지?"

그건….

"생명의 은인에게 말이 안 맞는다고 화낼 사람이 어딨겠어. 그런 걱정은 하지 마."

류청우는 천천히 말을 덧붙였다.

"내가 묻고 싶은 건 이거야. 문대야."

"……."

"지금 도움이 필요한 상황이야?"

가장 예상하지 못했던…… 아니, 예상과 정반대의 발언을 들었다.

'도움이 필요하냐고?'

그러니까 왜 사실관계가 하나도 안 맞는지 따지려는 게 아니라, 나한테 무슨 문제가 생긴 건지 걱정해서 물어보는….

'분위기 조성용인가.'

더 구체적인 해명을 듣기 위해 던지는 미끼 아닌가. 나는 류청우의 표정을 읽기 위해 고개를 들었다. 그리고 바로 이 발상을 철회했다. 류청우의 얼굴은 깨끗했다. 그래, 그럴 놈이 아니지.

진짜 도움을 주고 싶다고 꺼낸 말이란 거다.

"……후."

…얼떨떨했다.

이 상황에서 도움 이야기가 나올 줄은 몰랐는데. 아무래도 류청우는 교통사고 때 나에게 대단히 빚을 졌다는 생각을 지금까지도 계속하고 있던 모양이다.

'그 부분은 특별히 고려를 안 했군.'

그러고 보니 전에 내 입으로 '고마워하라'고 정리해 놓기까지 했다. 나는 무인도 조난 예능 당시, 부채감에 시달리는 것 같던 류청우에게 했던 말을 떠올렸다.

―그래요. 그럼 뭐, 제가 형 목숨 구해줬다고 치죠.

―…!

―앞으로도 많이 고마워하시면 됩니다. 필요하면 거침없이 부를 테니까 꼭 보답해 주시고.

류청우는 정말 그 말대로 행동한 것이다.

'…이때도 등산 중이었지.'

같은 상황에서 비슷한 말을 돌려받으니 좀 웃긴 일이었다.

"음."

나는 난간에 팔을 걸치고 쓴웃음을 지었다. 정리하고 보니… 더 묘한 기분이 든다. 의심 대신 도움의 손길이라.

'희한하네.'

떨떠름했다. 그러나 나쁘지 않았다.

나는 천천히 대답했다.

"일단… 감사합니다."

"……."

"그렇게 말씀해 주셔서요. 화낼 만한 상황인데."

"그건 아니야."

류청우는 단호하게 대답하더니, 본인도 난간에 팔을 대고 편히 기댔다.

"네가 거짓말을 한 것도 아니고 내가 피해를 입은 것도 아닌데 뭐 하러 화를 내."

"……."

내가 거짓말을 안 했다고 믿는 것 자체가 놀랍다는 건데.

나는 이상한 감상에 잠기려다가 얼른 빠져나왔다. 대답할 건 아직 남아 있으니까.

"그리고 제 상황은 뭐, 사실 저도 이해하거나 설명하기 어렵지만… 반드시 도움이 필요할 정도로 힘들진 않습니다."

나는 내 상황을 곱씹었다. 이 직업으로 성공도 했고, 상태이상도 없어졌고… 같이 사는 놈들도 다 괜찮은 녀석들이다.

괜찮게 살고 있다.

'아니, 과분할 정도지.'

리스크 감당이야 이 직업의 숙명이다. 그리고 돌연사에 비교하면 맥락이라도 있다.

"어려운 건 다 지나갔거든요. 이제는 그냥… 사서 고생하는 중입니다. 형이 말씀하신 그 모순점들이 대체 왜 생겼는지 알아내 보려고요."

그냥… 지금은 대체 왜 내가 이 몸에 들어와서 이 짓을 하고 있는 건지 알 수가 없으니, 진상을 알아야 했다. 원인을 모르면 언제 이 상황이 또 급변할지 모르니까.

류청우가 고개를 끄덕였다.

"거기에 '류건우' 행방이 필요한 거구나."

이런 눈치가 또 좋군.

"그렇죠. 그러니까 형은 이미 도와주시고 있는 겁니다."

류청우는 헛웃음을 지었다.

"알았어. 그 부분에 대해선 내가 할 수 있는 건 다 해볼 테니까 걱정하지 마. 다른 건 없고?"

"괜찮…."

아, 하나 있나.

"이번에 대상을 꼭 타야 하는데, 그건 협조 좀 해주시죠."

대상 타야 '박문대와 대화' 미션 보상을 받을 수 있거든.

"뭐?"

류청우는 이제야 한 대 얻어맞은 것 같은 표정이 되더니, 곧 편하게 웃었다.

"그건 우리 팀이 원래 목표로 해야 할 일이네."

"그러게요."

이 앞뒤 없는 소리에도 이유를 안 물어보는 건… 아마 농담 겸 대화를 궤도로 돌리기 위해 한 말이라고 착각한 탓도 있을 것이다. 그렇게 오해해도 딱히 설명할 말이 없긴 하다.

하지만 뭐라고 해야 하나… 그냥, 이렇게 대놓고 말하는 것 자체에서 묘한 해방감이 있었다. 어깨에 들어갔던 힘이 빠졌다.

"좋아. 더 열심히 할게."

"감사합니다."

나는 놈과 피식피식 웃다가 도로 풍경이나 쳐다보았다. 사람 없는 산중턱은 고요했다.

"좀 덥긴 한데 날씨 좋다."

"예."

쾌적함보다 더위가 더 컸지만 굳이 지적하진 않았다.

류청우는 이후로도 자세한 사정과 연유를 더 묻진 않았다. 다만 하산하면서 하나를 확인했을 뿐이다.

"류건우 씨 사정이 너랑 일치하는 건… 우연은 아니지?"

"…예."

"그래."

그게 전부였다. 그 말로 이 화제는 끝났다.

'안 답답하나.'

나 같으면 이해가 되든 안 되든 내가 알아서 판단할 테니 아는 걸 다 털라고 지랄을 했을 텐데, 놀라운 평정심이었다.

류청우는 그 대신 '지금은 아니라고 했지만, 앞으로도 도움 필요한 일 생기면 편하게 말해라'로 대화를 마무리했다. 심지어 그게 끝이 아니었다.

"문대야, 말 좀 편하게 할까?"

하산해서 숙소로 돌아가던 도중, 운전 중이던 류청우가 꺼낸 말이다.

"생각해 보니까 내가 아직도 선수촌에 있는 것도 아닌데, 너무 딱딱하게 예의 지키라고 했나 싶네."

"아뇨. 그러실 수 있죠."

큰일 날 소리를 하는군.

"아예 말 놓는 건 오히려 사람들한테 안 좋게 보였을걸요. 괜히 논란 생길 수도 있고요."

데뷔하자마자 그랬다간… 음, 박곰머 1위라고 리더 무시하냐면서 살벌하게 두들겨 맞았을 것이다.

그러나 류청우는 포기하지 않았다.

"음, 그런가. 그럼 이렇게 할까? 존대만 쓰고, 너무 격식은 차리지 말자. '요'만 붙여도 될 것 같아."

"……."

굳이? 그러나 왜 그런 말을 하는지 짐작 가는 구석이 있긴 했다. 나는 결국 피식 웃고 대답했다.

"그러든가요. 형."

"하하."

돌아가는 차 안에는 특별히 음악을 틀어놓진 않았지만, 정적이 신경 쓰이진 않았다. 그리고 나는 내 고민이 해결되었다는 걸 깨달았다.

'…썸머 패키지 논란이 재현되는 일은 없겠군.'

나는 그렇게 새 룸메이트에 적응했다.

…그러나 원래 고민 하나가 해결되면 다른 고민이 생기는 법이다.

류청우와의 대화 이후, 미친 듯이 **빡빡한** 컴백 준비 스케줄을 다시 소화하던 새벽.

[VTIC 신청려 선배님 : 운동 안 해요?]

뜬금없는 연락이 왔다.

'이놈은 왜 쓸데없이 문자질…'

[VTIC 신청려 선배님 : (강아지 사진)]

"……"

나는 눈에 익은 아파트의 산책로를 신나게 걷는 개 한 마리의 사진을 확인했다. 개도 눈에 익은 놈이다. 정확히는 새벽에 안개 속에서 조깅하다 만난 그놈.

'그러고 보니, 그 후로 한 번도 그쪽으론 산책을 안 나갔지.'

내가 말하고도 안 믿기는데 등산하느라 깜박했다. 나는 장식을 달지 않은 한 손으로 대충 답장을 입력했다.

[다른 운동으로 바꿨습니다]
[VTIC 신청려 선배님 : 그렇구나. 안 보여서 연락해 봤어요. 나도 오늘로 끝이라]

이제 이 새끼 만날 걱정 안 하고 새벽 산책을 재개할 수 있다는 뜻이군. 희소식이지만 컴백 준비라 바빠서 어차피 못 나갈… 잠깐, 이 새끼도 그쪽에 못 나온다는 거지? 그렇다는 건….
나는 몇 가지 가능성 중 가장 신경 쓰이는 것을 직구로 던졌다.

[컴백 준비하십니까?]

변화구가 돌아왔다.

[VTIC 신청려 선배님 : 앨범 준비는 언제나 하고 있죠^^]

'X발.'
이 새끼들 이제 컴백하네. 이렇게 말 돌리는 걸 보니 뻔하다.
'텀이 어떻게 되는 거지.'
나는 빠르게 머리를 굴렸다. 올해 우리가 1월. 이놈들이 2월에 컴백했었다. 지금이 5월 말인데… 그럼 이 새끼 뉘앙스 봐서는 VTIC이 6월쯤 컴백이란 뜻이다.

'그렇다면 4개월 텀이고… 저 체급에 리패키지를 내긴 딱이긴 하군.'

보통 리패키지를 내면 전 앨범에 비해서 판매량이 떨어지는 경향이 있다. 직전 정규 앨범에 한두 곡만 추가해서 나오는 앨범이라 구매 메리트도 적고 텀도 짧아서 소비자들이 돈을 많이 쓰긴 부담스러우니까.

하지만 4개월이면 충분하다.

'이 정도 텀이면 손해가 거의 없어.'

거의 신인의 일반 활동 수준 텀이고, VTIC 앨범 퀄리티가 워낙 정평나 있으니까 살 사람들은 다 살 것이다. 그리고 이렇게 짜놓은 건….

'연간 성적에서 손해 안 보겠다 이거야.'

안 아쉽다 싶은 마지노선이 3분기 초 컴백이니까 올해 초부터 계획하고 들어왔을 것이다. 반년 치 성적은 넣어야겠다는 거지.

동시에 이번 리패키지에 자신이 있다는 거다.

"……."

빡세겠군. 나는 쓴웃음을 지었다.

'우리랑 계획을 똑같이 잡았어.'

우리도 정확히 같은 이유로 올여름 컴백을 노리고 있으니까 말이다.

"문대 씨 지금 바로 샷 들어갈게요!"

"네."

나는 일단 스마트폰을 내려놓고 스탭을 따라갔다. 하지만 머리가 팽팽 돌아가고 있었다.

"앞에 살짝 비스듬하게… 네, 좋습니다."

그리고 앨범 컨셉 포토 촬영을 하면서 결론을 내렸다.

'이대로 달은 겹치지 말아라.'

우리도 마지노선이 7월이라서 말이다. 기왕이면 최소한 한 달씩 사이좋게 먹도록 6월에 예정대로 컴백해라.

하지만 얼마 후, 회사의 비상연락망으로 온 긴급 소식은 내 희망과는 정반대였다.

"…7월이라고요."

ㅡ예. 아…….

넘겨받은 류청우의 전화기 너머로 쌍욕을 참는 기획팀 직원의 씨근거림이 들렸다. 나는 한숨을 참았다.

내가 청려와 문자 했던 날 바로 이틀 뒤인 지금, 기사로 VTIC 7월 전격 컴백 소식이 쭉 깔렸다고 한다.

["KPOP 제왕" VTIC 7월 컴백... 앨범 예약 초읽기]

카더라도 없이 밀봉해 놨다가 터뜨린 것이다.

"……."

그래. 좀 좋게 생각해 주자면… 그래도 대충 한 달 반 이상 기간을 두고 일찍 터뜨린 것이기도 했다. 체급 되는 놈들 잡아먹히기 싫으면 알아서 피하라는 뜻이기도 하겠지.

'얼얼하네.'

우리 회사 밀봉 솜씨야 극악일 테니 테스타 컴백 스케줄은 이미 T1 쪽 통해서 다 빠져나간 상태일 텐데.

'그럼 정말 너희가 9월로 미루든 계급장 떼고 한번 붙든 하자 이건가?'

이런 위험한 짓을 청려가 한다고?

"저희가 7월 컴백인 걸 그쪽도 아는 상태죠?"

—…아뇨. 아마 6월로 알고 있을 것 같아요. 저희 처음에 기사가 그렇게 나갔으니까….

"……."

그렇군. 아무래도 T1에서 주식 관련 프레젠테이션 및 기사를 풀면서 테스타 활동 계획을 언급할 때, 당시 예정 월이던 6~7월 중 6월로 발표했던 것 같다.

'6월은 2분기라 PPT 구성할 때 체감이 달랐던 거야.'

흔히 써먹는 눈속임이었다. 그리고 VTIC 소속사인 LeTi 쪽에서 우리가 6월인 줄 알았다고 생각하고 잡았다면, 아마 VTIC 컴백은… 7월 말일 것이다.

더 안 좋다. 진짜 겹칠 수도 있다.

"일단 알겠습니다."

나는 차가운 머리로 전화를 끊고 류청우에게 반납했다. 어차피 지금 또 스케줄 이동 중이라 더 통화할 수도 없었다.

"형, 여기."

"그래."

그리고 이 말뜻이 뭐냐면, 멤버들이 내 옆에서 통화 내용을 같이 듣고 있다는 것이다.

"우리 VTIC 선배님들이랑 또 겹치는 거지?"

"어."

"후."

큰세진이 한숨을 쉬며 쓰게 웃었다. 다른 놈들도 긴장한 기색인데, 충분히 그럴 만했다. 데뷔 때 동시 발매했던 악몽의 재현이니까. 그때 어찌어찌 존버해서 1위를 하긴 했다만 마음고생 했던 걸 생각하면 사람이 보통 막막해지기 마련이다.

"Umm~ OK!"

아, 저놈 제외하고.

그리고 배세진은 도리어 답답하다는 투로 끼어들었다.

"그렇게 부담스러우면 좀 연기해도 되는 거 아니야? 8월 말도 괜찮잖아."

"그 정도까지 가면… 연말 성적에서 손해를 볼 것 같아서요."

3분기 초를 넘기면 연말의 음원 점수를 너무 손해 본다. 그러면 음반 대상만 주력으로 노릴 수 있는데, 그건… 이미 VTIC에게 밀린다.

"……."

결단이 필요했다.

"정리부터 할까요?"

"그러자."

"넵!"

자정 넘은 시간에 급하게 시작된 긴급회의였다. 큰세진은 회의실 한편의 화이트보드에 논제를 적기 시작했다.

[테스타 컴백 날짜]

바로 VTIC과 절묘하게 겹치게 생긴 컴백 예정이다. 원래 이런 건 소
속사가 알아서 정하고 이 정도 연차 아이돌에겐 권한 없는 게 보통이
긴 한데… 여러 사정을 거치며 정신 차리니 우리가 다 관여하고 있군.

뭐, 의도했던 바고, 이러는 편이 마음도 편하다. 남이 결정해 줬다가
우리 앨범이 망하면 미칠 노릇이 될 테니까.

"우선… 지금 저희 컴백 일자는 여기죠."

큰세진이 날짜로 긴 선을 그은 다음, 7월 눈금의 앞부분에 표기했다.
7월 5일 월요일. 기존 컴백 날짜로 잡았던 날이다.

"음악 방송에 일주일 치를, 7월 월간 차트에 한 달 성적을, 3분기 수
상에 7, 8, 9월 성적을 전부 넣을 수 있는 선택이었죠! 이야~ 누가 골
랐는지 보기 좋죠?"

회사고 멤버들이고 만장일치로 동의한 날짜였다. 나는 고개를 끄덕
였다.

"그리고 VTIC 쪽도 똑같이 생각했을 것 같은데."

"…!"

당연히 그러지 않겠는가. 굳이 7월이라면 가장 효율 좋은 선택을
했겠지.

선아현이 조심스럽게 입을 열었다.

"그, 그럼… 똑같은 날짜를 고르셨을까…?"

"아마 기준이 빌보드일 테니까 약간은 다를 거야."

빌보드에 풀 반영되는 요일은…. 큰세진이 이미 화이트보드에 적고

있다.

[VTIC 선배님 컴백 날짜]
[빌보드는 금요일!]

"금요일! 이러면 7월 2일 금요일이시겠네~"
"흠."
우리 컴백과 딱 3일 차이다.
7월 2일과 7월 5일. 큰세진이 날짜 선에 찍은 두 점은 더럽게 가까워 보였다. 여기저기서 다른 놈들이 진지한 얼굴로 화이트보드를 응시했다.
물론 한 놈은 빼고.
"문제 있어요? 우리 VTIC 선배님 만나기 싫어요?"
차유진이다. 물론 바로 다음 순간에 차유진을 일대일 마크하는 놈이 튀어나왔다.
"차유진, 그런 개인적인 문제가 아니야! 상대적 점유율로 계산되는 많은 평가항목에서 두 팀이 모두 손해를 보는 걸 말씀하시는 거야!"
김래빈이 이번 컴백 준비하면서야 깨달은 계산법을 의기양양하게 자랑한다.
'안 지 한 달도 안 된 걸 알차게 써먹는군.'
저 말을 이해하기 쉽게 정리하자면, 둘 다 아무리 많이 팔아봤자 같은 기간이니까 퍼센트로 보면 파이 하나를 나눠 먹게 된다는 거다. 임팩트도 단기 성적도 손해다.
하지만 차유진은 시큰둥했다.

"아니야! 우리 지난번에 1위 했어! 문제없어요. 우리는 우리 무대 하면 돼요!"

"지난번?"

"Our debut album!"

아, 그 몇 주 질질 끌어서 음원 존버로 1위 타냈던 데뷔 앨범.

사실 그건 VTIC이 투어로 빠진 빈집털이나 다름없는 거 아닌가. 타이밍도 기가 막히게 잘 풀린 거였다. 보통은 그렇게 안 흘러갔지. 비슷한 생각을 했는지 여기저기서 반박이 나온다.

"그건 운이 좋았던 거잖아."

"에이, 맞아요. 나오자마자 1위 한 게 아니니까 솔직히 좀 다르지~"

거기에 류청우가 부드럽게 차유진을 타이른다.

"래빈이 말은 굳이 너무 어려운 길을 갈 필요는 없다는 뜻일 거야. 선배님도 우리도 서로 불편하잖아."

이 정도면 내가 입 열 필요는 없겠군.

"우우······."

차유진은 마지못해 다수결 결과에 승복했다.

'그럼 차유진을 제외하면··· 다들 바꾸고 싶다는 건가.'

나는 면면을 둘러보다가 생각을 정리했다.

가능한 방법.

"우선 컴백을 앞당기는 건 힘듭니다. 뮤직비디오 일정도 있고요."

"맞아, 저희 티저도 따로 뽑잖아요. 아무리 당겨도 일주일 정도가 한계일 것 같은데요?"

그리고 그걸 당겨 봤자 음악 방송 한 주 챙기면 VTIC이 밀고 들어와서 끝이다.

"그래. 그러니까 주로 고려할 건 뒤로 미루는 건데…."

류청우가 신중히 말을 덧붙였다.

"회사에선 8월이나 9월을 말하시더라."

"으음."

연말까지 한 달 이상 손해 보는 건가.

안 그래도 VTIC을 성적으로 이기긴 힘들어서 연 단위로 보면 위험할 것 같은데, 당장 눈앞의 더 큰 리스크를 피한다는 측면에선 안정적인 선택이다. 최소한 음악 방송 1위는 2~3주쯤 챙길 수 있으니까.

하지만 나는 곤란했다.

'대상까지의 루트에 흠이 가는 선택은 피해야 하는데.'

여기서 음악 방송 1위보단 대상에 더 이득이 될 만한 날짜를 고르고 싶단 말이다. 하지만 이건… 확실한 대안이 있어야 발언할 수 있다.

'보통은 여기서 그냥 8월 고르고 끝낸다.'

나는 그쪽으로 대세가 굳기 전에 말을 꺼내기 위해 머리를 굴렸다.

그때였다.

"그런데 난 그렇게까지 미루고 싶진 않아."

"…!"

류청우가 먼저 입을 열었다.

"진짜요?"

"왜, 왜?"

"당장은 쉽게 음악방송 1위 하긴 좋겠지만, 길게 보면 우리가 계획했던 관점대로 가는 게 더 좋을 것 같아서."

놈은 시원하게 웃었다.

"올해 대상 도전해 봐야지."

설마.

'저거….'

"오오~ 형!"

"멋진 포부이십니다."

"저도 그거 좋아요!"

저런 발언을 별로 안 하는 놈이 지른 말이라 호응이 괜찮았다. 그리고 나는 놈과 눈이 마주친 뒤 확신했다. 류청우는 대상을 타야 한다는 내 말을 진지하게 받아들인 것이다.

'제대로 밀어주는군.'

좋아. 그럼 확실히 나도 말 꺼내기 수월하긴 했다.

"그럼 최대한 우리 기존 스케줄을 보전하는 방향으로 생각한다면… 예상 성적을 분석해 보죠."

나는 큰세진이 선점한 화이트보드 대신 종이 위에 펜으로 정리를 시작했다.

"일단 음반은 VTIC 선배님이 팀도 우리보다 짧고, 리패키지니 극적으로 상승하진 않을 겁니다."

연차도 연차라는 말은 굳이 안 붙여도 알았을 것이다.

"그러면 전작 기준 193만 장으로 잡아보자."

무시무시한 수치군.

"네. 그리고 우리는….

테스타 초동도 잘 잡으면 130만 정도까진 기대해 볼 수 있을 것이다.

사실 이것도 미친 판매량이다. 백만이 뉘 집 개 이름도 아니고.

그래도 어쩔 수 없는 격차가 있다.

"…130만 정도로 끊으면, 음반은 따라가기 어렵겠죠."

"음."

하지만 여기서 끝이 아니다.

"그런데 음원은 저희가 더 잘 나오는 편입니다."

"아, 맞아."

테스타가 다른 남자 아이돌보다 유리한 지점이었다. 대중성.

컨셉추얼한 컨셉을 고수하면서도 이지리스닝 곡을 꼭 두 번에 한 번은 발표하고, 잘나가는 단독 예능을 몇 번이나 잡은 덕이다.

'물론 스타트를 '아주사'로 끊은 덕이 크다는 것도 부정 못 하지.'

어쨌든, 그래서 음원은 장기 성적도 기대해 볼 만하다는 것이다.

"그러니까 다른 대형 가수가 안 붙는다면, 우리랑 VTIC 선배님들이 같이 나온 때 초동 빠지고 2주 차부터는…."

어, 잠깐. 이렇게 가면….

"…!"

"문대 왜?"

나는 내가 적어둔 내용을 쭉 훑었다. 그리고 깨달았다.

'그렇구나.'

데뷔 때 하도 동시 발매에 시달렸던 것에 매몰돼서 안 보였던 지점이 보였다.

지금 우리는… 데뷔를 하는 게 아니었다.

나는 거의 무의식중에 답을 뱉었다.

"VTIC 꼬리 물고 들어가죠."

"어, 어어?"

"딱 한 주만 미루면 됩니다. 그러면…."

배세진이 끼어들었다.

"잠깐, 그럼 우리 데뷔 때랑 똑같잖아."

그게 포인트다.

"아뇨. 사건은 똑같아도 상황이 달라졌죠."

나는 배세진 쪽으로 종이를 돌렸다.

"VTIC 초동 끝나고 2주 차 물량, 이제 이건 우리 초동이 무조건 이 겨요."

"…!"

"음원차트도… 일단 진입하고 안정되면 그래프가 비슷하게 빠질 겁니다. 어쩌면 우리가 약간 더 높게."

나는 종이에 비교를 적었다.

[음반]
VTIC (2주 차) 〈 테스타 (1주 차)
[음원]
VTIC (2주 차) ? 테스타 (1주 차)
(기존 그래프상 선전 예상)

그냥 봐도 음악 방송에선 이길 것 같다.

'이건 방송 점수로도 못 뒤집어.'

우린 월요일 날 컴백해서 그때부터 라디오 홍보를 때릴 거니까! SNS 언급량이나 뮤직비디오 조회수도 첫 주니 안 밀린다. 이젠 우리도 1군이거든.

"데뷔 때 구도가 그대로 재현되는데, 이번엔 우리가 첫 주는 무조건 먹고 들어가는 겁니다."

어마어마한 이미지 이득이다.

"그리고 3주 차부터 엎치락뒤치락해도 상관없습니다. 아니, 아예 밀리지만 않으면 무조건 이득이에요."

큰세진이 고개를 끄덕였다.

"음~ 우리가 이렇게 성장해서 이젠 VTIC 선배님과 붙어도 밀리지 않는다, 그렇게 보인다는 거지?"

"그렇지."

1월 영린과의 동시 발매에 이어서 체급 굳히기에 들어가는 것이다. 이번엔 아예 동종업계의 대상급이랑 동시 발매해서 비빌 수 있다는 거니까.

여기에 데뷔 때와 스토리적 비교까지 더해지면, 서사적으로도 좋아서 분명 화제성이 붙는다. 세대교체 신호탄이라고 SNS와 기사가 쏟아질 테지. 그걸 노리는 것이다.

'어차피 올해 음반에선 VTIC을 이기는 건 거의 불가능해. 음원에는 영린이 있고.'

그렇다면 애초에 밸런스가 장점인 우리가 도전해 볼 만한 대상 항목은 하나다.

[올해의 가수상]

올해 '대세'였던 가수라 시상식이 '여론상' 챙겨주는 그림으로 간다.
'음원, 음반 모두 성적이 최상위니 다른 말도 안 나올 거야.'
도박수였으나, 해볼 만한 일이었다.
"그런데 이렇게 하면 VTIC 팬분들은 진짜~ 싫어하실 텐데, 알지?"
"그, 그럴까?"
"아무래도 그렇지? 이용당하는 기분이 들 것 같잖아~"
그게 바로 감수해야 할 부분이었다.
이런 양강 구도의 화제성은 반드시 반발과 피로를 동반한다.
"으응, 패, 팬분들도 힘들어하실 것 같아…."
"음."
사실 성적이 내 예상대로 나오면 상관없을 것이다. 뽕맛이 피로보다
강할 테니까.
'팬덤 결합에도 좋지 않나?'
슬슬 〈아주사〉 새 시즌도 끝날 시점이었다. 다시 내부 분열이 날 타
이밍에 딱 VTIC을 외부의 적으로 지정해 주는 건 괜찮을 것 같은데.
그리고 생각이 여기까지 왔을 때, 예상 못 한 지원 사격이 들어왔다.
"우리가 잘하면 OK예요! 걱정 필요 없어요. 형, 우리 잘해요! 팬분
들 좋아해요!"
바로 차유진이다. 이놈은 일단 일정 안 미루고 빨리 활동할 수 있다
는 것에 무작정 오케이를 외치는 것 같긴 하다만….
"우리 어떻죠? 형, 우리 잘하죠?"

"으응. 우, 우리 잘하지…!"

"That's what I say!"

밀어붙이는 것에는 저만한 놈이 없긴 했다. 나는 차유진이 어느새 선아현을 찬성파로 못 박아버리는 광경을 구경하다가, 입을 열었다.

'아무리 그래도 저렇게는 안 되지.'

모두 생각해 본 다음에 동의해야 했다. 컴백한 이후에 괜히 분열 소지를 줄 순 없다.

"제 생각을 말한 거지만, 동의 안 하는 사람도 있을 거라 생각합니다. 각자 좀 생각해 본 다음에 거수해 보는 건 어떨까요."

"괜찮네."

나는 다수결 투표를 제안했고, 멤버들은 흔쾌히 동의했다.

그리고 잠시 후.

"……."

"오, 만장일치~"

놀랍게도 반대표 하나 없이 합의가 끝났다.

'이게 된다고?'

설득이 필요할 줄 알았는데.

그리고 반대 의견일 줄 알았던 놈들이 하나씩 입을 열어 이유를 피력한다.

"미, 미리 겁낼 필요는 없을 것 같아서… 팬분들께는, 우리가 잘하면 되는 게 맞는 것 같아…!"

"컨셉상 여름 끝에 나오면 이 곡의 매력을 완전히 보여 드릴 수 없을 것 같다는 결론에 도달했습니다. 문대 형, 탁월한 판단이십니다."

마지막은 배세진.

"…생각해 보니까, 다른 그룹이 나온다고 우리 일정을 미루는 건 싸우지도 않고 지는 것 같잖아."

"……."

그러냐.

배세진은 살짝 눈을 피했다. 류청우가 웃으며 말을 끝마쳤다.

"네 말 들어서 손해 봤던 적은 없으니까 그러는 거야."

"……."

이거 참, 나는 목뒤를 문지르다가 고개를 끄덕였다.

"그럼 이대로 가는 걸로 할까요."

"좋아!"

우리는 그렇게 컴백 날짜를 잠정 합의했다.

다만, 머릿속에 의문이 있긴 했다. 청려의 염색모와 비밀 엄수.

'대체 VTIC은 뭘 가지고 오는 거지?'

그리고 이건, 알고 싶지 않아도 곧 알게 될 것이었다. 바로 2주 후에 VTIC이 첫 번째 티저를 내놓았기 때문이다.

[7월 가요계 대격변… 초대형 남자 아이돌 그룹이 왕좌를 노린다.]

테스타까지 7월 컴백 소식을 밝히며 한 차례 SNS가 뒤집힌 6월 중순. 박문대와 이세진의 트윈 홈을 운영하는 직장인은 조사 겸, 가장 큰 경쟁 세력의 행적도 틈틈이 확인 중이었다.

-꾸역꾸역 같은 달에 기어들어오네ㅋㅋㅋㅋㅋㅋㅋ

-5년살이라 재계약까지 한 우리 애들 보고 돌아버린듯

'뻔하네.'

VTIC의 익명 팬사이트를 확인한 직장인은 피곤한 한 달이 되겠다고 혀를 찼다. 대체 왜 둘 다 7월에 못 나와서 안달일까? 무슨 대단한 서머 송을 준비하기에 다들 이러냐 말이다.

'어차피 팬덤 장산데 시즌송에 집착하는 이유를 모르겠네.'

좋은 건 스케줄 겹친 VTIC 데이터 팔아서 얻을 부수익뿐이라며, 직장인은 계산기나 두드리기로 했다. 이 회사고 저 회사고 감 다 떨어진 것 같았다. 아니, 티원은 원래 감이 없었고.

그리고 그날, VTIC의 티저가 떴다.

[VTIC – 'H.E.L.P' Official M/V Teaser]

"…!!"

직장인의 머릿속은 느낌표로 가득 차게 된다.

'이건….'

분명 여름 특수긴 했다. 다만, 노리는 키워드가 남달랐다.

브이틱의 티저는 불길한 사이렌 소리와 고풍스러운 네발 욕조로 시작했다.

위이이잉―

'음?'
티저를 보던 직장인이 어울리지 않는 조합이라며 의아해하는 것도 잠시. 사이렌 소리는 천천히 잦아들고 그 자리를 욕조에 떨어지는 물방울 소리가 채운다.
톡―
톡―
검은 욕조만이 존재하는 하얀 대리석 타일 속의 화면. 그 안에 사이렌이 사라지고 물방울 소리만 남은 순간.
달칵.
이미지가 지나간다.
빨간 촛불, 입가에 검지를 가져다 대는 묵언의 표시, 낡은 책, 바이러스 구조, 핏방울, 불길한 표식.

톡―

그리고 마지막은⋯ 욕조로 들어가는 남성의 발이다.

어마어마한 속도감과 상징성. 그 회상 같은 이미지 컷들이 끝나고, 짧게 정적과 검은 화면이 숨을 고르게 해주려나 싶은 찰나.

우아하고 부드러운 현악기 소리가 화면을 채운다.

[우- 우우우- 우우우우우]

허밍 같은 아카펠라. 동시에 화면에 불이 들어왔다.

방금 봤던 그 욕조의 컷이었으나….

"…!"

욕조는 어느새 반쯤 부서진 채 허공으로 솟아 있었다. 쥐어짜 내듯 몸체를 잡아챈 단단한 형체는 욕조를 올리고 있었다. 강렬히 조각된 검녹색 두족류의 여덟 촉수였다.

카메라가 위태로운 욕조 안을 비춘다.

그 속에 누워, 목까지 물에 잠겨 있는 인영이 있었다. 은발의 청려. 화면 불빛 탓인지 반사광이 녹색으로 보였다.

'염색??'

관람자가 더 생각을 진행하기도 전.

청려가 눈을 떴다.

[이해할 수 없는 건

잊어버려도 된다는

이해가 필요한 이 순간]

단조의 멜로디가 부드럽게 화면을 감싸며, 부서진 천장에서부터 욕조 위로 빛이 흘러 내려온다. 청려의 나른한 얼굴 위로도 빛이 쏟아진다.

'얼굴 봐라.'

약간 감동까지 느껴지는 컷에 직장인이 반사적 감탄을 느낄 무렵.

다른 세 멤버의 컷이 서서히 흘러가듯 화면에 등장했다.

[우- 우우우- 우우우우우]

거대한 스테인드글라스 앞에서 검지를 입가에 대고 있는 채율, 어두운 복도 위에서 촛불을 든 신오, 그리고 숲속에서 검은 로브를 머리 위로 쓰는 주단.

그리고 다시 돌아온 욕조 속 물에 잠긴 청려의 화면.

머리까지 물속에 잠기도록 눕는 우아한 컷과 속삭이는 저음으로 마지막 구절이 끝난다.

[Blow out the candle right]

팟.

텅 빈 욕조가 홀로 허공에서부터 떨어진다.

"...!"

옥죄고 지탱하던 두족류의 다리는 흔적도 없다. 바닥에 부딪혀 산산이 조각나기 직전.

그 순간에서 화면은 멈춘다. 그리고 불길한 검은 글자가 그 위에 새겨진다.

[He got a Permission to Explore my Land]

문장은 대문자 이니셜만 모여 재정렬하며, 타이틀이 된다.

[H. E. L. P.]

그리고 마지막 글자가 뒤집히는 순간.

[H. E. L. L.]

욕조가 박살 나는 소리가 검은 화면에 울렸다.
"……."
그렇게 영상은 끝났다.
"아."
직장인은 잠시 육성으로 반응하려다가, 의식적으로 멈췄다. 그러나 이미 뇌는 알고 있었다. 갱신되는 실시간 반응을 보면 모를 수가 없었다.

-OMG is it real?
-미미미미친 얘들아
-아니 무슨

-올해도 브이틱 다 해먹네

VTIC이 자신의 팬들이 환장할 컨셉만 싹싹 발라온 미친 타이틀을 들고 왔다는 걸. 심지어 여름에 딱 맞을 서늘한 호러 감각까지 곁들여서.

"…잘 벌겠네."

직장인은 견적을 내다가 현타가 왔다.

그리고 본인이 잡은 아이돌에게 묻고 싶어졌다. 상승세가 꺾일 만한 슬럼프 앨범이 지금 나오지만 말았으면 좋겠다고 생각하면서.

'너희 대체 왜 이 판국에 시즌송을 가지고 왔냐.'

"……."

나는 SNS를 훑었다.

-호흡곤란 올 뻔
-너무 좋아서 미칠 것 같아 착장 노래 컨셉 제발 이대로 가자
-티저 사기가 아닐 거라는 굳은 믿음 브이틱이 만듬 지켜줘야함
-이 연차면 관리 소홀 매너리즘에 쩌드는 거 아니냐? 어림도 없지ㅋ 아 브이틱은 프로 아이돌이라고~

VTIC 티저에 대한 반응들이다. 여론을 위해 무조건 좋다고 도배하는 게 아니라 진짜로 감격한 팬들이 신나서 달리는 중이라는 게 보인다.

"흠."

확실히 곡이 잘 빠지긴 했지. 호러 컨셉도 조악하지 않도록 극한까지 정제해서 두터운 레이어를 쌓아뒀다는 건 그냥 봐도 알겠다.

심지어 앞 앨범을 들었던 사람들이 보기엔 무슨 대단원처럼 보이게 해줘서 리패키지의 장점도 극한까지 살린 것 같다. 이 곡 덕에 앞 앨범의 컨셉이 완전히 뒤집혀서 새롭게 해석할 여지를 주는 것 같더라고.

무슨 20세기 코스믹 호러 컨셉이라던데, 1차원적인 납량 특집이 아니라는 점까지 잘 먹힌 모양이다.

-전 앨범 브로드웨이랑 시기가 딱 맞네 크툴룩ㅋㅋㅋㅋㅋㅋㅋ

-코스믹 호러 컨셉 10년 차 아이돌? 이런 거 2D에만 있는 거 아니었냐고

-해외팬들 미쳐 날뛰는 소리가 벌써 들림 걔들 이런 거 우리보다 좋아함ㅋㅋㅋㅋ

-오타쿠 같고 좋다 초심이 빛난다

여기에 안무 위주의 티저 2가 발표되는 순간, 여론이 한 번 더 상승 기류를 탔다.

'세련됐어.'

대중이 잘나가는 아이돌에게 기대할 만한 수요를 거의 모든 포인트에서 충족하고 있다. 적재적소에 들어가는 카메라 워크, 댄서를 이용한 강렬한 진형, 군무, 과하게 실험적이지 않은 의상. 극한까지 컨셉추얼한 첫 번째 티저를 중화하는 대중성이 보인다.

'보컬이 약할 줄 알았는데.'

이것도 음역대를 잘 조절해서 듣기 편한 수준으로 잘 뽑아냈다. 짬 그냥 먹은 게 아니라는 거지.

종합하자면… 팬들이 손뼉 치고 환호할 활동이다.

'요행은 없다 이거군.'

나는 피식 웃었다. 어차피 염색한 청려를 봤을 때부터 짐작했던 일이었다. 그래도 혹시 막 나가면서 감 떨어지진 않을까 했는데, 도리어 덜 신중해지면서 더 곡이 재밌어졌다.

'음.'

"문대야, 그만 보자~ 우리 거 보기도 바쁘다~"

"그래."

나는 말리는 소리에 순순히 스마트폰 화면을 돌렸다.

"굿!"

동발하는 놈들 거 계속 보고 있어 봤자 바꿀 수 있는 것도 아니고, 괜히 마음만 복잡해진다는 거겠지.

하지만 사실, 난 썩 초조하진 않다.

'안 겹쳐.'

후발주자가 되며 가장 경계했던 부분은 해소되었기 때문이다. 이놈들이 노린 컨셉 장르는 우리와 느낌이 완전히 다르다.

다만, 이것과 관련해서 조목조목 깊게 생각한 녀석도 있던 모양이다. 이날 스케줄이 끝나고 배세진이 이런 말을 꺼냈기 때문이다.

"저기, 이거 괜찮은 거 맞아?"

"예?"

"우리 티저 말하는 거야. 느낌이 좀…."

"아아."

티저만 두고 본다면… 무슨 말 하려는지 알겠다. 나는 고개를 끄덕였다.

"괜찮을 것 같은데요."

"…확신해?"

"예. 오히려 이득이 될걸요. 무슨 반응이든 결국 화제성이니까."

어차피 뒤집힐 여론이라면 판을 키워주는 빌드업일 뿐이다.

그리고 며칠 뒤, 우리의 첫 티저보다 이틀 먼저 VTIC의 뮤직비디오가 공개되었다.

VTIC의 뮤직비디오는 티저의 느낌을 극대화한 뒤, 약간 더 애처롭고 섹시한 느낌을 섞은 수작이었다.

불길한 오컬트 요소가 전작 앨범의 화려하고 느긋한 브로드웨이 장면을 오마주하며 소름 돋는 컷을 연출해 긴장감을 살렸다. 무엇보다 유치하거나 분위기를 깨는 부분 없이 근사했다.

-이런 건 문화유산으로 물려줘야됨

-이런 표현밖에 할 수 없어서 통탄스럽습니다 VTIC은 신이다

-다 늙어서 무리수 두긴ㅉㅉ

ㄴ아직 군대도 안 간 애들한테 늙었다는 당신은... 혹시 그들의 팬?ㅎㅎ

ㄴㅋㅋㅋㅋㅋ주어가 보이네요!

-이 연차에 견제당하는 게 진짜 대단함 대체 어디까지 클 생각인 거짐ㅋㅋㅋ

쏟아지는 리액션 비디오와 호평, 팬들의 만족까지.

처음에 '곡이 피로하도록 화려하다', '난해하다'던 반응들도 시간이 지날수록 뒤집혔다. 음원이 유지력이 좋았기 때문이다.

-머글도 붙었네 대중성 염불 이제 안 통해서 어떡해ㅠ

-남돌이 이런 곡으로 차트에 붙어 있는 거 진짜 브이틱만 할 수 있는 일임

ㄴ삐빅! 테스타 나오면 삭제할 댓글입니다

ㄴ네? 어떻게든 대중성 있어보이고 싶어서 앨범마다 이지리스닝 꾸역꾸역 밀어넣는 그 그룹이요?

ㄴㅋㅋㅋㅋㅋㅋㅋㅋㅋㅋㅋㅋㅋ

성적이 좋은 것은 부정적인 여론을 눈치 보게 만드는 힘이 있었다.

기대치를 배신하지 않다 못해 넘치도록 만족시켜 주는 VTIC다운 타이틀에 그들의 팬들은 테스타의 컴백 소식에 더 거부감을 느끼게 되었다. 그들이 이렇게 딱 붙어서 활동을 발표하지만 않았어도 VTIC의 활동을 걱정 없이 즐겼을 테니까.

-무례+멍청 콤보 미친다 진짜

-한 주 반짝 1위하고 사라질 거임 걱정ㄴㄴ

-전략이 눈에 보여서 역겨운 것 같음ㅇㅇ

그러나 일반 대중들은 재밌어했다. 최상위 체급 남자 아이돌의 대격돌! 누가 이기든 VS 붙여서 비교하고 평가하는 것은 너무 재밌지 않은가.

심지어 일부 발 빠른 기획사들은 인지도 부족한 아이돌의 컴백을 서둘렀다. 올해 음악 방송 시청률이 제일 높을 때는 필시 이때였으니까.

-테스타 티저 곧 나오겠지
-아 꿀잼ㅋㅋ
-브이틱에 묻혀서 나오는지도 모르는 거 아님?ㅋㅋㅋ
 └매일 이지랄 중인 걸 보면 그럴 일은 없을 듯
 └ㅋㅋㅋㅋㅋㅋㅅㅂ

그리고 드디어 테스타의 티저가 나왔을 때, 평소 티저 따위는 스킵했을 사람들까지 클릭하게 되었다. VTIC과 비교하고 싶으니까!

다만 이때, 사실 사람들은 VTIC에게 이미 판정승을 준 상태였기에 좀 더 박한 마음으로 영상을 클릭했다.

달칵!

[TeSTAR(테스타) '약속'(Promise) Official Concept Teaser]

그리고 실제로 애매한 반응이 흐르기 시작했다.

-???

-흠

영상은 심해를 헤엄쳐서 수면을 향해 올라가는 1인칭 시점의 짧은 탐험이었다.

느린 베이스와 메인 멜로디가 빠진 현악 반주가 울렸다. 영상이 어둡고, 잔잔하고 깊은 배경음이 깔리니⋯ 묘하게 VTIC의 티저와 유사해 보이기까지 했다.

-체험형 VR 겜 같은데여

-으음

-신기하네.

-브이틱 생각나는 건 나뿐?ㅋㅋ

그리고 약간의 시간이 흐른 뒤에는 대놓고 혹평으로 SNS와 커뮤니티가 뒤덮였다. VTIC과 비슷한 갈래 같았는데, 그만큼 인상적이진 않았으니까 더 가혹한 평가와 조롱을 쏟고 싶어진 것이다.

-매번 듣던 그거네 오타쿠 같고 무난한 거

-응 브이틱 하위호환 티저만 봐도 느껴짐

-얘네도 이제 정형화된 거지 하던 것만 하고 투어 도는 거 막을 수 없는 흐름임 준비해

-곡 좋을 것 같긴 해~ 근데 컨셉 느낌이 똑같아ㅠㅠ

-음 이래서 그룹 내 프로듀싱 멤 있는 거 별론데 이쯤 되면 감 떨어지더라 꼭..
아쉽

팬들이 얼어붙을 만큼 잔인한 평가들이었다. 그 사이에는 분명 작정한 VTIC의 팬들도 섞여 있었겠으나, 어쨌든 대세 여론은 분명했다.

-견제니까 너무 신경 쓰지 말고 가는 게 맞다ㅇㅇ
-이러고 까보면 뒤집히는 거 한두 번 경험하나 우린 그냥 할 일 하면 됨
-사서 걱정할 필요 없어 진짜ㅜㅜ 그럴 시간에 스밍 준비나 하자

신나서 '테스타는 이미 망했다' 같은 소리를 하는 익명 계정도 활개 치고 다니긴 했으나, 팬들 대다수는 묵묵히 다음 떡밥을 기다렸다. 그동안 쌓아온 신뢰가 있었기 때문이었다.
다른 건 몰라도, 테스타의 앨범 퀄리티가 별로였던 적은 없으니까!

그리고 일주일 뒤.
테스타의 진짜 뮤직비디오가 공개되었다.

-뮤비 뜸
-또 호러?ㅋ

다만 사람들의 예상은 보기 좋게 빗나갔다.
테스타 뮤직비디오의 썸네일은 푸른 파도가 치는 아름다운 하얀 모

래사장이었다. 전형적으로 밝은 여름의 시즌송 느낌이 물씬 났다.

-???
-존나 밝은데??ㅋㅋㅋㅋㅋ

티저 사기였다! 아니, 이 순간은 다들 티저 사기라고 생각했다.
사람들은 다소 어리둥절해하며 영상을 클릭했다.

뮤직비디오는 썸네일처럼 푸른 바다로 시작했다.
다만 시점이 달랐다. 바다 밖이 아니라 바다 안이다. 심해에서 올라
오던 티저로부터 이어지는 듯, 수면에 가까운 푸른 바다.
'아, 이래서 티저가…?'
사람들이 깨닫는 것도 잠시. 이윽고 빛이 반짝이는 수면으로 튀어나
온 시야가 밖으로 얼굴을 내민다.

[아현아!]

이름을 부르는 소리가 들렸다.
화면이 돌아가자, 저기 파도가 치는 모래사장에서 달려오는 사람이
보였다. 싱글벙글 웃고 있는 반팔 반바지 차림의 이세진이다.

[자!]

곧, 허리까지 잠기는 바닷속에 들어온 젖은 인영이 손을 내밀었다.

[…….]

화면 뒤에서 뻗어 나온 하얀 손이 그 손을 잡았다.

[Take your STAR
별이 쏟아지는 날
파도를 차고 달려
하늘로 Run and Fly]

맑은 고음역의 노랫말이 홀로 울린 뒤.
춤을 추듯 반주가 밀려 들어온다. 박수 소리 같은 하이햇과 경쾌한
드럼, 아코디언 전자음이 섞여 시원한 소리를 냈다. 그리고 컷이 바뀌
어 여름 한 철의 일상을 보내는 테스타가 나온다.
리드미컬한 차유진의 보컬이 치고 들어왔다.

[그래, 오늘이 좋겠어
햇빛이 얼굴을 붉혀도
바람이 식혀주니까
오늘 만나러 갈래]

사무실에 앉아 있는 박문대, 노트북을 들고 과제를 하는 김래빈, 서

빙 중인 차유진, 놀이공원 스탭인 이세진…. 한 컷씩 지나가는 멤버들
이 모여서 바다로 간다는 게 초반의 스토리였다.

클래식한 여름 노래 컨셉이었다.

'전형적이지만 먹히는 이유가 있지.'

초조하게 영상을 기다렸던 직장인 트윈 홈마는 클리셰에 약간 김이 빠
졌지만, 안도하기도 했다. VTIC과 직접 비교당할 일은 없어 보였으니까.

[맘은 바다처럼 밀려 와
추억이 모래처럼 쌓여 난
그걸로 좋아
Dip it in the Ocean]

영상에선 차례차례 여행길에 오른 테스타가 마지막으로 사무실의
박문대를 납치하듯 태웠다. 떨떠름한 것처럼 보이던 박문대가 희미한
미소를 짓고, 노란 버스가 바다를 향해 달렸다.

[Take your STAR
별이 쏟아지는 날
항해하는 하늘의 섬
우리는 Fly so far]

그리고 바닷가에 도착한 녀석들이 차에서 뛰쳐나와 선아현과 만나
며, 다시 후렴이 들어온다.

바닷가에서 맨발 청바지에 흰 티 차림으로 들어가는 포인트 안무. 시원하고 날렵한, 보기 좋은 락킹을 응용한 안무다. 편하게 듣기도 좋고 보기도 즐겁다.

'진짜 서머 송이네.'

보던 사람들은 다들 고개를 끄덕였다.

화면의 멤버들은 데뷔 당시 했던 익숙한 머리색이었다. 묘한 향수를 불러일으키는 그 선택들이 신나면서도 아련한 여름의 느낌을 살린다. 게다가 옷차림이 가볍고 바닷가 배경이라 섹시를 원하는 수요도 충분히 충족시킬 것 같았다….

'건강하고 청량한 섹시인가.'

이온 음료 광고 같다며, 직장인은 이번엔 좀 만족스럽게 고개를 끄덕였다.

그리고 화면 속에선 어느새 노을 지는 저녁이 찾아왔다. 멤버들의 안무 컷과, 바닷가에 앉아서 캠프파이어를 하는 컷이 교차한다.

[삶은 짧고 노래는 길어

서로를 비추는 mirror

속에서 난 다시 다짐해

오늘은 오늘로 좋다고]

듣기 좋은 랩 파트가 엇박으로 마무리되는 순간, 간주가 사라진다.

그리고 노래가 아닌 녹화된 화면의 소리가 스피커에 울린다.

[……]

불씨 튀는 소리. 바닷소리. 천이 스치는 소리.

캠프파이어에 둘러앉아 있던 테스타는 서로 피식피식 웃으며 시선을 주고받더니, 곧 힐긋 주위를 둘러보며 아무도 없다는 것을 확인한다.

그리고.

[이야아아~!]

[휘익!]

바다로 뛰어든다.

"…??"

좀 갑작스러울 정도로 적극적인 입수.

풍덩. 물보라 튀는 소리와 함께 웃음소리가 화면을 채운다.

'뭐야.'

인위적인 감동 신인가 싶어 직장인이 식으려던 무렵.

웃으며 헤엄치던 선아현이 배영을 하듯 눕는 순간, 물밑에서 연보랏빛 무언가가 물방울을 비산시킨다. 둘로 갈라진….

"…!!"

-???

-꼬리?

-뭐야

실시간 댓글이 넘실거리고, 직장인은 화면을 다시 보았다. 또 다른 빛깔의 곡선이 수면 위로 살짝 드러났다 사라진다….

인어?

"아."

어두워지는 바닷속에서, 비늘이 반짝이며 노을빛에 반사된다. 멤버들이 점점 더 깊은 바다로 들어갔다. 팔이 서로에게 물을 끼얹고, 수면 위 꼬리가 물을 튀긴다.

[하하!]

헐리우드 아동 영화보다는 독립영화 같은 필름 색감과 카메라 워크 탓에, 어쩐지 그 장면은 일종의 휴먼 다큐멘터리처럼 느껴졌다.

그리고 그들이 갑자기 바닷속으로 잠수하는 순간.

[우우웅─]

짧게 화면은 환상적으로 바뀐다.

빛나는 꼬리, 물속에 들어가는 어느 순간 변한 색색의 머리칼이 화면에서 번뜩이며 연달아 컷으로 교차했다. 투명한 바닷속에서 작은 물고기 떼와 해초가 지나간다. 바다의 황홀경이다.

철썩!

그리고 다시 물 밖.

현실로 돌아온 어두컴컴한 해수욕장의 바다를 배경으로, 다 젖은 멤버들이 웃으며 하늘을 가리킨다.

피잉—!

불꽃놀이가 터졌다.

노을이 다 진 남보랏빛 하늘로 터지는 노란 불꽃. 그리고 환호하는 바닷속 멤버들.

노래가 돌아온 것은 바로 그 타이밍이었다.

[별처럼 반짝이는 Mood

함께 가줘 약속해

Make you fly

수평선 너머 끝 섬까지

오늘이 반짝일 테야]

전보다 무대 의상다운 장식을 걸친 멤버들이 바닷가에서 마지막 후 렴을 화려한 군무로 채웠다. 로브의 천과 팔찌 장식들이 바닷가에 널 린 미니 전구 줄 조명에 반사되었다.

화려한 엔딩이었다.

[……]

뮤직비디오는 여름이 끝난 후, 선아현이 그들의 단체 사진을 하나 캐리어에 넣어 웃는 얼굴로 바닷가를 떠나는 것으로 마무리되었다.

그러나 직장인은 자리에 그대로 앉아 있었다.

"……."

직장인은 먼저 여러 가지 상황—VTIC과 성적 추이 비교, 팬들의 무대 반응 등—을 예상해 보려고 했으나, 본능이 이겼다. 그녀는 약간 얼빠진 심정으로 영상을 다시 돌렸다.

'뭐가… 복선이 많았던 것 같은데.'

반사적인 행동이었다.

그 와중에도 그녀의 SNS 타임라인은 무섭게 갱신되고 있었다.

테스타의 뮤직비디오는 티저 반응이 망했던 만큼 반사 이득을 보고 반동했다.

[청량 남돌 계보 다시 등장 응 테스타 말하는 거임]

[인어 컨셉 테스타 미쳤음]

[실시간 미친 듯이 뮤비 조회수 붙고 있는 아이돌]

[빛의 테스타 어둠의 브이틱 구도 성립ㄷㄷㄷ]

예상과 전혀 다른 컨셉인데, 그걸 한 번 더 꼬아서 마주친 기분 좋은 예외에 뮤직비디오를 본 사람들은 환호했다. '이 정도면 퀄리티가 VTIC에 안 밀린다'는 생각도 들고, 직접적으로 비교되기보단 대조되는 둘의 컨셉이 재밌었기 때문이다.

포지셔닝의 효과였다.

-아 올여름 케이팝 꿀잼이네ㅋㅋ
-잡덕에겐 최고의 시간
-이야 어떻게 둘 다 이렇게 곡을 잘 뽑았냐 K-팝 뽕 찬다
-이거 나중에 한 십 년은 추억팔이 할 수 있는 거 아니야?ㅋㅋㅋㅋ

그리고 팬들은 당장 뮤직비디오 떡밥을 소화하기 바빴다.

-복근... 이게 현실이라니
-아니 정말 여름 최고다 정말 내 인생 최고의 여름
-바다로 뛰어드는데 와 실루엣 와 어깨가 우와 (GIF 파일)
-애들 다 운동했나 봐 자신감이 넘쳐ㅋㅋㅋㅋㅋ
-예 압도적 감사입니다. 불만? 죽어라

영상미나 노출, 비주얼 요소도 미친 듯이 소비되었다. 하지만 그것에 더해서 스토리도 한몫했다. 마치 아주 거대한 설정의 핵심 한 컷만 보여준 것처럼, 자세히 뜯어보니 상당히 의미심장한 구석이 많았기 때문이다.

-아아아아아 그래서 티저가 그랬구나 인어 시점이라ㅠㅠㅠㅠ
　└헐
　└그렇네 인어가 심해에서 올라온 거 맞는 듯 아현이만 육지 생활 안 해보고
처음 나온 거였나 봐
　　└미쳤다 그래서 큰세가 마중 나온ㅋㅋㅋㅋㅋㅋㅋㅋㅋㅋㅋ 으아악 이 설정
변태들아!

　게다가 뮤직비디오 공개 다음 날 푼 테스타의 컨셉 포토들은 뮤직비
디오의 비하인드 스토리를 암시해서, 팬들을 더 흥분하게 만들었다.

-이번 컨포 애들 육지에서 직업같은데 아현이만 여행객이야 역시 회오리감
자님 가설이 맞는 듯(팝콘
-육지에서 사서로 일하는 인어? 완전 배세진과 찰떡 아닙니까 햄찌 합성을
멈추고 안경이나 보세요 (캡처)
-청우야 혹시 경찰 네가 직접 고른 거니? 정말 탁월한 선택이었어 고맙다...
-미친미친 이거 인어 컨포 맞잖아 손에 주얼리 장식 낀 이거 이렇게 보면 물
갈퀴 모양임ㅠㅠㅠㅠ (빨간 표시 선을 덧댄 컨셉 포토)

　팬들은 아쉬운 부분이 없었기에 과반수가 대만족 상태였다. 그리고
도저히 테스타가 일정을 미루지 못한 것도 이해했다.

-이건 무조건 한여름에 해야지

여름 인어 컨셉이니까!

물론 팬이 아니라면, 이런 요소들의 시작점인 뮤직비디오의 인어 컨셉 자체에 거부감을 보이는 사람도 상당수였다. 한 치만 잘못해도 유치하고 매니악해질 감성이었기 때문이다.

그리고 아무리 컨텐츠를 완벽히 뽑아내도 '한 치'의 기준은 각자 달랐기에, 약간의 호불호는 감수할 수밖에 없었다. 특히 테스타 같이 가장 큰 경쟁자와 동시에 발매한 상황에서는 말이다.

VTIC의 세련된 호러와 비교하자면 테스타의 인어가 날것처럼 느껴진다며, 일부러 분탕을 치는 사람이 시간마다 나왔다.

-아 진짜 너무 나갔네

-남자 인어 안사요

-촬영하면서 현타오지게 왔을 듯 흑역사 갱신 아니냐고ㅋㅋㅋㅋㅋㅋ

-인어 등장하는 순간 피 식는 느낌

-해외고 국내고 반응 개좋은데 여기만 찐따처럼 이러고 있구나 어휴

하루에도 몇 번씩 '인어 컨셉'에 대해 호불호 싸움이 붙었다. 하지만 사실 성적과는 별 상관없는 일이었다. 어차피 일반 대중은 뮤직비디오보다는 노래 한 번, 무대 한 번 접하는 경우가 더 많았으니까.

그리고 테스타의 이번 곡은 누가 들어도 상쾌한 이지리스닝에, 안무도 과하지 않게 따라 하고 싶어지는 경쾌함으로 무장했다.

'깊게 파면 매니악하게, 옅게 즐기면 대중적이게.'

어떻게든 양쪽 장점을 다 극대화시켜 보겠다는 철저한 계산식에 의해 완성된 구조였다. 그리고 이 계산식에 실수가 없었는지, 테스타는 쭉쭉 성적을 뽑았다.

-와우 딱 반나절만에 50만장 나감ㅋㅋㅋㅋ 자체 기록 ㅊㅋㅊㅋ
-24hits 진입 72위... VTIC이랑 거의 비슷함 설마 국내 팬덤 따라잡았나?ㄷㄷㄷ
-테스타가 음원 유지력은 더 좋지? 금방 치고 올라와서 역전하겠네
  └닥쳐 조용히 해
  └티카 발작하네ㅋㅋㅋ
  └응 러뷰어임 니들 까질에 우리 애들 이용하지마라

혼란과 흥분이 뒤섞여 관련 인터넷 사이트와 SNS들은 투기장이나 다름없었다.
그리고 목요일. 첫 음악 방송 날 전에는 이미 테스타가 음원 차트에서 VTIC을 몇 계단 뒤에서 쫓아오고 있었다.

-음방 나오면 진짜 뒤집힐 수도 있겠다
-비교되고 나락 갈 수도 있지 않아?ㅠ 어느 쪽이든 존잼
-브이틱 초동이 200만장이던데 이런 넘사벽이 뒤집히면 넘 억울할 듯ㅠ 둘이 기싸움 오지겠지?ㅋ
-이 천박한 새끼들 신경 쓰지 말고 두 그룹 모두 승승장구했으면 좋겠습니

다 울나라 아이돌 파이팅

둘 모두에게 희소식은 장르가 겹치지 않았기에 둘 중 하나가 비교우
위로 대중에게 선택되는 일은 거의 없었다는 점이다. 둘은 서로의 파
이를 대놓고 뺏지 않고 겉으로는 둘 다 승자처럼 여유롭게, 물밑에선
서로 견제하며 치열히 성적을 쌓아갔다.

물론 VTIC은 첫 주 성적부터 말도 안 되게 좋았으나, 테스타의 기세
가 워낙 좋고 도전자에게 주어지는 이미지 어드밴티지로 구도는 슬쩍
굳어졌다.

-테스타 바로 티넷 음방 나오지?

-이번 주부터 둘 활동 겹치네요

-얘들아 팝콘 챙겨라

-전 둘 다 좋은 사람♡ 본방사수해야징

그리고 마침내 둘이 함께 출연하는 첫 번째 음악 프로그램 생방송
이 시작되었다.

Tnet의 음악 방송인 MusicBOMB의 생방송 전 대기실 안.

"문대도 뭐 좀 마실래?"

"물 좀."

나는 자청해서 음료 배부 중인 큰세진에게서 물을 넘겨받으며 모니터링을 계속했다. 아직 여유 시간이 괜찮았으니까.

'우선 음반.'

음반 추세는 예상대로… 아니, 예상보다 좀 더 인플레이션이 심하다. VTIC과 테스타 둘 다.

'경쟁 심리인가.'

[테스타(TeSTAR) "The Ocean of Wonder" - 1,317,215]

130만 장을 벌써 넘기다니. 나는 나흘 만에 예상 수치를 넘긴 앨범 판매량을 떨떠름하게 보다가, VTIC의 첫 주 판매량을 떠올리고 잠시 생각을 멈췄다.

"……."

리패키지 앨범에서 초동 200만 장을 넘기는 미친놈들이 나와?

'어지간히 해먹네.'

이 판국에 이놈들과 비등비등해 보이기 위해선 더 신중하게 수를 확인해야 했다. 나는 음원 차트를 확인했다.

[7위 H.E.L.P. / VTIC]
[9위 약속 (Promise) / 테스타]

일간 순위를 바짝 쫓아가는 중이다. 이미 24Hit은 엎치락뒤치락 중이고, 얼마 후면 뒤집힐 확률이 높다. 이번 곡 반응이 예상대로 좋았기 때문이다.

이지리스닝에, 계절감도 좋으니 기존에 테스타 곡을 듣던 사람들은 곧장 플레이리스트에 추가한 것 같았다.

'드라이브하면서 듣기 좋지.'

그리고 새 리스너를 끌어들일 만한 화제성이 괜찮았다. VTIC과 동시 발매하며 얻은 관심도 있지만….

"확실히 여기서는 아현이가 제일 잘 어울리는 것 같아."

"그렇죠? 아현이면 진짜 인어 꼬리 달고 나왔어도 어울릴 것 같긴 해요~"

"꼬리 충분해요! 우리 그거 안 해요!"

"야, 유진이 네 꼬리는 뮤비에 등장도 안 했다~"

"하하."

음. 저 덕도 분명 있다. 대폭발한 인어 컨셉 어그로 말이다.

'말만 들어서는 일단 좀 경악스럽지….'

기존 팬들이야 워낙 우리가 어떤 식으로 영상을 만드는지 익숙해져 있다만, 그냥 들었을 때는 '뮤직비디오에 인어 분장하고 나온다!'가 어떻게 들릴지 대충 짐작은 갔다.

'아동용 애니메이션 아니면 B급 영화야.'

일단 그… 통상적인 CG를 생각하면 대충 각이 나오지 않는가.

-테스타 인어 컨셉 개오진다

└인어? 그 바다 사는 인어? 제가 잘못 들었나요

하지만 막상 그 어그로에 끌려서 뮤직비디오를 클릭하면, 인어는 한참 뒤에나 잠깐 등장할 뿐이다. 그것도 CG가 아니라 실제로 만든 애니매트로닉스 꼬리들을 끝부분만 따로따로 컷 신 중간에 삽입해서 마치 멤버들의 것처럼 보이게 만든 정도다.

해가 지는 바닷가에서 물놀이하는 반팔 차림의 놈들이 인어 컨셉이라는 걸 납득할 수 있을 정도로만 적절히.

'굳이 따지자면… 예술 영화에 더 가까운 감성이지.'

진짜 상체 탈의한 테스타가 반짝이 뿌리며 CG 꼬리를 단 게 전신으로 나올 것이라 기대하고 클릭한 사람들은 낚인 것이나 다름없었다.

-?? 뭐임 생각보다 너무 좋은데
-걍 잘 만든 갬성뮤비 그런데 자본을 왕창 끼얹은
-저 꼬리지느러미가 인어라는 뜻이야? 아 이해함ㅇㅋ
-상탈은… 청우만 했구나 그래 알겠어.. 실루엣으로 만족할 수 있음

어그로에 끌린 사람들이 의외로 좋다며 혼란에 차서 나가는 걸 보는 건 좋은 인터넷 이야깃거리가 되었다. 덕분에 뮤직비디오 조회수가 쭉쭉 올라가더라. 그리고 곡이 좋다고 입소문이 나며 음원에도 큰 도움을 주고 있다.

'물론… 그래도 호불호는 피하기 힘들다만.'

-인어 너무 좋아ㅜ 최고의 컨셉
 └그건 아님

-빼고 다시 내줘 ㅅㅂ 인어는 진짜 아니다..

└그럼 무대나 보세요

└죄송한데 무대에서 인어 나올까 봐 무서워서 쓰는 거임 제발 이걸 봐줘 티원 놈들아

이런 사람부터 진짜 인어 분장을 기대했던 사람이 아쉬워하는 것까지 각종 반응이 소용돌이치고 있긴 했지만, 어쨌든 과반수가 좋다면 성공이다. 오히려 노이즈 마케팅이 된다.

'이 정돈 감안했고.'

몇 년 뒤 돌아봤을 때 흑역사가 될 만큼 뮤직비디오가 조악하지도 않으니 후회할 것도 아니다. 사실 인어는 암시로만 주는 것도 생각해 봤지만… 그럼 어그로가 부족할 것 같았거든.

'임팩트가 필요했어.'

무난하게 여행 컨셉으로만 갔다가는 절대 VTIC과 양강 구도는 못 만들었을 테니까.

언급량이 달라지는 것이다.

'이미지는 결국 기세 싸움이야.'

대중성의 테스타, 팬덤의 VTIC 구도로 잡기엔 우리 쪽이 영린 수준으로 대중성이 있는 것도 아니어서 애매했다. 게다가 이번에 VTIC이 잡은 컨셉은 해외에선 심지어 더 잘 먹히고 있었거든.

나는 방금, 놈들과 복도에서 조우했을 때를 떠올렸다.

─안녕하세요, 테스타 후배님들!

-실제로 보는 건 오랜만이네요~

VTIC 놈들은 속이야 어쨌든 싱글벙글 웃으며 인사와 안부를 물었고, 우리는 적당히 화목한 대화를 나누었다. 오가는 스탭과 출연 가수들이 많아서 화목할 수밖에 없기도 했지.

그리고 우리 쪽에서 건넨 덕담 중에는 이게 있었다.

-빌보드 앨범차트 2위 정말 축하드립니다, 선배님들~! 존경합니다!
-아하하, 고마워요!

이놈들은 본인들의 순위를 새로 갱신하면서 빌보드 차트에 진입한 것이다.

알고 보니 저 괴상한 코스믹 호러 컨셉이 외국에선 제법 전통과 규모 있는 잘 알려진 세계관이라고 한다. 덕분에 그쪽으로도 팬덤이 훅붙으며 미국 스케줄이 꽉 잡힌 듯하다. 노린 거겠지.

'이게 언론에 쫙 깔리면 국위 선양 문제로 확 밀릴 수도 있는데…'

그 전에 인어 어그로로 트렌드적 핫함이라도 확보해서 다행일 뿐이다. 나는 어깨를 으쓱하며, 회상을 그만두었다.

결론이 뻔했기 때문이다.

'결국 무대를 잘해야겠군.'

지금의 관심을 무대로 한 번 더 상승시켜 줘야 한다. 그래야 이 팽팽한 구도를 계속 유지할 수 있다.

나는 스마트폰을 내렸다. 차유진에 대한 김래빈의 성토를 받아주던 류청우가 고개를 돌리고 물었다.

"스트레칭하게?"

"네."

곧 생방송 무대 시간이었다.

테스타의 순서는 뒤에서 세 번째. 우리 다음은 연차가 꽤 된 여자 그룹이고… 마지막은 당연히 VTIC이다.

와아아아!!

아마 양쪽 모두 직접적인 비교를 피하게 해주려고 이렇게 배치한 의도도 있는 것 같긴 한데, 어차피 공연장을 공유하다 보니 큰 의미는 없다.

'많네.'

나는 거의 양분된 VTIC과 테스타의 팬들이 무대 아래 서 있는 것을 보며 대형을 맞췄다. 생방송 무대 중 사전녹화한 부분은 안 서거나 적당히 구색만 맞추는 경우도 많지만, 관객이 집중해서 그런지 결국 열심히 하게 된단 말이지.

'이것도 직캠이 찍혀서 돌아다니기도 하고.'

무대에 올라온 우리는 손을 흔들다가, 대형을 잡았다.

처음은 라틴팝에 가까운, 의자를 이용한 퍼포먼스형 서브곡.

[Como tu dulce y amargo café
나의 그대]

차유진이 후렴의 스페인어를 맡아서 현란하게 안무와 보컬을 뺀다.

'늘었어.'

저거 노래가 더 늘었다. 상태창을 확인할까 하는 생각이 짧게 스쳤으나 무대 위라는 것을 깨닫는 순간 사라졌다.

[뜨거운 공기 속 Charm
연기처럼 피는 네 맘]

나는 2절 도입의 멜로디 파트를 불렀다. 스텝을 돌리며 뛰어오르는 안무를 소화한 뒤 옆으로 미끄러져 의자를 잡고 대형을 바꾼다.

그리고 김래빈이 단독으로 의자에 앉아 싱잉 랩. 그 후 들어가는 2절 후렴과 마지막 클라이맥스까지 무사히 클리어.

아드레날린이 치솟는다.

"후우."

아아아아악!!

반응도 좋고.

'아무래도 퍼포먼스 난이도는 이쪽에도 힘줬으니까.'

나는 바로 이어질 타이틀을 준비하며, 간주 직전에 발을 내려다보았다. 그리고 나도 모르게 피식 웃었다.

좀 재밌는 부분이 있다. 현재 의상이 다소 끈적한 서브곡을 하긴 언밸런스했다는 점이다. 생방송으로 나갈 타이틀에 맞춰 입은 옷이니까.

[Take your STAR
별이 쏟아지는 날]

모두 청바지에 흰 티 차림이거든.

'좋아!'

박문대의 첫 번째 홈마는 테스타의 첫 방송 의상을 보고서 자기도 모르게 승리의 주먹을 쥐었다. 자신이 뮤직비디오에서 가장 마음에 들어 했던 의상이 첫 타자라 어쩔 수 없었다.

'저걸 싫어하면 눈이 없는 거지.'

청바지에 하얀 티셔츠라니, 몸만 좋다면 나쁠 수가 없지 않은가! 이번에 작정하고 운동한 건지 다들 가벼운 천에도 핏이 확실했다. 그녀는 거의 본능적으로 클립을 딸 준비를 했다.

동시에 저절로 앞으로의 후보 의상이 머릿속에서 넘어갔다. 아마도 첫 주는 뮤직비디오 의상들로 밀 생각이겠지. 직업 의상과 피서용 의상, 로브 걸친 비치 의상….

'…거기에 인어 느낌 의상도 한 번쯤은?'

다만 뮤직비디오에 등장한 적도 없는 의상이며, 인어는 작중 스토리 컨셉으로만 있기에 그녀는 빠르게 예상을 버렸다.

'첫방 초이스를 보니 실험적인 것 없이 쭉 예쁘게 밀 생각인가 본데, 제발 끝까지 그 기조로 가자, 엇.'

무대가 시작한다!

그녀는 당장 머릿속을 정리해 버리곤 눈앞 화면 속 무대에 온 신경을 집중했다. 푸른 하늘과 하얀 모래사장을 띄운 청량한 배경.

그리고 펼쳐지는 무대는….

보고 듣는 재미를 극도로 순수하게 뽑아낸 정수 같았다.

[항해하는 하늘의 섬
우리는 Fly so far]

그 안무엔 걷는 동선이 없었다.

모든 스텝에 미끄러지든 뛰든 튕기든 반드시 시선과 리듬을 잡을 요소를 넣었다. 게다가 파트에 따라 안무의 장르가 툭툭 바뀌며 딱 맞는 인상적 동작으로 이목을 끈다.

가령 이세진의 브릿지는 탱고를 응용한 다리를 차는 동작이 나오고, 차유진의 후렴에선 락킹이 튀어나온다. 그 와중에 여백은 오로지 속도감의 차이로만 만들었다. 누구 하나 쉬는 구간이 없다.

지루할 틈이 없게 사람이 넋 놓고 보도록 만든단 뜻이다.

[Make you fly!]

"박문대!!"

거기에 청량 시원한 라이브가 곁들여지자 얼음 띄운 탄산음료를 마시는 것 같은 쾌감이 있었다. 그 와중에 'Take your STAR' 할 때, 제스처와 시선을 오묘히 쓰는 포인트 안무는 무슨 스티커처럼 곡에 착 달라붙었다. 극도로 캐치했다.

'안무 덕에 곡이 더 잘 들리는 것 같은데?'

따라 하고 싶을 만한 안무로만 시안 짜깁기하느라 거의 싸울 뻔했던 이세진과 차유진이 들었다면 감동했을 생각이었다. 그러나 화면 속 그들은 귀신같이 카메라를 찾고 표정과 분위기를 살리며, 무대를 날아다니는 중이다.

대형이 바뀌듯 순식간에 무대가 시간을 잡아먹는다. 정신 차리면 엔딩이다.

[수평선 너머 끝 섬까지
오늘이 반짝일 테야]

카메라 워크를 극한까지 이용한, 파도를 형상화한 것 같은 대형 사이에서 선아현이 클로즈업된다. 거기서 감성적인 보컬과 드럼이 오가며 그제야 처음으로 등장하는 아크로바틱도 인상적이다.

[Umm~ UmmUmm]

멤버들이 마지막 멜로디에 고갯짓하며 책상다리로 앉는 것까지 포인트 안무로 살렸다. 씩 웃는 멤버들이 각자 어깨동무나 턱을 괴는 등의 제스처를 취하며, 노래가 끝난다.

잘 관리된 잘생긴 얼굴들이 화면에 연달아 주르륵 잡혔다.

[TeSTAR - 약속]

"허."

홈마는 타이틀이 화면에 떠오르고, 박문대의 엔딩 클로즈업이 사라지고 나서야 다시 크게 숨을 쉬었다.

'개재밌어.'

그래서, 결론을 내리자면….

'이건 된다.'

안무 챌린지부터가 될 것 같았다. 이미 입소문은 탔으니 이번 무대 공개로 벌써부터 온갖 동영상이 올라오는 것이 눈에 그려졌다. 뮤직비디오부터 낌새가 있더라니, 안무가 미친 듯이 어렵지 않으면서도 그냥 인상적이고 중독성 있다.

당장 실시간 SNS만 봐도 비슷한 반응이 쏟아졌다.

-벌써 끝임?

-진짜 개잘하네 인어고 나발이고 역시 무대를 잘해야 하네ㅋㅋㅋㅋㅋ

-무대 보고 나니 곡이 더 좋게 들림 이거 환청이야?

-무대 맛집 유독 존맛

-싸비에 허리하고 손 이렇게 하는 거 개힙함 틱택토에서 지겹게 볼 예정 (동영상)

"됐다."

VTIC 팬들이 뭐라고 지랄하든 국내 대세는 테스타다! 그녀는 만족스럽게 미래를 예측했다. 그리고 그 예측은 현실과 매우 흡사하게 흐를 예정이었다.

다만, 끌어들인 관심을 소비로 소화한 건 테스타 쪽만이 아니었다.

"팡팡 터지는 음악의 즐거움! MusicBOMB~"

"이번 주 1위는⋯ 축하드립니다! VTIC!"

음악방송 MC들이 꽃다발과 트로피를 정중히 VTIC에게 넘긴다.

당연했다. 오늘은 집계 기간상 지난주 성적이 들어가고, 그럼 VTIC이 1위가 아니면 조작이니까.

"우선 오늘 이 상을 타기까지 응원해 주신 티카 여러분께⋯⋯."

나는 1위 감상을 말하는 놈들에게 열심히 웃으며 손바닥을 쳤다. 다들 그러고 있다. 여기서 표정 관리 못 하는 얼간이는 없겠지.

그래도 속으론 다양한 생각들을 하겠다만, 나 같은 경우엔⋯ 그래, 가늠 중이라고 할 수 있겠다.

'이 새끼들 확실히 잘해.'

내가 이놈들 이번 타이틀 무대를 각 잡고 제대로 보는 건 처음이었다. 그리고 상당히⋯⋯ 인상적이었다.

'아주 한 우물을 파시는군.'

뮤직비디오도 본인들 팬들이 좋아할 만한 컨텐츠의 집대성이라고 하더니, 무대도 똑같은 기조였다.

'강렬하고 자극적인 고퀄리티.'

대중성을 갖다 버린 것까진 아니었으나, 인트로의 그 뱀과 싸우는 것 같은 퍼포먼스는 누가 봐도 팬층을 위한 구성이다.

'그리고 무대 역량이 워낙 출중해.'

괜히 저 연차에 신규 팬이 붙는 게 아니군.

"MusicBOMB! 다음 주에 또 만나요!"

나는 손을 흔드는 1위 놈들에게 고개를 숙인 후, 무대에서 내려오며 결론 내렸다. 이번 활동이 서로 결은 다르지만 아무래도 무대에서는 어느 쪽이든 고꾸라질 일은 없을 것 같다고.

실제로 반응은 비슷하게 나왔다.

그다음 주간, 테스타는 입소문과 소셜 플랫폼 이용자들의 픽으로 음원 차트를 계속 비집고 올라갔다.

그리고 결국 일어날 일이 일어났다.

[테스타 방금 브이틱 음원 역전]

: 5위로 치고 올라감 진짜 남돌 음원은 테스타가 원탑 맞는 듯 (캡처)

-미쳤다

-개꿀잼ㅋㅋㅋㅋ테스타 ㅊㅋㅊㅋ

-솔직히 곡이 너무 잘 뽑히긴 했어 곡빨이라고 봄

└그거 김래빈 작곡임

└ㅋㅋㅋ프로듀싱 멤 이름 챙겨주기 한두 번 보나 이쯤되면 그냥 끝에 이름
만 올리는 거야

└첫번짼데요 (캡처)

└ㅋㅋㅋㅋㅋㅋㅋㅋㅋㅋㅋㅋㅋㅋ

-한주 늦게 들어온 보람이 있네 앨범 판매량도 눈속임되잖아ㅋ

-잘될 줄 알았음 무대 너무 좋더라 뮤비 스토리도 좋고

-운빨

└열폭

-분위기 진짜 살벌하네 결판날 때까지 이러려나

VTIC과 음원 순위가 뒤집힌 것이다.

사실상 결론이 난 거 아니냐며 한동안 난장판이 났으나, 금방 잦아
들었다. VTIC은 글로벌 기록도 말 안 나오게 계속 화려했거든. '76개
국 1위'로 시작해서 인터뷰와 시상식 초청, 게다가 영미권 언급량과 뮤
직비디오 조회수까지.

'어마어마했다.'

그 번쩍이는 위상 덕에 찾아 듣는 사람이 계속 나오며, VTIC 타이
틀곡을 계속 국내 차트 최상위권에 박아두었다. 음원뿐만 아니라 전체
화제성 면에서도 마찬가지다. 우리가 버티는 쪽이 된 거지.

'간당간당하군.'

우리는 플랜대로 이 주에 1위를 쭉 쓸어 담긴 했지만, 과연 8월쯤 됐을 때 인식이 어떻게 변할지는 아직 미지수였다.

그래도 만족스러운 건 양강 체계가 굳어졌다는 점인가. 이제 '어딜 감히 VTIC에 테스타를 들이대냐'는 건 거의 볼 일 없으니까 말이다. 이 텐션을 연말까지 계속 유지해야 한다. 나는 그것에 유의하며 결정적인 한 곳이 올 때를 기다리기로 했다.

그렇게 또다시 음악 방송 요일이 돌아온다.

테스타의 컴백 3주 차 음악 방송, 그리고 VTIC의 이번 앨범 마지막 국내 음악 방송. 사실 지난주로 그만 나왔을 놈들인데 특집이라 Tnet이 바짓가랑이라도 잡고 늘어진 모양이지.

그리고 나는, 이때가 첫 번째 결정적 타이밍이라는 것을 깨달았다.

'여론을 잡아야 해.'

화제성을 또 한 번 터뜨려야 했다.

다만, 이 특집에서 예상에 없던, 별로 안 반가운 상황과 만나게 될 줄은 모르고 있었다. 특별 무대 게스트로 예비 후배가 나오더라고.

…〈아주사〉 이번 시즌 데뷔조 말이다.

일단 이번 주 음악 방송 특집 형식은 우리도 이미 몇 번 참여해 본 것이었다.

'단체 KPOP 콘서트.'

Tnet은 반년마다 'TaKon'이란 글로벌 겨냥 콘서트를 했다. 뭐 몇십 개국에 생중계되면서 인프라는 제대로 안 받쳐주는 흔한 방송사의 횡

포긴 한데, 어쨌든 겉은 번지르르하다. 이번에 VTIC까지 잡았으니 야심 차게 해보려는지 이틀로 나눠서 1, 2부 편성까지 하더라고.

그리고 테스타는… 뻔하지 않은가? Tnet의 적자니, 양일 다 출연해야 한다.

다만 이젠 이 방송국의 아들이 하나가 아니라 둘이 된 거다.

"안녕하십니까, 선배님!"

1일 차. 리허설 현장에서 만난 것은 〈아주사〉 이번 시즌 데뷔조였다. 듣기로는 우리 곡 커버 무대를 한다고 하더라.

힘차게 인사하는 놈들 사이로 히죽히죽 웃는 골드 2의 얼굴이 보인다. 아슬아슬하게 극적으로 1위 데뷔했다더니, 입이 찢어질 만도 하다.

"선배님 많은 지도편달 부탁드립니다~"

"아이고, 저희야말로 잘 부탁드립니다~"

여전히 큰세진과 죽이 잘 맞고.

물론 주목할 놈은 여기가 아니다. 앞서 다 같이 대가리 박으며 인사할 때 조용히 묻어간 놈.

"……."

채서담이 데뷔조에 끼어 있었다. 학교 다닐 때 선아현에게 헛짓거리했다가, 〈아주사〉에서도 그 버릇 못 버리고 헛짓거리하다가 다 터진 그놈 말이다.

'명줄도 질기네.'

놀랍게도 이 새끼는 〈아이돌 주식회사〉 후반부에서 편집으로 '죽을 둥 살 둥 노력하는 간절함' 보정을 받아 10위로 데뷔했다. 그때서야 상대와 입을 맞췄는지 '모든 게 오해다'는 해명이 제대로 나와, 절묘하게 맞아떨어지며 일반 시청자의 마음을 잡았다고 하는데….

-오해 같은 소리 하네 입만 산 기만자 새끼가 데뷔조에... 아 개빡쳐
-아이돌한테 연애와 간절이 공존 가능한 부분이었음?
-채서담빠들 진짜 지독하네ㅋㅋㅋ 억지 서사 피디픽 안 받아요

뭐, 이런 이유로 같은 데뷔조 팬들에겐 욕 좀 많이 먹고 있는 것 같다.

'그래도 데뷔한 게 무조건 이득이지.'

논란으로 탈락하면 치고 올라갈 기회부터 차이가 나니까. 저게 나름 한가락이 있는 건지 우연인지 모르겠다만, 그래 봤자 별 소용은 없다. 선아현은 이제 거의 신경도 안 쓰니까.

"저, 오늘 화이팅입니다…! 응원, 할게요!"

"정말 감사합니다!"

다른 놈들 응원이나 하고 있다. 당사자가 그러다 보니 우리도 그냥 이 새끼를 없는 사람 취급하는 정도로 정리했다. 게다가 1위였던 채서담이 꺾이면서 〈아주사〉 이번 시즌의 기세 자체가 주춤했던 덕에, 이번 데뷔조는… 흠, 프로듀싱을 잘해야겠는데.

'그 본부장이?'

그다지 긴장은 안 되는군.

"너무 긴장하지 말고, 좋은 무대 하시길 바랍니다."

"네!"

그러니 내가 지금 고려하는 건, 이 별로 안 반가운 만남으로 우리가 얻을 수 있는 이득뿐이다.

'써먹을 수 있으면 됐지.'

화제성 말이다.

"다음에 또 뵙겠습니다!"

인사를 마치고 갈라지는 순간, 큰세진이 슬쩍 말한다.

"쟤네랑 장소 바꾼 거지?"

"어."

첫 번째 타이밍을 위한 타이머는 이미 세팅을 끝냈다.

"테스타 업!"

"예~"

리허설 무대에 오르자 코끝에 새벽 공기가 훅 불어온다.

야외무대의 전경. 원래라면 저 〈아주사〉 데뷔조가 오를 야외 공연장을, '예전 우리가 생각난다'라는 배려를 명목으로 바꾼 것이다.

'마침 고맙다.'

덕분에 스토리가 잘 나오겠다. 나는 며칠 전부터 확인했던 일기예보를 떠올렸다.

공연 당일 강수확률은 70%였다.

"개X끼야!"

"아 시끄러!!"

김래빈의 팬은 동생의 말에 대꾸도 하지 않고 자리를 박차고 일어났다. 쓰던 키보드를 한번 주먹으로 갈긴 후였다.

퍽!

브이틱의 팬들과 설전… 아니, 손가락전을 벌인 결과였다.

'해외 선점한 걸로 연명하면서 유세는 오지게 떨어요!!'

기부 콘서트 때부터 이어진 그녀의 전투력은 끝도 없이 상승 중이었다. 그러나 지금은 좀 진정할 때긴 했다.

"야, 너 이거 본다며?"

"어. 비켜."

누나라고 부르라며 말씨를 고칠 것도 없이, 그녀는 남동생을 밀어내고 소파에 앉았다. TV에서는 TaKon이 라이브로 송출 중이었다.

[NEXT STAGE]

[TeSTAR]

저놈의 다음 무대가 벌써 몇 번째 예고인지 모르겠다만, 슬슬 나올 때가 되긴 했을 것이다. 이제 방송 시간도 거의 끝이니까!

그리고 정말로 테스타 인트로 VCR이 화면에 흘러나온다.

"좋았……??"

하지만, 그녀는 멀리서부터 카메라에 잡혀 오는 공연장의 모습에 말문이 막혔다. 어처구니가 없어서였다.

"…이거 뭐야?"

"왜?"

왜긴.

'이놈들 왜 야외무대에 서 있어?'

TaKon은 생방송으로 진행되는 만큼, 빠른 정비를 위해 두 가지 무대를 번갈아 쓴다. 그리고 이번에는 공연장 구조 문제로 그 무대가 야외와 실내로 나뉘었다.

그러면 보통은 어떻게 되느냐? 연공 서열순으로 실내에 들어오고, 인기가 굉장히 좋은 팀은 연차가 덜 찼어도 실내로 불러주는 식이다. 그래서 당연히 테스타도 실내일 줄 알았는데 말이다….

이놈들 야외무대에 서 있었다. 그것도 소나기가 쏟아지는 저녁에!

'대우 왜 이래, X발!'

1군을 자기들 라인이랍시고 이틀 연속 부른 것도 인질이 따로 없다고 투덜거렸던 그녀로서는 머리에 열이 안 뻗칠 수 없었다.

참고로 이번 〈아주사〉 데뷔조가 실내라는 걸 이미 목격한 팬들로 넘치는 SNS엔 거의 지옥 같은 침묵이 흐르고 있었다. VTIC의 팬과 싸우느라 몰랐던 것이 그녀에겐 차라리 약이었다. 이미 충분히 분노했으니까!

…그래도 테스타가 클로즈업되는 순간, 김래빈의 팬은 순간 분노를 잊었다.

'누구 아이돌인지 잘나긴 했네.'

테스타는 어디 한 구석 흠잡을 곳 없이 잘 나왔다.

'김래빈 은장 로브 미쳤나.'

뮤직비디오 의상을 응용했는지, 흰 셔츠 위에 화려한 로브 가디건을 걸친 모습이 물에 젖어 촉촉….

"…?"

물이… 머리에 떨어져?

'뚜껑 어디 갔어.'

야외무대라고는 해도 방수된 가림막 정도는 해준단 말이다. 아니, 일기예보에서 뻔히 비 온다고 했으니 당연히 지금까지의 무대들도 준비한 가림막이 있었다.

그런데 갑자기 없다.

'어쩐지 비가 너무 눈에 들어오더라니…!'

"이 미친놈들이…!"

그녀는 거의 욕을 뱉을 뻔했으나, 그보다 먼저 무대가 본격적으로 시작하는 바람에 반사적으로 거기에 집중해 버렸다.

리드미컬하고 벅찬 곡의 시작, 발을 튕기는 테스타.

[Take your STAR
별이 쏟아지는 날]

청량한 소리가 쏟아진다.

테스타는 비에 젖든 말든 신경도 쓰지 않는 것 같았다. 아니, 오히려 빗방울에 부딪히자 새로운 맛이 튀어나온다.

'어?'

저녁이 되어 조명이 강해지자, 발과 팔을 감산 액세서리와 로브에 맺힌 물방울에서 반사된 빛이 반짝인다.

휘익.

유독 팔다리를 튕기거나 도는 움직임이 많은 안무 덕인지, 튀는 물까지 무대의 일부로 보인다. 그리고 그들이 뛰는 발걸음마다 물방울이 장식처럼 튀었다.

　그 밑은… 맨발이다.

　'…!'

　다리가 길… 아니, 그보다….

　'물이 고여 있잖아??'

　직전 실내 무대를 할 때부터 위의 가림막을 떼어놓았던 건지, 바닥에 꽤 물이 많이 고여 있었다.

　'너무 위험….'

　그러나 맨발인 덕인지 테스타는 미끄러지지 않는다. 대신 마른 땅에서 할 때처럼 깔끔하고 보기 즐겁게 무대가 펼쳐졌다. 아니, 오히려 더 좋게 보이기도 했다.

　'무슨….'

　맨발로 밟을 때마다 발끝이 반쯤 잠겼다가 빠져나온다. 그리고 물의 고리가 함께 튀어 오른다.

　특히 후렴에 들어오자, 포인트 안무의 스텝에 맞춰 오르는 게 일품이다.

[우리는 Fly so far]

　대형 사이사이로 물이 솟는다. 그리고 로브가 펄럭이며, 다시 물방울을 튀긴다.

　시선을 사로잡는다.

　기존의 청량함보다 화려함이 압도하는 무대. 물에 젖어 더 보기 좋은 의상과 머리로 그 모든 것을 해내니, 그건 이미 잘 기획된 수중 공연이나 다름없었다.

'아.'

그리고 그녀는 벼락같이 깨달았다. 로브의 장식 색과 팔다리 액세서리의 원석 색이… 그 뮤직비디오에 나온 꼬리지느러미의 색이다.

흐르는 물속에서 인어 상징물을 걸치고 하는 퍼포먼스.

'일부러 이렇게 했다고?'

그 컨셉을 위해 맨발로 비 오는 날 뛰어다니며 무대를 기획했다고? 뚜껑도 날리고? 말도 안 된다. 하지만 TV 속 테스타의 모습이 워낙 인상적이라 물음표와 느낌표가 머릿속에 난무했다.

[수평선 너머 끝 섬까지
오늘이 반짝일 테야]

선아현의 아크로바틱이 깔끔한 세로의 물방울 포물선을 그리며 엔딩이 다가온다. 그 뒤를 받치고 있는 멤버들 덕에 조마조마해 보이는 대신 감탄부터 나왔다. 눈에 확 들어오는 안무다.

그리고 맨 끝에 허밍하며 앉는 동작은… 그 대신 서로 어깨동무하며 뒤로 돈다.

[Umm]

비가 내리는 하늘을 마지막 베이스에 맞춰 올려다보는 것으로 엔딩.

그렇게 무대는 끝났다.

"……."

[뚜듯뚜루~ 국물이 일품!]

광고로 화면이 변했다. 하지만 김래빈의 팬은 계속 소파에 앉아 있다. 남동생이 발로 그녀의 허벅지를 툭툭 쳤다.

"야, 잘하는데?"

"……."

너무 좋고 너무 모르겠다.

아니, 이건 잘하는데 수준으로 끝날 일이 아니라……. 그러니까, 이게 얼마나 기가 막힌,

"아 진짜!"

김래빈의 팬은 당장 SNS를 잡았다. 대체 이게 무슨 일인지 알아내야 했다!

"으!"

"차유진! 발 괜찮아?"

"OK! 괜찮아!"

차유진이 발밑에 붙어 있던 투명한 돌기형 보호대를 뜯어냈다. 스탭이 도와줘도 따끔한 건 마찬가지니 자기 손으로 뜯어버린 모양이다. 저

게 뭐냐고? 고무 합성소재로 만든 미끄럼 방지 장비다.

'맨발로 그 물 고인 대리석 바닥을 뛰어다니는 건 자살행위지.'

저걸 주문 제작한 건 컴백하기도 전이었다. 나는 어깨를 으쓱하며, 내 발에 있던 것도 떼어냈다.

"아, 아프지 않아…?"

"어. 괜찮은데."

접착제가 좀 따끔거리긴 했으나, 후유증은 없을 것이다. 그리고 그보다 더 큰 기회를 방금 잡았다.

"저 알아요. 우리 방금 굉장히 잘했어요!"

"어우, 그래요? 저도 그렇게 생각해요, 유진 씨~"

"히히."

"부디 시청자분들께서 즐기시고 흡족한 마음으로 좋은 기분을 느끼셨으면 합니다!"

"어. 좋아야 해."

배세진이 단호하게 말한다. 뭐, 스탯 차이로 완성까지 제일 고생한 놈이니 저런 발언을 할 권리가 있긴 하지. 나는 피식 웃고 고개를 끄덕였다.

"그래요."

그럼 확인해 볼까. 나는 대기실에 복귀하자마자 수건을 덮어쓰고 인터넷에 접속했다.

관련 커뮤니티는… 벌써 반응이 왔군.

[방금 폭우 속 공연한 아이돌]

[레전드 찍은 테이콘 무대]
[테스타 방금 무대 위험하다 VS 멋지다 어느 쪽이야?]
[테스타 아찔한 장면]

난리다.
아마 SNS에서도 마찬가지일 것 같았는데 예상대로였다. 미친 듯이
글이 쏟아지고 '폭우' '테스타 무슨'이 트렌드로 올라오고 있었다.

-미미 | 미친거 아니야?
-이거 내가 어떻게 받아들여야 하냐
-다 떠나서 우리 애들 천재다 진짜;;
-내 눈이 이상한 건가 이게 일반 무대보다 좋아보여 아 이럼 안 되는데

아니, 그 말이 맞다. 보기 좋을 수밖에 없다.
'애초에 물을 함께 상정하고 만든 안무니까.'
정확히는, 복사뼈 높이까지 물이 차 있는 무대 세트에서 소화하는
것을 시뮬레이션하면서 의뢰한 안무다. 앨범이 여름과 바다 컨셉이란
특수성을 살리고 싶었거든.
'콘서트에서 쓸 용도였지.'
그걸 여기다 때려 박은 것이다. 그리고 보통 잘 고려한 요소 하나가
추가되면 더 재밌을 수밖에 없는 게 당연하다.
'반응이 올 줄 알았어.'
2~3주 묵으며 슬슬 버즈량이 안정될 타이밍에 터지면 분명 효과가 있

을 거라고 짐작했다. 게다가 더 인상적으로 만들어줄 요소도 추가했다.

'이 상황.'

지금 이게 기획인지 기상 상태로 인한 돌발 상황인지 알 수 없기 때문에 계속 말이 나올 것이다.

벌써 시작되었다.

-와 대처능력 좋다

-분명 기획임

-기획이면 벌써 광고 오지게 때렸음 내가 보기엔 사고 수습임ㅋㅋ

-애초에 왜 테스타가 야외무대로 왔겠어 당연히 스페셜 스테이지지 바보들 하고 말이 안 통하네 진짜

-일기 예보를 예측해서 소나기에 맞춰 무대를..? 너무 무리수 추측 아닌지.

계속 이야기해서 무대가 널리 퍼졌으면 좋겠군.

'위튜브의 사이버 렉카가 물 때 즈음이 적당하겠어.'

나는 논란의 소지 덕에 더욱 빠르게 퍼지는 동영상을 확인하고 회사와 통화를 시작했다.

테스타의 폭우 속 무대는 각종 추측과 감탄 속에서 그 주 끝의 핫 트렌드로 떠올랐다.

VTIC과의 대결과 잘 빠진 곡 등으로 테스타의 이번 활동을 알던 사

람들이 많았기에, 사람들은 더욱 쉽게 흥미를 느끼고 무서운 속도로 달라붙었다. 단순히 무대만 잘한 게 아니라 독특한 이 상황에 자기 의견을 한 마디씩 보탤 수 있으니까!

결국 안전 문제로까지 번지며 여러 의미로 불이 붙었으나, 논란이 공식적으로 떠오르기 전 기사로 공식 입장이 깔끔히 발표되었다.

[테스타의 폭우 속 공연? "사고 아닌 양보"]
[TaKon(테이콘)의 아찔한 폭우 무대... 즉석으로 만든 자연의 세트장]

테스타가 직속 후배의 첫 합동 콘서트 무대를 배려해 리허설 당일 무대를 바꾸었다는 것이다.

그리고 기상 상황을 알아차린 뒤에 이벤트 삼아 구성을 바꿨다는 것, 안전에 유의하며 장비를 착용했다는 것까지. 소속사의 꼼꼼한 검수를 받은 기사들은 쭉쭉 연예 기사 메인으로 오며 테스타의 무대를 광고했다.

전후 사정이 바뀐 걸 빼면 깔끔한 진실이다.

그리고 테스타는 자신들이 그 당시 신었던 미끄럼 방지 방호구를 SNS에 올리며 신나 하는 모습까지 보여주었다.

아현이가 이거 신고 발레하는데 넘 멋졌어요 우리 다 따라함ㅋㅋ

(동영상)

-티넷 애들을 미담 방패로 쓰나 했는데 진실이었다니

-콘서트에서 대체 뭘 보여주려고 했던 거야 얘들아 나 이번엔 꼭 갈게 표 잡을게!!

-♡♡♡♡

-이렇게 아이돌에 진심인 아이돌 처음임;

빠르게 나왔기에 테스타의 진실성이 훼손될 일도 없고, 돌발 상황은 맞기에 위상이 낮아질 일도 없는 설명이었다.

그러나 이미 퍼진 동영상은 쭉쭉 탄력을 받고 위튜브 인기 동영상에서 내려올 줄을 몰랐다. 칭찬하는 사람들, 트집 잡는 사람들, 이번 일을 소재로 어그로 영상을 만드는 사람들. 그리고 물이 있고 없고를 비교하며 댄스 챌린지를 다시 찍어 올리는 사람들까지.

모두가 화제성에 한몫하며 테스타의 음원 등수를 올려주었다.

덕분에 청려는 쉽게 정리할 수 있었다.

"……."

테스타에게 국내는 내주게 되겠다는, 계산을.

CHAPTER
21

CHAPTER
21

결론부터 말하자면, 음원이 대박 났다.

"며, 몇 위야…?"

"잠깐."

나는 일간 음원 차트를 확인했다.

[3위 약속 (Promise) / 테스타]

"대박."

"어제보다 한 계단 더 올랐습니다!"

"Wooooow!"

차유진이 이상한 훌리건 송 같은 것을 흥얼거리며 지나갔다. 솔직히 기분 째질 만도 했으니 이해한다. 나도 기분이… 짜릿하거든.

'투자한 만큼 성과가 돌아오면 이만한 호르몬제도 없지.'

우리 위에 있는 음원은 드라마 OST와 장기집권 중인 인디밴드의 곡이었다. 사실상 여름 겨냥하고 나온 이지리스닝 중에서는 우리가 제일 잘됐다는 뜻이다.

'빌드업이 잘 됐어.'

컴백 두 달 전부터 완성된 곡을 듣고 짜맞춰 가던 루트가 타이밍 구간마다 맞아떨어질 때의 쾌감은 거의 희열에 가깝다.

화제성. 그리고 화제성.

나는 지난 일주일간의 흐름을 돌아보았다. 논란 반 감탄 반으로 어그로를 끈 폭우 무대는 소셜 플랫폼을 휩쓴 뒤, 딱 맞춰 터진 해명 덕에 폭발력 그대로 '긍정적 이미지'로 자리 잡았다.

-그냥 존나 예술작품임
-테스타 컴백무대 댓글에 보고 있으면 기분 좋아진다고 했던 사람인데요 이건 더 기분 좋아지네요ㅋㅋ
-갓곡 갓돌 갓무
-물이 저렇게 튈 수 있는 게 너무 신기함 테스타 당신들이 인어입니다
-올 여름 케이팝 진짜 재밌네 10년 뒤에 회상하면 다 추억팔이하고 있을 듯ㅋㅋㅋㅋㅋ

이슈는 되어도 안전 문제 때문에 마음껏 좋아하지 못했는데, 이제 소비에 거리낌이 없어졌다는 뜻이다. 사람 심리가 그냥 마음을 풀어주는 것보다 이렇게 제한이 한번 걸렸다가 풀리면 더 열광하더라고.

그 후는 예상대로, 이 물보라 안무를 접한 사람들은 곡이 귀에 익자마자 음원으로 쭉 빨려 들어갔다. 또 한 번, 그러나 더 거대한 음원과 무대의 선순환 구조가 완성된 것이다.

[[(선공개) 🚢하늘로 항해하는 그분들👉 물방울 댄스로 등장! | 타이니클럽 102회]

결국 이번 주 TV 예능 테스타 출연분에 황급히 합성한 듯한 패러디 선공개까지 떴다. 가장 보수적인 매체에서 나올 정도니, 유행으로 정착했다는 뜻이지.

'그 무대 이미지를 TV가 화제성 어그로 용으로 쓸 정도란 거니까.'

그래서 결과는 이거다.

-테스타곡 진짜 아무데서나 다 나온다 홍대 갔다가 당황하고 옴ㅋㅋ

-솔직히 곡 안무 둘 다 너무 잘 뽑긴 했지 폭우 댄스 그건 진짜 자본맛 달달하더라

-우리 유치원생 조카도 따라함 대체 어디까지 퍼지는 거임

곡 자체가, 무대 자체가 대중 유행으로 자리 잡았다.

'흐름이야.'

당시에 교통사고가 나면서 박살 났지만, 〈부름〉 활동 때 어렴풋이 보였던 추세랑 비슷했다. 테스타의 1군 네임밸류 그 이상으로 뻗어 나가는 영향력이 말이다. 오죽했으면 인터넷에서 '체감 안 된다'는 사람에게 비웃음으로 댓글이 밀릴 정도다.

"래빈이가 곡을 잘 만들어줘서 우리가 다 같이 잘되네."

"과찬이십니다! 공동 작업이었으며 형들의 피드백과 문대 형의 구상이 없었으면 나올 수 없던 곡이었던 만큼 자만하지 않고 나아가겠습니다!"

김래빈은 거의 숨도 안 쉬고 말했다. 누가 보면 수상 소감인 줄 알겠군. 그 와중에 차유진은 진지하게 대꾸하고 있다.

"김래빈 곡에 나랑 세진 형 완전 멋진 Choreo 만들었어요. 김래빈 혼자 한 거 아니에요!"

"내 말이 그 말이거든, 바보야!"

"내 말도 그 말이야, 바보야!"

잘 노는군. 나는 언급된 당사자에게 한마디 했다.

"좋겠네."

"어? …당연히 좋지~ 사람들이 좋아하니까."

놀랍게도 큰세진은 좀 민망해하는 것 같았다.

"뭐라고 해야 하나… 이렇게까지 잘 되니까 좀 안 믿기네."

"……."

아니, 감격 같기도 하고.

음악 관련 솔로 활동이 거의 없던 놈이다. 본인이 직접 고르고 배치한 안무가 유행하는 게 감회가 남다를 만도 했다. 큰세진은 한번 천장을 보고선, 심호흡을 하고 두 팔을 번쩍 들었다.

"아~ 몰라! 좋네! 고맙다! 고맙습니다, 우리 멤버들~"

"파이팅!!"

일이 잘 풀리면 분위기가 좋아진다고, 배세진까지 얼굴이 시뻘게져서 큰세진에게 박수를 보내는 음원 순위 축하 세리머니는 보는 재미가 있었다.

"아 테스타 이번에도 뭔가 보여줬다~"

지금이 새벽 1시인 데다가 당장 4시에 또 스케줄이 있는데도 다들 피곤 걱정이고 뭐고 잊은 모양이군. 지금까지 사례로 봐선 스케줄을 대충할 놈들은 아니니 괜찮다만….

'방심할 정도는 아니지.'

네임밸류만 따지면 VTIC을 넘었다고 보긴 힘들다. 게다가 초동 차이는 어디 가는 게 아니니까.

물론 이번에 우리가 좀… 많이 잘 팔긴 했다만.

[테스타(TeSTAR) "The Ocean of Wonder" - 1,558,114]

초동 155만 장.

솔직히 말하자면, 이렇게까지 선전할 거라곤 기대하지 않았기 때문에 여러 생각이 들었다. 그냥 봐도 어마어마한 수치다. VTIC을 제외하면 이 정도 판매고를 올린 현역 아이돌은 세 손가락 안에 꼽힐 정도다.

'지금도 기세가 좋아.'

나는 초동이 끝나도 나가고 있는 앨범량을 확인한 뒤, 어깨를 으쓱했다.

'한 달은 해먹겠군.'

이 구도가 계속 가겠다는 것을 거의 확신했다. 8월 중순까지는 다른 음방 1위권 놈들이 진입할 것 같지 않았다.

'나라도 안 들어온다.'

1군 둘이 1위를 칼같이 나눠 먹고 있는 이 상황에 무슨 득을 보겠다고 끼겠는가. 테스타가 억지로 버티던 것을 넘어 진짜 견고한 양강 구도가 된 이상, 이건 둘 다 주춤할 때까지 시간이 꽤 걸릴 것이다.

VTIC 팬들도 그걸 아는지 태세를 좀 전환했다.

-둘 다 잘하고 있으니까 이간질 안 받음
-브이틱 테스타 완전 노선 자체가 다른데 왜 이렇게 비교질이야;

-망돌빠들 지들이 신나서 브이틱 음판으로 테스타 후려치고 테스타 음원으로 브이틱 후려치는 거 왜이렇게 애처롭냐 느그 돌은 미래가 없지ㅠ

바로 휴전 제스처다.

테스타 곡이 유행 가도에 정착하는 순간, '이거 여론전으로 힘들겠다'는 판단이 선 것 같았다. 대신 VTIC의 탑티어 포지션은 확실히 굳히고 화살 돌려서 스트레스 안 받겠다는 거지.

'짬밥 어디 안 가네.'

물론 물밑에서야 테스타 잡아 죽이겠다고 이를 갈고 루머를 만들고 있겠다만… 그거야 예상했던 일이고.

이 정도로 곡이 잘 먹혔으니 팬들, 그러니까… 우리 팬들은 스트레스보단 재미가 훨씬 더 클 것이다. 치고 올라가는 입장에선 이 상황은 판정승이나 다름없으니까.

'됐다.'

나는 스마트폰을 껐다. …모험 수가, 도전이 절묘하게 성공한 맛이나 좀 더 즐길 타이밍인가.

"박문대!"

"문대 이리 와! 너도 이거 해야지!"

나 참.

나는 자리에서 일어났다. 들뜬 놈들의 격려가 쏟아지는 게 웃긴다.

대충 어깨동무라도 해주고 오자. 그래도 괜찮은 순간이었다.

그로부터 8시간 뒤. 새벽 화보 촬영 이후 아침 9시에 이루어진 건 가벼운 인터뷰 촬영이었다.

주체는 또 Tnet이다. 양일 진행한 이번 TaKon이 워낙 반응이 좋아서 VOD 특전 구성을 좀 화려하게 넣을 모양이었다. 새벽부터 이번 〈아주사〉 데뷔조부터 미리내까지 쭉 찍고 간 모양이더라.

하지만 솔직히 아무리 방송국이 불러도 VTIC 정도 이름값이면 생략할 줄 알았는데….

"안녕하세요!"

"안녕하십니까~"

의외로 왔더라고. 마침 국내에 있던 모양이다. 시간대가 겹쳐서 만난 건 별로 놀랍지 않다.

'제일 편한 시간대로 빼줬군.'

그러니까 촬영만 한다면, 동 시간대에서 제일 잘나가는 둘이 만나는 것은 일종의 자연스러운 흐름이나 다름없긴 했다. 다만… 굳이 제일 넓고 시설 좋은 대기실을 주겠답시고 같은 공간을 배정해 줄 것까진 없었다만.

"……."

"……."

나는 하필 첫 타자로 인터뷰를 마치고 들어오는 놈을 보고 침묵했다. 청려다.

이 새끼랑… 다음 놈 올 때까지 한 20분은 단독으로 같이 있어야 하는 거군. 뭐, 이제 와서 꺼리는 것도 새삼스럽긴 하다만.

"후배님도 첫 번째로 촬영했나 보네요."

"예. 그렇습니다."

"요즘 활동은 즐거워요?"

"잘하려고 노력 중입니다. 즐겁기도 하고."

설마 이 새끼 나한테 음원 밀렸다고 돌아버리는 건 아니겠지.

그러나 청려의 얼굴은 제법 편안해 보였다.

"나도 그래요."

"……."

"아니, 재밌는 건가. 신곡을 해보는 건 오랜만이라서. 여긴 워낙 변수가 많으니까 그동안은 이전 시기에서 검증해 본 곡만 썼었거든요."

지금 얼굴만 편안한 게 아니라 대답도 여기서 하기엔 너무 편한 단어를 쓴 것 같은데.

"예. 그러시군요."

누가 들어오면 어쩌려고 저렇게 대놓고 말하냐.

"음? 말 편하게 해요."

"무슨 말씀이신지 잘 모르겠습니다."

"아."

그러나 맞은편 놈은 실실 웃었다.

"광고도 아니고, 음악 방송도 아니고… 이렇게 급하게 잡힌 내부 촬영에 외부인이 오는 경우는 잘 없어요. 편하게 해도 될 것 같은데."

그러냐.

'아이돌 고인물이 본인 안위를 걸고 하는 말인가.'

하긴, 우리 스탭이야 올 수 있지만, 뭐 그 사람들이 굳이 방에 귀를 대고 들을 이유도 당위성도 없긴 했다.

"그러면 그러든가."

"하하."

나는 소파에 기대서 스마트폰을 들었다. 청려가 웃음을 멈추고 물었다.

"대상 노리는 거죠?"

"가수면 다 그렇겠지."

"아니, 그런 보편적인 목표를 말하는 게 아니라… 올해를 위해 전략을 철저히 짠 것 같아서요."

"……."

"발매 타이밍부터 뮤직비디오, 이번 소나기 무대까지 바이럴 효과가 잘 나오던데."

나는 청려를 쳐다보았다.

"기본적으로 곡과 무대가 좋았기 때문에 그게 통한 거지."

"……."

"할 만하니까 한 거다."

"그런가요."

"넌 너희 이번 곡이 통할 만하니까 통했다고 생각 안 하냐."

나는 스마트폰으로 다시 시선을 내렸다.

"전에 검증해 본 적 없던 곡이라며. 그럼 뭘 믿고 한 건데."

"모르겠네요."

청려의 목소리가 단조로워졌다.

"그냥… 잘 만들어보려고 한 거라."

"그래서 잘됐잖아."

"음원은 후배님이 더 많이 가져갔지만요."

그래, 결국 이 이야기 나올 줄 알았다.

"앨범 200만 장 판 건 누군데. 결과에 일방적으로 승복하는 척하지 마라."

"하하!"

청려는 웃었다.

"그래야겠네요. 안 그래도 밀릴 생각이 없는데."

그 대답은 좀 시원하게 들렸다.

"어련하시겠냐."

나는 소파에 다시 파묻혔다. 분위기가 좀 느슨해진다. 그리고 문득, 내 목소리 뒤에서 작게 사그락거리는 둔탁한 소리를….

'설마.'

머릿속이 멈춘다.

"아, 콩이…."

그 말을 듣지 않고 바로 일어섰다. 청려가 곧장 입을 다물고 따라 일어선다.

나는 예고 없이 뒤돌아 문으로 다가가서 손잡이를 잡고 열었다.

"……!!"

빌어먹게도, 누가 있었다. 문 너머에서 벌떡 일어나는 건….

채서담이다.

"……."

놀라움, 의외, 다 때려치우고.

'이 새끼 지금 엿들으려고 했지.'

나는 반사적으로, 지금까지 나와 청려가 나눈 대화를 복기했다.

'욕 없고, 비현실적인 말은….'

비슷한 말은 했나? 아니, 이번 활동에 대해 지나치게 원초적인 표현을 썼던 것 같…….

청려한테 반말을 했지.

"이상한데. 동선상 이쪽은… 아."

X발 여기 다니는 사람 없다며.

청려는 채서담을 쳐다보다가 눈을 빛냈다.

"후배님 찾아왔구나."

"…!"

"맞는 것 같은데. 나랑은 안면이 없으니까 아니고… 다른 목적으로 이런 외곽까지 찾아올 이유가 없거든요. 그렇죠?"

"……."

날 찾아왔다고? 아무래도 저 식은땀 흘릴 듯한 표정을 보니 맞는 것 같은데.

채서담은 그 순간 평정을 회복했는지 표정이 돌아왔다.

"저는… 그냥 길을 잃어서 이쪽에 들어왔습니다. 선배님들."

"촬영이 다 끝났을 텐데."

"더 대기한 후에 점심시간 넘어서 한 번 더 찍을 거라고 하셨어요."

1군한테 제일 좋은 시간을 빼주느라 이 새끼 촬영 시간이 확 떠서 지금도 대기시간이라는 뜻이다. 그리고 내 행방을 알아내 쫓아온 다음 이 문밖에서 어떻게든 우리 대화를 엿들으려고 했다?

"그런데 좀 염려되는 점이 있습니다. 선배님."

그때, 무슨 심경의 변화인지 채서담의 목소리에 갑자기 여유가 생긴다.

"사실 제가 요새 여러 가지로 무서워해서… 일할 때는 상시 녹음해요. 또 오해로 큰일 날까 봐요. 그렇죠?"

채서담의 얼굴에서 당황이 서서히 가시며 대신 눈이 번득거렸다.

"제가 '운이 좋아서' 데뷔는 했는데… 또 루머가 생기면 객관적인 변명이 필요할 것 같아서요."

묘하게 한 어조에 강세가 들어간다.

이 새끼…….

나는 반사적으로 내가 놈에게 했던 입 모양을 떠올렸다.

'운 좋은 새끼.'

"그런데 이 녹음기가, 생각보다 이게 성능이 좋아서요. 폐가 될 수도 있으니까… 염려해서 여쭤보는 건데요."

"……."

"녹음되면 곤란하실 말씀이라도 나눈 건가요?"

그 말이 끝나자마자 분위기는 급격히 전형적으로 변했다.

웃겼단 뜻이다.

'이 새끼 뭐라는 거야.'

뭘 녹음했든 써먹으려면 입 닥치고 있다가 타이밍을 잡는 게 정석 아닌가. 왜 자기 입으로 말해서 대처할 시간을 주고 있는 거지.

'음, 협박으로 주도권을 잡겠다는 건가.'

설마 내가 녹음 내놓으라고 지랄하면서 당황하는 걸 노리나. 뭐…

녹음되면 곤란한 말 나눴다고 하면 어쩔 거고, 안 나눴다고 하면 어쩔 건지 궁금은 한데 말이다.

나는 바로 입을 열었다.

"제삼자 녹음 불법인 거 아시죠, 채서담 씨."

"예? 아… 저는 제 일상을 녹음하려고 한 거고, 혹시 배경음에 선배님들께서 곤란할 만한 이야기가 들어가면 안 되니까 여쭤본 거였어요."

채서담이 고개를 꾸벅 숙였다.

"민감하신 대화였다면 정말 죄송합니다!"

오.

민감했다고 하면 약점이고 안 민감했다고 하면 추궁 근거가 사라지게 하겠다는 건가. 나는 팔짱을 끼고 웃었다.

내가 화내게 만들려는 게 맞네.

"음… 이런 일이 굉장히 많을 것 같은데요. 불법 사생활 침해잖아요."

됐고 너 불법이라니까?

다만 이 새끼의 그다음 행동 양상이 남다르긴 했다.

"네! 그렇게 되지 않도록 저도 조심하고 있습니다. 일단 선배님들 말씀이 녹음됐을 만한 건 여기서 지울게요."

채서담은 자신의 바지 뒷주머니에서 단추 모양 녹음기를 꺼냈다.

'블루투스형인가.'

그리고 자신의 스마트폰을 꺼내서, 내 눈앞에서 녹음 파일을 재생시켰다.

-음, 여긴 어딘지 모르겠다.

-다리 아픈데….

일부러 소리 내서 말하며 문 앞에 앉는 것 같은 채서담의 목소리 뒤로, 희미한 소리가 들리긴 하는데……. 확실하진 않지만, 문 틈새에 바짝 녹음기가 붙어서 대기실 안 소리가 좀 들어간 것 같다.

-대상 노리는….

아, 저기서부터 들어갔나. 바이럴 마케팅 이야기부터다. 나는 희미한 청려의 목소리를 확인했다.

그리고 채서담은 곧바로 녹음 파일을 눌러 완전히 삭제했다.

"삭제했습니다."

"아, 예."

뭐 박수라도 쳐줘야 하나. 나는 고개를 끄덕이고 놈을 쳐다보았다.

"……."

당황한 기색이군.

왜, 생각보다 너무 태연하냐? 직접 녹음본을 재생하면 내가 지난 대화를 되새기며 초조해하기라도 할 줄 알았나. 포부는 좋군.

"다른 할 말이라도?"

"…아니요. 그럼 가보겠습니다. 선배님들께 폐 끼쳐서 죄송합니다."

놈은 고개를 꾸벅 숙이고 돌았다. 나는 채서담이 말한 '선배님들' 중 나머지 하나를 체크했다.

청려.

"……."

놈은 돌아서는 새끼를 가만히 응시하고 있다.

'저거….'

그때, 채서담이 갑자기 다시 이쪽을 돌아보며 말을 한다.

"그런데… 선배님, 절 믿으세요?"

"…!"

이건 또 무슨 개소리야.

"정말 죄송한데 제가 기계에 대해서 잘 몰라서요. 혹시 어디 남아 있
든가 해서 해킹당하거나 했을 때 문제없을까… 해서요."

"……."

"녹음이요."

삭제하는 퍼포먼스는 했지만 사실 내가 가지고 있다, 뭐 그런 불안
감을 조성해 보는 건가.

'어떻게 사는 놈인지 윤곽이 보인다.'

계속 쥐락펴락 상대의 리액션을 확인하려고 한다. 꼬투리 잡아서 비
약하는 데 재능이 있나 보군. 근데 체급 차이가 이렇게 나는데 이런 멍
청한 짓을… 아, 잃을 게 더 많으니 사릴 거란 계산인가.

"음, 그럼 서담 씨가 곤란해질 것 같은데요."

"…저요?"

"예. 몰래 다른 사람 대화 녹음하는 아이돌은… 그렇잖아요."

나는 문가에 기댔다.

"나라면 조심할 텐데."

녹음이 터지는 순간 널 끌고 들어가겠다는 뜻이다.

채서담은 순간 도전적으로 머리를 들었으나, 곧 다시 인사를 했다.

"…조언 감사합니다."

그리고 빠른 걸음으로 걸어 복도 너머로 사라졌다.

'웃긴 새끼.'

데뷔 간신히 해놓고 왜 자기 발로 끝내려는 건지 모르겠다만… 자기가 망하고 싶다는데 뭐 어쩌겠나.

나는 어깨를 으쓱하고 머리를 뗐다. 저 새끼 녹음이 어느 정도로 잘 되었느냐에 따라 다르다만… 내가 손 놓고 있다면 얻을 불이익이나 한 번 최대치로 가산해 볼까.

'반말과 바이럴 마케팅인가.'

둘 다 마이너스 요소긴 했다. 굳이 따지자면 '태도 논란'과 '대중 기만'으로 키워드를 정리할 수 있겠군.

-아무리 친하다고 해도 말버릇 왜 이래; 너너 거리는 거 실화야?

-댕댕이라고 하더니 진짜 개새끼 수준의 예일ㅋㅋㅋㅋㅋㅋㅋ

-솔직히 깬다

-브이틱 동발부터 폭우 공연까지 우연인 척 다 계획됐던 거구나 진짜 음습 그 자체

예상 답안은 이 정도인가.

다만 무조건 치명적이냐고 물어보면 물음표다.

'욕 많이 먹고 안 좋긴 하지.'

하지만 둘 다 예비 시간만 충분하다면 방어는 가능했다. 결국 프레임의 문제니까. 특히 대화 당사자와 말 좀 맞춰두면 찻잔 속 태풍으로 끝날 수 있는데….

"재밌네요."

…이 새끼가 녹음 까져도 나만 손해라 그런지 태연하기 그지없군. 아니, 저 새끼 입장에선 터지면 사실상 이득 아닌가? 이 대치 상황에서 테스타의 마이너스가 클수록 VTIC은 이득일 수밖에 없다.

'어쩐지 입을 안 열더라니.'

나는 목뒤를 주무르며 대기실 안으로 도로 들어왔다. 다른 놈들 올 때까지 처리할 일이나 좀 해둘 생각이다.

그러나 뒤에서 질문이 들린다.

"어떻게 할 건지 궁금한데."

"그건 왜 궁금하십니까, 선배님."

"말 놓으라고 한 건 나니까 협조해야 할 것 같아서요. 음, 무슨 원한 관계인가?"

"원한?"

그럴 것까지 있나.

솔직히 이해가 안 되긴 한다. 애초에 나랑 접점은 욕 한 번뿐인데, 그게 녹음 어그로를 끌 정도로 빡칠 일이라고?

'그냥 내가 X 됐으니 다 X 되라 이건가.'

묻지 마 테러범 심리 말이다.

그러나 청려가 다시 짚은 부분은 명확했다.

"저건 나한테는 거래 의사도 없어 보이던데…. 이것도 또 독특한 경우라."

"……"

음…. 그래, 정확히 나를 찍었다… 라.

"그러니까 뭘 할 건지 말해주면 좋겠는데요."

"뭐… 보고."

나는 적던 문자를 완성해 보냈다.

채서담은 바로 협박부터 갈겼으니, 어지간한 돌대가리가 아닌 이상 녹음본을 터뜨려 봤자 내가 대비할 것이란 생각 정도는 했겠지. 그렇다면 분명 바로 터뜨리는 대신 추가 작업을 할 것이다.

'리스크를 다 뽑아낸다.'

어떻게든 구설수가 터지면 손해인 건 맞으니, 일단은 관찰이다.

방심한 놈의 목적이 드러나고, 약점이 나올 때까지.

며칠 뒤, 간만에 일찍 퇴근해서 거실 소파에 누워 있을 때였다.

"문대문대, 이거 뭐야?"

"뭐."

큰세진이 내 대가리 위로 스마트폰을 들이댄다. 인터뷰 지문이다.

질문은 '친한 연예계 인맥'.

대상은… 이번 〈아주사〉 데뷔조.

채서담 : 최근에는 테스타 박문대 선배님께 조언을 받았어요. 굉장히 친절

하게 지도해 주셔서 열심히 해야겠다는 생각을 많이 했습니다.

…….

_____

잘나가는 선배와의 친목 미담을 이야기해 어그로를 끄는 흔한 신인
의 인터뷰다. 다만 그 선배와 신인이 나와 채서담이라는 게 문제겠지.

"희승이한테 바로 물어봤는데, 지금도 이런 답변을 계속한다더라고."

"……."

"봐."

큰세진이 화면을 바꿨다.

[희승이 : 문대 형 진짜 그 형이랑 친해요? 상상도 못 한 전개 ㄴㅇㄱ]

…골드 2 이놈도 두 번이나 서바이벌 프로그램에 나오더니 완전히
인터넷 유행어에 절은 모양이다. 어쨌든 상황은 알았다.

"내 이름값을 써먹으려는 건가."

채서담은 이런 머리는 돌아가는 것 같았다. 여론이 나쁜 본인의 상
황에 이걸 최대한 플러스 요소로 써먹고 있다. 당장 내 팬들부터가 떨
떠름해하면서도 미담으로 받아주고 있으니까.

'딱 한계까지 긁는군.'

내가 리스크를 생각해서 가만있어 주는 한계선까지 본인이 이득을
먹어보겠다는 것 같다. 더해서, 여기서 내가 개인적으로 접촉해 화내거
나 부정적 리액션을 보이면 그것도 녹음 딸 생각이겠지.

그렇게 엮이는 것이다.

'영악한 새끼.'

비슷한 짓 오래 해봤다 이건가. ⋯⋯물론 내가 무슨 분석을 하든, 당장 직면한 상황은 또 다른 것이다.

큰세진이 스마트폰을 내리고 물었다.

"그래서요, 문대 씨. 갑자기 이 자식이 왜 박문대 이름 석 자를 써먹을 생각을 했을까요?"

"⋯⋯."

"혹시 무슨 일 생겼어?"

이 질문 말이다. 그리고 이건 내가 아무리 잘 대비하고 저지한다 해도, 팀에게 리스크가 생길 수 있는 일이지.

나는 깔끔히 다 밝히기로 했다.

"잠깐, 거실에 다들 좀 모여줬으면 좋겠는데."

고해성사의 시간이다.

그리고 잠시 후.

"그러니까⋯ 청려 선배님한테 반말했다는 거야?"

"⋯그래."

"⋯⋯."

눈으로 쌍욕할 줄 알았는데, 의외로 동명이인 둘의 눈에선 납득하는 기색이나 지나갔다. 뭐냐.

"그래⋯ 하필 순서가 그렇게 돼서 둘이 같이 있었지."

"잘했어!"

아, 그 새끼가 내 휴가철 개싸움 원인이란 걸 아는 두 녀석이다. 내가 존댓말 할 가치를 못 느껴서 말 놓았다고 생각하나 보군.

다만 다른 놈들은 의아한 것 같다. 류청우가 중얼거린다.

"잘했다고…?"

"아, 그, 큼, 그놈이 박문대를 괴롭힌 적이 있어!"

"…!!"

"…그래? 언제?"

지금 그 이야기 할 때가 아니지.

나는 류청우와 배세진의 대화를 끊었다. 듣던 김래빈 눈 튀어나오겠군.

"좀 예전 일인데, 어쨌든 방송국에선 조심해야 했는데 죄송합니다. …그리고 우리 이번 곡 뜬 방식을 그놈이 기획된 거 아니냐고 말했는데, 부정을 안 했어요."

"음…."

"이것도 죄송합니다."

"No!! 녹음한 사람 나빠요! 문대 형 잘못 없어요!"

"맞습니다. 어떻게 사람이 그런 무례하고 악의적인 짓을…."

겨우 곡 띄워놓고 욕먹게 생겼는데 속도 좋은 놈들이다. 나는 쓴웃음을 참았다.

"고마운데, 어쨌든 실수는 실수지. 제 잘못입니다. 방심했나 봐요."

"…문대문대, 사람이 어떻게 매번 긴장하고 살아?"

큰세진이 어깨동무를 하더니 빠르게 중얼거렸다.

"괜찮아! 아직 데뷔도 못 한 놈이 녹음? 바로 이야기해서…."

"그, 그러면! 내가… 말해볼게!"

뭐?

갑자기, 조용히 듣고 있던 선아현이 주먹을 쥐었다.

"그 애가… 나한테 못되게 굴었는데, 너도 괴롭히는 거라고, 사람들한테 말하면…."

"아현아??"

"아현아, 그거 아니야!"

순간적으로 거실이 시끄러워졌다. 그리고 이 반응에 동의한다.

증거도 제대로 없는데 학교폭력 같은 민감한 문제를 들고나온다? 까딱하면 선아현 본인 이득도 없이 그냥 진흙탕 싸움이 되지 않나. 괜히 《아주사》할 때 안 터뜨린 게 아니다.

"선아현, 그냥 내가 반말한 게 풀리고 녹음자로 채서담 저격하는 게 나아."

배세진이 거든다.

"그래! 그냥 박문대 반말이 낫지!"

야.

"그건 그 미친놈한테 변명하라고 시키면 되잖아! 안 그러면 확….."

"확?"

"……아무튼, 반말 들어도 괜찮았다고 확실히 발표하게 만들면 되잖아."

자세한 사정을 모르는 류청우의 되물음에 배세진이 쭈그러들었다. 그 이상은 당사자가 아닌데 말하면 안 된다고 생각한 것 같다. 뭐, 증거라도 풀어버린다고 협박하거나… 그냥 신고해 버리자는 이야기였겠지. 그것도 방법 중 하나긴 했다.

그리고 류청우는 분위기를 정리하기 시작했다.

"그래. 어쨌든, 문대가 지금까지 마음고생하면서 말 못 한 거라면 너무 걱정하지 말고…."

"아, 작업은 해뒀습니다."

"작업?"

"저도 녹음했거든요."

"……??"

나는 스마트폰을 들어서 보여줬다. 녹음 파일이다.

"반말하게 만들 때부터 어쩐지 좀 그래서 해뒀는데요."

별일 없으면 바로 삭제하면 문제없지 않은가. 뭘 하든 세이브는 손해 볼 게 없다. 그리고 사방에서 '그럴 줄 알았다'는 반응이… 아니, 그럴 줄 알았다고?

"역시 문대문대야."

"와……."

그래, 뭐, 좋다.

"관련해서 회사에도 다 이야기해 둔 상태입니다."

그러니 왜곡이나 잘못된 대응을 염려할 건 없다고 말하려던 순간.

선아현이 다시 손을 들었다.

"나도… 있어."

"…‼"

"녹음이?"

"아, 아니."

선아현은 고개를 들더니, 떨리는 목소리로 단호하게 말했다.

"그때 상담 기록이 있어, 문대야…!"

"…!"

"물론 금방 그만뒀지만… 찾으면 분명 자, 자료가 남아 있을 거야."

선아현은 또렷하게 말을 마무리했다.

"너에게, 도움이 된다면 쓰고 싶어."

"……."

…방금 그 말로, 이 일을 처리하는 것에는 두 가지 방향이 생겼다.

채서담이 조용히 업계에서 사장되도록 만드는 방법. 그리고 나머지 하나는… 마음고생 뒈지게 시켜주는 방법이다.

'후자 하자.'

그래. 그래야 수지타산이 맞다.

나는 그날, 회의를 끝낸 새벽에 마지막 작업자에게 전화를 걸었다.

–마음 정했어요?

"그래."

해외에 있는 놈이라 바로 받았다.

"협조 좀 해라."

아직 그룹명이 정해지지 않은 그룹, 〈아주사〉 시즌 5 데뷔조의 최근 일정은 제법 빡빡했다. 데뷔 준비와 동시에 광고, 인터뷰 등 오디션 프로그램 승자의 스케줄을 소화하고 있었기 때문이다. 비록 화제성은 이

전 남자 시즌 테스타의 위상에 비할 바는 못 되었지만, 그래도 당사자들의 마음을 들뜨게 하긴 충분했다.

그리고 다른 이유로 승리감을 느끼는 구성원도 있었다.

'연락도 못 해? X나 웃기네.'

채서담은 자신의 스마트폰 속, 아무 반응 없는 한 연락처를 확인했다.

[문대 선배님]

전에 테스타 담당이던 매니저를 슬슬 구슬려 알아낸 번호였다. '형님, 형님'거리며 찌질한 놈 띄워주는 것쯤이야 쉬운 일이었다.

'그 수준에 가오 잡아도 본성이 그렇지.'

채서담은 박문대도 비슷한 부류일 것이라 짐작 중이었다. 학교 다닐 때는 말도 못 붙이던 부적응 종자가, 자신이 인기 아이돌이 됐다는 것에 취해서 세게 나오는 걸 보는 게 수치심이 들 정도였다.

'운 좋은 새끼가 뭐 어째?'

말만 들어서는 무슨 대단히 자기가 봐준다는 투였는데 결국 있어 보이는 척 그 이상은 없던 것이다. 지금도 채서담 자신이 슬쩍슬쩍 관련 인터뷰나 촬영 때마다 박문대를 들먹이는데도 어떤 반응도 못 하지 않는가. 분명 지레 겁먹은 것이다.

'빡쳐서 뭐라 할 줄 알았는데 그것도 무서워서 못 하는 것 좀 봐.'

그리고 머릿속에서는 자기를 무슨 만화 주인공쯤으로 미화하고 있을 꼴이 뻔했다. 반마다 한둘씩 그 덜떨어지는 놈들 있지 않은가.

'진짜 운 좋은 게 어디서 자기소개를 하고 있어.'

그냥 시기와 목 하나 잘 타고 나서 성공한 놈이 이토록 치열히 살아온 자신 같은 서열에게 갑질할 수 있는 게 웃길 뿐이다. 발이 부서져라 연습하며 수단과 방법을 가리지 않고 영리하게 상황을 헤쳐온 자신에게 채서담은 직접 리스펙을 보냈다.

잠시 방심하여 미끄러졌으나 그걸로 끝이다.

'이젠 그렇게 안 둔다, 내가.'

이대로 박문대를 이용해 한계의 한계까지 그 인지도와 이미지로 이득을 본 후엔, 더 짜릿한 계획이 남아 있었다. 박문대와 다시 마주치는 순간, 못 참고 직접 폭발하도록 유도하는 것이다. 타인의 반응을 끌어내는 건 그의 특기였으니까.

'기왕이면 회사에도 일러바치면 더 좋겠다.'

회사에서 덮으려고 하면 그것도 좋은 정황이었다. 그럼 그걸 잘 끌어모으다가 다시 약점으로 삼는다.

'여차하면 그걸 내가 괴롭힘당했다는 증거로 써서 빠져나갈 수 있어.'

이러면 이미지의 반전까지 일석이조였다.

'이미 즉석에서 삭제한 녹음본을 핑계로 후배를 지속적으로 괴롭히는 아이돌!'

"아."

뒤집힐 상황이 생각만 해도 그럴싸해서 채서담은 만족스러워졌다.

그리고 그는 당시에는 흥분해서 미처 생각을 못 했던 녹음의 또 다른 당사자, 청려에 대한 것도 잠시 떠올렸다. 물론 이제 와서는 그것도 다 자신의 계산 내였다고 합리화 중이었다. 그 사람이 무슨 제스처를 보일 리가 없었다.

'다 그렇다니까?'

자신에겐 피해가 없으니 박문대가 곤란한 걸 반기고 있을 것이라 채서담은 확신했다. 하하 호호 해도 경쟁자 아닌가. 알아보니 데뷔하자마자 잘된 아이돌이던데 얼마나 성격이 유아적일지 충분히 예상이 갔다.

'오히려 딜 걸려고 내 쪽에 연락 줄 수도 있어.'

자신은 그 상황에서 저자세로 충분히 예의 바르게 굴었으니 감정 상할 것도 없을 것이다. 어쩌면 박문대의 약점이 터지기만을 기다리고 있을지도 몰랐다.

"음~"

채서담은 이 눈덩이 굴리듯 자연스럽게 이어지는 논리를 생각하며, 지난 며칠간의 초조함을 깨끗이 버렸다.

'대담하게 판 잘 짰어.'

삶에서 지속적으로 그의 발목을 잡아온 오만함이 다시 자라났다.

그리고 이 낙관론이 깨진 것은 며칠 후, 회사 복도에서 누군가를 만났을 때였다.

이제 선배가 된 그의 동기, 선아현을.

"안녕하십니까, 선배님!"

"안녕하세요…!"

반대편에서 걸어오던 선아현은 학교 다닐 때와 달리 고개를 빳빳이 들고 자신을 쳐다보고 있었다. 저런 놈에게 연차가 밀려서 선배 취급을 해야 한다니. 채서담은 순간 기분이 나빠졌다.

'〈아주사〉가 운 좋게 잘되지 않았으면 사회생활도 못 했을 게.'

저런 인간이 마치 자신보다 성공한 것처럼 들먹거리는 것은 언제나 부조리의 쓴맛을 느끼도록 만들었다.

'그런데 네가 뭘 어쩔 건데?'

선배라고 유세 부리는 것 외엔 할 수 있는 게 없지 않은가. 겨우 만든 사회적 위치를 신경 쓴다면 말이다. 그리고 채서담은 선아현의 유세 정도는… 솔직히 간지럽지도 않았다.

"저, 서담 씨에게 할 말이 있는데 잠깐, 괜찮을까요?"

"아, 넵! 서담 형!"

아득바득 말 안 더듬으려는 꼴이 좀 배알이 꼴리긴 했으나, 그는 굳이 자신을 지목해 불러내는 선아현의 행태에 내심 코웃음을 쳤다. 녹음기는 아직도 돌아가고 있다.

'약점이 하나 더 생기겠네.'

그러나 채서담은 구석의 회의실에 들어가자마자 선아현의 직구를 맞는다.

"많이, 고민 중이야…. 네가 날 괴롭혔다고 사실대로 밝혀야 할지."

"……!"

뭘 밝힌다고? 채서담은 순간 이게 현실인지 돌아보았다.

그러나 선아현의 말은 끝나지 않았다.

"서담아, 나 녹음 있어."

"……!"

"네가, 너무 무서워서… 혹시 내가 이상한 건가 해서, 다시 들어보고 이해해 보려고, 녹음을 했었어… 한동안."

"……."

"그리고, 아직 남아 있어."

채서담은 등골을 스치는 서늘한 감각을 느꼈다. 위기 앞에서 느끼는 생존본능이었다.

'아, 아니지.'

채서담은 겨우 현실을 부정했다. 그리고 이성적이라 착각하며 합리화했다. 지금까지 계속해 왔던 것을 비슷하게, 그러나 좀 더 강하게.

'저렇게 말해도 못 터뜨릴 거라니까?'

터뜨리면 자기도 손해 아닌가? 지금 저렇게 잘나가는 아이돌인데 말이다. 겨우 학교 다닐 때 기분 나빠서 실기 좀 망친 것 가지고 학교폭력으로 나불대긴 힘들다. 적어도 그는 그렇게 생각했다.

'그리고 뭘 녹음했는데?'

그가 생각하기엔, 아무리 따져도 자신은 책잡힐 만큼 폭언을 하거나 때린 적이 없었다. 저건 그냥 겁주려는 것이다.

'하지만.'

하지만, 혹시 모르니… 그래, 만일을 위해서다. 채서담은 합리화를 끝낸 후 안타깝다는 어투로 입을 열었다.

"아현아, …너 내가 그렇게 싫니?"

"……."

"우리가 학교 다닐 때 마찰이 좀 있었지만… 이럴 정도는 아니잖아, 혹시 나한테 수석 밀렸었다고 이러는… 거야? 너무 당혹스럽네."

변명하며 당혹스러워하는 그림을 기대하며 말을 꺼냈다면 오산이다.

"내가 이미지가 나쁘니까, 재밌게 생각해서 그런 건가 싶어서 자괴감도 들어…."

그는 자신의 녹음기를 의식하며, 증거물 제작에 열을….

"서담아."

그러나 선아현은, 미동도 없었다.

"이제 그런 건 안 통해."

"…!!"

"나는 정말, 공표할 생각도 있어. 미리… 말해두는 게 내 마지막 정리일 것 같아서, 알리러 온 거였어."

"……."

"그럼, 들어가 볼게."

선아현은 살짝 고개를 숙이더니, 단단한 표정으로 먼저 회의실을 나갔다.

그리고 채서담의 머릿속은 새하얗게 질렸다.

'터뜨릴 리가 없어.'

채서담은 숙소 침대에 누워 되뇌었다. 그냥 자기 위치에 재미 들려서 협박 좀 해보겠다고 꺼낸 말일 것이다.

'그 찌질한 새끼가 X나 어디서 본 건 있어가지고.'

…그러나 한편으론, 만일 선아현이 녹음본을 공개했을 때 어떤 파장

이 있을지를 계속 상상하게 되는 것이다.

결국 시간이 흐르며 이런 생각까지 들게 된다.

'…지금이라도 사과해?'

아니, 사과는 인정하는 것이다! 그는 절대 사과할 수 없었다…. 애초에, 사과할 만큼 잘못한 것도 없지 않나? 멘탈이 약한 쪽이 혼자 무너질 걸 좀 부추긴 걸로 엄청난 피해자라도 된 양 구는 게 지긋지긋했다.

"X발…."

어떻게 될지 모든 게 불확실했다. 그러나 제스처를 취하는 순간, 제발 저린 것이 된다.

'무시하고 가?'

하지만 찝찝했다. 끝없이 생각은 원점으로 돌아온다….

그렇게 불안하고 미친 듯이 긴 며칠이 지났을 때.

마침내 변화가 생겼다.

"서담아, 음… 회사에서 매니지먼트 실장님이 좀 보자고 하시는데."

"……예."

X발! X발! 채서담은 직감했다. 매니저 표정을 봐선 좋은 건 아닌 것 같은데, 그럼 이건 선아현 그 새끼가 기어코 일을 친 것이다.

"…!"

그렇지!

그 순간, 기가 막힌 아이디어가 채서담의 머릿속을 지나갔다.

박문대가 자신을 괴롭혔다는 증거를 먼저 잡으면, 선아현이 혹시 폭로하더라도 그걸로 회사와 딜을 할 수 있지 않나? 그는 매니저의 안내로 복도 끝 매니지먼트실을 찾아가면서도 계속 머릿속으로 계산을 굴렸다.

'지금이라도 문자를 해서 좀 긁어보면…'

달칵.

하지만 녹음기 소지 유무 확인 후, 매니지먼트실의 상담용 회의실 문이 열렸을 때.

"왔네."

그 자리에 앉아 있는 것은… 전혀 예상하지 못한 인영이었다.

박문대.

"…!"

이게 대체 무슨 상황이지?

실장이 있어야 할 자리에 앉은 박문대는 무심히 채서담을 훑어본 다음 턱짓했다.

"앉으세요."

"……."

"아, 저는 실장님 대리입니다."

툭.

말도 안 되는 소리를 태연자약하게 중얼거린 박문대는 매니저에 의해 닫히는 문을 힐끗 쳐다보았다. 그리고 픽 웃었다.

"대화 좀 하시죠."

…그때야, 채서담은 박문대를 얕보며 잊었던 의심을 다시 떠올렸다. 자신이 박문대를 염탐하려 했던 이유.

복수심.

─운 좋은 새끼.

박문대의 그 발언 이후 자신에게 일어났던 모든 사건과 폭로가, 혹시 박문대의 행위가 아닌가 했던… 의심을.

나는 고개를 들어 문 열고 들어온 놈을 확인했다. 채서담은 무슨 귀신이라도 본 것 같은 얼굴이다.

'잘됐네.'

정신이 혼미한 상태일수록 해 먹기 편했다. 안 그래도 쉬운 놈이 더 쉬워지겠군. 나는 아직도 서 있는 놈에게 말했다.

"안 앉으실 건가요."

"……."

"상관은 없는데… 그러면 그냥 이야기합니다."

나는 단조롭게 말을 이었다.

"학교폭력 관련해서 제보가 들어왔다는데…."

"다 네 짓이지?"

"뭐가요."

"……."

그러나 이 새끼는 대답하는 대신, 뭔가 깨달았다는 것처럼 표정이 바뀌었다. 그리고 그제야 의자를 빼서 거기 앉는다.

'오.'

놈은 눈을 희번덕거리며 말했다.

"뭐 착각하시는 것 같은데… 전 뭐가 터져서 이거 그만둬도 상관없어요, 선배님. 이미 충분히 욕먹어봤고… 길이 뭐 이거 하나인 것도 아니고, 그렇죠?"

"……."

"그래. 그냥 아이돌 그만둘 거니까, 다 이야기하고 나가려고요. 어? 선배 그룹이 다 같이 짜고, 회사까지 같이 사람 압박해서 루머 만들었다고요."

음, 전형적인 반응이다. '궁지에 몰렸으니 다 같이 죽자. 내가 자폭하겠다' 이거지.

'만일의 경우엔 다시 전공 업계로 돌아갈 수 있다, 이건가.'

이 새끼도 대가리가 있으니 짐작했겠지만, 테스타 입장에서 나든 선아현이든 어느 쪽 사안을 터뜨려도 손해는 맞다. 그걸 피하려고 내가 계속 신중했던 거고.

그러니 이러면 이제 협박이 가시고 협상 단계로 접어들 줄 알았나 보다.

"그러시구나."

안됐지만 쓸모없는 짓이다. 너랑 협상은 없다.

"근데 아이돌 그만두면 유학 가실 생각인가요."

"무슨 말……."

"한국에서 당장 살긴 힘들 것 같아서요."

나는 턱을 괸 채 채서담을 보지도 않고 말했다.

"내가 어떻게든 사실관계 다 까발려서 너 한국에선 더는 사회생활 못 할 만큼 구설수 만들 건데."

"……!"

"나도 상관없어. 터지든 말든. 그런다고 테스타가 망하는 것도 아니고."

나는 어깨를 으쓱했다.

"네가 녹음 같은 개소리 할 때부터 관계자끼리 이야기 다 끝났다고, 멍청아."

이런 새끼를 믿을 구석이 싹 빠진 패닉 상태로 몰아넣을 방법, 바로 진심이 담긴 블러핑이다.

여기서부터가 중요했다.

'몰아쳐서 들어간다.'

나는 주머니에서 스마트폰을 꺼내 책상 위에 잘 보이게 올려두었다. 그리고 마치 지난번에 이 새끼가 나한테 그랬듯이 녹음 파일을 재생시켰다.

─대상 노리는 거죠?

─가수면 다 그렇겠지.

채서담이 녹음한 것보다 훨씬 깨끗한 음질의 음원.

"…!"

내가 녹음한 것이다.

"녹음을 그쪽만 할 수 있는 건 아니지."

나는 재생을 중지시키며 피식 웃었다.

"설마 내가 선배랑 반말 좀 했다고 질질 짜면서 밝히지 말아 달라고 할 줄 알았나."

"……."

"당장 예능이라도 하나 나가서 그 선배랑 친한 증거 삼아 풀면 그만이야."

채서담은 이게 대체 무슨 상황인지 이해해 보려 애쓰는 것 같았다. 상황에 별 도움은 안 되지만, 현실 부정하고 싶은 마음에 반사적으로 반박할 말을 찾게 되는 것이다.

'기다려 줄까.'

놈은 몇 초가 더 흐른 후에야 다급히 입을 열었다.

"신곡 뜬 거! 다 기획한 거라는 말도…."

아, 그거.

"글쎄. 내가 그랬나. 말 길어지기 싫어서 그냥 넘어간 건데… 다 상황 붙이기 나름 아닌가."

나는 긴말 없이 다시 스마트폰을 조작했다.

주소록에 들어가서, 전화 걸기.

[VTIC 신청려 선배님]

띠리링, VTIC의 이번 신곡 어쿠스틱 버전 멜로디가 잠시 통화음으로 가다가… 끊긴다.

달칵.

-안녕하세요, 후배님.

"안녕하십니까, 선배님. 저희 지난번에 대기실에서 대화했던 거 말인데, 예능에 소스로 좀 줘도 괜찮을까요."

전화기 너머로 웃는 소리가 들리는 게 좀 거슬렸으나, 어쨌든 청려는 예정대로 대답했다.

-그럼요. 그렇게 해요. 말 놓으라고 한 건 나니까.

"감사합니다."

-뭘요.

나는 전화를 끊었다.

"그렇다고 하는데."

"……."

자, 네가 약점이라고 희희낙락하던 건 둘 다 날아갔다.

눈앞의 멍청이는 아까 희번덕거리며 달려들던 기세는 어디 갔는지 얌전해졌다.

'눈 뒤집힌 것도 오래 못 가나.'

자기 보신 욕구 한번 정말 강한 놈이다.

나는 여기가 한 단계 더 압박 수위를 끌어올릴 타이밍이라는 것을 알았다. 그래서 빠르게 대화를 바꿨다.

"그래서 이건 그쪽 의문에 답변이 된 것 같고… 다음은 원래 이야기 하려고 했던 학교폭력 제보 말인데."

내 약점을 막았으니, 이번엔 네 약점을 말해보자. 나는 아무렇지 않게 말했다.

"그냥 피해자가 기자와 인터뷰하는 게 깔끔하지 않나."

"…!!"

"아무래도 이런 건 공식적으로 하는 편이 사회적으로도 좋은 메시지가 될 것 같고. 증거도 충분하니 다들 믿을 것 같다."

증거.

지금 이 새끼 머릿속에 선아현과 했던 대화가 떠오르고 있다는 데에 녹음을 걸겠다. 나는 말을 마무리했다.

"그쪽이 지금도 녹음하면서 다른 사람 약점 잡으려고 했다는 정황까지 붙이면 딱 떨어질 것 같아서. 바로 진행하려고 합니다. 끝."

나는 스마트폰을 도로 집어 들며 자리를 정리했다. 할 말 다 끝났다는 제스처다.

"…그!"

채서담은 폭격 맞은 듯이 놀라서 일어났다.

"자, 잠깐. 이건… 왜, 이걸 왜."

그래, 왜 너 같은 놈한테 구구절절 이런 걸 이야기하는지 물어봐 주는 거지? 고맙군. 나는 희미하게 웃으며 대답했다.

"포기하라고."

"……."

"그냥 다 풀기로 이야기됐으니까, 당사자한테 공지는 해야 할 것 같아서요. 이제 기다리기만 하면 됩니다."

통보였다.

"……."

채서담은 자리에 굳었다.

평범한 반응이다. 이쯤 오면 보통 사람은 압도당한다. 상대에게 협상 의지도 없고, 자신의 준비는 다 파훼당했고, 이제 네 약점을 치명적으로 공격할 것이란 예고까지. 당장은 마치 빠져나갈 구석 없이 몰렸다는 생각부터 드니까.

후회와 불신. 그리고 자아 비대한 이 새끼는 색다른 결과를 머릿속에서 도출해 내는 것이다.

"대체 저한테 왜 이래요?"

남 탓이다.

"제가 그쪽한테 뭐 잘못한 것도 없잖아요! 선아현과 학교 다닐 때 사이 나빴다는 이유로 이렇게 되는… 이게 말이 돼요? 진심인… 왜 이런 짓이."

채서담은 횡설수설 말을 늘어놓기 시작했다.

"선아현 말만 믿고 사람을 이렇게 만들면 안 되잖아요! 이렇게, 일방적으로 매장하려고…."

"그런가."

나는 무심히 말했다.

"네가 선아현한테 했던 건 그 환경에서 누구나 할 만한 일이고, 네가 다른 놈한테 당하는 건 비겁하고 억울한 일이다?"

"……."

"너도 선아현한테 그 짓 할 때 어떻게 상대에게 피해를 줄지 다 알고 있었잖아. 날 녹음할 때도 마찬가지고."

채서담은 한 대 얻어맞은 얼굴이었다. 이런 새끼들은 꼭 자기가 X 같이 고통받아야 반성 비슷한 거라도 하더라.

"나라면 창피해서라도 그 소리 못할 텐데. 결과에 승복하는 게 낫지 않나."

물론 승복할 놈이 아니라는 걸 알고 꺼낸 말이다.

"아니, 선아현도! 이런 이야기가 나오면 피해를 입…."

그래, 이런 걸로 반성할 놈이면 여기까지 안 왔겠지. 나는 어깨를 으쓱했다.

"본인이 하겠다는데 내가 그런 것도 생각해 줘야 하나. 알게 뭐야."

"···!!"

"내가 망하는 것도 아니고."

채서담은 입을 딱 닫았다. 이쯤 오면 이 생각이 안 들 수가 없을 것이다.

'이 새끼 진짜 미친 또라이다.'

'진짜 X발 멤버든 그룹이든 타격이 있든 말든 다 풀어버려서 날 조질 생각이다.'

···라는 게 절절히 다가오겠지. 더불어 자신을 조지는 수위에 대해서도 아마 본인의 상상력을 있는 대로 써서 끌어올려 지옥을 만들고 있을 것이다.

'저 새끼가 내 사회적 죽음을 준비하는구나!'

'음.'

물론 뻥이다. 내가 바보도 아니고, 당연히 이 문제를 수면 위로 올릴 생각은 없다. 그냥 위협이지.

"자기 일은 자기가 책임지는 거지. 안 그래? 증거 있다잖아."

"아, 아니······."

이것도 마찬가지.

선아현이 정황 녹음을 했던 것을 우리끼리 토의하며 깨닫긴 했다.

그러나 그 파일은 음질 문제로 채서담 본인을 확인하기 어렵다. 남은 건 선아현이 처음 거론했던 상담 기록뿐인데, 이건 온갖 여론이 달라붙어 개싸움될 가능성이 크다.

뭐, 그런 걸 다 떠나서 안 그래도 다사다난했던 이 그룹에 또 활동 외 사생활적 요소를 올려줄 생각은 없단 말이다.

하지만 채서담은 그걸 모른다.

"……."

놈은 이 거대한 블러핑에 완전히 휘몰려서 침몰했다. 그리고 전의를 상실하고, 울거나 화낼 생각도 못 할 만큼 패닉 상태에 빠진 것 같다.

'이대로 한 일주일 두고 싶지만….'

그러다간 또 변수가 튀어나올 수 있으니, 슬슬 동아줄처럼 보일 걸 줘볼까. 나는 스마트폰을 탁자 밑에서 한번 만졌다. 이제 마지막 조력자가 등장할 타이밍이었다.

몇 초 뒤.

─똑똑똑!

황급한 노크 소리와 동시에 문이 벌컥 열렸다.

"혀, 형들."

"…!!"

골드 2다. 놈은 다급과 긴장 사이 어딘가의 표정이었다.

"…권희승."

채서담은 질린 와중에도 별 시나리오를 다 쓰는지, 휙 고개를 돌려 놈을 쳐다보았다. 하지만 골드 2의 다음 말이 나오는 순간 분위기가 변했다.

"회의에서 이야기, 듣고 왔는데…. 문대 형, 그, 아무리 그래도 공식 발표까진 참아주시면 안 될까요."

"……음."

나는 의도적으로 대답하지 않았다. 살짝 갈등하는 것처럼.

"…!"

그러자 채서담의 눈에 순간 번뜩임이 돌아왔다. 희망이다.

"서담이 형도 진짜 많이 반성하고 있을 거예요. 그, 그렇지 형?"

채서담이 진심 어린 것처럼 고개를 끄덕였다. 그리고 다급히 입을 연다.

"죄, 죄송합니다."

뭔가 해볼 만한 타이밍이란 걸 깨달았군.

"예."

"녹음해서… 그, 이용하려고 해서요. 제가 잘못 생각했습니다. 오해를 해서…."

"음…."

나는 적당히 뜸을 들인 후에 대답했다.

"이런 상황 안 됐으면 사과 안 했을 것 같긴 한데요. 아무튼, 알겠습니다."

"지금 상황이라 서담 형도 딱 이해를 했다니까요?? 혀, 형. 뭘 이해했는지 말 좀."

골드 2의 말에 채서담이 머리를 굴리는 게 보인다. 결국 놈은, 아까 내가 했던 말을 거의 답습했다.

"…다른 사람에게 큰 피해를 주면서까지, 잘해보려고 하면 안 되겠구나… 그건 잘못된 노력이구나, 하는걸. 예."

'좋아.'

결국 이 말이 나왔군. 저 뻔한 명제를 지금까지 실컷 어기며 살았던 놈이 말하는 게 진심일진 모르겠다만, 충격적인 상황에서 자기 입으로 말한 게 중요했다.

시간이 지나서 자신의 행동을 긍정으로 합리화하려면 저 인정도 긍정해야 할 테니까.

그리고 정적이 흐르는 순간, 골드 2가 다시 상황을 부추긴다.

"새, 생각해 보세요, 문대 형! 서담 형이 그렇게 안 좋게 탈퇴하면… 생각보다 일이 너무 커질 수도 있고… 그럼 올해 일정이 힘들 수도 있는데…"

"……"

나는 말없이 골드 2를 쳐다보았다. 골드 2는 식은땀이라도 흘릴 것 같은 얼굴로 나를 마주 보며 침을 삼킨다.

꿀꺽.

나는 마지막의 마지막에서야 어깨를 으쓱했다.

"뭐… 회사에 피해가 생기면 일이 많아지니까."

"……!"

나는 한숨을 참는 것처럼 힐끗 채서담을 본 다음 고개를 끄덕였다.

"이번뿐이다."

그 후로는 간단했다.

안도한 채서담은 골드 2의 부추김을 연료 삼아 순식간에 계약서를 쓰고 제 발로 팀을 탈퇴했다.

'계약서 내용도 뉘앙스가 중요했지.'

채서담이 방금 오간 대화를 비밀로 지켜주는 게 아니라, 우리가 그쪽 약점을 입 닫아주는 것을 확실히 했다. 채서담의 루머 유포 시도와 학교폭력 이야기를 묻어주는 대신, 놈이 조용히 나가고 팀에 폐를 끼치지 않겠다는 계약이다.

그리고 빠르게 기사와 발표가 떴다.

[<아주사> 새 시즌 10위 채서담 데뷔 불발, "건강 문제"]

어차피 여러 가지 사건 때문에 데뷔조 팬덤에 밉보이기도 했고, 사유도 '건강'이었기 때문에 이 사건은 큰 문제나 파란 없이 넘어갔다.

그리고 대화 막판에 치고 들어와서 꿀을 쭉 빤 골드 2는 싱글벙글 그 자체였다. 눈치챘겠지만, 큰세진이 판 짜면서 채서담에게 당근 주는 역할로 꼬셔 온 놈이다.

–그래, 문대는 채찍만 막 휘둘러~ 희승이가 딱 마지막에 당근 한 입만 주는 걸로 하자!

부정할 순 없겠다. 괜찮은 인선이었다.

"연기 잘하던데."

"저요? 완전 진심이었잖아요."

당일, 채서담이 방을 빼자마자 골드 2는 한숨 돌렸다는 표정으로 길게 심호흡을 했다.

"후… 아니, 어떻게 이번에도 저 형이 데뷔를… 아 몰라요! 암튼 데 뷔 전에 조용히 보내 버려서 속이 시원하네, 진짜!"

시한폭탄 같은 놈이 같은 팀이면 속이 탈 만도 했으니 탓할 생각은 없다. 나는 그냥 웃고 말았다.

"다시 한번 봐주셔서 감사합니다. 형님!"

"감사할 건 없어."

"에이, 형은 진짜 다시 봐도 대단하십니다! 언제든 형한테는 제가 진 짜 잘하겠습니다!"

골드 2는 그 후로 안부 문자를 더 자주 보내기 시작했다.

그리고 얼마 후엔 〈아주사〉 데뷔조의 매니저를 통해 다른 부류의 문 자도 하나 들어왔다.

발신자는 채서담이었다. 장문 문자였는데, 재밌게도 수신자로 부탁 한 게 선아현이다.

[나는 모든 게 경쟁의 일부라고 생각하며 경쟁적으로 임했던 건데, 내 생각이나 의도보다 더 네게 큰 상처를 줬던 것 같아서 미안해. 이번 에 정말 뼈저리게 깨달았어. 내 방식에 문제가 있을지 모른다는…….]

이 구구절절한 소리를 요약하자면, 학창시절 선아현에게 자신이 지 나쳤던 것 같다는 말이었다. 물론 반은 자기변명에 가까웠다만.

"…'의도보다 더'? 이걸 지금 사과라고 붙였어? 아직도 정신을 못 차리고…!"

"꽤, 괜찮아요…!"

대리 분노하는 배세진을 도리어 선아현이 말렸다.

"사과를, 받을 줄 몰랐어요…. 아니라고 생각했는데, 사과는… 저도
받고 싶었나 봐요."

"아현아…."

"고, 고맙습니다."

선아현은 주변에 고개를 꾸벅거리더니, 나와 눈을 마주쳤다.

"그리고, 고마워 문대야…. 도, 도와주려고 했는데, 내가 매번 도움
을 받는 것 같아."

"…?"

네가 밑밥 잘 깔아서 채서담 보내놓고 무슨 소리냐. 물론 이렇게 대
답하면 또 끝없는 공치사가 이어질 테니, 나는 그냥 간단히 대답했다.

"협력한 거지. 나도 고마웠다."

"으응…!"

선아현은 밝게 웃더니, 시원하게 채서담의 문자 캡처를 내려 버렸다.

"오오!"

멤버들이 무슨 세리머니를 본 것처럼 박수를 보낸다. 선아현은 좀 쑥
스러워하는 것 같고.

"음."

나는 그 사과문 비슷한 것이 사라지는 것을 보며 생각했다.

'어차피 저 새끼는 또 저거 잊어버리고 뽕찰 것 같긴 한데.'

하지만 그것도 고려해서 짜놓은 판이다. 본인한테 불이익 오는 건 기

가 막히게 피해갈 인성이니 입 다물고 있겠지. 그리고 이렇게까지 압도적인 차이로 한번 X 될 뻔하면, 상대에 대한 복수심보다 경외감을 가지면서 정신승리를 하더라고.

'그 상황에서 그래도 내가 잘 대처해서 빠져나왔지.'

이런 식이다. 고로 이놈은 이제 다시 관련 문제로 아가리 털 생각은 못 할 것이다. 선아현은 이놈을 잊어버릴 것이고.
'다시 볼 일은 없겠군.'
깨끗하게 업계에서 털어냈으니 말이다.
"……음."
나는 잠시 고민하다가, 그날 밤 문자를 하나 넣었다.

[잘 끝났습니다. 고맙습니다]

이 일에 도움이 됐다는 건 담백한 사실이니 이 정도는 할 만하지. 그리고 얼마 지나지 않아, 눈에 익은 개가 앞발을 든 사진이 도착했다.
인사냐.
"……음."
나는 턱을 만졌다. 의외로 안 긁는군. 이 새끼도 슬슬 정신을 차린….

[VTIC 신청려 선배님 : 그래요? 그럼 답례로 곡 하나 받고 싶은데요.]

"……."

미쳤나.

[VTIC 신청려 선배님 : 농담이에요^^]

나는 답장하지 않고 문자를 껐다. 그걸로 채서담을 보내 버린 이후 임팩트는 전부 정리되었다.

그리고 바로 다음 날, 회의에선 이때 채서담을 보내 버리지 않았다면 같이 일할 뻔했다는 사실이 밝혀진다.
"소속사 콘서트 안건에 대해서 좀 더 구체적인 일정이 나왔는데요…."
바로 성공한 소속사의 상징, 소속 아티스트 단체 콘서트 일정 이야기가 나왔기 때문이다.

소속사 단체 콘서트.
보통 이름 있는 남녀 아이돌 그룹을 적어도 각각 한 팀 이상, 그리고 유망주 신인까지 보유한 회사가 진행할 만한 행사다. 그런 의미에서 〈아주사〉 출신 그룹 세 팀을 보유한 이 소속사가 최소 조건은 맞추었다고 생각할 수도 있겠지만… 착각이다.
나는 귀갓길, 챙겨온 기획서를 확인하며 미간을 찌푸렸다.
'좋아할 사람이 없을 것 같은데.'

이 급조한 소속사엔 고유한 컬러가 눈에 씻고 찾아봐도 없지 않나. 흔히 말하는 '그 소속사 특유의 느낌' 말이다. 팀 간에 뭐라도 공통 수요가 있어야 관객 만족도가 있지, 그냥 오디션 프로그램 우승자 그룹이나 넙죽넙죽 받아온 소속사가 무슨 배짱으로 자체 콘서트까지 기획하는지 모르겠다.

물론 목적은 대충 짐작이 간다만.

"음~ 새로 데뷔하는 애들 띄워주려는 것 같은데?"

큰세진이 어깨를 으쓱하며 말했다.

"봐봐, 그 친구들한테 우리 노래 몇 곡 커버하라고 구성까지 줬네~ 〈아주사〉 우리 시즌 곡도 시안에 있고."

"으음."

그리고 주방에서 물 마시던 배세진이 약간 긴장한 얼굴로 말을 얹는다.

"…이게 세대 교체 시도 아니야?"

"세대 교체요?"

"왜, 그, 우리는 계약 기간도 얼마 안 남았으니까… 팬들이 신인 그룹을 좋아하게 유도하는 거 있잖아!"

"그런…! 벌써 이 그룹의 잠재력을 다 소모했다고 오판하시는 겁니까?"

그럴싸하게 들렸는지 김래빈이 기겁한다. 배세진은 진지하게 고개를 끄덕였다.

"…그럴 수도 있다는 거지."

나 참.

'어디 위튜브에서라도 본 건가.'

KPOP 관련 채널을 그렇게 많이 보더니 어설픈 지식이 좀 생긴 모양이다. 나는 피식 웃고 고개를 저었다.

"아닐걸요. 그냥 그 그룹에 화제성 좀 붙이려는 것 같은데."

"그, 그래?"

"예. 아무래도 전 시즌이 우리 시즌만큼 잘되진 못했으니까, 득 좀 보려는 것 같습니다. 너무 걱정 마세요."

겨우 우호 관계를 빌드업해 왔는데 여기서 테스타를 포기하긴 회사 입장에서 너무 아깝지. 분명 우리가 재계약할 거라고 생각 중일 텐데, 테스타 체급에 붙는 이득을 야금야금 뜯어먹는 정도로 그칠 것이다.

'황금알 낳는 거위 배를 가르기엔 큰 메리트가 없어.'

큰세진도 흔쾌히 동의했다.

"나도 동의! 그래도 경각심을 가지는 건 좋죠~ 음, 형님 말씀도 좋은 방향이신 것 같아요."

"…그래."

"훌륭한 말씀이십니다."

배세진과 김래빈은 순식간에 음모론을 폐기했다. 그리고 차유진이 다짜고짜 끼어든다.

"그래서 우리 그거 언제 해요? 빨리해요?"

"보자… 25일 뒤인데?"

류청우가 기획서의 '8월 대관 완료' 부분을 손가락으로 가리켰다. 그러나 나는 다른 부분을 더 주목했다.

'생각보다 규모가 작군.'

잠실 실내체육관, 만천 명 규모다. 최소한 '테스타+미리내+신인? 스타디움 가자!' 같은 멍청한 팬 머릿수 계산으로 수요를 파악하지 않았다는 것이다. 이건 이 소속사 대가리에게 기대할 수 없는 업계에 대한 통찰력이다.

'본사가 개입했네.'

T1 입김이 들어간 것 같다. 애초에 이 콘서트 자체가 Tnet에서 방영되는 걸 보니, T1에서 밀어붙여서 소속사가 급하게 진행시키는 것 같다.

'TaKon 반응이 좋아서 비슷하게 한탕 더 하고 싶은가 보군.'

팬들에게 욕 좀 먹을 것 같다만… 뭐, 테스타가 손해 보는 건 거의 없다. 콘서트 무대 일부가 전파를 타면 홍보 효과도 있을 거고. 계약 후반부라 차후 문제없으려면 지금은 T1이랑 마찰 없이 갈 타이밍이니, 이 정도는 보이콧 없이 쭉 받아줘도 될 것 같다.

"총 다섯 곡만 준비하면 되네요."

나는 피식 웃으며 기획서를 툭 쳤다.

'화제성 좀 가져가라지 뭐.'

단, 그게 어떤 의미의 화제성일지는 알아서 책임져야지. 같은 오디션 시리즈 출신, 비슷한 나이대의 남자 아이돌 그룹 둘이… 심지어 같은 곡을? 미친 듯이 비교될 것이다.

그리고 우리에겐 별 부담이 없다.

"음, 3주 반 정도구나. 촉박하네."

"지난번 콘서트 테마랑 비슷하게 가니까 무리는 없을 것 같아요~"

"따로 편곡 작업이 필요할지 세부 사항에 대하여 문의드려야겠습니다."

나는 지금 열심히 떠들고 있는 놈 중 하나의 상태창을 불러왔다.

[이름 : 김래빈]

랩 : A+ (S+)

(가창 : C+)

춤 : B+ (A+)

외모 : A- (A+)

끼 : A (S)

특성 : 마에스트로(S)

이 그룹에서 아무나 잡아도 대충 저 정도 나오는데 말이다. 심지어 《아주사》 때와 비교해서 적어도 3포인트 이상 스탯이 오른 놈들이 수 두룩하다.

'그 와중에 김래빈은 특성 등급까지 올랐고.'

앨범마다 단기 작업에 자진해서 갈려 나가니 당연한 일일지도 모르 겠다. 그나마 약한 건 배세진 정도였는데, 이것도 요새는 이상한 요령 을 익힌 것 같더라.

-이거, 가사 따라 통째로 움직임을 외우면 되는 거였어…!

-…??

댄스 기본 루틴이 익숙해진 놈은 이런 꼼수를 통해, 리듬 탄 춤이 아니라 움직임 재현에 집중해 군무를 따며 훨씬 그럴싸해졌다.

'그게 더 어렵지 않나?'

뭐, 본인은 더 편하다니 됐고. 어쨌든 중요한 건 테스타를 무대로 흠

잡는 의견은 이제 인터넷상에서도 거의 보기 힘들다는 점이다.

'커버 난이도 극상.'

이미 신인상 당시 곡을 바꿔 퍼포먼스했던 오닉스의 사례부터 인상이 박혔는지, 아예 인터넷에서 이미지로 결론을 내려놨다. 게다가 이번엔 저쪽이 일방적으로 우리를 커버한다. 기본 스탯에 연습량까지 차이가 나는 순간 이미 결과는 고정된 것이나 다름없다.

그러니 이런 걸로 팬덤 유출을 걱정하는 게 더 이상한 일이다.

'후배들 대하는 태도만 신경 쓰면 그만이야.'

도리어 걱정되는 건 구색 맞추기용으로 넣은 이 무대다. 마침 류청우가 손으로 그것을 짚었다.

[합동 무대 (미정) / 팀당 2인]

"그리고 다섯 중에 합동 무대가 하나 있네."

"예."

우리 중 일부 멤버가 후배들과 함께 무대에 오르는 합동 무대다. 엔딩에 다 같이 국민가요를 부르는 촌스러운 구성을 제외하면, 처음이자 마지막으로 테스타와 후배가 함께 오르는 무대.

'누가 전면에 나오든 잡음이 나올 것 같군.'

그때 차유진이 또 손을 번쩍 든다.

"저 할래요! 합동 무대 저 해요!"

"하하."

그럴 줄 알았다.

멤버들은 차유진의 적극적 지원에도 아무도 확답하지 않았다. 여기서 분위기 타서 오케이했다간 진짜 차유진이 하게 될 테니까.

'차유진을 내보내는 건 좀 가혹할 것 같기도 하지.'

우리야 상관없는데, 여론적 문제로 말이다. 친선 경기에 전략 병기 내보내는 꼴이다. 이건 좀 더 생각해 볼 만한 구석이 있으니 일단 보류하기로 했다.

그리고 얼마 후, 첫 번째 단체 회의 및 연습 일정에서 이 걱정은 할 만한 것이었다는 게 드러난다.

"새 세트 리스트입니다."

정각보다 일찍 도착해 받은 종이에선 합동 무대 파트가 변해 있었다.

[합동 무대 (미정) / 테스타 2인, 미리내 2인]

'이 새끼들 빠졌네.'

《아주사》 이번 데뷔조가 합동 무대 명단에서 빠졌다. 사유는 '데뷔 준비도 해야 하는데 새롭게 준비할 무대가 너무 과중하다'는 애걸복걸.

"여러분만 괜찮으면, 이 무대 마지막에 자연스럽게 다음 무대로 연결돼서 들어오는 스토리 전개 형식으로 이 친구들 자리를 마련해 주려고요."

디렉터의 설명은 그럴싸했으나, 별개로 신인 그룹의 선택이라고 보긴 상당히 전략적인 판단이다. 변명은 그럴싸했다만… 타이밍이 절묘한데.

"흠."

…상당히, 흥미로운 정황이다.

일단 넘기고 당장은 당장 닥친 일이나 처리해야겠지만 말이다. 나는 디렉터가 다른 호출로 자리를 비운 사이에 이번 합동 무대에 대한 계획을 수정하기 시작했다.

미리내가 전력 질주한 꼴로 도착한 건 얼마 후였다.

쾅!

"안녕하십니까!"

늦진 않았다만 이쪽도 컴백 준비로 바쁜 것 같군. 얼마간의 인사와 준비, 스탭들이 움직인 뒤, 류청우가 친절하게 설명했다.

"사전 기획서에서 좀 변동이 생겼다고 합니다. 저희끼리 합동무대를 하게 됐다네요."

"아아 넵."

2위, 그러니까… 박민하는 허허로운 얼굴로 말했다.

"기획서… 저희는 그런 건 받지 못했습니다, 선배님…"

"……"

짬이 덜 찬 그룹의 숙명으로, 미리내는 그냥 일방적인 통보를 받고 참여하게 된 것 같다.

'아니, 짬 문제가 아니라 테스타가 특수한 경우인가.'

사건이 겹치며 주도권을 잡았다만, 보통은 4년 차라도 한참 회사 말 잘 들을 타이밍이지.

'음.'

큰세진이 얼른 끼어들어서 분위기를 띄웠다.

"에이, 그 초기 기획서가 중요한가요~ 지금 저희가 멋진 무대를 만드는 게 중요하죠! 잘 부탁드려요~"

"…! 옙. 정말 맞는 말씀입니다. 무조건 열심히 하겠습니다. 잘 부탁드립니다!"

차유진이 해맑게 악수를 위해 손을 내민다.

"Yeees! 저도 같이 무대 잘 부탁해…."

"잠깐."

나는 얼굴색을 바꾸지 않고 태연히 차유진의 어깨를 당겼다.

"유진아, '같이'는 아니지."

"…??"

"오우, 맞아요…. 저 무대 같이 안 해요."

차유진은 다소 시무룩해져서 손을 도로 거뒀다.

그렇다. 방금 긴급회의로 차유진은 합동 무대에서 뺐냈다.

–What? 저 잘해요!

–그래, 잘하는 건 알지. 그러니까 우리 콘서트에서 더 큰 무대 하자.

–더 큰 거 뭐예요?

–그러니까…….

…수많은 당근을 썼다는 것만 말해두겠다. 그리고 굳이 이렇게까지 한 건 처음에 고려했던 것과 다른 이유다.

'이놈은 너무 붙임성이 좋아서 안 돼.'

동시에 거리낌이 없다. 무대에 어울리는 그림을 거침없이 퍼포먼스할 테니, 까닥하면 팬들이 편하게 용납 가능한 선을 넘는다. 1대1 남녀 아이돌 그룹 퍼포먼스는 고려할 게 많아서 그러면 곤란하지.

이런 상황에선 무조건 이런 부분까지 머리 쓸 줄 아는 놈들만 하는 게 제일 안전하다. 그러니 정답은 하나다.

"그… 러시군요!"

"네네~"

큰세진이 웃으며 내게 어깨동무했다.

"합동 무대는 저랑 문대, 이렇게 같이할 것 같아요~ 잘 부탁드립니다!"

그렇게 됐다. 이렇게 하면 최악의 경우라도 안 어울려서 웃긴단 소리만 듣겠지.

"오 그렇구나! 저 의견 막 적극적으로 내도 괜찮을까요?? 저희 멋진 거 했으면 좋겠는데요!"

"율기야아악."

"어, 왜? 나 좀 이상해??"

미리내 1위의 발언에 주변 멤버들이 괴상한 소리를 내면서 고개를 숙이며 매달린다. 2위는 모든 걸 포기한 얼굴로 조용히 고개를 끄덕였다.

"예. 저희는 저랑 율기 언니입니다."

1, 2위가 나란히 출전했군. 기세에서 안 밀리겠다는 뜻이고… 아마 저 2위가 만든 인선이겠지.

'테스타가 혼성이든 나발이든 일단 이기려 들 줄 짐작했나.'

우리가 다 오디션 출신이라 그런가. 이것도 또 독특한 상황이었다. 이대로면 오디션 프로그램 팀전처럼 서로 견제할 수도 있겠는데, 그럼 무조건 진행 과정에서 잡음이 나오겠지.

"와, 든든하네요~ 저희 열심히 해봅시다!"

게다가 평소라면 '구호를 만들자, 단체방을 파자' 같은 소리를 했을 놈도 그냥 일만 하자는 태도니 대충 어떻게 돌아갈지 보였다.

'여기서 퀄리티 괜찮은 놈을 뽑자면⋯⋯.'

그럼 이것뿐인가.

나는 구상한 무대 컨셉 후보에서 자연스럽게 하나만을 남기고, 나머지를 제외했다. 그리고 최대한 자연스럽게 회의 흐름이 흘러갈 수 있도록 머릿속에서 시뮬레이션을 몇 번 돌렸다.

디렉터가 돌아오고 몇 가지 중요한 공지와 토의가 전부 오간 후, 합동 무대를 준비할 구성원은 따로 추가 회의가 들어갔다. 일단 차후에 쉽게 바꿀 수 없는 것부터 논하자면… 무대 장치군.

'역시.'

게다가 각 그룹의 기존 무대들에 이 합동 무대를 추가하는 만큼, 앞뒤 무대에서 쓰는 장치들이 이미 선점되어 있다.

"감독님, 기왕이면 이렇게 중복은 아닌 편이 좋다고 하셨죠~?"

"예예."

음.

그럼 일단 와이어 탈락. 거기에 꽃 가루, 리프트도 뒷무대에서 쓰니 제외.

"물도 힘들겠네요. 아무래도 다다음 무대가 저희 타이틀인데 너무 직접적으로 비교되면 좀 그렇겠죠?"

"네넵."

큰세진이 자연스럽게 테스타가 본 무대에서 쓰려던 것들을 죽죽 지워 나간다. 잘하네.

다만 미리내 1위는 좀 답답한 것 같았다.

"저희 보통 하는 것처럼 곡부터 고르는 건 어떨까요? 지금 너무 안 되는 것만 말하게 되니까 좀 더 기운 나게!"

"어, 언니!"

"그건 그렇죠."

마침 잘 말했다.

"뭘 하고 싶으신가요."

"아! 저는 우선 힙합 쪽도 좋은데요…"

나는 그대로 미리내 쪽에서 원하는 만큼 곡을 줄줄 말하기를 기다렸다. 흥을 타고 온갖 후보가 머릿속에 떠오를 때까지 말이다.

'성격 보면 하고 싶은 게 많을 타입이야.'

그리고 분명 말하다 보면 내가 고려하던 곡들도 튀어나올 것이다.

"그렇게 보면 'Attack'도…"

그래, 나왔다. 이러면 곡은 너희가 고른 것같이 느껴지겠지.

나는 좀 더 뜸을 들인 뒤, 큰세진에게 신호를 주고 끼어들었다.

"그러고 보니, 아까 멋진 거 하고 싶다고 하셨잖아요."

"네네!"

"그럼 방금 말씀하신 그 곡에… 이런 컨셉은 어떠세요?"

나는 쭉쭉 종이 위로 선과 글자를 써 내렸다. 컨셉, 예상 효과, 편곡 방향…. 즉석에서 생각해 낸 것처럼 보이도록 적당히 브레인스토밍처럼.

"이런 느낌으로요."

적다 보니 나도 흥미가 붙어서 좀 더 즉석처럼 자연스러워졌다. 나는 종이를 한번 치고 고개를 들었다.

미라내 1위는 눈을 번뜩이고 있었다. 먹혔군.

"전 좋아요!"

"저도… 아니, 예. 선배님께서 정말 좋은 의견 주신 것 같습니다!"

좋아. 좀 사회생활이 섞이긴 했겠지만, 진심인 것 같다.

그러면 여기서 다음 빌드업이 온 타이밍이다.

"아~ 다들 이런 쪽에 마음이 가시는구나. 그럼 무대 요소도 쉬운데요? 이걸 쓰면 딱일 것 같은데!"

큰세진은 둘의 말을 받더니, 자연스럽게 손가락으로 남은 무대 장치 중 하나를 가리켰다.

—레이저

그렇게 견제로 인한 시간 낭비 없이 착착 그림은 완성되어 갔다.

소속사 콘서트의 공지와 예매 일정이 발표된 날에도 마침 합동 공연 연습 일정이 잡혀 있었다. 덕분에 연습 후반에 반응을 좀 봤지.

대충 정리하자면… 예상대로다.

-헐 개존잼일 듯 본방 언제라고?

-티원 진짜 아주사 출신들 엄청 밀어주네 티비 편성 무슨일;;
　-설마 지들이 잘나서 애들이 잘나간다고 착각하는 건 아니겠지 아 제발
　-아주사 데뷔조 띄우기 진짝ㅋㅋㅋ그만 좀 해라 우리 애들 탈주사 한지가 언젠데 아 짜증
　-콘서트 TV 중계의 기쁨 vs 끼팔 당하는 빡침

　기대, 염려, 짜증, 흥미가 섞인 소용돌이.
　어쩔 수 없다. 소속사 콘서트 TV 중계라는 건 독특한 사례인 데다가, 불안 요인과 기대 요인을 모두 가졌으니까.
　일단 오디션 프로그램 출신 세 팀이니 대중성이 좋다. Tnet 채널 편성으로 접근성이 좋은 만큼 관심 있는 사람은 채널만 돌리면 볼 수 있는 상태인데, 문제는 이 소속사의 세 팀을 다 좋아하는 사람은 또 드문 상황이다.
　'그러니까 확실한 건 하나뿐이지.'
　이 〈아주사〉 출신 세 팀 중 가장 처지는 팀은 전방위 조롱으로 박살 날 수 있다는 점 말이다. 팬들이 소속사에 자부심이나 애증이 있는 것도 아니니 서로서로 절대 커버 안 쳐준다.
　'그러면 결국 반감 생기고 피곤해지지.'
　굳이 거기에 기름을 더 부을 필요는 없으니, 이번 미리내와의 합동 무대도 마찬가지였다. 혼성이라는 것 외에 하나 더 고려할 요소가 생긴 것이다.
　'직접적으로 서로 비교하도록 구성하는 무대는 피해야 했어.'
　그리고 이미 무대는 그렇게 형식이 잡혀 있었다. …이렇게까지 빡세

게 될 줄은 몰랐지만.

—여기여기! 저희 이거 착지할 때 이 스텝 딱 넣으면 너무 멋질 것 같죠?

—혹시 괜찮으시면 저희 첫 번째 후렴 끝 프리즈를 더 살리면 어떨까 생각해 봤는데요…!

—아~ 여기 한번 다 같이 볼까요? 지금도 진짜 우리 너무 잘하는데, 브릿지 들어갈 때 키가 딱 일자로 맞으면 열 배는 멋져 보이지 않아요? 깔끔하고~

저쪽도 무대 욕심이 많다 보니, 안 지려고 서로 달려드는 구도에선 다 같이 난이도가 올라간다. 결국 체력 소모량이 쭉 에스컬레이터를 타고 올라가더라고.

'이번에야말로 춤을 올려?'

나는 남은 포인트를 보며 갈등했지만, 내게 더는 시스템을 이용한 레벨업이 불가능하다는 것을 의식해서 더 찍진 않았다. 자연증가의 순간이 분명 온다. 지금 내 스탯만으로도 이 정도는 충분히 한다.

"흡, 한 번 더 할까요?"

"…옙!"

그래서 결국 사람들이 적당히 시늉만 하겠거니 기대하는 특별무대 하나 만들겠다고 무슨 기합이라도 받는 것처럼 구르고 있다… 는 게 결론이다.

나는 팀원의 꼴을 확인한 후 인정했다.

'이 정도면 연습 비하인드를 공개해도 괜찮을 것 같은데.'

남녀고 나발이고 이 판국에 댄서까지 워낙 많아서 그냥 극기 훈련이나 다를 바 없다. 나는 땀범벅인 관자놀이를 닦아냈다.

'그래도 그림은 잘 나오겠어.'

"오~ 여기 이제 잘 맞네요."

"와 진짜 뿌듯해요!"

무대 보고 괜히 소속사가 헛바람 드는 일만 없었으면 좋겠군.

"오늘 완성하고 갈까요."

"넵!"

나는 어깨를 으쓱한 뒤, 군말 없이 연습이나 재개했다.

그리고 남은 여유 기간은 순식간에 흘러갔다.

관객의 환호와 음악 소리가 쿵쿵 울리는 백스테이지.

'잘해야 해.'

미리내의 비공식적 리더, 2위로 데뷔한 박민하는 침을 삼켰다.

공연은 즐겁다. 하지만 '못하면 끝장'인 공연은 시작 직전까지가 문제였다. 눈앞이 핑글핑글 돌 만큼 어마어마한 부담감이 뇌를 덮치기 때문이다.

'우황청심환… 없었으면 정말 어쩔 뻔했어.'

다른 사람들은 뭘 하고 있지? 그녀는 문득, 자신의 옆을 돌아보았다.

거기 있는 것은 스탭에게 얼굴을 맡기고 있는 박문대였다. 훤칠한 키의 하얀 얼굴에서 무심히 땀이 떨어지고 있었다. 그는 손가락으로 자신의 허리를 가리켰다.

"여기. 마이크 고정 떨어져서요."

"네네!"

'와…'

박민하는 잠시 감탄하려다가 바로 정신을 차렸다. 확실히 잘생긴 얼굴이었으나, 설레기엔 지금까지 보고 들은 게 너무 많았다. 지금도 머리에서 서라운드로 재생 중이다.

―혹시 최근에 회사에서 미국 이야기 들어보신 적 없나요.

―당한 쪽은 순위가 높지 않았죠. 친구가 많은 타입도 아니었겠고.

회사든 테스타 관련이든 사건 터져서 이야기할 때마다 무슨 귀신하고 대화하는 것 같았다.

'대체 어디까지 알고 있던 거야…'

어떤 그림까지 보면서 행동하는 건지 짐작하기도 어려운, 전략적 인간상.

'대체 사람이 어떻게 크면 저렇게 살 수 있는 걸까.'

《아주사》 재상장 시즌을 보며 박문대가 귀엽다고 생각했던 자신을 돌이키면, 박민하는 머리를 벽에 팍팍 박고 싶은 생각이 들기도 했다. 과거의 나야, 그거 아니다!

그때, 듣기 좋은 목소리가 바로 옆에서 들렸다.

"저희 올라갑시다~"

"…! 예!"

이세진의 말에 박민하는 즉시 현실로 돌아왔다.

'무대!'

한편, 미소 짓고 있던 이세진은 손짓을 한번 하고 박문대와 대화를
나누며 뛰기 시작했다.

"……."

솔직히 저 선배님도 무서웠다. 박민하는 지난 연습을 회상했다.

'정신 차려보면 저 선배님 말대로 하고 있었지…'

지금 와서 복기해 보면, 다 같이 상의해서 정한 것 같은 요소들도 사
실은 휘말려 들어간 것 같다는 생각까지 들었다. 원래 오디션 출신은
다 그런 걸까? 그렇다면 우리 그룹은 왜 이렇게 다들 순박한 걸까….

"휴."

"민하야, 가자!!"

"네넵."

박민하는 자신의 등을 밀면서 신나게 이동하는 정율기의 템포에 맞
춰 터덜터덜 뛰었다. 고민이 많았다.

그러나 무대 바로 뒤.

와아아아!

"……."

드라이아이스 냄새, 무대 골격의 금속 냄새, 의상과 렌즈의 느낌. 무
대의 공기는 사람을 각성하도록 만드는 마력이 있었다.

그래서 박민하도 생각했다.

'그래도 무대는 자신 있어.'

잘할 수 있었다.

'안 밀릴 거야.'

고개를 돌리니, 뻔히 비슷한 생각을 하고 있을 세 사람의 얼굴이 보였다.

거기서 카운트다운은 끝났다.

"1!"

그렇게 네 사람의 무대가 시작되었다.

우선 회장을 가득 채운 것은, 피아노 소리에서 따온 전자음의 광활한 베이스. 그 반주 멜로디는 관중도 익히 아는 곡이었다.

'Attack이구나.'

혼성밴드가 부른, 지난 하반기 극장가를 강타한 액션 영화 시리즈의 강렬한 OST였다.

—Woa-Woah Woa-Woah….

그리고 KPOP 아이돌이 혹시라도 혼성으로 특별무대를 하는 날이면 유명한 팝송을 커버하는 건 드문 일은 아니었다.

좀 이상하게 들릴 수도 있지만, 아이돌 곡으로 혼성 무대를 할 때보다 거부감이 덜했기 때문이다. 어쩌면 언어와 감성의 차이에서 오는 거리감 덕분에 '퍼포먼스'라는 느낌이 더 강화되었기 때문일 수도 있다. 그래서 관객들은 '있을 법한 선택'이라는 생각에 평이한 반응을 보냈다.

　가수가 등장하기 직전까지는.

　휘익.

　제일 먼저 무대에 오른 건 한 무리의 댄서다. 전신을 감싸는 기묘한 무채색의 옷을 입은 댄서들은, 반복 동작을 기초로 하는 군무를 선보인다.

　'오.'

　처음에는 웅장하다. 하지만 간주 내내 짧은 루틴을 반복하는 것은 점점 사람을 질리게 만든다. 심지어 조명까지 단조로웠다.

　-멋진 건가..?

　-??

　-뭘 하려는 거임ㅋㅋ

　전주의 단 15초 만에 사람들이 그 모든 게 익숙해진 순간.

　찌이이이익-

　갑자기 찢어지는 시원한 소리가 들리자 검은 무리가 멈추었다.

　그리고 그 한가운데로부터 눈에 확 띄는 네 명이 빠르고 거침없는 걸음으로 튀어나왔다. 훈련된 듯 능숙한 움직임이 일렬로 멈추며 핀 포인트 조명이 따라붙었다.

입은 의상은 은빛의 헐렁한 라이더 재킷을 살짝 걸친, 맵시 좋은 점프 수트. 검은 군중이 그들을 뒤에서 빤히 응시하는 가운데.

툭.

무대 맨 앞. 어깨에 메고 있던 검은 무언가를 옆으로 던진 넷은 단단한 자세와 함께 턱을 들고 선다.

[Ooh]

그리고 공간감 큰 곡이 몰아치듯 돌아온다.

이번에는 모든 색과 반주까지 한꺼번에.

[Sometimes it doesn't matter]

색색의 조명과 전자음이 화려하게 튀어 오르는 가운데, 박문대의 발성 좋은 보컬이 확 곡 위로 들어온다. 딱딱 끊어지는 크고 강렬한 안무 동작 뒤로는 그림자처럼 검은 댄서들이 붙는다.

[if the world comes to an end]

[or not.]

그들은 대형을 갖추고 신체 밸런스에 따라 남녀를 섞어놓긴 했지만, 페어 안무는 없었다. 대신 목소리 톤과 안무의 선만을 고려해 분배해 놓은 파트들은 쉴 틈 없이 몰아쳤다.

[Wherever I go
This feeling survives
The mood is all right]

복잡하고 리치가 길어 그 맛이 제대로 살아나는 안무를 빠르게 소화한 이세진의 뒤로, 고음이 다시 터진다.

[Then I'm gonna jump into the fire]

원곡보다 다섯 배는 화려한 전자음과 비트, 그리고 마찬가지로 화려하지만 거친 군무가 펼쳐진다. 같이 고조된 백색소음이 반주를 잡아먹으며 훅 노래가 잡히는 순간.

[Like a bomb]

드랍과 함께 레이저가 터진다.

[Yeah-ahahahah]

정율기가 전면으로 튀어나오며 바닥을 쓸고, 검은 물체를 집어 든다. 아까 그들이 등장하며 던져둔 것이다.
특별한 구체성이 없는 모호한 막대.

그러나 다시 앞으로 튀어나온 이세진이 그 아무것도 없는 막대로 총처럼 발포 자세를 취하자, 거기서부터 레이저가 폭죽처럼 튀어나온다.

-??
-뭐ㅜ머임

정확히는, 그렇게 보이도록 타이밍과 각도를 맞춘 것이다.
이어서 검 같기도 하고, 바주카포나 총 같기도 한 각각의 동작이 쏟아지며 안무가 연결된다. 그리고 색색의 레이저가 마치 무기의 반동처럼 터진다.

-와

안무가 절묘히 각도를 맞추며 레이저와 LED를 안무 동작에 대한 리액션처럼 꾸민다.
검은 댄서들은 색색의 레이저에 쓰러지고, 그 자리에서 온갖 SF적 효과가 넘나들었다. 게다가 카메라 워크를 빨아들이듯 절묘하게 맞춰둔 덕에 TV로 보는 사람도 색다른 맛을 느낄 수 있었다.
센터에서 움직이는 사람이 동작마다 바뀌며 돌아가는 그것은 잘 만든 액션 영화의 원테이크 샷 같기도 했다. 체격의 차이로 서로 가장 효과적인 동작을 찾아, 바뀌는 센터마다 맛을 더 살렸다.

[Like a bomb

Light up tonight.]

그렇게 미친 듯이 달리는 1분 55초간의 구성이 끝나는 순간.
"허억."
박민하는 본능적으로 알았다.
미리내가 이기진 못했지만, 이 무대는 성공했다는 것을.

[Yeah-ahahahah]

다 쓰러진 검은 무리의 한가운데, 다시 어깨에 물건을 걸친 네 사람
이 마지막 음을 각자 다른 톤으로 부르며 곡은 끝났다.

'미쳤다.'
박민하는 비틀비틀 백스테이지로 내려오며 멍하니 생각했다. 이렇게
토할 만큼 다 쏟아내는 무대는 어쩐지 기꺼웠다. 심지어 무대 위에서
느끼기에도 퀄리티가 좋으니 심장이 터질 것 같았다.
'게다가 소품을 쓰니까, 체구가 너무 달라서 안무 통일성이 없던 게
확 살아났어…'
박문대의 아이디어는 훌륭했다. 그녀는 치밀어 오르는 덕담 욕구를
참지 못하고 고개를 휙 돌렸다.
정율기와 이세진은 메이크업 문제로 스탭과 뛰어가 버렸다. 그럼 박

문대 선배라라도…!

"음."

그러나 박문대는 물을 마시며 가라앉은 눈으로 다른 쪽을 보고 있었다.

'가, 감흥이 없으신가?'

이 정도 무대는 일상적으로 만들 수 있다 이걸까? 박민하는 다소 충격을 받았으나, 곧 그게 아니라는 걸 깨달았다.

'아, 다음 무대 보시는구나.'

그는 모니터를 보고 있었다. 이 직후의 무대는 〈아주사〉 데뷔조가 커버한 테스타의 곡이다. 그리고 지금 나오고 있는 그 무대는….

[Go on picnic~]

'괜찮은데?'

생각보다 잘했다. 박민하는 리허설할 때도 생각했지만, 편곡 선택이 큰 역할을 했다고 고개를 끄덕였다.

-존경하는 테스타 선배님의! 피크닉으로 무대 준비해 보았습니다!

그들은 테스타의 온갖 컨셉추얼한 인상적인 타이틀을 두고 〈피크닉〉을 골랐으니까. 이번 〈약속〉을 제외하면 테스타의 곡 중 가장 대중적인 저 곡을 통해 떼창을 유도한 것은 현명한 선택처럼 보였다.

역량이 직접 비교되지 않으니까.

당사자의 생각이 궁금했기에, 그녀는 무심코 옆을 돌아보았다.

'어떻게 생각할….'

"…!"

"흠."

박문대는 어느새 희미한 미소와 함께 모니터를 보고 있었다.

하지만 기특함이 담겼거나 견제 대상을 보는 눈은 아니었다. 대신 그 얼굴에서는 어딘가 승리감 어린 번뜩임이 지나간 것 같았다.

혹은 확신이.

'어…?'

하지만 길게 생각해 볼 시간은 없었다.

"이동하실게요!"

"…! 네넵! 가보겠습니다!"

박민하는 다소 혼란스러운 상태로, 인사를 한 후 다음 무대 준비를 위해 뛰어갔다.

'뭐였을까…. 아, 아니야! 신경 쓰지 말자.'

그녀는 박문대에게 필요 이상의 뭔가를 캐내려고 들지 않기로 마음 먹었다.

그리고 몇십 분 뒤.

이번 〈아주사〉 데뷔조와 박문대는 복도에서 만나게 된다.

"형들 나빠요. 저 속였어요."

"에이~ 유진이 왜 그래!"

차유진은 리허설 때 레이저 난리 통을 보고 대단히 충격을 받은 것 같더니, 합동 공연 본무대를 보고 나자 대화 보이콧을 선언했다. 사유는 '어떻게 나를 빼놓고 이런 무대를 할 수 있느냐'다.

'그래 봤자 30분 갔다만.'

막상 테스타의 무대가 끝나고 나니 도로 기분이 좋아졌는지 슬슬 저렇게 입을 열고 있다.

나는 수건을 머리에서 걷어내며 말했다.

"다음에 너 레이저 독무 줄 테니까 쌍검처럼 휘둘러라."

"Oh!! …Umm, 오늘 하면 더 좋았어요!"

"오늘은 하루만 하는 거잖아. 우리 단독 콘서트 때 하면 몇 달은 할 수 있지. 그게 더 좋을 것 같은데."

"그렇지~ 여러 번 하는 게 더 좋지!"

"그건 맞아요!"

"그럼 기다리는 편이 더 이득인 게 맞네."

"OK, Got it! 형 나 안 속였어요."

이제 이 정도는 쉽군. 나는 차유진의 말을 몇 번 받아준 뒤 계속 걸었다. 몸은 보통 콘서트 끝날 때와 비교했을 때 월등히 가볍다.

'이제 5곡 정도는 그렇게 힘들지도 않은데.'

단독 콘서트에 비교하면 거의 날로 먹는 수준이다. 아마 참여한 다른 그룹도 비슷한 생각을 했을 것이다.

나는 대기실 문을 열고 들어갔다.

"안녕하십니까, 테스타 선배님!"

그리고 대기 중인 카메라와 신인 그룹을 쳐다보았다.

'이 머리 얍삽하게 잘 쓴 놈들도 그렇고.'

"정말 멋있었습니다. 많이 가르쳐 주시고 도와주셔서 감사합니다!"

"저희야말로 감사했어요~ 데뷔 화이팅!"

〈아주사〉 데뷔조와는 이렇게 엔딩 비하인드 컷에서 정식으로 한 번 더 인사했다. 아마 나중에 Tnet 위튜브로 풀리겠지.

나는 고개를 꾸벅거리는 놈들을 보며 생각했다.

'안전한 선택을 했어.'

곡의 유명세에 기대어 상황을 돌파하는 건 상황을 뒤엎을 묘수는 아니다. 누가 봐도 안전한 선택이니 꼬투리는 잡히겠지. 다만 직접적인 비교와 조롱을 피한다는 점에서 최소한 주제 파악을 하는 것이다.

'또는… 이미 그러지 않았을 경우의 결과를 알아서 극도로 조심했다던가.'

나는 카메라가 꺼지고 판이 정리되는 즉시, 한 놈을 불러냈다.

"희승아."

골드 2.

"네넵?"

"잠깐 이야기 좀 할까."

"옙!"

신인 놈들 사이에서 '진짜 친한가 봐!' 따위의 소리가 잠깐 오가더니, 골드 2는 희희낙락하며 내 뒤를 따라왔다. 큰세진이 작게 물었다.

"희승이 뭐 잘못한 거 아니지?"

"아니야."

나는 가볍게 부정했다. 큰세진은 어깨를 으쓱하고선 손을 흔들었다. 아마 적당히 공연 이야기나 하려거니 짐작한 것 같군.

그러나 나는 골드 2를 주차장에 댄 밴까지 데려왔다.

"…?"

"타자."

이쯤 오니 상황이 심상치 않은 걸 깨달았는지 골드 2가 자진해서 머리를 숙이기 시작했다. '내가 뭔가 실수했나!'가 눈에 보인다.

'실수… 라고 해야 하나.'

나는 차 문을 닫은 다음, 놈에게 캔 음료를 하나 던져줬다.

"아, 감사합니다."

골드 2는 얼른 받아서 음료를 땄다. 나는 놈이 음료를 입에 가져다 대기 전까지 잠시 대기했다. 그리고 적당한 타이밍.

'…내가 이 대사를 하게 될 줄은 몰랐다만.'

그 미친놈도 아니고. 나는 한숨을 참으며 입을 열었다.

"그래서… 넌 몇 년도에서 돌아왔냐."

"…!! 쿨럭."

골드 2는 간신히 음료를 뿜지 않았다. 근데 안됐다만 그 반응만으로도 대답이나 다름없었다.

"어, 어어…."

나는 캔 음료를 하나 더 꺼내 손에서 쥐었다 펴며 말했다.

"너무 대놓고 말하던데."

처음부터 정황이 독특하긴 했다.

'전 시즌 참가자가 1위를 하는 케이스는 드물어.'

특히 그 오디션이 흥행에 성공했다면 더더욱 그렇다. 제작진이든 시청자든 신선한 그 시즌만의 얼굴을 선호하게 되니까.

'하지만 이놈은 결국 1위로 데뷔했지.'

게다가 이 과정에서 기존 1위인 채서담을 보내 버릴 때, 태도가 너무 태연했다.

―아…. 아, 어쩐지 좀 이상하더라.

이 정도로 리액션이 끝난 뒤, 우리의 말을 전적으로 신뢰했다는 게 좀 의외였지. 대응도 그 나이치고 지나치게 능숙했고.

그래서 다음에 만나자마자 상태창부터 확인했다.

그때, 맨 밑 칸에 있던 것이 이것이다.

[!상태이상 : 바운스 백]

―진짜 내가 아이돌하고 만다!

: 기간 내로 팀이 화합하지 못할 시, '실패'

구조에서 바로 느낌이 오지 않는가. 이건 청려의 '교정'이나, 내 '데뷔가 아니면 죽음을'과 비슷한 유의 상태이상이라는 것이.

그리고 채서담을 처리하면서 이놈이 했던 말들.

―후… 아니, 어떻게 이번에도 저 형이 데뷔를….

이 뒤에 급하게 얼버무린 것까지. 여기서 심증은 끝난 것이나 다름 없었다.

골드 2, 권희승은 미래에서 돌아왔다. 아마도 내 다음 타자로.

"채서담이 '이번에도' 데뷔를 했다부터 시작해서, 전반적으로 네 행동이 너무 티가 나서."

"……."

물론 권희승은 순순히 시인할 정신머리는 없어 보인다. 그럴 만도 했다. 가장 큰 문제는 신뢰지. 이놈 입장에선 나에게 자신이 미래에서 왔다고 이야기할 이유가 하등 없다.

'내 쪽에서도 미끼를 던져야 해.'

나는 이놈에게 캐내야 할 정보가 있었다. 감수해야겠지. 이 정도는 주고 시작한다.

달칵.

나는 캔 음료를 열며 중얼거렸다.

"나도 미래에서 왔거든."

"허어업."

폐 튀어나오는 거 아니냐.

골드 2는 자신의 입을 틀어막고 나를 쳐다보았다.

"……."

"……."

그렇게 꽤 긴 침묵이 흐르는가 싶더니, 놈은 고개를 끄덕이며 중얼 거렸다.

"…어쩐지! 형 너무 잘하신다 했어요."

통했나.

"어, 그래."

"와, 전 저만 그런 줄 알고 진짜 이게 혹시 예지몽이었나? 그러면서 있었거든요."

상당히 답답했는지 골드 2에게서 말이 쏟아진다.

"역시 다른 사람도 돌아왔던 거죠? 나만 그런 게 아니네. 드라마 보면 보통 그러긴 하더라구요."

뭔가 오해가 있는 것 같다만, 일단 놔두고 좀 맞장구를 쳐줄까. 정황도 파악할 겸 말이다.

"그래. 그럼… 넌 활동하다가 뭐가 안 풀려서 돌아온 건가?"

그러나 권희승은 땀을 삐질삐질 흘릴 것 같은 얼굴로 이렇게 대답했다.

"어, 저, 저… 아이돌 아니었는데요."

…뭐?

"…모델이었다고."

"예엡."

대화가 길어질 것 같아서 회사로 자리를 옮겼다. 골드 2는 '심장 떨어지는 줄 알았다'는 말을 하더니 계속 녹차를 들이켜는 중이다.

"크…. 그, 모델 하면서 이런저런 일이 많았거든요. 그래서 진짜 제가 길을 잘못 들었구나 생각이 들더라구요."

"음."

"그래서 이번에는 모델 때려치우고 다시 〈아주사〉 나온 거였어요."

이번 시즌을 열심히 봐둬서 자신이 있었다며, 골드 2는 좀 뿌듯한 표정을 지었다.

"그럼 채서담은···."

"아! 그 형 어차피 데뷔하자마자 연애설에 인성 논란으로 난리 나잖아요. 그래서 아무~ 죄책감 없이, 보내 드렸죠!"

역시 그랬군. 나는 내 미래에 대해서 한번 물어보려다가, 일단 이놈이 좀 더 떠들 수 있게 내버려 두었다.

"어쩐지 형이 귀신같이 잘하시더라니! 저 진짜 와··· 너무 안심돼요. 좋으면서도 막, 이게 무슨 일인가 불안했거든요."

골드 2는 한결 편안한 표정이다.

"보통 원인이 막 지구가 멸망해서 사람들 과거로 보내고 그러던데, 설마 그런 걸까요??"

이놈, 확실히 내가 본인과 같은 시간대로 돌아왔다고 착각하고 있다. 그리고 과거에 돌아온 건 지금이 처음 같고. 상태창의 설명을 봐선 이놈도 나처럼 처음이자 마지막 기회일지도 모른다.

'이건 또 케이스가 다른데.'

좀 더 알아봐야겠군.

"확인부터 하자. 넌 몇 년 돌아왔는데."

"어··· 그게 올해 말이니까, 음··· 11개월은 되는 것 같은데요?"

"······."

1년?

"완전 대박이죠? 하루도 아니고 이게 무슨 일인지 모르겠어요."

나는 잠시 할 말을 잃고 놈을 쳐다보았다. 그건… 거의 안 돌아온 거나 다름없는 거 아니냐.

"저 주식 샀잖아요. 진짜… 형은 뭐 사셨어요? 혹시 로또 사셨어요? 아, 필요 없으시겠구나."

"음."

일단 미래 지식은 글렀군. 나는 쓴웃음과 함께 본 목적으로 돌아왔다. 일단 이 정도면 밝혀도 되겠지.

"난 좀 이전에 돌아왔어. 이제 내가 돌아온 미래도 지나가서 과거가 됐고."

"헐."

지난번에 본 진실 확인에 따르면 잃어버린 기억이 있다는 거지만… 일단 그건 제외하고 논리를 연결해 보자.

"대박. 그럼 형 그동안 뭐 알아내신 거 있으세요?"

나는 의도적으로 턱을 문질렀다.

"그걸 추측 중이야. …괜찮으면, 넌 혹시 과거로 돌아오기 직전에 어떻게 했는지 물어봐도 될까."

지금까지 사례상… 민감한 질문일 확률이 높으니, 혹시 대답을 주저해도 이해할 생각이었다. 그러나 이놈 반응이 좀 색달랐다.

"어떻게? 아, 그… 좀 웃길 수도 있는데."

골드 2는 식은땀이 난다는 얼굴로 민망하게 웃었다.

"뭔데 그래."

"실수로 강에 떨어지면서 대교에 머리를 박았… 그래서 진짜 운수 더럽게 나쁘게….”

“…….”

“아, 아니! 이건 누구 도와주려다가! 저 혼자 멍청한 짓 한 게 아니구요!! 살신성인! 촬영하다가 사고가 있었거든요. 와, 진짜 환경 너무 열악하고….”

변명으로 시작하긴 했다만, 어쨌든 할 말이 있긴 했는지 골드 2는 울분을 터뜨렸다. 모델 일을 하면서 우여곡절이 많았는지, 일만 하고 쉴 때는 집에 처박혀서 세상을 부정했다고 한다.

골드 2는 한숨을 쉬었다.

“…아무튼 그렇게 빠지면서 ‘내가 이 더러운 업계 다신 안 온다’, ‘역시 답은 아이돌이었다’ 같은 생각을… 했던 것 같거든요? 그랬더니 정말 아이돌 할 수 있게 상황이….”

“…!”

잠깐.

“그럼 넌 지금… 원하는 대로 된 거지.”

“음, 그렇다고 볼 수 있죠?”

골드 2는 고개를 끄덕였다. 나는 놈을 훑어보았다.

‘딱 한 번 과거로 돌아온 놈.’

그리고 원하는 건 ‘모델을 그만두고 아이돌을 하는 것’.

……각이 보이는데. 나는 마음에 걸리는 변수부터 꺼냈다.

“더 일찍 돌아왔으면, 나랑 같이 전 시즌에서 데뷔할 수도 있었을 텐데… 혹시 그건 어떻게 생각해.”

“어, 어….”

골드 2는 머쓱한 표정으로 머리를 문질렀다.

"저, 형님. 죄송한데 그건 좀…."

"…??"

"그 시즌 너무 개판에 열악해서 또 하긴 좀…."

"……."

"아아! 그리고 솔직히 그 라인업에 데뷔할 자신도 없구요! 솔직히 사기였잖아요."

…딱히 반박할 말은 없군.

'어쨌든, 싫었다는 거야.'

나는 책상을 손가락으로 두드리다가, 정리한 명제를 던졌다.

"그럼 너는 네가 돌아온 시점이 가장… 네가 돌아오기 직전에 원했던 걸 이루기에 적절하다고 생각하냐?"

"예? 어…."

골드 2는 그런 식으로 생각해 본 적은 없었는지 잠시 고민하는 눈치였으나, 곧 고개를 끄덕였다.

"그렇네요! 제가 다시 해보고 싶었던 부분만 딱 정리된 것 같아요."

"…!"

확실했다. 나는 손가락을 깍지 꼈다.

'자신이 가장 원하는 시점으로 돌아온 거야.'

나는 '진실 확인'에서 봤던 청려의 시점을 떠올렸다. 놈의 독백을.

—내가 짰으면 이렇게 안 했어.

…그놈은, 아이돌을 처음부터 다시 하고 싶어 했지. 어쩌면… '성공할 때까지 계속'.

그리고 데뷔하기 전 시점으로 돌아왔다.

'알겠다.'

윤곽이 잡힌다.

시스템. 이 새끼는 그냥 과거로 사람을 튕기는 게 아니다.

'소원을 들어주는 거야.'

열망, 미련, 뭐라고 이름을 붙이든… 어쨌든 당사자의 바람이 반영된단 것이다. 이 가닥대로면 상태이상도 마찬가지 맥락에서 나온 걸로 볼 수 있다. 당사의 소원성취까지 방향성을 맞춰 페널티가 구성되어 있으니까.

'딱 떨어져.'

다만 문제가 있다. …바로 나다.

'난 이런 걸 바란 기억이 없는데.'

내 앞뒤의 두 사례와 비교하니, 확실히 위화감이 느껴진단 말이지. 아무리 내가 술에 꼴았든 우울증에 맛이 갔든, 뜬금없이 남의 몸으로 아이돌이 되고 싶었을 거라곤 생각하기 힘들다.

그렇다면… 이건 '박문대'의 바람인가?

대체 왜?

"……."

우선은, 메커니즘 파악을 위해 세부 조건을 좀 더 탐색해 봐야 할 것 같다. 그리고 더 자세한 걸 알기 위해서는 사례 대조가 필요할 텐데.

"형?"

"……음. 잠깐."

나는 잠시 고민하다가, 스마트폰을 꺼내 들었다.

[투어 중이신가요]

잠시 후.

[VTIC 신청려 선배님 : 이동 중]
[VTIC 신청려 선배님 : 무슨 일이에요?]

결국 선택지는 하나다. 교차 검증해 보자.

활동기 전후의 아이돌은 더럽게 바쁘다. 이름값이 없을 때는 알리느라 바쁘고, 이름값이 생겼을 때는 본전 뽑느라 바쁘지.

그런 의미에서 데뷔 직전 신인, 히트곡 낸 4년 차, 스타디움 투어 중인 10년 차가 급하게 한자리에 모이는 것은 상당히 무모한 도전이다.

[그래서 화상통화예요? 대박.]

"그래."

나는 노트북에 떠 있는 분할 화면을 보며 미간을 눌렀다. 왼쪽 칸은 비어 있다. 그리고 오른쪽에는 골드 2가 흥분한 얼굴로 헤드셋을 쓰고 앉아 있다.

지금 시간은 새벽 2시. 세 명이 다 되는 때를 고르니 이 시간대만 남더라고.

"방음 되는 곳에 있는 건 맞겠지."

[네. 저 지금 숙소 드레스룸이고 문도 잠갔습니다! 근데 들켜도 다들 드라마 이야기하는 줄 알지 않을까요?]

"……."

나는 가까스로 대답했다.

"그래도 조심해라."

[넵!]

11개월만 돌아온 데다가 주식까지 성공한 덕인지 이놈은 지나치게 가볍다. 머리는 좀 쓸 줄 아는 것 같은데, 태도가… 뭐, 본인 인생이니 알아서 하겠지.

[저희 팀 이름 나왔는데 혹시 아세요? 스페이서!]

"그래, 축하한다."

골드 2, 권희승은 신변잡기식 이야기를 좀 한 후에야 심호흡하며 본론과 관련된 이야기를 꺼내기 시작했다.

[저 좀 두근거려요. 미래인 모임……. 완전 넷플러스에 나올 상황인데요.]

그러냐.

[그리고 진짜… 와, 그 선배님께서도 오실 줄은 상상도 못 했어요.]

그래, 이 지점에 대해서도 좀 설명할 부분이 있겠군. 나는 화면의 친구 창에서 'online'으로 불이 들어온 이니셜을 확인했다.

-CHR

누가 봐도 알겠지만, 이놈은 청려다.

그렇다. 나는 이 새끼들을 따로따로 격리하고 익명을 지킨 채로 정보를 수집하는 게 아니라, 처음부터 오픈하고 삼자대면을 준비했다. 이유는 하나다.

[그러고 보니까 저도 나름대로 이게 무슨 상황인지 정보를 수집해 본 적은 있거든요.]

골드 2 이 새끼는… 늦어도 몇 개월 내로 들켰을 것이기 때문이다. 저 꼴을 봐라.

[인터넷에 '미래에서 돌아온 사람들' 같은 카페가 있더라구요? 근데 알고 보니 그냥 그런 척하는… 무슨 세계관이래요. 와, 진짜 허탈하던데요.]

"……."

'연말쯤에는 청려에게 탈탈 털리고 있었겠군.'

장담할 수 있다. 그리고 내가 이미 이놈의 정체를 알고 본인을 이용해 먹었단 걸 청려가 뒤늦게 알아차렸을 때, 뒷감당할 자신이 있나?

나는 잠시 생각에 잠겼다가 고개를 끄덕였다.

'있지.'

못 할 건 없다. 그러나 워낙 뻔한 데다 귀찮은 미래다. 자처할 필요가 없는 것이다. 차라리 내가 제어할 수 있는 판에 터뜨리는 편이 낫다.

나는 마우스를 움직여서 'CHR', 청려를 화상통화에 참여시켰다. 곧 화면에 호텔 방을 배경으로 놈의 얼굴이 떴다. 아르헨티나라더니 낮이군. 곧 자신의 화면을 체크했는지, 청려가 입을 열었다.

[안녕하세요.]

[헉, 안녕하십니까 선배님…! 이렇게 만나 봬서 정말 반갑습니다!]

[네. 반가워요.]

놈이 웃는 얼굴로 힐끗 골드 2가 있을 법한 화면 구석을 쳐다보았다. 무슨 감정이라도 하는 것 같은 눈깔이군.

'허튼 생각 하진 않겠지.'

나는 놈에게 정보를 알려줬을 때의 상황을 떠올렸다.

─그러니까… 이번 〈아주사〉 1위가 또 과거로 돌아온 사람이다?

놈은 흥분하거나 과도한 관심을 보이지 않았다. 그냥 심드렁하게 헛소리나 했을 뿐이다.

─재밌네요. 후배님 때부터 무슨 전통이라도 생긴 건가?

─농담이라도 그만해라.

─그리고 11개월… 음, 안됐다고 해야 하나.

─안됐다고?

─하하. 최소한 2년 이상은 차이가 나야 뭐라도 이득을 보지 않겠어요? 음, 그 팀이 잘되긴 어렵겠는데. 딱히 뽑을 정보도 없을 것 같고…. 어디다 쓰게요?

무게 달아보니 경쟁상대나 거래상대로도 값어치가 안 나왔다는 설명이 딱 맞을 것 같군.

어쨌든, 나는 솔직하게 목적을 밝혔다.

─미래 정보가 필요한 게 아니야.
─그럼?
─우리가 왜 이 짓을 하고 있는지 가설을 세워보려는 거지.
─…….

수화기 너머의 놈은 꽤 오래 답이 없다가, 짧게 대답했을 뿐이다.

─그래요.

그리고 지금 이 화상통화에 참여하게 된 것이다.
"다들 인사했으면 대화 시작하겠습니다."
[네네!]
[하하, 편하게 말해요.]
벌써 피곤하다. 나는 최대한 평정심을 잃지 않기 위해 노력하며 입을 열었다.
"일단… 시간대부터 정리할까 하는데요."
[…? 시간대요?]
[아, 순서.]
청려가 턱을 괴고 중얼거렸다.
[시간이 꼬이진 않을 텐데. 보자… 일단, 후배님은 4년 전 12월부터 시작했다고 했죠.]

맞다, 그 낡은 모텔에서 박문대의 지갑과 함께 깨어난 날.

나는 고개를 끄덕였다.

[그쪽은?]

[네넵, 저는 눈 떠보니 작년 10월 말이었습니다!]

[그렇다네요. 여전히 한 시점에 미래 지식을 아는 건 하나뿐으로 딱 떨어지긴 하는데?]

"……."

나는 엑셀 위에 선을 긋다가, 잠시 멈칫했다. 그리고 물었다.

"선배님께서 돌아오시게 된 미래 시점은?"

네가 건물 옥상에서 담배를 피우며 전광판을 보던 그 겨울밤 말이다.

청려는 희미하게 웃었다.

[후배님이 깨어난 날로부터 며칠 전.]

"…알겠습니다."

패턴이 이상한데. 기억을 기준으로 한다면, 내 미래 지식은 작년 여름 7월까지였다.

'공시 탈락을 확인하고 술을 처마신 뒤 잠든 날.'

하지만 골드 2가 미래에서 돌아와서 깨어난 건 작년 겨울 10월이다. 7월과 10월.

'3달이나 떠.'

거의 즉각적으로 연결된 청려와 '박문대'의 시간과는 차이가 있다.

그렇다고 내가 마지막 '진실 확인'에서 봤던 그 낯선 기억이… 진실이라고 친다면, 도리어 기간이 겹친다. 내가 공시생을 그만두고 회사에 취직하는 건 적어도 1년 이상 치의 기억이었으니까.

'그럼 벌써 골드 2가 미래를 안답시고 등장해선 안 되는 거지.'

둘 다 딱 맞아떨어지지 않는다. 그렇다면, 이게 깔끔히 맞물리려면….

"…!"

잠깐. 가정 자체를 바꿔보자.

그래. '내가 아는 미래 시점'이 이 이상한 바톤 터치의 기준이 아니라면 말이다. 그다음으로 그럴싸한 기준이 있지 않은가.

"…선배님."

[네?]

나는 조용히 물었다.

"…마지막 미션을 클리어했다는 걸 깨달은 건 언제입니까."

[…….]

상태이상 클리어 날짜.

[미션? 저희 무슨 미션 있어요?]

골드 2의 발언은 없던 일처럼 무시한 채, 청려는 짧게 대답했다.

[11월 30일.]

그렇군.

그리고 나는… 작년 추석 연휴였지. 10월이다.

아직도 기억한다. 그때 떴던 꽃 가루 터지는 홀로그램을.

[대성공!]

이용자 : 박문대(류건우)는 모든 상태이상 제거에 성공했습니다!

나는 피식 웃었다. 이제 좀 알겠다.

"이거였나."

[새로운 생각이라도?]

"기존 사람이 미션을 전부 클리어하면, 새로운 사람이 나타나는 것 같은데요."

나는 선을 지우고 다시 그려서 통화화면에 띄웠다.

[4년 전 /
청려 11월 말 (미션 클리어)
-박문대 12월 중순 (시작)]

[1년 전 /
박문대 10월 중순 (미션 클리어)
-권희승 10월 말 (시작)]

깔끔하게 맞는다.

[······.]

청려는 표정을 지우고 시선을 올렸다. 가늠해 보는 것처럼.

그리고 곧 고개를 끄덕였다.

[이렇게 생각해도 되긴 하겠네요. 그런데, 그게 마음에 걸리는 이유는?]

"여기에… 뭔가가 있다고 가정해 보죠."

이 중에 나만이 직관적으로 실감한 정황이 있다. 나는 상태창을 통해 이놈이 미션이라고 부르는 '상태이상'의 발생과 소멸, 그리고 각종 특수 능력들을 눈으로 봤기 때문이다.

"사람을 소망에 맞춰서 과거에서 깨어나게 해준 뒤, 미션까지 맞춤형으로 만들어주는 뭔가요."

내게 상태창만 남기고 사라진 그 운영체계.

'시스템.'

"그게 딱 하나뿐이고. 미션이 완료되는 순간 다른 사람으로 갈아탄다고 보면 이야기가 맞는 것 같은데요."

[흐음.]

그러니까 어쩌면, 이 과거 귀환의 연쇄란 '시스템의 유무'가 기준이다.

작년 10월 연휴 때 상태이상을 다 끝낸 내게서 떠난 시스템이 저 골드 2의 몸에 들어갔다고 보면 어떨까. 그리고 이젠 새롭게 붙은 저 몸의 소원을 들어주고, '상태이상'을 준 거지.

[저기… 죄송한데 저한테 미션이 대체 뭔지 좀 알려주실 수 있을까요……. 저 좀 무서운데요!]

지금 우는소리 하는 저놈에게 말이다.

"과거로 오는 대가로 해야 하는 일 같은 건데."

[예??]

청려는 무슨 전단지 쪼가리 따위를 보는 눈으로 입을 열었다.

[지금 당장 해야 할 것 같은 일을 떠올려 보죠.]

[어, 음…. 무사히 데뷔하는 거요?]

[계획 말고, 비전의 의미에서.]

[비, 비전? 어… 우리 멤버들이 다 같이 으쌰으쌰 잘해서 오래 가는 거죠!]

[음, 그래요? 이 상황에서 1위보단 나은 것 같네요. 힘내요.]

[예?]

[흠? 이 정도면 덕담 아닌가.]

이 미친놈이. 나는 기겁하는 골드 2에게 적당한 설명을 해준 뒤, 다시 대화를 돌려놓았다. 다행히 골드 2의 대가리가 쓸 만한 건 맞는지 빠르게 이해는 하더라.

[어어어, 그러면⋯ 뭔진 모르겠지만 그, 사람을 과거로 보내주는 뭔가가 저희한테 왔다 갔다 하는 거네요?]

"그렇지."

굳이 부르자면⋯ 숙주를 잡는 형태처럼 느껴진다. 내가 '시스템'이라고 부르는 이 정신적인 기생체가, 소원을 들어주면서 몸을 갈아타는 거지.

그러나 무슨 방식으로 갈아타는 건지는 여전히 모르겠다.

"굳이 이 인원을 선정한 이유가 있을 것 같은데."

골드 2가 약간 기대에 찬 얼굴로 개를 들었다.

[아, 혹시 누군가를 구해주고 명예롭게 그 목숨을 잃을 뻔한⋯ 그런 건 아닐까요? 자격이 필요한 거?]

청려가 빙긋 웃었다.

[색다른 발상이네요.]

"⋯⋯."

절대 아니겠군.

내 생각에는⋯ 자기가 자진해서 죽을 의사가 있고, 과거로 돌아가서 이루고 싶을 만한 소원이 있는 놈 같은데.

'그런 놈이 한둘도 아닐 텐데.'

솔직히, 마음만 먹는다면 더 빨리 갈아탈 사람을 하루에 수백, 수천

명을 찾을 수 있을 것이다. 넘친다. 직업이나 연령대…도 치우치는 면이 있긴 하지만, 딱 갈라 떨어진다기엔 애매하다.

그걸로 충분한가?

"……."

몇 가지 의미 없는 제시와 고려가 머릿속에서 지나간 후. 청려가 다시 입을 열었다.

[보자…. 지금까지 시간을 고려했으니까. 이번에는 축을 반대로 해보는 게 어때요.]

"반대로?"

[공간.]

"…!"

[마음에 드나 보네요.]

이 초자연적인 현상에… 쉽게 떠올릴 만한 발상은 아니었다만, 좀 더 가공하면 확실히 쓸 만한 생각이었다. 시스템이 '이동'한다는 개념을 더하면….

"거리로 하죠."

나는 조용히 물었다. 초점은 시스템이 넘어간 날짜.

"11일 날, 미션 클리어를 깨달았을 때 선배님의 위치는?"

[차 안. 아마도… 서부간선도로.]

나는 바로 지도 앱을 켰다.

"…!"

[후배님이 미래 지식을 가지고 깨어난 장소는?]

"…구로동."

지도 앱에서, 구로동 바로 옆으로 서부간선도로가 지나가는 것이 보인다.

"근처입니다."

희열이 짧게 지나간다. 화면 너머에서 웃는 소리가 들렸다.

[아, 이거 흥미롭네. 그쪽이 미래 지식을 가지고 깨어난 위치는?]

[저, 저 한강공원이요! 광나루!]

골드 2가 시스템을 가지게 된 장소는 광나루 한강공원. 그리고 내가 상태이상을 공식적으로 클리어하고 시스템이 사라진 장소가 바로 배세진의 집.

"…천호동. 근처입니다."

[헐!!]

배세진의 집은 천호동에 있다. 한강이 뷰로 보이는.

'X발.'

딱 맞아떨어진다.

'시간과 거리.'

결국 시스템은, 후보 중 가장 빨리 들어갈 수 있는 놈을 고르던 것이다.

웃음기 섞인 목소리가 물었다.

[어때요? 쓸 만한 추론인가.]

나는 담담히 선언했다.

"예."

그렇게 삼자대면은 소기의 성과와 함께 끝났다.

'이제 시스템의 후보 선출 방법만 알아내면 대충 윤곽이 보이는 건가.'

좀 더 정리해 보면 더 분명해지겠지만, 솔직히 기대 이상이다.

[헐 벌써! 죄송합니다!]

그리고 한창 몰입하던 골드 2는 시간을 확인한 뒤 새벽 스케줄에 기겁하며 먼저 통화를 종료했다. 나도 몇 시간은 자두기 위해 통화를 끊을 참이었다.

"이쯤 할까."

그러나 화면의 청려는 끌 준비를 하는 대신, 화면을 두드리며 또 입을 열었다. 본인은 낮이라 쌩쌩하다 이건가.

[이해가 안 되는데.]

"뭐가."

놈은 단조롭게 말하며 책상을 두드렸다.

툭툭.

[이 대화를 급하게 한 이유를 모르겠거든요. 이건 추측하고 이론을 정립해도 이용할 수 있는 종류가 아니지 않나?]

"……"

[후배님도 당연히 알았을 텐데. 이 패턴을 분석해도 다음 사람을 알아낼 수 있는 것도 아니잖아요. 미래에 그 사람이 어디서 죽는지 알 수 있는 것도 아니고.]

청려는 빙긋 웃었다.

[아니면… 따로 시도할 방법이라도 있나?]

망할.

나는 한숨을 참으며 입을 열었다.

"그러니까…."

그때, 문밖에서 노크 소리가 들렸다.

─똑똑.

"…!"

"문대야?"

룸메이트의 목소리였다.

보통 새벽에 룸메이트 목소리가 들린다고 놀랄 일은 아니긴 한데, 지금은 상황이 좀 예외적이다.

'환장하겠네.'

오늘 류청우는 1박 2일 동안 진행되는 캠핑 예능에 게스트로 갔거든. 그래서 사실상 독방이라 편하게 화상통화를 진행했던 건데 말이다.

[오….]

"잠깐."

나는 일단 노트북을 덮었다. 그리고 일어나서 문으로 향했다.

"형, 잠시만요."

그리고 문을 열었다. 가벼운 차림의 류청우가 다소 의아한 표정으로 서 있었다. 나도 의아하다. 네가 왜 여기 있냐.

"음, 촬영 가신 줄 알았는데요."

"아, 출연진 문제로 내일 저녁에 다시 합류하기로 했어."

류청우가 목뒤를 몇 번 만지더니, 약간 쑥스러운 어조로 말했다.

"그런데 문이 잠겨 있어서… 혹시 네가 자는 중이면 그냥 거실에서 자려고 했는데, 소리가 들리더라고."

"……."

무슨 말인지 들렸다면 저렇게 태연할 리가 없지.

'애초에 방음이 좋은 곳이기도 하고.'

나는 한숨을 참으며 몸을 비켰다.

"시끄러운 놈들이 많아서 아까 잠가놓고 잊어버렸나 봅니다. 죄송해요."

"죄송할 건 없지."

저 말은 진심 같은데, 이 변명을 납득한 것 같다는 게 더 웃기긴 하군. 나는 차유진에게 짧게 감사한 뒤 내 침대에 앉았다. 잠깐 기다렸다가, 류청우가 씻으러 가면 노트북 들고 나가서….

"문대야, 노트북 불 들어오는데."

"방금까지 게임을 해서요."

류청우는 약간 충격을 받은 것 같았다.

"이 새벽까지?"

"……예, 뭐. 하루 정도는 괜찮을 것 같아서."

하필 직전까지 차유진을 생각하고 있던 바람에 이딴 변명이 떠올랐다. 존엄성이 박살 나는 기분이군.

떨떠름한 답변이 돌아왔다.

"음… 건강에 안 좋을 수 있으니까 절제해 보자."

"……예."

나는 힘겹게 대답했다.

"지금 정리하겠습니다."

"그래. 내일 스케줄이 오후라도 벌써 새벽 3시잖아."

류청우는 희미하게 웃으며 자신의 잠옷을 꺼내기 시작했다. 나는 침대를 주먹으로 갈기고 싶은 마음을 참고, 이성적으로 판단했다.

'30초면 씻으러 들어가겠어.'

그러니 노트북을 정리하는 척 챙길 준비를….

"음, 문대야. 마침 상황이 되니까… 뭐 하나 물어봐도 괜찮겠어?"

"그럼요."

옷을 든 류청우는 약간 조심스럽게 운을 뗐다. 거기서 짐작했어야 했다.

"그 VTIC 선배님 말인데."

아, 망할. 나는 내 노트북 속에 들어 있는 놈의 화제에 침음을 삼켰다. 덮어놨으니 들리진 않겠지.

"세진이 말을 들어보니까 사건이 있던 것 같아서. 혹시 그 선배가 무슨 짓 했어?"

"음……."

나는 얼마만큼 진실에 가깝게 구체적으로 말할지 짧게 계산했다. 그리고 적당한 농도를 만들었다. 일단 쓸데없이 반응이 커지지 않도록, 과거의 일임을 암시한다.

"전에 일이 좀 있긴 했죠."

그리고 사건 자체보다 내 잘못이 아니라는 해명에 초점을 맞춰서 분위기를 바꾼다.

"그쪽이 시비를 걸어서 싸웠거든요. 제가 먼저 때린 건 아니고, 반격한 겁니다."

"시비를?"

"예. 그래서 서로 좀… 주먹다짐하면서 싸웠는데요."

"……"

좀 당황했군. 좋아. 지난 동명이인 두 놈이랑 비슷한 상황으로 흘러갈 것 같다.

"그건… 그쪽이 후배를 때리려다 반격당한 걸로 들리는데."

정확하다.

"그렇죠. 아무래도 연차 차이도 있고… 위계적으로 봤을 때 그쪽 잘못이긴 했죠. 제가 반격을 잘한 거고."

"그래."

끝인가? 슬슬 위로나 조언을 듣고 끝날 타이밍…….

"근데 그 선배랑 게임을 같이할 정도로 친해진 거야?"

"…!"

젠장. 이게 대체 몇 번째로 놀라는 건지 모르겠군.

다만 류청우는 추궁하려던 건 아니고, 단지 의아했을 뿐인 것 같다.

"아까 들어오는데 네 이어폰에서 소리가 들리더라. 일부러 들으려던 건 아니야."

노트북이 닫히자마자 휴면상태로 돌아간 게 아니라 잠시 살아 있었나 보다. 아무리 그래도 귀 한번 더럽게 좋은 놈이다.

"혹시 고민이나 불편한 점 있어? 저기에 관해서."

…약간 걱정도 하는 것 같고.

아마 내 반말 녹음 사태부터 여러 정황을 합산하다 보니, 무슨 지속적으로 군기 잡히고 갈굼당하는 유의 사태를 의심하는 것 같다. 후배를 괴롭히기 위해 새벽까지 게임에서 생산봇으로 써먹는다든가 하는 추측인가.

'운동하던 놈이라 사례를 많이 접했나 보지.'

나는 어깨를 으쓱했다.

"딱히요. 싸우다 보니 편해져서 연락하는 겁니다. 사과도 충분히 받았고요."

"음."

"잘 써먹고 있으니 걱정하지 않으셔도 됩니다."

"…써먹어?"

"뭐… 한번 정리해 두니 만만하죠. 가끔 편하게 동원하는 거니까 걱정 마세요."

"만만……."

류청우는 어떻게 납득하는 것 같더니, 곧 그 얼굴에 퍼뜩 염려가 스쳤다. 그리고 황급히 물었다.

"문대야, 그렇다고 반대로 괴롭히는 건 아니지?"

매번 빡치는 건 나다, 새끼야.

"…그럼요."

나는 역으로 상황을 우려하기 시작한 류청우를 안심시키기 위해 약간 시간을 썼다.

"형, 설마 제가 그럴 사람으로 보이나요."

"아니지. 당연히 아니야. 그런데 음, 너는 워낙 똑똑하니까…… 혹시 복수하고 싶어지면 똑같은 사람이 될 필요는 없다는 걸…."

"당연한 소리 말고 씻으러 가시죠."

류청우는 머쓱한 웃음과 함께 그제야 욕실로 들어갔고, 나는 '게임 끝내고 나간다고 설명하겠다'는 말과 함께 노트북을 들고 거실로 나왔다.

그리고 베란다를 등지고 노트북을 열었다. 앱을 중지하고 전원을 끌 생각이었으나… 놀랍게도 청려의 얼굴이 떴다.

[아.]

놈은 뭔가를 적으며 작업 중이던 것 같다. 그런데 굳이 이 화상 전화를 굳이 안 끊고 있었다고?

[이야기 다 끝났어요?]

"아직도 접속해 있을 줄은 몰랐는데."

[질문에 답은 듣고 싶어서.]

아, 결국 그걸로 돌아오나.

'이거고 저거고 왜 이렇게 해명을 요구하는 놈들이 많아.'

나는 지근거리는 이마를 누르며 낮게 대답했다.

"소리 내서 말하긴 어려운 상황이니까, 채팅으로."

[좋아요.]

-CHR : 이렇게?

-Apple : 그래

-CHR : ^^

-CHR : 그래서 이용하지도 못할 분석을 하는 이유는?

맡겨놨냐? 나는 잠시 회의감을 느꼈으나, 곧 이놈의 공로를 감안해 빠르게 타자기를 쳤다.

-Apple : 패턴을 완전히 분석하면 추리해 보고 싶은 일이 있어서

-CHR : 어떤 일을?

-Apple : 나는 내가 왜 여기에 있는지 몰라

-Apple : 그때 기억이 희미해서

이어폰에서 놈이 낮은 소리를 내는 것이 들린다. 생각에 잠겼나 싶었으나, 곧 어처구니없는 글이 떠올랐다.

-CHR : 새 신분으로 아이돌하는 게 소망 아니었어요?

-Apple : 공시생이었다니까

-Apple : 내 관련성은 데이터를 찍어서 판 것뿐이야

-CHR : 은밀히 아이돌에 대한 동경을 키웠던 게 아닐까요?

이 새끼가 진짜. 나는 일부러 감정 표현을 하지 않고 담담히 키보드를 작동시켰다.

-Apple : 너나 권희승의 사례를 보면 상당히 구체적인 소망을 가졌던 것 같은데

-Apple : 내가 그럴 것 같냐?

웃음소리가 이어폰에서부터 들렸다. 나는 무음으로 설정을 바꾸려다가 직전에야 멈췄다.

-CHR : 알았어요

그래.

-CHR : 그런데 그것만은 아닐 것 같은데요

뭐?

-CHR : 속 시원해지고 싶다고 손패를 다 보여주는 사람은 아니었던 것 같아서
-CHR : 다른 이유는?

"……."

그래. 내게는 상태창과 미션이란 예외적인 수단이 있으니 좀 더 많은 일이 가능했다. 하지만 그걸 굳이 설명하지 않더라도 할 수 있는 설명이 있다.

나는 잠깐 멈췄다가, 곧 천천히 답변을 썼다.

-Apple : 이 미친 짓이 앞으로 안 일어났으면 해서

결국, 여기로 다시 귀결되는 것이다.

소원이 말이 좋아 소원이지, 사실상 상태창이 없는 상태에서 '상태이상'을 헤쳐 나가는 것은 미친 짓이다. 당장 있는 나도 몇 번이나 죽을 뻔하지 않았는가.

…맞은편의 놈은, 몇 번을 죽었는지도 모르겠고.

'선택도 지식도 없다는 점에서 이미 미친 짓이야.'

내가 '박문대'와의 대화를 기다리며 넋 놓고 있는 대신 단서 잡자마자 행동에 나선 이유에는 분명 이것도 있을 것이다. 다만 채팅 중인 놈은 내 답변에 썩 동의하는 기색은 아니었다. 청려는 힐끗 모니터를 쳐다보았다.

-CHR : 그러면 그냥 죽는 편이 나았다는 뜻인가요?
-Apple : 그럴 리가 있나

또 극단적이군.

-Apple : 사람이 안 죽게 하고 싶다면 다른 방법을 쓰면 되지
-Apple : 기부를 하든 캠페인을 벌이든
-Apple : 다짜고짜 과거에 보내서 클리어 못 하면 또 뒈지게 만드는 게 좋아 보이진 않는데

짧은 답변이 돌아왔다.

-CHR : 지금 불행한가요?

이득 본 놈이 하는 말이라 웃기다 이건가. 나는 다시 타자기를 쳤다.

-Apple : 우린 성공한 케이스고

-Apple : 실패한 사람은 어떻게 됐는지 알 수 없지

권희승의 상태이상, 분명 '실패'라고 적혀만 있고 그 효과는 적혀 있지 않았다.

'청려는 분명 재시작까지 명시되어 있었어.'

그렇다면 보통은 '실패' 시 그냥 내 상태이상처럼 뒈지고 끝일 수도 있다는 뜻이다. 그 후가 어떻게 될지는… 썩 긍정적으로 느껴지진 않는단 말이지.

-Apple : 다음 대상자를 잡아내는 건 힘들겠지

-Apple : 그래도 패턴을 분석하다 보면 막을 방법이 나올 수도 있겠던데

-Apple : 시도해 볼 만하지 않나

시공간은 통제가 가능한 요인이니까.

[…….]

청려는 몇 초쯤 답변이 없었다. 놈은 마우스 위에 올린 손을 몇 번 움직일 뿐이었다. 그게 개를 쓰다듬는 것 같다는 걸 깨달을 때쯤, 답변이 돌아왔다.

[그럴지도요.]

나는 느리게 고개를 끄덕였다.

그리고 화면 속 놈은, 갑자기 실실 웃었다.

'뭐야?'

-CHR : 그리고
-CHR : 미래지식을 가진 사람때문에 활동에 변수가 생기는 것도 방지할 겸?

"……."

-Apple : 알면서 뭘 확인하냐

[하하하!!]
이어폰 너머까지 들리겠군. 나는 넌더리를 내며 이번에야말로 설정을 무음으로 돌렸다.

-CHR : 사다리 걷어차기 좋죠
-CHR : 그래요. 앞으로도 잘 협조할게요 후배님 ^^

"이 새……."
"아직도 게임 중이야?"
그 순간, 나는 내가 숙소 거실에 앉아 있다는 걸 다시 실감했다.
"아뇨. 잠시만요."
무음으로 돌려놓길 잘했군.

-Apple : 끈다

나는 이번에야말로 앱을 종료하고 노트북을 완전히 껐다. 류청우는 오묘한 미소와 함께 방에서 상체를 내밀고 있었다.

"게임이 많이 재밌었나 보네."

"삭제하겠습니다."

"아니, 그럴 것까진…."

"아뇨. 저 자신을 위해서 그렇게 하겠습니다."

나는 이어지는 류청우의 격려를 묵묵히 참은 뒤 침대에 누웠다.

"문 닫을게."

"네."

잠이나 제대로 자자. 나는 류청우에게 양해를 구한 뒤 10시로 알람을 맞춘 채로 스마트폰을 내려놓았다. 입으로든 타자로든 평소 안 할 소리를 많이 해서 그런지 생각보다도 피곤했다.

'…지금 생각해 낼 만한 정황은 다 맞춰봤지.'

시간, 공간적으로 가까운 후보에게 갈아타는 시스템. 그 패턴을 알아낸 것은 성과라고 볼 일이었다. 하지만 그럴수록 섬뜩한 구석이 구체적으로 드러나기도 했다.

'시스템이란 건 미래에 자진해서 죽을 놈들을 대체 어떻게 알고 갈아타는 거지.'

아니, 애초에 죽을 시점에 과거로 돌아오게 해주는 것부터가 초월적 능력이었다. 나는 무심코 상태창을 한번 불러보았다.

[이름 : 박문대 (류건우)]

그렇게 시작하는 줄글의 나열.

왜 사람 갈아타는 시스템이 떠났는데도 이건 나한테 남아 있는 걸까. 패턴을 분석할수록 내 특수성이 드러난다는 게 희한한 느낌이긴 했다. 그리고 결국 내 선택이 틀리지 않았다는 걸 깨닫게 되긴 한다.

'결국 '박문대'와 대화를 하는 건 필요해.'

부정할 수 없었다. 내가 가진 공백은 거기서 찾을 수 있을 확률이 높았다.

'그리고 이대로만 간다면 대상 하나 정도는…'

거기까지 생각했을 때 나는 잠들었다. 간만의 꿈도 없는 깊은 잠이었다.

그리고 다음 날.

지이이잉—!

"……."

푹 잤군.

나는 10시 알람을 끄며 화면에 뜬 메시지 알림과 팝업들을 지웠다. 그리고 그다지 신경 쓰진 않았으나, 그중에는 내가 최근 구독을 시작한 연예 뉴스레터 앱도 있었다.

["군백기 못 느껴요" 티홀릭 6인 컴백]

나중에 알고 보니 그건 재난 경보나 다름없는 놈이었다.

티홀릭. VTIC이 집권하기 이전에 아이돌 업계를 꽉 잡고 있었던 1군. 한마디로 정리하자면 전 세대 아이돌의 상징이다.

"무, 문대가 처음 불렀던 노래가, 이분 맞지?"

"그래."

〈아주사〉에서 내가 등수 평가 때 불렀던 'Party in me'가 바로 이 그룹 멤버의 솔로 앨범 곡이었다. 솔로 활동을 장려한 지 몇 년이 묵었을 정도로 연차가 꽉 찬 거다. 이 그룹과 동시대 아이돌들은 이미 제각기 갈 길을 가는 게 대다수였다. 그러나 이들은 기어코 딱 한 명을 제외한 전원이 함께 다시 앨범을 냈다.

나는 위튜브 실시간 인기 동영상 하단에 위치한 티홀릭의 뮤직비디오가 자동재생되는 것을 무심히 보았다. 마침 내가 커버한 그 곡을 불렀던 멤버가 썸네일이었다.

[T-Holic(티홀릭) - 나랑 가자(Let's go) M/V]

솔직히 썩 세련된 맛은 없고, 감성도 몇 년 전 느낌이다.

"티홀릭 선배님들 컴백하셨구나~ 와, 오랜만이다. 나 중학생 때 커버 많이 했었는데~"

뒷자리에 앉아 있던 이세진이 고개를 빼고 아는 체를 한다. 덕분에 덩달아 차유진에게까지 어그로가 튀었으나….

"Who? Umm⋯ 잘 몰라요."

미국 놈이라 그런지 10년도 더 전에 잘나가던 아이돌은 썩 관심 없는 눈치였다. 덕분에 김래빈은 충격을 받은 모양이다.

"티홀릭 선배님을⋯ 잘 모른다고?"

"맞아!"

"KPOP 아이돌로 활발히 활동하면서 배경지식에 대한 이해가 없다는 건 프로답지 못한 일이야!"

"⋯! 나 KPOP Song 많이 알아! 그냥 나 공부한 노래 아니야!"

그래. KPOP이 미국까지 진출한 시점쯤에는 다들 군대 도느라 그룹 활동을 거의 못 했으니, 차유진의 주장이 일리가 있다.

"나 이름은 알아! 티홀릭 선배님!"

"부족해!"

귀 떨어지겠군. 요새는 무슨 화제만 나오면 리액션이 연쇄반응으로 터져서 이 난장판이 된다. 나는 맞은편의 배세진이 더욱 구석으로 구겨지며 이어폰을 꽂는 것을 감흥 없이 쳐다보았다.

활동은 순항 중이고, 특별히 고민이 있거나 수상한 행동을 보이는 놈은 없다. 그러다 보니 이런 시시껄렁한 대화에도 반응이 큰 것이다.

'서로 익숙해진 것도 있고.'

나는 거침없이 서로의 말을 잡고 대화에 끼어드는 놈들을 보다가, 상황을 정리했다. 리얼리티는 잘 나오겠군. 그것이 그날 내 감상의 끝이었다.

그러나 티홀릭의 컴백은 예상보다 큰 파장을 불러왔다.

첫 번째는 추억 감성이었다. 속된 말로는, 추억팔이.

-새삼 티홀릭 갓곡 진짜 많았네
-솔직히 개개인 매력은 전 세대들이 나았지 지금은 좀 공장 인형 같아
-아 그립다 그때 막 다들 어그부츠 신고 저거 췄었는데ㅠㅠ

20, 30대들이 자신들의 어린 시절을 추억하며 티홀릭에 대한 호의적인 반응을 보였다. 멤버가 거의 탈퇴하지 않고 몇 년 만에 그룹 앨범이 나오니, 향수와 감탄 속에서 화제성이 생긴 것이다.

자신의 어린 시절에 대한 미화와 그리움이 섞이며 당시에 티홀릭을 싫어했던 사람들도 긍정적인 반응을 보였다.

'물론 곡이 별로면 찻잔 속 태풍으로 사라질 감상들이겠다만.'

하지만 여기서 다음 요인이 나온다.

두 번째는 티홀릭의 속성. 이 새끼들은…… 웃겼다.

-웃다 토할 뻔
-아니 넘어지는 거 미친 것 같아 왜 다 같이 넘어졐ㅋㅋㅋㅋ
-대체 군대에서 뭘 한 거여 어떻게 더 웃겨진 거냐고
-팬도 아닌데 정신 차려보니 알고리즘이 전부 티홀릭 클립됨

과거 케이팝을 회상하는 위튜브 컨텐츠부터, TV 공중파까지. 이놈들은 예능 출연하는 족족 잭팟을 쳤다. 망가지는 걸 두려워하지 않으면서도 선을 지키는 능숙함 덕이었다.

여유와 센스.

'먹은 짬밥 어디 안 간다는 거군.'

미디어 노출을 하나하나 미세 조정하는 VTIC의 노선과는 정반대라고 볼 수 있겠지. 놈들은 탐욕스럽게 컨텐츠를 점령하며 기세를 올렸다. 보통이라면 신선함이 떨어지며 적당히 해먹고 고꾸라지거나 잠잠해져야 정상이겠지만, 몇 번의 운 좋은 우연이 적용했다.

방송 몇 장면이 밈이 된 것이다.

-티홀릭 쟁반노래방은 전설이다
-그게 내 탓이니?.swf
-내 탓이니 밈 출처가 티홀릭임?

결국 그들은 소비될 대로 소비되어 단물이 다 빠진 기존 이미지 대신, 최신 밈으로 유행하면서 어린 세대에게 어필하는 것에 성공했다. 그리고 그 기세를 몰아 자체 예능을 방영하는 위튜브 채널까지 만들었다.

[저희 위튜브에서 새 시작합니다... 욕망의 PPL 광인들 | 티홀릭의 쇼 비즈니스 Ep.1]

게다가 이런 예능적인 화제성과 달리 티홀릭의 음반과 음원 성적은 엄청난 수준은 아니었다. 그냥 준수하게 체면치레하는 정도.

인플레이션으로 부풀어 오른 현 KPOP 시장에서 그들의 판매량은 1군 끝자락 수준이었다. 그러다 보니 현 아이돌의 팬들도 경쟁 상대로서 견제하는 분위기가 덜했다.

-쇼비지니스 진짜 깔끔하네 그냥 전문 예능임ㅋㅋㅋ
-우리 애들도 나왔으면 좋겠다

기존 아이돌과는 다른 카테고리로 분류해서 소비하게 된 것이다. 그리고 결국, 이 기세 속에서 티홀릭의 자체 예능은 단기간 내로 대박이 났다. 안 좋은 징조였다.

"……."

나는 위튜브에서 대히트 후 기어코 CVN에 정규 예능으로까지 편성된 티홀릭의 예능 시청률을 확인했다. 1화는 오픈빨이라고 치고, 2화가 중요한데….

-2화 : 5.8%

기함할 수치였다. CVN 황금 시간대 간판 예능 수준이었으니까.
'과해.'
최근 유행하는 드라마나 예능이 없는 공백을 치고 들어와서, 예측 이상으로 잘됐다.
"오~ 티홀릭 선배님들 기세 좋으시네."
나와 마찬가지로 다음 촬영을 위해 대기하던 큰세진이 어깨를 으쓱하고 끼어들었다. 나는 순순히 긍정했다.

"그러게."

물론 오래가진 않을 것 같았다.

'정도 이상으로 잘되면 어떻게든 죽여보려는 놈들도 붙어.'

원래 잘나가던 사람이 망하는 건 흥미로운 가십이다. 꼬투리 하나 잡히는 순간 논란으로 확 기세가 죽을 것이다. 그게 아니더라도 예능형 화제성은 수명이 그렇게 길지 않다.

그러니까 이 유행의 수명은… 기껏해야 서너 달 정도. 그걸론 이 판에서 경쟁 상대도 안 될 거다. 애초에 성적으로 따지자면 같은 맥락에서 언급하기도 민망할 수준이라는 걸 다들 안다.

그러나 하필 지금이라는 게 문제였다.

'하반기 화제성을 뺏기면 안 되는데.'

테스타가 음원과 음반을 둘 다 잘 팔긴 했지만, 어느 쪽 하나가 압도적인 탑으로 대상 확정은 아니었기 때문이다.

'그건 VTIC과 영린이지.'

그러니 음원과 음반으로 양분된 현 평가 체제에서 대상을 타려면 '대세'의 이미지가 견고해야 했다. 그런데, 뜬금없이 이놈들이 대중성을 빨아들이고 있는 것이다.

'그리고 이놈들도 어쨌든 공식 분류는 아이돌이지.'

그러니까, 지금 대중적으로 가장 주목도가 좋은 아이돌은… 티홀릭이다.

'위험해.'

성적과는 별도로 존재하는 '지금 대세'라는 항목의 수치가 떨어지면, 테스타의 존재감에 손해가 나면 대상에 차질이 생긴다. 나는 스마트폰 화면을 끄며 중얼거렸다.

"우리도 열심히 해야겠는데."

"그렇지?"

큰세진은 가볍게 긍정했다. '이미 열심히 하고 있는데 무슨 소리냐' 같은 말로 좋게 넘어가지 않는 걸 봐서는 이놈도 대충 눈치는 챈 것 같다.

"연말도 화이팅~"

그리고 자세한 속내를 모르더라도 그냥 자극받고 힘내자고 다짐하는 놈들까지.

"으응! 나도, 예능에서 더 많이 이야기해 볼게…!"

"확실히 아이돌은 종합예술인이기 때문에, 음반 활동뿐 아니라 다양한 엔터테이너적 소질이 필요하다는 걸 다시 한번 느낍니다."

그런 의미에서, 이 그룹에 상태창에 표기되지 않는 수치로도 쓸 만한 놈들이 모이긴 했다.

멘탈 말이다. 이렇게 대놓고 잘나가는 상황에서도 다양한 변수를 고려하고 이성적으로 판단할 만큼의 향상심을 유지하고 있다는 뜻이니까.

'보통 이런 상황이면 사람이 홀리지.'

지금 우리는 화보 촬영 중이다.

"네, 바로 진행하겠습니다~"

"옙!"

그냥 일반적인 잡지 화보도 아니었다. 모 잡지사와의 제휴를 통해, 처음부터 끝까지 테스타의 화보와 인터뷰, 광고만을 이용하는 특집호를 만드는 중인 것이다. 멤버 개개인의 단독 샷과 단체 샷까지 8종 표지로 만들어지는 이 잡지는 벌써 예약 판매량만 80만을 넘겼다고 알고 있다.

"세상에, 너무 예쁘다~"

"하하!"

촬영 중에 싫은 소리 하는 관계자도 없다. 거의 무조건적인 갑 취급이다.

'대놓고 사람을 망치는 환경이야.'

특히 갓 20대가 된 놈들이라면 사회성과 예의를 말아먹기 딱 좋다. 같이 일하는 사람에게 지랄을 해도 아무 페널티가 없는데, 강제성이 없는 상황에서 힘들 때 무례하고 성의 없어지지 않긴 힘들지.

체력과 기분이 될 때와 아닐 때의 차이가 극심해지는 것이다.

'X 같이 굴고 싶어지면 X 같이 굴 수 있는 거지.'

그런데 이놈들은 데뷔 초랑 별다른 게 없는 텐션을 유지하고 있다.

"한 번만 더~"

"네!"

표지로 쓸 단체 컷 촬영, 청바지에 티를 입은 놈들이 뭉쳐서 컷들을 찍는다. 그리고 컨셉을 바꾸고 보완하는 짧은 시간, 배세진이 중얼거렸다.

"…데뷔 때가 생각나는데."

"그러게. 딱 그때 머리색이네."

"저는 빨간 머리 좋아요!"

이번 화보의 컨셉의 테스타의 데뷔부터 현재까지다. 올해 제일 잘된 남자 아이돌 곡을 보유한 그룹다운 컨셉이라고 볼 수 있다.

'벌써 시간이 이렇게 흘렀나.'

나는 희한한 기분으로 몇 년을 돌아보았다. 말도 안 되는 많은 사건을 겪었는데, 또 생각하면 당장 작년에 〈아주사〉를 했던 것 같기도 했다. 그리고 〈마법 소년〉 촬영도 바로 얼마 전이었던 것 같고.

나는 촬영이 재개되기 직전, 당시 내가 의도적으로 배세진에게 했던 칭찬을 무심코 떠올렸다.

"형은 그때나 지금이나 촬영을 잘하시네요."

"큼, 너희도 잘하고 있어."

그리고 배세진은 그때와 달리 순순히, 진지하게 칭찬을 받아들였다.

'그래, 하나는 달라졌군.'

심적인 거리가 줄어든 점이다. 이 사이에서 별일을 다 겪으며 나름대로 신뢰가 쌓인 거겠지.

"……."

"오~ 문대 씨 표정 너무 좋아요!"

"감사합니다."

뭐, 지금이 감상에 빠질 때는 아니다. 대상까지 몇 발 안 남았는데, 갑자기 떨어진 낙석은 잘 치우고 가야지.

그럼 무엇이 가장 좋은 방법인가? 일단 곧이곧대로 예능 벤치마킹은 멍청한 짓이다.

'이 타이밍에 같이 리얼리티를 내면 도리어 비교가 돼.'

정규 예능까지 편성되기까지 한 운과 경험의 결과물에 굳이 대가리를 들이밀 필요는 없다. 그럼, 좀 더 요령을 부려보자면….

'흠.'

나는 촬영이 끝날 때까지 고민하다가, 결론을 내렸다.

'역으로 이용하자.'

호랑이를 잡으려면 호랑이 굴에 들어가면 된다.

티홀릭의 프로그램은 잘됐다.

그게 무슨 뜻이냐면, 이제 티홀릭의 화제성은 사실상 그들의 예능 프로그램에게 종속된 상태라는 것이다.

그리고 프로그램의 화제성은 출연하는 누구든 써먹을 수 있다. 특히 게스트라면 포맷에 따라서는 호스트를 제치고 그 프로그램의 주인공도 될 수 있다. 티홀릭이 진행해 온 일상적인 화들보다 화제성이 있다면.

그리고 그중에서도 재밌다면.

'그게 베스트지.'

그래서 그룹 내에서 상의 후, 티홀릭의 프로그램 형식을 분석해 제일 임팩트가 강할 놈을 둘 골랐다. 완전히 맞춤형으로.

"저 완전 기대해요!"

차유진.

"이런 소수 인원으로 예능에 출연하는데 제가 선발된 것은 처음이니 더욱 최선을 다하겠습니다!"

김래빈.

그리고… 동 시간대 다른 예능에 미리 섭외되지 않았으면서 이 두 놈의 제어가 가능한 한 사람.

"그래."

나다.

나는 차유진과 김래빈을 데리고 '티홀릭의 쇼 비즈니스' 촬영장에 왔다.

'티홀릭의 쇼 비즈니스'는 지금은 관찰 버라이어티 계열에 밀려 많이 사라진 스튜디오 예능이었다. 편집으로 흥미로운 상황을 만드는 관찰 예능과 달리, 진짜 웃긴 놈들만 살아남는 판이라는 뜻이기도 했다.

"아하하학!! 미치겠네."

"왜요, 왜요?"

"아니… 방금 원석 형 뭐라고 한 줄 알아요? '요새 아이돌은 다 저렇게 생겼어?'"

그럴싸한 성대모사에 스탭 사이에서까지 폭소가 터진다. 호명된 멤버가 머쓱하게 말한다.

"아니, 나만 놀란 거 아니잖아."

"네? 맞는데요."

"형 몰랐어요? 우리 지금 데뷔했으면 망했어요. 얘들아. 그걸 잊지 말고 겸손하자."

"아니야, 시대를 잘 타고난 것도 우리 재능이라니까?"

"그만해요! 슬퍼지니까!"

저거 카메라가 돌기 시작하자마자 멘트 쏟는 것 좀 봐라. 전문 예능인이 따로 없을 수준인데 아이돌 이미지 덕분인지 그것 자체가 캐릭터성이 된다. 그게 편견이든, 너그러움이든 말이다.

'그러니 여기서 단독 게스트가 활약하는 건 버거울 수밖에 없지.'

본인들이 만든 본인들의 쇼에, 본인들이 스포트라이트까지 가져가는 구도에서 게스트는 전반적으로 상대에게 의존할 수밖에 없다. 심지어 이놈들은 어지간히 대선배다. 웬만한 출연자들은 일단 연공서열에서 지고 들어가게 되는 것이다.

"와, 밀레니얼 이후로도 사람이 태어났어?"

"너무 귀엽다 얘들아."

당연히 분위기를 고려한 티홀릭이 후배에게 판을 깔아주고 떠 먹여 주는 제스처를 취할 것이고.

그럼 이런 그림이 되는 것이다.

-와 티홀릭 진짜 잘 띄워준다ㅋㅋ

-애들 방송에서 이렇게 편하게 말하는 거 오랜만에 보는 것 같아요ㅠㅠ 감사합니다!♡

-역시 티쇼비에 나오면 그 어떤 예능 낯가림도 치료 가능

기세가 밀리는 순간 주목을 뺏기고, 게스트는 쇼의 구성요소 중 하나로 존재감이 줄어들어 버린다.

하지만 연공서열이고 나발이고 의식 안 하는 놈이 있다면 말이 좀 달라지지.

"저 귀여움 작아요! 저 멋있어요!"

"어어?"

차유진은 다짜고짜 손을 들고 외쳤다. 이렇게 초반부터 격렬한(?) 거부는 처음인지, 티홀릭이 입을 벌린다.

'저럴 줄 알았지.'

차유진은 티홀릭을 잘 모른다. 대선배고 나발이고 그냥 평소 자기 하던 대로 열심히 떠드는 것이다.

그리고 딱히 버릇없다는 느낌도 덜하다. 외국인이니까.

"그, 그래?"

"네! 저 호랑이예요."

"그렇구나. 우리 차유진 친구는 호랑이구나."

"맞아요! Tiger~ Like a T!"

"T!"

"형 멋있어 보이려고 리듬 타지 마세요."

그러니 어지간히 해도 사람들은 넘어가 줄 것이다. 차유진의 미국인 감성은 이미 유명했으니까.

'그리고 나머지는 이놈들이 알아서 커버할 거야.'

프로그램을 재밌게 끌고 가며 버릇처럼 분위기 띄우는데 익숙해진 티홀릭 놈들은 차유진에게 정색하거나 어설프게 굴지 못한다.

게다가 중화해 줄 놈이 옆에 붙는다.

"차유진! 귀엽다고 덕담해 주시면 감사하게 받아야 하는 거야!"

김래빈이다. 나름대로 속삭인다고 한 것 같은데 마이크를 차고 있으니 아무 소용이 없다.

"나 받았어! 거절 안 했어!"

"작다고 축소했잖아. 자칫하면 예의 없게 들릴 수도 있어!"

"멋진 거 더 크다는 이야기야! 귀여움 감사합니다."

"어어어."

"아니야, 우리 이해했어! 이해했어!"

"이해해 주셔서 정말 감사합니다! 오늘 최선을 다하는 모습 보여 드리겠습니다."

"그렇게까지?"

고개를 숙이는 차유진과 김래빈에게 황급히 같이 고개를 숙이는 티홀릭의 모습은… 웃겼다.

'임팩트 좋고.'

그리고 나는 티홀릭 중 뒤로 빠진 몇몇 놈들끼리 웃으며 눈을 마주치는 것을 확인했다. 아마 초반엔 본인들이 애먹는 구도도 재밌을 것 같다고 결론을 내린 것 같다.

"그래요, 아주 깜찍하고 귀엽고 멋진 테스타!"

"히히."

"저기 이게 Z세대인가? 우리 좀 늙은 것 같지?"

"형, 우리 전원 30대 아이돌이에요. 이미 저 업계에선 관짝에 들어갔어."

구도는 신세대를 이해하지 못하는 티홀릭이 어떻게든 새로운 감성에 적응해 보려 노력하는 식으로 잡혔다. 차유진의 거침없는 기세를 역으로 이용한 것이다.

'아직도 초점이 티홀릭이지.'

테스타는 지금 잘나가는 아이돌로, 티홀릭의 반대편에 슬쩍 서게 되었다. 그리고 나는 그 속에서 조용한 상식인의 역할을 착실히 수행 중이었다.

"그럼 문대 씨는 메인보컬인 거죠?"

"예. 그렇습니다."

"아, 제 곡! 〈Party in me〉 부른 거 너무 잘 들었어요."

"거짓말하지 마, 너 군대에 있었잖아!"

"아니! 휴가 나와서 들었다고!"

"아, 정말 영광이네요. 감사합니다."

"Yeah~ 문대 형 노래 정말 잘해요!"

요청을 받아서 곡도 한 소절 부르고, 박수도 받고. 홍보차 출연한 아이돌이 최소한의 분량이라도 챙길 수 있는 뻔한 행동을 싹 다 했다는 것이다.

대충 각이 잡히겠지.

'아, 애는 좀 감성이 평범하니까 이대로 가고, 저 둘한테서 구도 뽑으면 되는 거구나.'

저놈들이 이런 방송에 익숙한 만큼 금방 값이 나왔을 것이다.

뭐 이놈들이 내 예능을 사전 점검까지 해가며 보진 않았을 것 같고 기껏해야 최근 활동과 성적이나 체크했을 텐데, 침착한 성격이라고 생각해 줄수록 좋다.

"자자, 이렇게 자기소개 인트로가 끝났구요!"

그리고 놈들은 차유진과 김래빈의 잡담에서 재밌는 장면을 충분히 뽑았다 싶었는지, 다음으로 넘어갔다.

사실상 메인 코너. 주로 게임을 곁들인, 본격적인 유머 분량이었다. 뭐, 공 없이 농구를 한다든가, 의자가 볼풀로 날아간다든가, 발로 초상화를 그려서 누군지 맞추는 등등이 나왔었지.

"쇼 비지니스의 2번 트랙, 우리의 마음을 드러내는 게임을 할 시간이 왔습니다!"

메인 코너니만큼, 나도 이 게임 종류에 대해서 몇 가지 예측을 하고는 왔는데, 가장 가능성이 커 보이는 건….

"이번에 테스타와 진행할 게임은 바로~ 〈듣고 보니 맞는 말이군〉!"

"프흡."

그래. 그거다. 나는 사레들릴 뻔한 목을 가다듬었다. …어디서 많이 들어본 문장이라서 어쩔 수 없었다.

'미리 알아보길 잘했어.'

처음 위튜브에게 저걸 봤을 때는 마시던 물을 뱉을 뻔했거든.

"형, 수분 섭취는 중요합니다."

그래, 고맙다. 나는 김래빈이 건네는 물을 마시며 티홀릭의 현란한 진행을 경청했다.

'어쨌든 예상한 코너가 나와주긴 했어.'

최근에 3회에 한 번꼴로 등장한 코너인데, 반응이 굉장히 좋아서 1군 나왔을 때 쓸 줄 알았다.

[듣고 보니 맞는 말이군!]

이 타이틀만 들어서는 내게 있던 특성처럼 상대를 설득하는 것 같을 텐데, 비슷하지만 좀 다르다. 티홀릭의 막내는 음성변조 마이크를 들고 짐짓 진지하게 진행했다.

"각 팀은 두 주장 중 하나를 골라 상대를 설득합니다. 한 팀이 논리적으로 설득되면 게임이 종료됩니다. 진 팀에겐 무시무시한 벌칙이 기다리고 있습니다."

"미니 게임에서 이긴 쪽이 먼저 주장을 고르게 됩니다. 그럼, 건투를

빕니다."

내용은 정상적으로 들리나? 하지만 이놈들은 매번 게임마다 함정을 넣어뒀다. 그건 보통 미니 게임이 지나간 후, 주장을 공개할 때 드러난다.

"짜잔!"

[우리 팀이 내년에 이룰 목표]
[10억 받기 VS 조난 당하기]

"…???"

"으하하하하!! 미쳤나 봐 진짜!!"

"얘들아 쇼비지니스에 온 걸 환영한다~"

밸런스가 완전히 망한 것이다. 그리고 미니 게임을 이긴 티홀릭은 희희낙락하며 전자를 고른다.

"10억이요! 10억!"

"조난을 고를 Z세대에게 쓴맛을 보여주겠어~"

여기까지만 보면 이후의 그림이 노잼일 것 같겠지. 일방적인 게스트 구타가 될 테니까.

그러나 이다음 타이밍에 2차 함정으로 또 반전을 준다.

"여러분, 제가 '논리적으로 설득되면' 게임이 끝난다고 말씀드렸죠?"

"……."

"야, 설마?"

"그렇습니다! 오늘은 제일 그럴싸하게! 논리적으로 설득당하는 팀이 이기는 겁니다~"

그렇다. 이제 설득하는 게 아니라 설득 '당해야' 한다.

이 궤변 토론의 목표가 상대의 주장에 합리적으로 승복하는 것이 된 거다. 이게 무슨 뜻이냐 하면, 내가 변호하는 쪽을 최대한 말도 안 되게 설명하면서 상대의 말에는 납득해야 한다는 뜻이다.

즉, 이제 티홀릭은 '10억 대신 조난을 당하겠다'는 미친 말에 납득해야 이길 수 있는 것. 반면에 테스타는 '조난 당하는 대신 10억을 받겠다'는 당연한 말을 편하게 받아들이면 된다.

"야!!"

"10억보다 조난당함에 어떻게 설득 당하냐고!"

티홀릭이 절규했다.

"사기 아니야??"

"아닙니다!"

'잘 짰네.'

본인들이 미끄러지면서 웃기고, 게스트 위치는 띄워줘서 승리하게 만들어주는 그림이다.

'역시 위튜브 베스트 댓글을 반영하는군.'

-설득당하는 팀이 이기는 걸로 해도 재밌을 것 같아요ㅋㅋㅋ

-아 진짜 듣보맞말은 레전드다... 사골처럼 우려 먹어주세요 제발!

막 출범한 신진 업체들이 그렇듯이 여기 제작진들도 소통에 필요 이상으로 신경을 쓰는 것 같았거든. 영상의 베스트 댓글이 다다음 화쯤 반영되는 걸 보는 것은 흔했다.

그래서 전 동영상들을 보며 몇 가지 변형안을 예상해 봤는데, 딱 걸린 것이다. 이후의 흐름이야 뭐 뻔하지.

　"어? 그… 갑자기 큰돈 받으면 사람이 좀 망가지잖아요. 이제 은퇴하고 싶다~ 하면 10억을 받아야 한다고 생각합니다!"

　"그렇지, 그렇지!"

　"저는 은퇴 싫어요! 오래 할래요!"

　"그래~ 그럼 어떻게 해야겠어요? 어? 남는 답이 있죠?"

　"10억 받고 은퇴 안 해요! 저 안 망가져요. 우리 멤버들 강합니다!"

　"와, 진짜 당차다…."

　"그래도 돈이라는 참 무서운 건데~ 아니, 10억 받지 말라는 게 아니고!"

　저놈들은 얼토당토않은 주장을 뻔뻔히 하면서 상식적인 말을 하는 게스트를 기가 차게 만들어 골려 먹으면서도, 몇 번 자폭하며 웃길 것이다. 그렇게 자신들의 행동에 대한 게스트의 리액션을 신나게 뽑아먹은 뒤에는 훈훈하게 져주는 그림인데….

　'그럼 저놈들이 흐름을 다 가져가는 거지.'

　너희 맘대로 판 짜서 우리 써먹도록 여기 나온 건 아니다.

　나는 피식 웃었다.

　'이 게임을 제일 잘 플레이하는 방법?'

　간단하다. 상대의 논리를 보강해 주면 된다. 제작진 모두가 예상했을 플레이 방법이다. 그리고 그 상식적인 흐름을 타면, 저놈들에게 휩쓸려 가게 되는 것이다.

　그러니… 우린 반대로 간다.

　나는 테이블 위로 양손을 올려 깍지 꼈다.

"선배님."

"넵, 문대 씨 발언하세요~"

"이기기 위해 저쪽 편의 주장을 최대한 이해하고, 납득해 보려 했습니다만···."

나는 엄숙하게 선언했다.

"아무리 생각해도, 저희가 받은 주장이 맞습니다."

"···??"

"저희 팀원들은 10억보다 조난을 고를 것 같습니다."

"예??"

"무, 뭔 소리야?"

나는 진지하게 대답했다.

"돈보다 소중한 가치를 조난에서 배울 수 있기 때문입니다."

"네?"

"뭐 배워요?"

나는 툭툭 치며 작게 묻는 차유진에게 또렷하게 대답했다.

"현실적으로 지금 우리 행동반경에서 조난 당할 만한 곳은 며칠 내로 구조가 가능한 곳이야. 그동안 새로운 경험을 배우는 거지."

"아하! 맞아요."

차유진이 시원하게 고개를 끄덕였다.

"그럼 조난 괜찮아요! 저 좋아요!"

"······??"

MC를 맡은 티홀릭 막내가 끼어들었다.

"잠깐만요! 이대로 가면 지시는 건데요??"

"지금 이 한 코너만의 문제로 신념을 내려놓을 수는 없으니까요."

"조난에 신념이 있어??"

"얘들아 왜 그래…. 형 무서워."

환장스럽게 돌아가는 판에 티홀릭 막내가 기겁할 때, 김래빈까지 진지하게 고개를 끄덕였다.

"저도 그렇게 생각합니다."

"네?"

"그렇지."

"예. 저희는 실제로 예능 촬영 중 조난을 당한 적이 있기 때문입니다."

김래빈이 눈을 반짝이며 말했다.

"그리고 그 경험을 통해 많은 것을 배웠습니다."

"잠깐."

"저는 지난 앨범 타이틀을 그 조난 중에 만들었습니다. 10억과 조난 중에 전자를 고르는 것은 돈을 좇아 음악적 성취를 버리는 행위와 일맥상통하지 않을까 우려됩니다!"

"그런 걸 왜 우려해?!"

김래빈은 순간 예능이라는 걸 의식하지 않고, 진지하게 자신의 의견을 피력하기 시작했다. 역시 논제 자체에 몰입하게 되면 그럴 줄 알았다.

"아니… 얘들아 생각해 봐. 이게 말이 되니? 무슨 놈의 조난이야??"

"대체 정산을 얼마나 받아서 10억 보기를 돌같이 해!"

나는 손을 들었다.

"그러고 보니까 조난 당시 래빈이가 만든 타이틀곡으로 정산 액수가 늘어났으니, 사실 어느 정도 금전적 이득도 그 선택에 포함되어 있는…."

"Oh~"

"그렇군요!"

"일리 있는 것처럼 반응하지 말아 주세요, 으허헉헝."

그리고 촬영장은 혼돈 속으로 빠지기 시작했다.

예정대로였다.

며칠 후 평일 밤.

"와! 여기도 나왔네~"

대학원생은 썸네일에 있는 문대의 사진에 싱글벙글 웃으며, 인기 동영상으로 올라온 '티홀릭의 쇼 비지니스' 선공개 영상을 보게 된다.

그리고 1분 뒤.

"푸흐흡!"

대학원생은 마시던 커피를 뿜었다.

〈9권에서 계속〉